MIL NOCHES SIN TI

D1603238

Planeta Internacional

FEDERICO MOCCIA

MIL NOCHES SIN TI

Traducción de Maribel Campmany

Planeta

Cuanto más oscura es la noche, más brillantes son las estrellas; cuanto más profunda es la pena, más cerca está Dios.

FIÓDOR DOSTOYEVSKI

¡A Pipolo, que me hizo un maravilloso regalo!

1

Islas Fiji

El mar y la noche se confunden. Las pequeñas y dulces olas
rompen en la orilla. La luna tiñe la playa de un plateado
ambarino. La arena es suave, está fría, Tancredi la levanta
al caminar dejando que al cabo de un instante la brisa nocturna se lleve un poco consigo. Entonces se detiene, acaba
de enredarse en su corazón un recuerdo, bonito, intenso,
único, de otra noche de hace ya demasiado tiempo. Mira a
lo lejos, hacia el horizonte que oculta la oscuridad. «No
puedo verlo, pero sé que está ahí. Al igual que tú, Sofia.»
Las olas alcanzan sus pies desnudos, mojan un poco el borde
de los pantalones de lino enrollados en los tobillos. Se ve
el reflejo de algún pez plateado que se topa por casualidad
con un rayo de luna. «Cuando es de noche todo parece más
difícil, más distante, más doloroso. No estás y, sin embargo, más que ninguna otra persona, sigues irremediable-
mente ahí. No logro liberarme de ti. Tus imágenes acuden
de repente al igual que una ola a veces intensa, impetuosa,
fruto de algún desconocido huracán, y otras, menuda, re-
dondeada, débil, ligera, con una pequeña y sencilla cresta
acariciada por el viento. Hay algunos momentos en los que

incluso el simple hecho de haberte vivido consigue hacerme pensar, hacerme tener la ilusión de que soy feliz, sólo gracias a la esperanza de que un día pueda volver a encontrarte. Vivo de esto, de la última esperanza.» Tancredi sigue caminando. Las palmeras se balancean al compás del viento. Ahora la luna está más alta. Algunas nubes lejanas se deshilachan y dejan libres a las estrellas para que brillen. Algún pequeño animal nocturno se mueve raudo entre los arbustos. «Mi isla es un paraíso, pero a veces parece realmente el infierno. Cioran decía que las noches en las que hemos dormido es como si no hubieran existido nunca. Sólo permanecen en la memoria aquellas en las que no hemos pegado ojo. La de hoy será una de esas noches.»

Rusia

En un pequeño auditorio rodeado de nieve y árboles del pequeño parque de Mozhayskaya Ulitsa, Sofia Valentini, famosa pianista de fama internacional, interpreta a Nyman. Tiene los ojos cerrados, mueve ligeramente la cabeza y sus manos se deslizan por el teclado a una velocidad increíble. La música llena toda la sala, envuelve a la gente; además, es como si las notas atravesaran las paredes: salen al exterior, suben hacia el cielo, pasan entre las livianas nubes, entre las estrellas, y llegan hasta la luna llena, que las escucha absorta. Luego prosiguen su recorrido por la calle desierta y emprenden su viaje, llegan al inmenso y lejano lago Baikal, de una profundidad infinita, y a continuación suben por el sendero de la reserva natural de Ussurisky para después regresar a ese auditorio lleno de gente que, inmóvil, embelesada, escucha su música. Olja está sentada en la esquina izquierda de la última fila. Conoce de memoria cada nota, cada línea de esa partitura, cada pausa. Fue una de las primeras piezas que Sofia aprendió a tocar. Y, sin embargo, a pesar de todo, llora. Nadie en el mundo toca así, nadie sabe conducir una orquesta con un piano como lo hace Sofia, nadie sabe interpretar a Nyman de ese modo. La conmoción es tanta que Olja no puede retener las lágrimas, por lo que la niña que está sentada a su lado en silencio, al volverse, observa asombrada a esa mujer mayor que llora. La mira perpleja, le gustaría decirle algo, pero no sabe exactamente qué. Olja se percata de la mirada de la niña, de modo que se esfuerza en sonreírle y la pequeña, satisfecha, vuelve a centrarse en escuchar la música. Ahora Olja sonríe para sus adentros. «No debo de estar muy bien —piensa—. ¿Será porque Sofia todavía es capaz de conmoverme de este modo o porque tengo algún problema en mi interior y no lo sé?» Pero no le da tiempo a encontrar una respuesta, Sofia toca las últimas notas y al final se para, se queda con la cabeza ligeramente agachada, inmóvil. Al cabo de unos segundos, todo el auditorio se pone en pie de un salto y estalla en un fragoroso aplauso. Olja también se levanta y aplaude, mientras mira a su derecha a la pequeña niña que le lanza una última ojeada y, al verla sonreír de nuevo, bate palmas todavía con más fuerza. Ya vuelve a estar tranquila.

Elizaveta sacude la cabeza un instante al pensar en lo que acaba de pasar. «¿Cómo es posible que esa señora no sea feliz en un concierto como éste? ¿Tal vez, al envejecer, se pierde la capacidad de distinguir las cosas bonitas? ¿O es que, como le ocurre a mi abuela, no está muy bien de sa-

11

lud? ¡Mejor dicho, no está!» La niña se echa a reír. Olja la mira. «Menos mal, ya no me presta atención, quién sabe en lo que estará pensando para reírse así.» A continuación, Olja se vuelve hacia el escenario. Sofia está dando las gracias al público con leves reverencias. Alguien lanza rosas rojas a sus pies. Sofia las recoge haciendo crujir las tablas del suelo, luego las alza sonriendo y se las lleva al pecho, a su corazón. El vestido rojo, elegante y vaporoso, le deja los hombros al descubierto. Sofia siente un escalofrío una vez que la adrenalina de la interpretación va desapareciendo. Mira de nuevo a derecha e izquierda, hacia los espectadores que no dejan de aplaudir. Hace una gran reverencia y al final abandona el escenario.

«Es evidente que Sofia tiene un don único —piensa Olja—. Interpretar así *A Wild and Distant Shore* con todos esos *crescendo* sólo está al alcance de Peter Bence, que no por casualidad posee el récord del mundo por haber tocado el mayor número de sonidos en un minuto con el piano. Un verdadero portento. Pero después dejó de hacerlo para siempre, porque sabía que ya no lograría volver a tocarla otra vez de un modo tan perfecto. He escuchado mil veces su interpretación y sólo Sofia ha sido capaz de superarlo. Porque Sofia es perfecta y no puede tocar de otra manera, ella es así, aunque parece que no se dé cuenta o, peor aún, que no lo acepte. ¿Por qué no quiere volver a hacer feliz al público de todo el mundo? Ya hace más de ocho meses que vive aquí, en el raión de Pervomaisky, un distrito a unos diez kilómetros de Vladivostok, un lugar batido por el viento. Muchas leyendas cuentan que el viento nace precisamente en estos parajes, entre el mar y las cumbres nevadas, y que a veces arrecia tanto que doblega los árboles más fuertes, incluso arranca algunos de raíz y, a pesar de ello, a Sofia no la mueve, ella se queda aquí, obstinada, casi escondida, voluntariamente exiliada tocando en este pequeño auditorio. ¿Cuándo volverá a dejar que el gran público la valore? ¿Cuándo podrá volver a afrontar el reto de los grandes teatros de América y Europa?» Una sensación de tristeza embarga a Olja, que sigue aplaudiendo, pero con menos entusiasmo. No sabe que en realidad se está equivocando, ese momento está muy cerca.

2

La gente se agolpa en los camerinos, todos quieren saludar a los músicos, pero sobre todo quieren ver a Sofia.

—¡Por favor, me gustaría conocerla, me gustaría saludarla!

Hay una gran multitud. Hombres y mujeres de todas las edades, niños, todos quieren verla, hacerse una foto con ella, un selfi, conseguir un autógrafo, poder tocarla. Sofia no para ni un momento, sonríe, reconoce a algunas de sus alumnas.

—¡Qué bien, habéis venido!

—No podíamos faltar, maestra.

Sofia las mira fingiendo una cara severa.

—¡Ah..., maestra! Sólo habéis venido por eso. Teníais miedo de que, si faltabais, os pusiera más deberes, ¿eh?

Las chicas ríen.

—Pero ¡¿qué dice, maestra?!

—Hoy me gustaría ser sólo Sofia para vosotras.

Las abraza, se hacen un selfi rápido con ella, una tras otra; a continuación, se alejan con sus moños apretados, su pálida y delicada piel, los ojos azules y luminosos. Parecen estar hechas con un molde. «Aquí todas son increíblemente bellas —piensa Sofia—, sencillas en su elegancia natural.»

—¡Sofia! ¡Mi reina!

«Bueno, lástima no poder decir lo mismo de los hombres.» Dimitri Ostanov es una de las personas más importantes de esa pequeña localidad, siempre dispuesto a organizar cenas, fiestas, eventos. Pero este año cayó en una depresión porque no pudo aceptar el hecho de no haber sido elegido alcalde por tercera vez consecutiva y haber sido derrotado por alguien más viejo que él, alguien que es muy querido por la mayoría de los ciudadanos, que ya no podían aguantar más todos esos innumerables, y sobre todo obligatorios, eventos. Dimitri Ostanov y su chaleco, tan tirante sobre su tripa que parece a punto de estallar de un momento a otro. Dimitri Ostanov, con su pelo desordenado a los lados de la cabeza calva y las mejillas teñidas de rojo como si hubiera sobrevivido a una tremenda cogorza de vodka. Dimitri Ostanov y su absoluta falta de sentido común. Se aproxima desmañadamente a Sofia, se frota un instante la mano en el pantalón; a continuación, coge la de ella y la besa. Después la mira a los ojos y, con una sonrisa maliciosa, le pregunta, creyendo que resulta fascinante:

—¿Has recibido mis rosas?

—Sí, y también he leído la nota, gracias, en serio.

—Había veinticuatro.

Lo dice con un tono engreído, como si estuviera hablando del Koh-i-Noor, «la montaña de luz», el diamante más valioso del mundo. A Sofia le gustaría sacudir la cabeza, pero prefiere ser diplomática.

—¿Le ha gustado el concierto?

—Todo en ti me gusta —e intenta besarle de nuevo la mano, esta vez incluso posando sobre ella sus húmedos labios. Pero Sofia es más rápida y la retira de ese peligroso atentado corriendo al encuentro de la persona que acaba de llegar para saludarla.

—¡Alexandra! ¡Qué ilusión que hayas venido!

Abraza a una chica joven que, sin embargo, casi se ve obligada a susurrarle:

—La verdad es que me llamo Lenina.

—Discúlpame —musita Sofia—. Debo de haberme confundido, el cansancio del concierto. Aun así, me alegro de verte. ¡Vamos a hacernos una foto!

—Sí, gracias.

Y sonríen las dos al improvisado fotógrafo, un chico un poco fuera de lugar a quien Lenina le da su móvil mientras Dimitri Ostanov esboza una sonrisa ligeramente incómoda y sale del camerino, una vez más decepcionado porque su reina no está por la labor de convertirlo en su rey. Sigue acudiendo gente que, con gran respeto, se va alternando en el camerino de Sofia, lleno de flores que ya empiezan a ocultar las veinticuatro rosas de Dimitri Ostanov, cada vez más aplastadas contra la pared. Al final también entra la pequeña Elizaveta acompañada de su madre, Dana. Ve a Sofia y corre enseguida hacia ella, se le echa encima y se queda como pegada en su vestido rojo. Con los ojos cerrados, la abraza fuerte, muy fuerte, para transmitirle lo mucho que le ha gustado su interpretación. Sofia sonríe.

—Elizaveta, ¿te ha gustado el concierto?

La niña echa la cabeza hacia atrás, pero sigue abrazada a Sofia; acto seguido abre sus grandes ojos negros que la hacen única entre sus compañeras y brillan de felicidad.

—¡Ha sido precioso! Yo también quiero tocar así... —Y mira a su madre, Dana, que le sonríe, pero en realidad está disgustada, no tienen tanto dinero para que Elizaveta pueda estudiar toda la vida. Sofia acaricia la cabeza de la niña.

—Lo estás haciendo muy bien. Un día tú también tocarás... Es sólo cuestión de constancia, de pasión y tenacidad. Pero tienes que poner el piano por delante de cualquier otra cosa.

En ese preciso instante, Sofia se entristece, piensa que así es en realidad, ella hizo exactamente lo mismo. ¿Y es feliz? ¿Ha sido feliz? Aparta enseguida esos pensamientos, sonríe y coge entre las manos el rostro de esa preciosa niña.

—Yo te ayudaré. Si tanto amas la música, la música te amará a ti.

Elizaveta estrecha a Sofia por última vez y se la deja a los demás. Dana, la madre, se le aproxima.

—Felicidades, un concierto precioso, muy emocionante...

—Gracias...

—Oiga...

—No se preocupe. Ya lo arreglaremos...

—Pero...

—Ahora Elizaveta tiene demasiada pasión para privarla de este sueño. Tal vez cuando conozca el amor sea ella quien lo deje a un lado.

«Aunque para mí no ha sido así», piensa Sofia, si bien le sonríe de todos modos. Dana asiente, finge estar de acuerdo con ella, pero está preocupada; las clases son caras y ella sólo ha podido pagar las primeras, ahora ya no será posible. Suele trabajar como limpiadora en la escuela a la que va su hija, y tardes alternas también está empleada en algunos domicilios particulares, pero todo el mundo quiere pagar poco y el coste de la vida, en cambio, ha subido. Como si no fuera suficiente, Sergej, su marido y padre de Elizaveta, se ha quedado sin trabajo, su empresa ha cerrado. Ahora intenta ganar algún rublo poniéndose a disposición de la gente, haciendo pequeños trabajos de albañilería o carpintería por las casas, y también otras tareas más sencillas como ajustar persianas, desatrancar lavabos o, incluso peor, inodoros, porque se atascan con facilidad y en todo momento hace falta alguien que sepa lo que se trae entre manos. ¿Por qué los sueños siempre tienen que hacerse añicos al chocar con la realidad? Sofia la mira y parece intuir su pensamiento. Está a punto de decirle algo cuando Olja aparece en la puerta. Sonríe y abre los brazos; para Sofia no hace falta que añada nada más, es su manera de decir «Ha sido perfecto, no has fallado en ningún pasaje», o, mejor aún, «Ha sido tu mejor interpretación». Pero esta vez Olja se supera, decide decirlo en voz alta:

—Un concierto precioso... Ha sido sublime.

Elizaveta se la queda mirando, se suelta de la mano de su madre y se lanza de nuevo sobre Sofia. Tiene los ojos ofuscados, no puede evitar decirle de inmediato lo que ha pasado, la terrible verdad que sólo ella conoce.

—¡Eso no es cierto, Sofia! ¡No le ha gustado en absoluto: esta señora, cuando tú tocabas, lloraba!

Sofia y Olja se miran un instante y a continuación se echan a reír con una estruendosa carcajada.

—Gracias, Elizaveta... —Sofia sonríe a su pequeña informadora—. Olja es mi maestra y cuando llora quiere decir que lo he hecho especialmente bien...

—Ah. —Elizaveta se aleja, está un poco perpleja, qué manera más rara tienen los mayores de decirte que lo haces bien. Entonces Dana la coge de la mano y le sonríe.

—Venga, cariño, vámonos.

Pero Elizaveta, antes de salir de la habitación, se vuelve una última vez hacia Sofia y, con ademán orgulloso, le dice:

—¡Pues espero que un día yo también pueda hacerte llorar a ti! —y, satisfecha, sale del camerino.

Sofia ve alejarse a esa pequeña pianista, entusiasta y voluntariosa, tenaz y testaruda. Le recuerda a sí misma de niña. Pero quién sabe si Elizaveta cometerá el mismo error cuando crezca. «Aunque, ¿en realidad fue un error? Al fin y al cabo, no me obligó nadie. ¿O acaso buscaba algún pretexto tras el que esconderme?» De repente Sofia nota que el corazón le late con más fuerza. Igual que le ocurre a veces por la noche, cuando se despierta y no puede volver a dormirse. Mil pensamientos. Mil recuerdos. Mil anhelos que durante el día permanecen ocultos tras los muchos compromisos, haciéndole creer que por fin todo va bien. Olja se da cuenta. La mira. Pero es sólo un instante, porque llegan otras personas para pedirle un autógrafo y hacerse una foto con ella, y Sofia se muestra amable y accesible con todos. Y esa sombra desaparece.

3

Sofia y Olja empiezan a caminar por la calle teniendo cuidado de dónde ponen los pies. La acera todavía no está helada por completo en el centro, y es menos peligrosa. La luz de las farolas dobles con forma de linterna cae sobre la nieve, coloreándola de ámbar. Al cabo de unos pasos, Sofia y Olja pasan por delante del gran edificio de tejado rojo, prosiguen por Novozhilova Ulitsa junto a las dos casas gemelas y bordean otros edificios. La calle desciende ligeramente y Olja vacila un poco. Sofia se fija en su andar inseguro.

—Cuidado no te caigas...

—¡Cuidado no te caigas tú!

Sofia se ríe.

—¿De verdad he tocado tan bien? ¿O acaso te has acordado de cómo cocinas?

—No, has tocado de un modo sublime. Quizá sólo me conmoviera tanto en tu primer concierto en Roma, tocabas...

—Rajmáninov.

—Sí, Rajmáninov, el Concierto n.º 3. El más difícil. El que nunca te salía en las clases, pero te empecinaste y no quisiste tocar ningún otro. Después del inicio del *allegro ma non tanto* de clarinete, fagot y violonchelo con el acompañamiento de los instrumentos de cuerda frotada entrabas tú al cabo de dos compases, pianista solista, hasta el puente que tocaba la orquesta, después pasabas al interludio...

—*Adagio*, me decías, pero yo siempre corría.

—Sí, y luego el final *alla breve*. Esa melodía tranquila, casi vacilante, que cuando fue compuesta alguien confundió con una canción tradicional rusa, pero Rajmáninov, en cambio, explicó que prácticamente se había escrito sola, tenía en mente algo a la hora de componer aquella melodía, estaba pensando tan sólo en el sonido. Quería que el piano cantara la melodía como la habría interpretado un cantante... Y tú querías conseguirlo. Dijiste...

—... Delante del público me veré obligada a no equivocarme.

Olja cerró un instante los ojos y sonrió.

—Y así fue. Cuando empezó la pieza de tres notas apenas susurrada por los arcos, seguidos de inmediato por el oboe y el clarinete, entraste con la frase de solista y, a continuación, llegó la melodía nostálgica. Y yo lloré... —Entonces se vuelve hacia ella—. ¿De verdad cocino tan mal?

Pero no le da tiempo a escuchar la respuesta.

—¡Sofia! ¡Sofia! —Un chico elegante con una *ushanka* en la cabeza y abrigado con una pelliza oscura aparece jadeando—. Te hemos buscado por todas partes, vamos a ir con los demás instrumentistas a tomar algo, ¿te vienes? —Sofia titubea un instante—. Venga, no puedes faltar, también está Klara, Andris y Raisa. Vamos, no nos quedaremos demasiado, tomamos algo, una horita como mucho. Después te acompaño a casa.

Sofia mira a Olja, que se encoge de hombros como diciendo «Es decisión tuya».

—De acuerdo, iré, pero, en serio, no hasta muy tarde, que mañana tengo clase.

—Está bien, te lo prometo. Gracias, maestra Olja, se la devolveré temprano.

Y Olja levanta la mano.

—No os preocupéis, es lo que toca, ha sido un concierto precioso, lo habéis hecho muy bien, os lo merecéis. —Y se dirige hacia casa, teniendo mucho cuidado de no caerse, mientras Sofia y Viktor se encaminan rápidamente en dirección contraria.

4

Los reflejos de la piscina, iluminada desde abajo, impactan en las pequeñas piezas del mosaico de la pared. Ya es de noche. Pero todavía no tiene sueño. Tancredi da un sorbo al cóctel que se ha preparado hace poco, un boulevardier. Le gusta esa variante del negroni con whisky en vez de ginebra, ese sabor cálido, envolvente, que recuerda a la *belle époque* francesa. Y no sólo eso. En ese vaso también hay algo más. La noche en que se lo preparó a Sofia, justo ahí, en el mueble bar situado en el borde de esa misma piscina. Le contó que ese cóctel lo inventó en 1927 Harry McElhone, uno de los bármanes más legendarios de la historia, el cual lo creó para el escritor americano Erskine Gwynne en el Harry's Bar de París. Sofia lo miró con curiosidad y al probarlo cerró los ojos.

—Qué rico.

—Para hacerlo utilizo bourbon, le da ese toque de caramelo, madera y especias.

—Sí, se nota, es perfecto.

Y siguieron saboreándolo, hablando, sonriéndose mientras perdían la noción del tiempo. Los cabellos de Sofia, iluminados por esos mismos reflejos de luz que ahora dibujaban extrañas figuras en la pared, parecían pequeñas filigranas en el aire. Ella hablaba de algo, pero Tancredi no la estaba escuchando. Se sentía demasiado embelesado por el sonido de su voz y por cómo movía las manos. Elegantes, ligeras, bailaban en la noche. Parecía que tocaran en la oscuridad.

Tancredi termina de tomarse la copa y la deja en la pequeña mesa de cristal, junto a la tumbona de mimbre. «Es curioso cómo un solo momento, un detalle cualquiera, puede desencadenar un torbellino de recuerdos tan potente como para barrer la más mínima certidumbre. A veces —piensa—, realmente me parece que lo he conseguido, que me he salvado, que puedo seguir adelante sin ella. Pero entonces, de repente, un minúsculo detalle arrastra de nuevo a todo mi ser hasta allí, a ese poco tiempo que pasé con ella. Y todo vuelve a empezar desde el principio, en cada ocasión. Es como una película que se repite hasta el infinito, pero a la que un director despistado se ha olvidado de dar un final. Un final que me falta, que me mantiene suspendido. Incompleto. Te echo de menos, Sofia. Echo de menos todo lo que me habría gustado hacer a tu lado. Echo de menos cómo soy contigo y lo que podría haber sido. —Tancredi se levanta. Va hacia la gran cristalera que da al océano. Observa el mar oscuro, que, silencioso, ondea siguiendo su ritmo—. Todo tiene su música. También el amor. Sólo se necesita a alguien que la toque y nos permita escucharla. —A continuación, mira al cielo, distingue algunas constelaciones—. Quién sabe si tú también las estás mirando.» Y se avergüenza por haberlo pensado, se siente como un chiquillo, pero le gusta muchísimo ese sentimiento que nunca había experimentado antes.

5

Parte de un viejo edificio de la Ya-Stroitel'naya ha sido convertido en un pub. Viejas armaduras, paredes cubiertas de tapicería de color rojo oscuro, antiguos trofeos con cabezas de osos y cornamentas de alces cazados a saber cuándo y por quién decoran el interior del Russian Diamond, rebautizado así por algún genio iluminado del marketing ruso. Es una especie de bar clandestino y muy exclusivo, sólo frecuentado por quien de verdad conoce a fondo la vida nocturna del lugar. Ya sólo encontrar la entrada es una proeza, dado que se oculta tras la pared posterior de las antiguas cocinas del castillo. Para entrar es necesario pasar a través de una cortina roja y, en cuanto se llega al otro lado, superar el rígido control facial de la entrada. Pero, una vez dentro, el ambiente es tan sugerente que merece el esfuerzo ir hasta allí. Y los cócteles que prepara Ustin son realmente excelentes. Viktor y Sofia entran en la pequeña sala y de inmediato cierran la puerta a su espalda, se frotan los brazos, la ropa, intentan alejar lo antes posible los grados bajo cero que se han llevado consigo desde el exterior. Según los días de la semana, se puede escuchar música de piano, jazz o incluso *house*. En ese momento salen de los altavoces las notas de *Money for Nothing*, de los

Dire Straits, en la versión de Mark Knopfler, Eric Clapton, Sting y Phil Collins. Algunos chicos bailan siguiendo el compás y tomando tragos de vodka, otros marcan el ritmo con un simple zumo de naranja en el vaso. Una chica se toma un capuchino y un temerario incluso se atreve a llevar una cerveza Asahi muy fría en la mano. Sofia se fija.

—Aquí sirven de todo...

—¿Cómo? —dice Viktor.

—No, nada, nada...

«Es verdad, no era un comentario sencillo como puede ser una notación musical —piensa Sofia—, al menos para un violín como él.»

—Hace muchísimo frío esta noche.

—Sí.

—Ahora nos tomamos algo enseguida y así nos calentamos.

Empiezan a recorrer las salas del local en busca de sus compañeros. Llegan a la última zona.

—Pero ¿dónde están?

—¿Quiénes?

—Los instrumentistas, Klara, Raisa y los demás.

Viktor se sienta a la última mesita y le sonríe.

—No sé, se habrán ido a dormir... No entienden que la belleza de la música... ¡hay que celebrarla! Vamos, sentémonos aquí.

Toman asiento y entonces Sofia sacude la cabeza.

—¡No puedo creer que me hayas liado de este modo!

—Si no hubiera estado la Gestapo, te habría dicho la verdad, pero delante de la comandante del KGB he tenido que mentir.

—¿Tan severa te parece mi dulce Olja?

—¿Quién es dulce? Es un teniente coronel y tú eres su bandera, su patria, y tiene que defenderla del extranjero...

—¿Y ése quién se supone que es?

—Cualquier hombre que se acerque a ti.

—¿En serio la ves así?

—Todos lo dicen.

—Pero ¿quiénes son todos?

—Cualquiera que toque un instrumento la conoce a ella y, por tanto, también te conoce a ti. Todos te quieren, sueñan contigo, te desean, al menos tanto como la temen a ella...

—¡Venga ya! —Sofia se echa a reír—. Qué exagerado...

—Te lo juro.

Viktor se lleva la mano derecha al corazón.

Sofia sonríe.

—Mira, después de mentirme diciendo que estaban todos aquí, que me buscaban, que no podía faltar, que habría sido una vergüenza para la profesión no acudir a tomar algo con mis instrumentistas, he comprendido que eres un embustero y nunca más creeré en tus juramentos.

—¡Te lo prometo!

—Y mucho menos en tus promesas...

Viktor se pone de rodillas.

—Te lo ruego.

Sofia se echa a reír.

—¡Y menos todavía en tus ruegos! Mira, no te creo y punto. Tráeme algo de beber, venga... Al menos así me olvidaré de tu terrible comportamiento.

Viktor se levanta.

—Claro, mi reina... ¡Todo lo que quieras!

—¡Oh, no, no me llames «mi reina», así me llama Dimitri Ostanov!

—No, no, qué horror... Tienes razón, realmente he caído muy bajo.

—Bajísimo.

—¿Mi adorada princesa?

Sofia finge pensarlo un rato.

—No, me parece que eso no me lo ha llamado nadie, al
menos no esta noche...

Viktor suelta un breve silbido y finge secarse la frente.

—Ha funcionado, menos mal. ¿Qué te traigo, mi adorada princesa?

—Tú mismo. —Sofia imposta un ademán altivo y se
hace la difícil y exigente—. Pero cuidado con lo que pides.
Sólo debes saber que tu vida dependerá de si el cóctel es el
acertado o no.

—¿Cómo?

—Sí. Puede que sigas viviendo feliz y contento o tengas
que vértelas con la comandante Olja.

Viktor finge preocupación de forma dramática.

—Así pues, no puedo permitirme equivocarme.

Y se aleja hacia la barra más cercana. Sofia se queda
sola, se relaja un poco. «Pues sí, en el fondo me hace falta,
está bien que me descargue un poco después de todo el esfuerzo que he puesto en el concierto. ¡Por otra parte, si incluso he hecho llorar a la inquebrantable Olja, significa
que lo he hecho muy bien!»

Al cabo de un rato Viktor regresa, deja su copa encima
de la mesa y mantiene la de Sofia escondida detrás de la
espalda.

—¿Estás preparada? Hagamos un juego: tú cierras los
ojos y yo te paso tu copa, la pruebas y, si adivinas qué te he
pedido, tienes derecho a pedir un deseo y yo haré lo que

quieras. Pero si fallas, entonces yo pediré el deseo y tú harás lo que yo quiera...

Sofia lo medita un instante. «Lo que quiere que haga no es para tomárselo a la ligera; si pierdo, no soy de las que dejan las apuestas sin pagar y es evidente que no puedo preguntarle cuál es su deseo...»

—Sólo una cosa: el cóctel que me has traído tiene que ser uno de los oficialmente conocidos, si no, no vale.

Viktor sonríe poniendo cara de bravucón.

—Pues claro que lo es, ¿por quién me has tomado? ¿Te crees que soy un tramposo?

—Estoy segura de ello, pero acepto de todos modos. Trae...

Sofia cierra los ojos y se siente confiada porque hubo una época de su vida, cuando vivía en Sicilia y quería obtener el título en el conservatorio, en que trabajó en un bar para pagarse sus gastos. El propietario, Alfredo, que estaba loco por ella, le hizo un curso, le enseñó a preparar cócteles y a servirlos, y solían jugar a ese mismo juego. Puede que, en el fondo, con la excusa de probar distintos combinados y adivinarlos, Alfredo tuviera la esperanza de que ella se emborrachara y así él conseguiría un beso de la difícil Sofia. Pero al final no hubo beso y, en cambio, una noche que Alfredo la retó a probar demasiados cócteles sin éxito, a él le retiraron el carnet de conducir. Sofia coge la copa y empieza a beber, la paladea despacio, tiene los ojos cerrados, pero Viktor, que no se fía, se pone a su espalda y se los tapa con las manos. Sofia da un pequeño respingo sorprendida.

—Si miras, no vale.

—Yo no hago trampas...

Sofia sigue probando el cóctel dando pequeños sorbos, lo degusta intentando distinguir los diversos sabores, y al final cree que está segura. Lo repasa para sí misma en voz alta.

—A ver, lleva melocotón, lleva alcohol y lleva helado. Podría ser un peach fashioned. —Lo vuelve a probar—. No, entonces llevaría bíter de naranja, que le aportaría amargura, y bourbon, que es un licor más fuerte; en cambio, este cóctel es muy delicado. Ya está, lo tengo, es un brandy rose; si no recuerdo mal lleva precisamente brandy, helado de melocotón y melocotón.

Lo prueba de nuevo y sonríe. Sí, tiene que ser ése. Está a punto de dar la respuesta cuando se acuerda de algo que Alfredo le dijo una vez: «Por lo general a las mujeres no les gustan los licores demasiado fuertes, así que es mejor preparar el cóctel con un brut, un prosecco o, todavía mejor, si quien te acompaña puede permitírselo, con champán». «¡Es cierto! Esto no es brandy, es champán, por eso tiene este sabor tan delicado. Y esto no es helado, es granadina.» Sofia sonríe y da un sorbo más largo. A continuación, por fin se decide a contestar.

—¡Este bellini está riquísimo! Me encanta.

Viktor aparta las manos que le tapaban los ojos y se sienta frente a ella algo afligido.

—Pero ¿cómo lo has hecho?

—Ha sido fácil. Querías pedir una bebida delicada, refinada, que me gustara y no hiciera que tuvieras que enfrentarte a la comandante Olja. De modo que has apostado por algo seguro. El bellini es un clásico. Te has salvado, pero te has quedado sin tu deseo, ¡y yo todavía tengo el mío! —Sofia lo mira sonriendo—. He ganado, ¿no? Lo he adivinado. ¡No serás de esos que no pagan las apuestas!

—No, pues claro que las pago.

Viktor da otro sorbo a su cerveza. «Yo mismo la he fastidiado —piensa—. Debería haber escogido uno de esos cócteles tipo mai tai o dadaumpa, son oficiales y nunca lo habría adivinado, y así yo habría ganado la apuesta.»

—¿Estás listo?

—¿Para qué?

—Para pagar tu deuda.

—¿Aquí?

—Sí.

6

Viktor no acaba de creer lo que oye. No puede haberle pedido eso, precisamente eso... Ni siquiera sabía que en el Russian Diamond hubiera un piano; pero ¿cómo lo ha hecho?

Sofia se echa el vestido hacia atrás, se sienta mejor en la banqueta y, a continuación, divertida, sin cortarse ni un pelo, se sube las mangas del vestido de lana azul, cálido y ajustado, que se ha puesto cuando se ha cambiado en el camerino después del concierto. Se las arremanga por encima de los antebrazos, como el más aguerrido camionero, y le guiña un ojo a Viktor.

—¡Yo ataco, tú sígueme!

Empieza a tocar *Honky Tonk Train Blues* y las notas del buguibugui se esparcen enseguida por el local, llamando la atención de todos. Sofia toca con tanto ardor e ímpetu que Viktor se siente muy avergonzado, tiene el violín apoyado en el hombro, con el arco intenta seguir el ritmo y da golpecitos con el pie para poder ir a la misma velocidad que ella, pero el grueso jersey, esa loca endemoniada, las gotas de sudor que le resbalan de la frente y se pierden en la barba corta parecen que se alíen para ir en su contra. A pesar de ello, lo pone todo de su parte, pero Sofia continúa corriendo con los dedos por el teclado, después afloja de vez en cuando, le sonríe divertida, mueve la cabeza, sigue el compás con él y la gente parece pasarlo realmente bien. Uno coge una guitarra, otro una pandereta y otros más siguen el ritmo con la copa o con cualquier otra cosa que encuentran que emita algún sonido o, peor aún, piensa Viktor, ruido. Y al final se crea una orquesta entera improvisada en la que participa todo el local. Alguien conoce la pieza y la canta. Viktor está sufriendo, pero aguanta, toca impertérrito y acaba, con ese último acorde, la peor interpretación de su vida, mientras que Sofia se desliza por las ochenta y ocho teclas y finaliza *Honky Tonk Train Blues* mejor que Keith Emerson.

La gente aplaude a ese hombre y esa mujer que les han ofrecido el espectáculo y les han hecho pasar un buen rato, como si fueran una de las mejores parejas de café concierto.

Sofia ríe.

—¡Tenemos futuro!

También Viktor, una vez superada la vergüenza, se ha divertido.

—Pues sí..., ¡menuda pareja!

Y así, después de recibir muchas felicitaciones, vuelven a la mesa. Sofia mira el gran reloj de la pared.

—Es hora de irse...

—Sí, se ha hecho tarde.

De este modo, poniéndose los abrigos, se dirigen a la salida.

—Hace muchísimo frío...

—Sí, es cierto.

Por suerte, Viktor ve pasar un taxi y lo para al vuelo.

Al cabo de un rato están debajo de casa de Olja.

—Hemos tenido suerte.

—¿Por qué? ¡Nos ha salido muy bien!

—¡Al encontrar un taxi!

Viktor le sonríe.

—No pensaba que lo conseguiría, ¿sabes?, creía que me iba a quedar bloqueado. Nunca he tocado sin partitura.

—Pues me has seguido bien.

—¿Tú crees? Al principio, así así...

Sofia asiente.

—Sí, pero luego te has dejado llevar por el corazón, te has lanzado.

Viktor la mira. Cómo le gustaría ahora lanzarse sobre ella para mitigar la adrenalina que todavía no le ha bajado, o es la cerveza que se ha tomado lo que hace que le parezca todavía más deseable.

—Sí, después ha ido mejor.

Sofia lo mira con malicia.

—¿Y cuál era tu deseo?

A Viktor le gustaría decir la verdad. Sofia insiste.

—Venga, si hubieras ganado tú la apuesta, ¿qué tenía que hacer?

Viktor decide minimizar al máximo la magnitud de su deseo.

—Ir a cenar conmigo.

Sofia se encoge de hombros y ríe.

—¿Tan poca cosa? —Baja del taxi—. Has improvisado tan bien que te lo mereces. ¿Quedamos mañana por la noche?

Viktor no puede creérselo, en realidad tiene un importante compromiso de trabajo para una posible gira, pero sabe que quizá no haya una segunda oportunidad. Sofia lo ve un instante indeciso.

—En vez de la cena, ¿prefieres volver a tocar en el Diamond?

Viktor se ríe.

—Mañana por la noche es perfecto. Paso a recogerte a las ocho y media.

Sofia piensa en las clases que tiene por la tarde.

—Mejor a las nueve —y, sin permitirle objetar nada, se mete en el portal.

7

Sofia abre la puerta de casa intentando no hacer ruido, la cierra y se queda apoyada con la espalda en ella. El coqueto apartamento en Nikiforova Ulitsa, prácticamente delante del restaurante Nebesnyy Zamok, adonde Sofia y Olja han ido a comer un par de veces, está en penumbra. Desde fuera, la luz de las farolas se cuela a través de las gruesas cortinas de tela que no están cerradas del todo e ilumina una parte del salón donde está el piano y una gran librería detrás. El resto permanece a oscuras. Esta noche se lo ha pasado bien. Se siente feliz de estar ahí, en el raión de Pervomaisky, donde Olja, su profesora de toda la vida, vino al mundo. Moscú era demasiado..., sí, era demasiado ordinaria. Era como estar en Roma, sólo que con un poco más de frío. Era su pasado, era su vida, y ella no tenía ganas de lidiar con ello. De modo que ella y Olja decidieron trasladarse. Aquí le gusta todo: las casas, el bazar, los dos quioscos que siempre están enfrentados, el poco tráfico, los edificios del centro y las isbas de los alrededores. Y después el auditorio, sus jóvenes alumnos, Elizaveta, que podría llegar a ser una excelente pianista. Y también Viktor. Viktor es interesante, guapo, toca bien, claro que quizá con el *Honky Tonk Train Blues* podría haber dado un poco más. Pero tiene una bonita sonrisa, unos bonitos ojos, unas bonitas manos, es simpático, divertido, galante. Sofia sonríe para sus adentros. «¿Tal vez sean los ocho meses de abstinencia lo que me hacen verlo así? —piensa—. ¿Por qué a las mujeres no se nos reconoce que podemos sentir deseo? Si una mujer tiene ganas de hacer el amor, es una perdida. Bueno, será mejor que me prepare una infusión. Ya pensaré en ello mañana. Después de todo, mañana será otro día.» Se ríe pensando en Escarlata O'Hara y en lo mucho que creía en el mañana. Y luego le viene a la cabeza Ornella Vanoni y se pone a canturrear: «*Domani è un altro giorno, si vedrà*». «Mañana será otro día, ya veremos.»

Sofia enciende la luz, pero se sobresalta.

—¡Madre mía! ¡Casi me da un infarto! ¿Qué haces aquí?

Olja está sentada a la mesa, con la oscuridad no la había visto antes.

—Te estaba esperando.

—¡No hacía falta, ya soy mayor, sé encontrar el camino a casa!

—Pero también sabes perderlo.

Sofia decide no dar importancia a sus palabras.

—¿Quieres una infusión? Voy a prepararme una.

—Sí, gracias.

Sofia pone un poco de agua en el hervidor, a continuación enciende el fuego y lo coloca encima, deambula por la cocina cogiendo las tazas, los platitos, unas galletas de mantequilla, azúcar, dos servilletas, y lo deja todo encima de la pequeña mesa de madera maciza que hay en el centro. Abre la puerta de un pequeño armario empotrado encima de la nevera.

—¿Qué hierbas quieres?

—¿Qué hierbas hay?

—Antioxidantes, depurativas, relajantes, adelgazantes, hinojo y frutas del bosque. —Se vuelve sonriente hacia Olja—. Tenemos de todos los sabores.

—Las que tomes tú.

—Perfecto.

Poco después están la una delante de la otra. Sofia mueve la bolsita de la infusión de frutas del bosque dentro del hervidor arriba y abajo y al final la sirve en las dos tazas. Seguidamente acerca el azúcar a Olja mientras ella coge una galleta de mantequilla.

—Estas galletas Walkers están riquísimas —y la muerde al tiempo que gira el paquete entre las manos—. Y además con esta caja de cuadritos rojos tan típicos de Inglaterra. No me puedo resistir, me las comería todas.

—Pero hay que resistirse. ¿Te lo has pasado bien? ¿Te has divertido con tus colegas?

Sofia le da un sorbo a la infusión y, a continuación, deja la taza sobre el platito.

—No estaban, Viktor se lo había inventado todo, no había nadie más.

Olja cierra los ojos un instante y esboza una pequeña sonrisa, después se pone seria.

—¿Te sientes a gusto aquí, en el raión de Pervomaisky?

—Mucho. Todo me encanta. Justo lo estaba pensando antes.

—¿También te gusta Viktor?

Sofia se vuelve hacia Olja y la mira. Las dos mujeres se observan durante un rato y entonces Olja rompe el silencio.

—A menudo os veo bromear y reír durante los ensayos de los conciertos.

—¿En serio? Me parece que bromeo un poco con todos...

—Con él en particular.

Sofia bebe despacio la infusión. Olja mueve despacio su cucharilla.

—¿Sabes qué me decía siempre mi abuelo? Cuando veas que bromeas con un hombre que te hace reír y te hace sentir bien, continúa, puede que te cases con él. O déjalo enseguida si ya estás casada, porque después será demasiado tarde, a menos que quieras casarte de nuevo.

—Muy simpático tu abuelo.

—Sí, mucho. Pero sólo se casó una vez.

—Le salió bien.

—No. Siempre bromeó con mi abuela, sólo con ella.

Dicho esto, Olja se levanta de la silla.

—Bueno, me voy a dormir. ¿Hace mucho que no hablas con tu marido?

—No he hablado con él desde que llegué a tu casa hace ocho meses. Sólo nos hemos escrito algún mensaje. Lo decidimos así.

—¿Y Tancredi?

—De Tancredi ni siquiera tengo su número, ni su correo, nada. Aunque quisiera, no sabría cómo hablar con él.

Olja asiente.

—Bien. No hay más que poner un poco de orden y decidir qué hacer los próximos años.

—¿Qué te gustaría?

—Me gustaría lo que tú quieras. No niego que me encantaría acompañarte en una gira por el mundo dando conciertos, pero no puedo dejar de recordarte que tienes un marido..., ¿cómo decirlo?, en el aire.

Sofia se pone nerviosa.

—No entiendo por qué a las mujeres no se nos permite que nos guste practicar sexo como a los hombres.

—¿Y eso qué tiene que ver?

—Nada, pero si manifestamos nuestro interés, dicen que somos unas frescas. A casi todas las mujeres les gusta practicar sexo, pero tienen que hacer como si no fuera así.

Olja comprende que la situación es más complicada de lo que pensaba.

—Las mujeres poseemos una cosa más que los hombres, algo que nos hace únicas, especiales: tener hijos. Yo no he sido tan afortunada, pero te cogí cuando tenías apenas cuatro años. Tú has sido mi niña. Pero creo que traerte al mundo habría sido todavía más bonito, algo único, y sin embargo ya te quiero muchísimo así, aunque no me imagino lo que significa ser la mamá de una niña... Y ya no lo sabré. Pero tú sí. Tú todavía puedes, tienes toda la vida por delante para ser perfecta.

—¿Para ser perfecta?

—Una mujer es perfecta en el momento en que trae un hijo al mundo, ahí es cuando se realiza un milagro, tu creación. Yo creo que se trata de la cosa más bonita de todas, más que saber tocar en un instante todas las sinfonías de este mundo. —Sofia permanece en silencio. Olja se le acerca y le hace una caricia—. Perdóname, me he dejado llevar. He echado mucho de menos ser madre y no me gustaría que te sucediera lo mismo a ti. En una ocasión vi a Antonio Ligabue, el pintor, en un plató de televisión, se disponía a pintar a una mujer. Entonces de repente se para, mira a la modelo y le dice: «Esperas un bebé». «¿Y tú cómo lo sabes?», le contestó la mujer sorprendida. «Lo dice la luz de tu belleza.» Era un pintor loco, pero sabía ver la verdad de esa luz.

A continuación, Olja se dirige hacia el pasillo. Pero antes de salir de la cocina se vuelve y sonríe a Sofia.

—Ah, se me olvidaba... Saludos de Klara y de Raisa. Me las he encontrado al volver a casa, se dirigían con los demás instrumentistas a la pizzería de aquí atrás.

8

Tancredi deja las gafas, el tubo y las aletas de buceo encima del mueble del vestuario. Ya lleva puesto el bañador y ha cogido la toalla grande. Hoy el sol no es demasiado fuerte y la temperatura es perfecta. Un rato después se sumerge en el azul del mar. Su boya de señalización de color naranja flota en la superficie mientras Tancredi desciende hacia la profundidad dando pequeñas patadas. Necesita perderse imperiosamente. Nada despacio a lo largo de la costa. Casi de inmediato lo rodean unos peces trompeta de muchos colores, que, curiosos, nadan a su alrededor, y algunos caballitos de mar. No muy lejos aparece una gran tortuga que avanza despacio. Tancredi se sumerge un poco más, nada un rato a su lado y a continuación emerge para vaciar el tubo. Se mueve por la superficie mirando hacia abajo, con calma. Cada vez que el mar lo envuelve se siente algo mejor. Durante unos minutos le parece que está sereno, que puede vivir la vida así, a medias. Pero es sólo una ilusión que dura lo mismo que el paso de unos preciosos peces tropicales. No se puede vivir a medias cuando se ha probado la sensación de la plenitud con alguien. Esa parte le faltará para siempre. Las almas gemelas acaban encontrándose porque tienen el mismo escondite, escribió Robert

Brault en una ocasión. Esa frase siempre se le ha quedado grabada. «Nos estamos escondiendo, Sofia. Y tal vez sólo estemos esperando a que uno de los dos encuentre al otro, como cuando jugábamos de pequeños. Porque tú eres la cerradura donde entran mis llaves y posees las llaves que abren mi cerradura. Es así. No tiene remedio.»

Más tarde está tendido sobre una gran toalla en la orilla mientras se seca. «¿Cómo es posible que nunca haya encontrado a una mujer como ella? ¿Cómo es posible que sea única? ¿Por qué no tengo alternativas? Cuando dejas a alguien a quien quieres muchísimo, el único modo de seguir siéndole fiel es permanecer solo. Creo que es eso. Aunque tuviera la oportunidad de conocer a otra mujer, lo único que haría sería traicionar lo que siento por ella. Ella, tan presente a pesar de su ausencia.» Tancredi se levanta, recoge la toalla y va hacia la casa. Hace todo el recorrido hasta la punta de la isla caminando por la orilla. Las olas llegan a la arena y se retiran enseguida. Igual que un beso fugaz. El mar besa la playa sin cesar, a pesar de que ella lo rechace sin parar. Pero al mar no le importa, lo hará por toda la eternidad. «Como yo contigo.» Entonces se acuerda de ese día, justo allí, donde ahora se encuentra.

Sobre la mesa perfectamente puesta con unos caminos de lino crudo, con la vajilla y la cristalería a juego, hay dispuestas unas cestas de fruta fresca de varios tipos. Frutipán, coco, mango, plátano, papaya, guayaba, aguacate, fruta de la pasión, melón, yaca, jobo, manzana de Java, anona, carambola, piña, naranja y pomelo. Parece un arcoíris tropical. En unas jarras, junto a las tazas y los vasos, hay zumos de fruta y agua. Al lado, en una pequeña cesta de algodón blanco, hay pan integral, algunas tostadas y panecillos más pequeños, blandos y blancos, también una jarra de leche, un termo de café caliente, un platito con mantequilla fresca y varios tarros de mermelada.

Las cortinas claras y ligeras se mueven bailando con la brisa de la mañana. Tancredi y Sofia están sentados el uno frente al otro, se sonríen mientras él le sirve un poco de zumo de zanahoria y jengibre.

—Gracias.

Sofia se lo toma y, después, unta un poco de mantequilla sobre una rebanada de pan. A continuación, añade mermelada de frutas del bosque. Tancredi se vierte un poco de café, lo mancha con la leche y se lo toma.

—Tengo ganas de pasear, ¿te apetece?

—Claro —contesta Sofia.

Poco después se encuentran en la orilla, el sol está alto, los reflejos en el agua parecen pequeños espejos brillando. El viento sopla más fuerte. Las olas se están encrespando. Tancredi se detiene. Es un instante. Coge un poco de carrerilla, golpea el agua y mil gotas minúsculas estallan en el aire, alcanzando a Sofia, que se vuelve.

—¡Oye!

Se ríe. Sofia, a su vez, da una patada al agua y moja por completo a Tancredi. Un segundo después están corriendo el uno detrás del otro, hasta que él la alcanza. La coge por las caderas y la retiene.

Sofia se vuelve y lo mira.

—Bueno..., esto —dice Tancredi.

—¿El qué?

—Esto. Sentirse sencillamente ligeros. —Sofia permanece callada. Él prosigue—: La sencillez de vivir de verdad un momento sin pensar en nada más, mirarse sin necesidad de un beso u otra cosa, estar así..., estar bien. Hacía mucho tiempo que no lo sentía.

—Una vez leí una frase que no he olvidado nunca... «La razón por la que los ángeles saben volar es que se toman a sí mismos a la ligera» —y, mientras lo dice, Sofia se pone de nuevo a caminar delante de él.

Tancredi sonríe.

—Me gusta.

—¿La frase?

—Cómo me siento contigo.

Sofia no añade nada más. Él acelera un poco el paso y se sitúa a su lado.

—Deberías ver películas sobre la felicidad un poco más a menudo... —dice Sofia.

—De acuerdo. No sabía que fueras una crítica cinematográfica. Y bien, ¿por cuál empiezo?

—Por ejemplo, por *Mejor... imposible*. Melvin, el protagonista, tiene un carácter como el tuyo, terrible. Lo interpreta Jack Nicholson. Es un escritor de novelas sentimentales, obsesionado por todo y alérgico a cualquier contacto humano.

—Pero yo no soy así...

—Es cierto... ¡No escribes libros!

—No, venga, no soy tan insoportable...

—Sí que lo eres. —Sofia ríe—. Pues bien, entonces conoce a Carol; al principio siempre se pelean y no se entienden, pero al final él descubre el amor y aprende lo feliz que te sientes cuando lo puedes compartir.

—Pues entonces sí, me gusta, es verdad..., soy como él.

Sofia lo mira.

—¿De modo que algo ha cambiado?

—Sí, algo ha cambiado.

Siguen caminando por la orilla, dándose golpecitos de vez en cuando el uno al otro, igual que una pareja de cómplices que se conoce desde hace siglos y hace siglos que se ama y disfruta tomándose el pelo. Con despreocupación.

Vuelve a ser hoy, permanece callado, en esa misma isla, con ese recuerdo encima, tan fuerte y nítido que piensa que se volverá y Sofia estará ahí, es como si la belleza de esos momentos los hubiera vivido el día anterior. Hay cosas tan bonitas o tan malas que nunca las podrás olvidar. A veces son sencillas, para muchos quizá insignificantes, pero para ti lo son todo, incluso te olvidas de cosas más grandes, pero ésas, en cambio, por algún extraño motivo, te acompañarán durante toda la vida. Ya no podrás librarte de ellas.

9

La jornada transcurre de manera tranquila. Sofia da clase a sus alumnas, ríe y bromea, Elizaveta incluso intenta tocar un fragmento del concierto de la noche anterior.

—Pero así estás quemando etapas. Es demasiado pronto y demasiado difícil para ti...

—Oye, perdona, pero tú lo hiciste. Yo soy como tú, ¿no?

Justo en ese momento llega Olja, que al oírla no puede evitar intervenir.

—Pues vamos bien... ¡Ya tenemos otra, una Sofia dos!

Sofia se ríe y abraza a Elizaveta.

—Venga, vete con tu madre, por hoy hemos terminado...

Elizaveta se va corriendo mientras Sofia coge el abrigo.

—¿Comemos juntas o tienes otro compromiso...? —pregunta Olja.

—No, no, estoy libre...

Olja exhala un suspiro de alivio.

—Menos mal, pensaba que no iba a soltar la presa...

—¿Viktor? Bueno... —Sofia sonríe poniéndose el abrigo—. Se reserva para esta noche —Y sale divertida de la sala.

Olja enseguida está detrás de ella.

—¿Y no se puede evitar?

—Pero si sólo vamos a ir a cenar algo...

—Ayer salisteis y encima se sirvió de un truco...

Sofia se vuelve sorprendida.

—¿Y qué? ¿Qué tiene que ver?

—Tiene que ver, sí... Es como si le hubieras dado permiso para mentir, complicidad total, libertad para decidir.

—¡Venga, Olja! Estás exagerando. ¡Estuvimos en un pub con otras mil personas! Nos lo pasamos bien, incluso tocamos...

—¿Tocasteis?

—Sí, el tema musical de un programa que vi hace algún tiempo, se llamaba «Odeon», era una reposición, tal vez tú viste el original, en los años setenta, cuando lo hacían en directo.

—Sí, ¿en blanco y negro? ¿Quieres decir que soy tan vieja?

—Cuando te pones así, sí.

—¿Y qué tocasteis?

—*Honky Tonk Train Blues*, de Keith Emerson...

—No la he oído nunca.

—¿Lo ves? Eres vieja.

Entran en la gran sala del comedor del auditorio y Olja, si bien ha estado mucho tiempo sin trabajar allí, todavía los conoce a todos. Le pasa un papelito a Sofia.

—Toma..., la vieja te ha escogido una buena comida.

—¡Si te has acordado, será que no eres tan vieja!

Se ponen a la cola. Hay mujeres, chicas, hombres, personas todas ellas que trabajan en ese gran centro de Redaktsiya donde está la radio, la televisión local y, naturalmente, todas las escuelas de música para niños. Sofia coge una bandeja y se la pasa a Olja, ponen en ellas los cubiertos, vasos de papel, unas pequeñas barritas de *nareznoy* envueltas en celofán y servilletas.

—Bromas aparte. —Olja está sinceramente preocupada—. ¿No te parece que le estás dando demasiada cuerda? Le estás dando falsas esperanzas...

Sofia empieza a sentirse molesta. «¿Es que ya no se puede tener ni siquiera medio ligue? Una diversión, una distracción.» Pero comprende que Olja no está en su misma longitud de onda, de modo que intenta ser amable.

—Que no, no te preocupes, todo va bien, es un colega más guapo y amable que los demás, eso es todo...

—Y está más enamorado.

—Tal vez, pero ¿es eso tan importante? Tampoco es que nos vayamos a ir de vacaciones juntos o a empezar una nueva vida en otra ciudad... Vamos a salir a cenar. Una cena y nada más. Todo el mundo sale a cenar, ¿crees que todos se preocupan tanto?

Mientras la fila sigue avanzando, Sofia y Olja, una junto a la otra, empiezan a servirse, ponen en la bandeja unos embutidos cortados y unos *golubtsy*, los rollitos de col. Después Olja pone en su bandeja un plato de *pelmeni*, un tipo de pasta con salsa rellena de carne o verdura, mientras que Sofia escoge unos *blinis*, las tortitas con nata agria y salmón.

—Los demás no me interesan —dice Olja—. Yo te tengo a ti y me interesas tú.

«Es cierto —piensa Sofia—. En eso no había pensado. Ella sólo me tiene a mí.» Olja le sonríe.

—Yo no me distraigo. Sólo bromeo contigo.

—Y sólo me riñes a mí...

—Tienes razón, perdóname...

49

Y de este modo parece volver la tranquilidad. Siguen la fila en silencio. Olja elige una menestra con albóndigas y ñoquis, mientras que Sofia coge algunos *pirozhki*. Le encantan esos bollos rellenos de carne de buey. Deciden saltarse el postre porque no está el preferido de Sofia, la *pastila* de manzana. Después de coger dos botellas de agua, se sientan y empiezan a comer tranquilamente, hablan de sus jóvenes alumnas, de los otros excelentes concertistas y evitan hablar de Viktor Urassov desde ningún punto de vista.

A las cinco de la tarde, después de terminar las clases, como cada día Sofia cierra la puerta y se queda sola con Olja, que deja una partitura encima del piano.

—Hoy me he imaginado esto, me apetece volver a escucharlo.

—Piotr Ilich Tchaikovski, Concierto para piano y orquesta n.º 1 en si bemol menor, op. 23. Realmente has decidido castigarme. Ya entiendo, es una táctica; tú quieres dejarme agotada, así esta noche no podré salir... Pero no me voy a derrumbar.

Sofia enarca la ceja.

Olja al final se ríe con ganas.

—Que no, sólo me apetece emocionarme.

Entonces Sofia gira sobre el taburete, endereza la partitura y empieza a tocar. Durante esa media hora, Olja vuelve a ser una niña, se acuerda de su madre y de su abuela cuando la acompañaban a la clase de piano. Y las viejas calles, muchos caballos que iban arriba y abajo transportando sobre todo víveres. Y la iglesia de Barlaam de Pečerska, donde tocó por primera vez y de la que hoy ya sólo quedan escombros. Después, su llegada a Moscú, cuando se matriculó en el conservatorio, las clases con el severo profesor Vorobyov y sus compañeras de curso, Klavdiya y Ludmilla. Y, a la salida, ese chico joven con esa sonrisa que nunca ha podido olvidar, Radislav, y que la llevó a Italia. Mientras tanto, Sofia toca esa fascinante pieza tan difícil de interpretar porque requiere de una gran técnica por parte del solista, muchos virtuosismos y resistencia física. Esa pieza fue el caballo de batalla de pianistas consagrados, en especial de uno, Vladimir Horowitz, que tuvo un debut triunfal con ella en Estados Unidos, en el Carnegie Hall, bajo la dirección de orquesta de su suegro, Arturo Toscanini. Y esas notas llevan a Olja al año en que se convirtió en profesora, al primer día que entró en aquella clase, a sus primeras alumnas y, entre ellas, precisamente la pequeña Sofia, la más bella, la más simpática, la más austera, la más testaruda. Y justo cuando Sofia acomete el tercer movimiento, el *allegro con fuoco* en si bemol mayor, un típico baile al estilo ruso (o «Danza rusa») con un ritmo danzarín y vehemente, con ese polícromo virtuosismo pianístico, Olja la recuerda de niña, con su vestido claro de algodón perforado y una camisa de seda blanca que ella misma había escogido con mucho cuidado para impresionar a su profesora, pero la verdad era que no hacía falta. Sólo bastaba con oírla tocar.

—¿Cómo lo he hecho?

—Muy bien, aunque en el pasaje de la cuarta página has aflojado un poco, tal vez una corchea de más...

—No es cierto, esa corchea sí que está.

Olja intenta que no la vea, se vuelve, coge un pañuelo del bolso y se seca los ojos con rapidez.

—Es verdad, la corchea está, no se te puede ocultar nada.

Sofia ríe.

—No, nada en absoluto, y diría que eres alérgica a mis notas. ¡¿No estarás llorando en serio...?!

10

Una vez en casa, Sofía empieza a ordenarlo todo de forma
frenética. En la cocina, saca los vasos del aparador, después
los platos, las bandejas, las tazas, los platitos, les quita el
polvo con nerviosismo, pasa un trapo húmedo, entonces
se fija en que los estantes de la librería todavía tienen algo
de polvo, de modo que vuelve a pasar la bayeta, mira a contraluz y comprueba que ahora ha quedado bien. Saca algunas botellas de vino del botellero y también las limpia.
Pone un cuadro derecho, arregla una lámpara, quita algunos papeles y revistas de la mesa, dobla dos toallas limpias
y las guarda en el cajón del mueble del televisor. Pone de
nuevo en orden todo lo que había sacado con increíble
precisión y después pasa a los armarios. Coge los jerséis y
los echa encima de la cama, decide deshacerse para siempre del verde claro con todas esas bolitas y también del marrón, intacto, sin estrenar precisamente porque nunca le
ha gustado. Después ordena los cajones de la ropa interior,
las medias, a continuación los camisones, las bufandas, los
guantes y también en este caso abandona para siempre alguna prenda que nunca se ha puesto, o que se ha puesto
demasiado y ya casi se ve gastada. Sonríe. Ha leído en alguna parte que la mayoría de las mujeres se pone menos de la

mitad de la ropa que tiene y que, en cambio, esto sólo es aplicable a un hombre de cada cinco. «Pero ¿por qué estoy haciendo todo esto? Porque estoy nerviosa. Porque voy a salir con un hombre después de ocho meses. Porque preferiría no ir, pero al mismo tiempo no quiero que Olja se salga con la suya. Y, de todos modos, yo sólo deseo distraerme, no hay en absoluto ninguna otra razón detrás de mi salida... ¿O es que tal vez quiera volver a sentirme mujer? Lo que es seguro es que me siento sucia..., pero de polvo...»

Y, de hecho, estornuda y decide darse una ducha. Pero cuando entra en el baño se da cuenta de que son ya las ocho y que en apenas una hora Viktor pasará a recogerla. Viktor, discreto violinista; Viktor, atractivo, simpático, atento; Viktor, alegre pero no del todo transparente. Eso es lo que le ha dicho a Olja por la tarde.

—De todos modos, hay algo en Viktor que se me escapa...

—¿Qué es lo que se te escapa? Quiere acostarse contigo, más claro que eso...

—Venga, no hables así..., lo estás dejando a la altura del betún.

—O del colchón.

Sofia la mandó a freír espárragos.

—Me ves demasiado hermosa, o, peor aún, ves lo malo y lo sucio en todas partes... ¿No podríamos tan sólo tener ganas de pasar un rato juntos, de ser amigos? ¿Un hombre y una mujer no pueden ser amigos sin que él se le eche encima?

—¡O que se le eche encima ella! —Olja se echó a reír.

—No es mi caso.

—Yo no te juzgaría por eso, sólo pienso que hay que ser consciente de lo que ocurre, sólo te pido eso. No me gusta cuando alguien dice: «No lo sabía, no me lo podía imaginar...». Tú le estás dando cuerda y, si no quieres que pase nada entre vosotros, es mejor que lo dejes en paz. Porque la primera vez que la serpiente te muerde es culpa suya, pero la segunda es culpa tuya.

—¿Y eso dónde lo has oído? Y, además, según tú, ¿cuándo me ha mordido la serpiente?

—También me lo decía mi abuelo, cuando bromeaba «sólo» con mi abuela. Pues claro que Viktor te ha mordido: ayer, cuando te hizo la jugarreta del pub.

Sofia se había ido a su habitación. Al cabo de un rato se le pasó la rabia y hasta se echó a reír. «Ni con mi madre tenía esas discusiones. Tal vez Olja me quiere más que mi madre.» En efecto, Grazia, su madre, había sido un poco egoísta durante su vida y, a pesar de que de pequeña la quería, nunca se lo había demostrado. Y así, al final, Sofia se reunió con Olja y la abrazó.

—Te quiero.

—Yo también..., lo sabes.

Entonces Sofia sonrió.

—Pero voy a salir con Viktor de todos modos.

Olja sacudió la cabeza y ella también se echó a reír.

—No me cabía duda.

Sofia sale de la ducha, se pone el albornoz y se enrolla una toalla alrededor de la cabeza. Se frota un poco el pelo, luego enchufa el secador y empieza a secárselo. Cuando termina, se quita el albornoz esponjoso, se da un poco de crema por las piernas, también por el resto del cuerpo, y al final se queda quieta mirándose al espejo. «No estoy tan mal; claro, tengo la piel pálida, debería tomar el sol más a menudo, pero aquí nunca hace sol. Puede que haya engordado. —Echa la cabeza a un lado, primero a la derecha, después a la izquierda, y se mira de nuevo, se vuelve y se examina por detrás. La espalda, las caderas, los glúteos. Examina todos los ángulos. También se mira de perfil—. No, no he engordado. —Acto seguido se pone un conjunto de lencería gris oscuro y blanco, no especialmente sexy, pero muy elegante, con dibujos de pequeñas rosas plateadas y unas hojas un poco más oscuras—. Lástima que Viktor no lo pueda apreciar... —Y se echa a reír—. ¿O tal vez sí? ¡Si Olja oyera mis pensamientos, volvería a hacerme sentar en la cocina y ya no me dejaría levantarme, y mucho menos salir! —Después abre el armario. Hay otra estadística que dice que los hombres tienen más probabilidades de acercarse a una mujer si va vestida de rojo. Sofia sonríe de nuevo y empieza a probarse vestidos—. Éste es demasiado oscuro, éste es demasiado elegante, sí, éste podría ir bien.» Y, de repente, se mira al espejo y se divierte volviendo a parecer una adolescente, como las primeras veces que salió con un chico, con aquella preocupación del principio y luego ese pasotismo que, desde siempre, desde que era una muchacha, la hacía ser categórica en un aspecto: «¿Acaso tengo que preocuparme por cómo me visto? ¿Por cómo me maquillo? ¿Por cómo me arreglo para él? Yo soy como soy, tengo que gustarle así, prescindiendo de lo que me ponga, y, si no es así, significa que no me merece». Entonces se echa a reír. «¡O que no le gusto!» Después empezó a ser un poco más flexible, el punto de vista ya no era uno solo y rotundo, curiosamente permitía alguna opción más.

Sofia se sube la cremallera del pantalón gris claro.

—No me lo puedo creer.

En algo sí se ha equivocado por completo.

—¡He engordado! ¡Con lo bien que me quedaba! ¿Cómo es posible?

Sofia se da cuenta de que han pasado ocho meses, no ha hecho ejercicio, es como si se hubiera apartado de todo, no ha vuelto a tener ganas de hacer balance de la situación, de ver en qué momento de su vida se encuentra. Tiene treinta y tres años, el 8 de julio cumplirá treinta y cuatro, una vida que se desliza a sus pies a una velocidad increíble. Una vida que en cierto modo ni siquiera le parece suya. Como si el mundo hubiera acelerado, como si todo se moviera a más velocidad y, sobre todo, no la esperase. Entonces, de repente suena el timbre. Mira el reloj. Son las nueve. «No me lo puedo creer.» De una cosa está segura, Viktor también tendrá que esperar.

11

Olja va a abrir la puerta.

—Hola, Viktor, ¿quieres pasar?

—No, gracias, maestra, esperaré aquí, en el coche.

—Me temo que no vas a esperar poco, cogerás frío.

—Gracias, pero no tengo prisa, debo hacer unas llamadas de trabajo y tendré la calefacción encendida.

Vuelve a subir al coche y coge el móvil. En realidad, le habría gustado decirle a Olja: «No me importa esperar a una mujer tan hermosa —pero sabe que tal vez habría sido demasiado, mejor no arriesgarse—. Ya es un milagro que después de tantos intentos Sofia haya aceptado salir conmigo». Entonces llama a su casa para asegurarse de que Lydia, la asistenta, ha realizado las tareas que le ha dejado encomendadas antes de salir; tenía que ir a una reunión de negocios y no ha podido supervisarlo todo en persona.

—¿Se ha acordado de subir la temperatura de la caldera como le he pedido?

La mujer responde por enésima vez.

—Sí, señor, tal como me ha dicho.

A continuación, Viktor también revisa que otros pequeños detalles estén en orden.

—Perfecto. Pues por mí ya ha terminado, puede irse a casa.

—Muy bien, señor, gracias.

Lydia cuelga y se queda sorprendida. «Es la primera vez que me deja salir antes de mi hora.» A continuación, contenta, se pone su grueso abrigo, revisa que haya suficiente hielo en el cubo, mueve el champán para que baje un poco más y siga enfriándose, da un último toque a las flores del jarrón que está sobre la mesa y se marcha.

Viktor se guarda el teléfono en el bolsillo interno de la chaqueta y mira el paquete que hay encima del asiento trasero. Si no se sorprende, significará que es tarea imposible para cualquiera. Justo en ese momento la ve salir del portal. Lleva una gruesa capa de lana y un pequeño colbac, parece la más hermosa de las zarinas. Cruza la calle con rapidez y sube al coche.

—¡Pero qué frío hace! ¡Menos mal que has dejado la calefacción puesta!

—¡Déjame decirte una cosa, eres todavía más bella que la pianista que suele tocar conmigo!

—Bravo, me has puesto de buen humor, antes no lo estaba en absoluto.

Viktor mete la marcha y arranca lentamente.

—¿Por qué? Espera, déjame adivinar: ¿te las has tenido con la comandante?

A Sofia le gustaría contarle la verdad, pero no tiene tanta confianza con él.

—Que no, problemas con una niña. No me ha quedado otro remedio que discutir con su madre.

—¿Elizaveta?

Sofia se vuelve sorprendida.

—¿Cómo lo sabes?

—¡Es tu más ferviente admiradora, viene a todos los conciertos que damos y obliga a sus padres a acompañarla!

—Sí, ya no pueden permitirse pagar el curso. Piensan que invertir para que su hija se convierta en pianista no servirá de nada. Es algo que me enfurece. Y encima son tan orgullosos que quieren rechazar mi propuesta de seguir llevando a la niña gratis. Pero los convenceré... No entienden que su hija tiene un don tan grande que no puede dejarse de alimentar... y que podría hacerla muy rica...

Y de repente se acuerda de que eso era lo mismo que objetaba su madre cuando asistía a las clases de Olja. Ella también le había obstaculizado su pasión por la música de todos los modos posibles:

—No serás rica, tendrás una vida mediocre.

—Pero ¿qué hay más hermoso que la música, mamá?

—El dinero. ¡Y con dinero, cuando te apetezca oír música, coges un avión y te vas a París a escuchar a una pianista sin duda mucho mejor que tú!

En cambio, no, Sofia se empecinó y luego, durante una larga época, fueron los demás quienes cogían un avión para verla a ella allí donde tocara. Y podría haberse hecho mucho más rica si hubiera continuado...

—¿En qué estás pensando?

Sofia se vuelve hacia él y le sonríe.

—En nada, perdona. Tienes razón. Ahora pensemos sólo en divertirnos. ¡A lo mejor tocamos otra pieza como anoche!

Viktor ríe.

—¡Ah, no, para no correr riesgos he dejado el violín en casa!

12

Alrededor todo está oscuro, la noche es estrellada. No hay nadie por la calle, sólo se oyen las juntas del pavimento bajo las ruedas del coche de Viktor, que avanza a buena velocidad.

—Pero ¿adónde vamos? ¿Está lejos?

Viktor sonríe.

—Todo lo que vale la pena merece un esfuerzo. Es un sitio delicioso, me lo ha recomendado Boris, el primer violín de Moscú; ha dicho que él viene a tocar al raión de Pervomaisky sólo para poder pasarse por ese restaurante. De todos modos, ya falta poco, mira, hemos llegado.

La luna alta en el cielo ilumina una explanada. El restaurante se parece a una pequeña casa de campo en medio del valle, una dacha de madera y ladrillos con grandes cristaleras. Un humo blanco se eleva de la chimenea central y hay algunos coches aparcados alrededor.

—Me parece muy bonito, tan aislado...

—Sí.

Viktor sonríe, está muy satisfecho de su elección. A medida que se acercan, Sofia se fija en que los coches aparcados son todos de un mismo tipo. Maserati, Mercedes, un Porsche Panamera, un Bentley, un Aston Martin e incluso un Rolls-Royce. Sofia finge no darse cuenta, aunque por un instante le dan ganas de reír. «Nosotros llevamos un Škoda.» Entonces se acuerda de la frase que empleó Bill Gates para contestar a una pregunta:

—Disculpe, pero usted, con todo ese dinero que tiene, ¿por qué viaja en turista?

Y Bill Gates sonrió al entrevistador.

—¿Por qué? ¿Acaso en primera se llega antes?

Pues sí, también hay que darle la justa importancia al Škoda. «Al fin y al cabo, nosotros también comeremos en una mesa, exactamente igual que los dueños de ese Rolls-Royce. Bueno, claro, tal vez el vino que escojamos no sea el mismo. —Entonces mira a Viktor ligeramente preocupada—. Oh, Dios mío, llevo poquísimo dinero, he cogido el bolso pequeño para ir deprisa y sólo tengo la documentación y un poco de calderilla; ¿tendrá él dinero para pagar?» Y, de repente, se ve a ella, Sofia Valentini, la que debería haberse convertido en la rica y famosa pianista conocida en todo el mundo, fregando los platos a treinta kilómetros de Vladivostok, en la isla de Russki, en el restaurante Nokik Country Club, precioso, por cierto, pero donde al final ha acabado haciendo de pinche.

—¿Qué sucede?, ¿en qué estás pensando?

—En lo bonito que ha sido cruzar el puente.

—El puente de la isla de Russki es el más largo del mundo. ¡Piensa que es un puente atirantado y le costó a Putin mil millones de dólares y mil polémicas!

—¿Qué quiere decir *atirantado*?

—Quiere decir suspendido, es decir, que es un puente anclado a unos pilones a través de tirantes, que serían los cables... —Viktor sonríe a Sofia—. No pensaba...

—¿El qué?

—Que hubiese algo que no supieras...

—Idiota. No sé tantas cosas.

—¿Incluso en el campo de la música?

—No, de la música lo sé todo.

Viktor sonríe. «Pues así todavía lo apreciará más», piensa. Aparca el Škoda justo entre el Bentley y el Rolls-Royce y baja.

—Bueno, hace su efecto, ¿no?

—¡Muchísimo!

«Por lo menos, es irónico», piensa Sofia, y entran en el restaurante.

13

El interior del restaurante está decorado a la perfección. Las paredes están empapeladas con mariposas estilizadas que se repiten también en los cortinajes y en las fundas de algunos sofás y almohadones. Las luces tenues, cálidas, iluminan las mesas bien distanciadas entre sí, algunas provistas incluso de un elegante biombo. Estucos dorados enriquecen el ambiente junto con dos grandes lámparas de cristal.

Un camarero, joven e impecable, va a su encuentro. Viktor le dice su apellido.

—Por favor, señores, por aquí —y son conducidos a una pequeña sala—. Adelante. —Quita el cartelito de la mesa y aparta la silla para que Sofia tome asiento—. Enseguida vuelvo. —Y desaparece.

Sofia mira a su alrededor, la pequeña sala está llena de antiguos instrumentos musicales colgados en las paredes. Los admira fascinada. Algunas mandolinas, un archilaúd, violas, clarinetes y hasta un salterio y una zanfoña. Le recuerdan los que vio en una ocasión en el museo de la Música, en la iglesia de San Maurizio de Venecia, de la colección «Antonio Vivaldi y su tiempo» del maestro Artemio Versari. Una maravilla.

—Son preciosos... Y allí también hay un violín. Perfecto...
Viktor se vuelve.

—Que no, tranquilo, era broma, esta noche no te pediré que hagas ninguna actuación.

Y esa frase, en cierto modo, excita a Viktor, que rápidamente oculta el cosquilleo de su deseo simulando una sonrisa ingenua.

—Menos mal. Ya creía que pretendías empezar una gira.

Sofia desdobla la servilleta y se la pone encima de las piernas.

—¡No lo había pensado, no estaría mal!

—No puedo, tengo contrato con nuestra orquestra durante los dos próximos años. —Acto seguido, Viktor se pone serio—. Tú también, espero.

Sofia se encoge de hombros.

—Sí, puede ser, aunque de momento no me han dicho nada.

—Pero el director te adora...

Viktor está muy sorprendido. Aparte de que no cree que haya nadie que no la adore, también gusta a las mujeres, cosa rarísima para una mujer tan hermosa.

—Si quieres, hablo con él.

—No, gracias, no te preocupes, pronto me reuniré con él y luego, si viera que necesito algo, ya te lo diría.

—En serio, dímelo, no te reprimas.

Sofia le sonríe y en ese momento entra el joven camarero, que le muestra a Viktor una botella y éste asiente. El camarero, con increíble velocidad, quita la cápsula del tapón, hace primero un corte a la derecha, después a la izquierda y al final la saca. Hecho esto, introduce el sacacorchos en el tapón y, poco a poco y sin hacer ningún ruido, lo extrae. A continuación, huele el corcho con un gesto delicado, cerrando los ojos.

—¿Quién lo probará? —pregunta a Viktor.

—Yo.

El camarero se lleva el brazo izquierdo detrás de la espalda, con la mano derecha sirve un poco de ese Krug en su copa y seca enseguida el cuello de la botella con la servilleta a tal efecto, sin dejar caer ni siquiera una gota en el mantel. Espera a que Viktor beba. Él coge la copa, da un sorbo, saborea el champán moviéndolo un poco en la boca, después lo traga y asiente. En ese momento, el camarero sirve un poco en la flauta de Sofia, a continuación, en la de Viktor, después se vuelve hacia una mesita que otro camarero acaba de acercarles en la que hay un cubo lleno de hielo y sumerge en él la botella. Al final les tiende la carta a los dos comensales.

—Vuelvo enseguida.

Y desaparece de nuevo junto a otro camarero. Viktor levanta la copa y sonríe a Sofia.

—Por la música de la felicidad.

—¡Precioso, nunca lo había oído!

Sofia entrechoca delicadamente su flauta con la de Viktor, que la mira a los ojos.

—La he acuñado hoy para ti..., porque también me gustaría que tocáramos esta música.

Sofia se queda cortada un instante; a continuación, sonríe.

—Sí, por la música de la felicidad... —Levanta la copa y bebe.

En realidad, le ha venido a la memoria la canción de Al Bano y Romina Power, «*Felicità... Un bicchiere di vino con un panino*», «Felicidad... una copa de vino y un bocadillo». A Sofia le dan ganas de reír. En efecto, ahora se ha pasado un poco, no es tan irónico, para él es importante esa velada, no puede gastarle esa broma, a pesar de que Al Bano y Romina son unos verdaderos ídolos.

—Sofia, estás preciosa con esa falda azul, es muy bonita, y también esa camisa un poco masculina con los gemelos.

—¿Te gusta?

—Mucho.

—Bien, me alegro.

Lo cierto es que ha sido la única opción posible, porque era la única que todavía le entraba. Viktor se inclina hacia la botella, pero el camarero, atento, acude de inmediato y llena las copas de los dos. A continuación, antes de pedir, escuchan sus sugerencias, pero de vez en cuando echan una ojeada a la carta.

—Tenemos un pescado muy fresco.

—De acuerdo, entonces lo tomaremos tanto crudo como cocinado y, después, como veo que están en la carta, unas *coquilles* Saint-Jacques gratinadas.

—Excelente elección; por supuesto les puedo traer unos *blinis*, tenemos un salmón excepcional. —Viktor mira a Sofia, que asiente—. Y, si quieren, también pueden probar un poco de sopa *solianka* o la *borsch*, la típica sopa de remolacha. —Al ver que ambos asienten de nuevo, el camarero va un poco más lejos—. ¿Tal vez les apetecería un menú degustación?

Viktor está contento con la propuesta.

—Sí, pues hagamos esto: tráiganos para probar los platos del menú degustación con copas de vino de maridaje.

—Muy bien, me parece la mejor elección, no se arrepentirán.

Y de este modo empieza una especie de danza. En la mesa, se van alternando distintos platos preparados con gran esmero y emplatados a la perfección. Primero, los crudos, ostras, tartar de salmón, de lubina, de dorada, maridados con copas de blanc de Morgex frío en su punto ideal. A continuación, sirven los platos cocinados, entre ellos incluso la falsa oronja o, como también se llama, la amanita muscaria, una seta muy venenosa, mortífera en alto grado, pero que si está bien cocinada resulta increíblemente sabrosa y no se corre ningún riesgo, seguidos de una degustación de ternera Strogonoff, todo ello acompañado de copas de barolo, sassicaia, amarone y brunello, aumentando de forma paulatina la graduación alcohólica.

—Así no se llega a la embriaguez —explica el camarero—. Saber beber es importante para degustarlo todo en las mejores condiciones sin tener ningún problema...

De vez en cuando no pueden faltar unos vasitos de *kvas*, la llamada «cerveza de pan», que quita mucho la sed, con un aspecto parecido a la cerveza negra, burbujeante y con poco alcohol. De los pequeños altavoces escondidos en las esquinas de la sala se oyen, discretas, las notas de Hans Zimmer y, más tarde, de Ryūichi Sakamoto y Maurice Jarre. Parece como si algún entendido las hubiera elegido expresamente para ellos.

—¿Acaso les has hecho una *playlist*?

Sofia se ríe divertida y sorprendida por esa sucesión de temas tan acertada.

—No, no, eso también se les da bien...

—Es verdad.

En cuanto Sofia se distrae un instante, Viktor saca un paquete de una carpeta que está debajo de la silla y lo deja encima de la mesa. Pero Sofia continúa bebiendo y comiendo sin darse cuenta, mientras que los camareros, a los que no se les escapa nada, desaparecen de repente.

—Pero ¿adónde han ido todos?

Viktor se encoge de hombros.

—No sé. Tal vez han decidido dejarnos un poco tranquilos.

Sofia ve que él la mira esperando algo. Al final, al comprobar que ella no parece tener la intención de fijarse en el paquete y el ambiente está tomando un extraño cariz, decide echarle una mano.

—Qué plato más raro. Debe de ser difícil de comer —y señala con la mirada hacia la mesa.

Sofia por fin ve el paquete. Se ilumina como una niña y acto seguido pregunta soñadora:

—¿Es para mí?

—Sí.

—¿Puedo abrirlo?

—Claro.

—¿Ahora?

—Sí.

Lo coge, lo estrecha contra su pecho y parece de verdad que vuelva a ser una niña. «Pero ¿cuánto tiempo hacía que no me sentía así? ¿Cuánto tiempo hace que nadie hace nada por mí, que me hace sentir importante, que me hace feliz, que me hace sentirme amada? Demasiado.» Y las lágrimas acuden a sus ojos por la emoción y siente los párpados hinchados de felicidad como un río crecido que va llenando los márgenes de aquella presa y está a punto de arrasarlo todo. De modo que intenta controlarse. Viktor se vuelve para ver si se acerca algún camarero. Ella consigue coger un pañuelo de su bolso de mano y se seca los ojos justo mientras él está distraído.

—Has hecho que me emocione...

—¿En serio? No me he dado cuenta. Venga, ábrelo.

Entonces Sofia quita poco a poco el papel y mira el regalo con curiosidad.

—Pero ¿qué es?

—Deberías saberlo... Creo que lo has utilizado en más de una ocasión.

—¿Utilizado...? —Sofia lo mira con más atención—. No puede ser, es una de las primeras obras de Mozart, una partitura del siglo XVIII; cuando el pequeño Wolfgang tenía nueve años se la dedicó a la reina Carlota... —Viktor está impresionado, Sofia lo sabe realmente todo de la música. Él, hasta que se topó con ella mientras buscaba algo de ese estilo, no tenía ni idea. Sofia la hojea con delicadeza—. Sólo existen diez ejemplares de esta sonata, cada una con sus variantes, todas hechas por él. Pero ésta no es original, ¿verdad?

Viktor le sonríe emocionado y asiente.

—Sí, y es tuya.

—¡Viktor, no tenías por qué hacerlo!

Sofia se levanta, rodea la mesa y lo abraza con tanto ímpetu que él casi se cae de la silla. Se ríe divertido. Ésa es la verdadera Sofia. A continuación, ella recobra la compostura y regresa a su sitio y, en cuanto se sienta, los camareros vuelven llevando nuevos platos y más vinos. Sofia está asombrada.

—¿Y cómo se te ha ocurrido? A mí me encantan estas

cosas, aunque son imposibles de encontrar. Además, sólo Olja sabe que me apasionan, aunque no creo que te lo haya dicho ella.

—Ni torturándola creo que le hubiera sacado nada. ¡Imagínate! Traicionar a su Sofia, antes se moriría.

«Es cierto —piensa ella—, Olja es exactamente así.»

—Ahora te contaré cómo conseguí saberlo. Tú se lo comentaste a Raisa, hace mucho tiempo, y luego una noche, hablando de ti...

—¿De mí? ¿Y qué decíais de mí?

—Sólo cosas bonitas. Hablamos de lo buena que eres y de tu amor por la música. Y ella mencionó lo de tu pasión...

Sofia todavía está emocionada.

—Es verdad, siempre la he deseado, pero nunca he tenido tiempo para buscarla en serio —y se la estrecha de nuevo contra el pecho—. Gracias, la guardaré como mi joya más preciada.

Y siguen riendo y bromeando, comiendo unos excelentes dulces rusos, dos vasitos de *gogol mogol*, un *ptichye moloko* con suave merengue ideado por el famoso pastelero Vladimir Guralnik, unas ciruelas cubiertas de chocolate, unas cuantas *khvorost*, que tanto le gustan a Sofia porque, dice, le recuerdan a los churros que hacía su abuela en Carnaval, dos *syrniki* de queso crujientes rociados con *smetana* y, por si fuera poco, dos pedacitos de *panpepato* de Tula, con puré de fruta y una preciosa decoración, y dos pequeñas porciones de *kissel*, una cocción de sirope de fruta, perfecto para finalizar una comida.

—Y ahora tienes que probar esto, es excepcional. —Viktor coge una botella de vodka del abanico que han dejado al borde de la mesita—. Es el Five Lakes Premium, tienes que saber que es siberiano y está hecho con alcohol alfa y el agua más pura de la taiga. —Se lo sirve. Sofia lo prueba.

—Es muy delicado. —Se lo bebe de un trago, como se acostumbra a hacer en Rusia.

—Y prueba también el Beluga, ya verás...

Y, en efecto, también está riquísimo. Sofia ríe mirando el pececito que aparece en la etiqueta. De hecho, a ella también le parece que esté flotando.

—Qué hermosa eres, Sofia; desde que llegaste a nuestra compañía tenía la esperanza de pasar algún rato contigo...

—¿Todo este tiempo?

—Sí.

—¿Lo ves?, ahora lo has conseguido.

—Pasaría cada instante contigo; adoro tu manera de reír, adoro cuando te empleas tan a fondo en algunos pasajes al piano, y te muerdes el labio inferior...

—¿En serio me lo muerdo?

—Sí, en serio...

Ella sonríe.

—Nunca me he fijado.

Más tarde, en el coche, Sofia se abandona en el asiento relajada. Mira las luces del gran árbol que hay delante del restaurante, después la oscuridad, después las estrellas en el cielo.

—Sigue hablándome, Viktor.

Él la mira; está ahí, a su lado, con los ojos entornados, sonriendo relajada. Vuelve a poner la vista en la carretera, pero está completamente inspirado.

—Pues bien, me gusta cómo vistes, cuando parece que casi te escondas, me gusta muchísimo cuando tocas, cuando te empleas tan a fondo que sudas..., como si... como si estuvieras corriendo...

Viktor la mira. Sofia no deja de sonreír con los ojos cerrados.

—Continúa.

—Me gusta cuando vas elegante, pero también cuando llevas vaqueros y zapato plano. Me gusta cuando eres italiana y cómo a veces puedes parecer rusa, tan testaruda y decidida.

—Amo Rusia, sus poetas, sus tradiciones... Eh, pero ¿dónde está mi joya, mi preciosa partitura?

—Está aquí.

Viktor la coge del asiento de atrás y se la muestra. Sofia vuelve la cabeza, asiente y se arrellana de nuevo.

—¡Qué bonito, gracias, me has hecho feliz! —Le coge la mano—. He estado a punto de llorar.

Viktor en realidad se había dado cuenta, pero no había dicho nada.

—Habrías sido todavía más hermosa.

Ella se vuelve y lo mira, le sonríe. Sus ojos son bonitos, intensos, buenos.

—Bien, ya casi hemos llegado. —El coche de Viktor se detiene.

Sofia se incorpora, mira a su alrededor.

—Pero si yo vivo allí abajo, al final de la calle.

—Lo sé, pero aquí vivo yo...

—¿Quieres enseñarme tu colección de mariposas? Pero si ya las hemos visto en el restaurante, en las paredes, había muchísimas... —Y Sofia ríe, y ríen juntos. Entonces se hace el silencio. Se quedan mirándose. Viktor le coge la mano.

—Eres tan bella cuando te ríes... Deberías estar siempre alegre.

«Es cierto. Soy feliz. ¿Por qué ya no lo era? Debería ser siempre feliz. Viktor tiene razón.» Sofia abre la puerta, baja del coche, él la sigue, se sitúa delante y abre la puerta de su casa; está caldeada, perfecta. En el centro del salón hay unas rosas jaspeadas, un delicado perfume impregna la habitación.

—Siéntate aquí. —La hace tomar asiento en un gran sofá de piel de color rojo vivo.

Sofia tiene los ojos entornados; ve algunos bonitos cuadros, plantas, todo está muy cuidado, se ve clásico, tal vez algo anticuado. Una gran escalera lleva al piso de arriba. Oye que Viktor está trasteando con papel de aluminio, seguidamente el ruido de un tapón al saltar, unos segundos después, el sonido de algo al servirse... Le da vueltas la cabeza, ha bebido demasiado; de repente Sofia nota como si el cojín sobre el que está sentada se hinchara..., abre los ojos, es Viktor, que se ha sentado a su lado.

—Toma, brindemos... Por tu felicidad. Que dure para siempre.

—Otra copa..., no puedo más. He bebido demasiado.

—Sólo un sorbo, es por tu felicidad.

Entonces Sofia se lleva la copa a los labios, bebe un pequeño sorbo y, a continuación, la deja sobre la mesita que tiene detrás. En cuanto se vuelve, encuentra a Viktor muy cerca de ella.

—Qué hermosa eres, me parece un sueño, no me puedo creer que estés aquí conmigo.

Viktor se le acerca cada vez más.

—Tu sonrisa, tus ojos... —Se sumerge en sus cabellos—. Tu delicado perfume. —Sofia cierra los ojos. Siente sus besos ligeros en el cuello—. Sofia, mereces ser feliz.

Se lo repite. Y ella está como aturdida, confusa, mientras él sigue respirándola, dándole suaves besos. Entonces Viktor se acerca a sus labios, los roza con los suyos, al tiempo que sus manos empiezan a acariciarle las piernas, los muslos, van subiendo a la vez que la falda. Sofia lo frena con las manos, se baja otra vez la falda.

—Basta, Viktor, basta... —Se lo dice en voz baja—. Venga, ya basta.

—No, Sofia..., ¿cómo que basta? Me gustas tanto...

Y él se le sube encima con todo el cuerpo.

—Venga, he dicho que basta.

Ahora la voz de Sofia es un poco más firme.

—Pero ¿cómo que basta? Es una noche perfecta, parece un sueño.

—Venga, apártate...

Pero Viktor no la deja moverse, es como si la hubiera inmovilizado. Entonces empieza a desabrocharse el pantalón.

—No, Viktor, ¿qué haces?, para...

—¿Acaso quieres que me vaya a dormir así? Pues no haber entrado, Sofia...

Y la mira resuelto; su mirada se ha endurecido de golpe, tiene los ojos desencajados, parece fuera de sí, decidido, determinado. Tal vez se debe a todo el alcohol que ha tomado. Sofia entonces le sonríe.

—Tienes razón, Viktor, perdona... —Y le susurra—: Bésame...

Viktor la mira un poco receloso, pero ve que se ha abandonado de verdad. Ha cerrado los ojos, ha bajado los brazos, se ha rendido. Así que sonríe. «Estaba seguro de que le entrarían ganas.» Y se deja llevar, va bajando, casi se tiende sobre ella, empiezan a besarse con delicadeza en los labios, rozándose. Viktor saca la lengua e intenta entrar en la boca de Sofia y la encuentra caliente, acogedora. Pero es un instante. Sofia se la muerde y al mismo tiempo levanta de golpe la rodilla derecha, golpeándolo entre las piernas con una violencia inaudita. Viktor grita, cae rodando del sofá, se queda hecho un ovillo en el suelo y al final vomita por el dolor. Sofia pasa por encima de él, coge la capa, el gorro, y en un instante está fuera de la casa. El aire es gélido, tiene suficiente con unas cuantas inspiraciones para sentirse del todo oxigenada, otra vez lúcida, como si su mente se despejara de repente. Camina decidida hacia su casa. Entonces, de pronto, se para, coge una piedra y vuelve atrás. No tiene ninguna duda de lo que quiere hacer. Está llena de rabia. Lo que más le molesta es que, por un instante, cuando ha cerrado los ojos y ha oído aquellas palabras, en el intento de ser feliz, le ha parecido que volvía a estar en aquella isla. Tancredi... «¿Por qué me viene a la mente ahora? ¿Por qué pienso en él? ¿Y precisamente ahora? ¿Lo olvidaré alguna vez? —Y, un instante después, en la mente de Sofia, el rostro de Viktor ocupa el lugar del de Tancredi y siente que sus mejillas vuelven a arder de rabia—. Sólo estoy segura de una cosa. Olja tenía razón, ahora me tocará aguantarla.» Pero la idea de tener una discusión con ella le devuelve la sonrisa. De modo que camina deprisa hacia casa, mientras en el Škoda de Viktor, en medio de los fragmentos de cristal, yace su preciosa joya, la partitura original de Wolfgang Amadeus Mozart, hecha mil pedazos.

14

Cuando Olja entra en la cocina en bata, Sofia ya está desayunando. Intercambian una mirada y a Olja le basta un instante para entenderlo todo.

—Bueno...

Sofia se sostiene la frente con una mano, pero levanta la otra para detenerla.

—Sí, ya sé todo lo que te gustaría decirme. Lo que tú quieres es verme noqueada, destrozada, de modo que te digo que sí, tenías razón. ¿Es lo que quieres?

Olja se acerca al fogón y coge el hervidor, en el que todavía queda té caliente. Se sirve un poco en una taza y se sienta a su lado.

—A veces me gustaría equivocarme, pero nunca lo consigo. —Echa un poco de leche en el té y empieza a tomárselo. Sofia no la mira.

—Todos queremos a alguien que nos diga lo que tenemos que hacer para después comportarnos exactamente al revés, pero...

—¿Pero?

—Nos gusta que alguien muestre interés por nosotros.

Olja asiente y toma otro sorbo de té. Después coge una tostada, la unta con mantequilla teniendo mucho cuidado de que no se rompa y, al final, cuando completa la operación, echa encima un poco de mermelada de arándanos. Sofia la mira con rabia.

—A mí siempre se me rompe.

—Porque te la preparas de la misma manera que tocas... —Sofia la mira pasmada. Olja le sonríe—. Arrollándolo todo y a todos. —Dicho esto, le da un pequeño mordisco a su tostada. Sofia está de acuerdo.

—A decir verdad, una tostada tampoco es que sea el Rach 3.

Se echan a reír. Después Sofia sigue hablando mientras, de vez en cuando, da sorbos a su té.

—Pese a todo, no estoy de acuerdo contigo.

—No me cabía duda.

—Me fue útil salir anoche con Viktor porque me ha hecho entender varias cosas que de otro modo habría pasado por alto.

—Bien.

Se quedan un rato en silencio.

—¿Y te apetece decirme cuáles?

Sofia le sonríe.

—Sí, claro, no estaba segura de que tuvieras ganas de oírlas.

A Sofia le encanta su relación con Olja, es como si estuvieran cerca, pero a la vez lejos, con un respeto increíble, un gran amor y tal vez también ese sutil temor de poder estropearlo todo. Es por eso por lo que, a veces, juegan para decirse cosas que casi con seguridad merecerían más sencillez.

—Ayer comprendí que me hace falta el amor, lo echo de menos. Echo de menos sentirme hermosa para alguien que a su vez haga que yo misma me sienta hermosa. Echo de menos reír y... —Sofia mira a Olja ligeramente preocupada por lo que va a decir—, también echo de menos el sexo.

Sin embargo, ve que su intento de hacer estallar alguna posible bomba ha quedado en nada. Es como si al quitar la anilla de una granada ésta acabara en el mar, a mucha profundidad, y sólo creara una miserable burbuja en la superficie, con un imperceptible borboteo en el aire.

Olja suspira.

—No veo nada de malo en todo eso, todo lo contrario, es más que natural. Eres una mujer bonita, joven, alegre, curiosa, divertida... La mayoría de los hombres se vuelven locos por ti y te desean, por no hablar de los que te escuchan cuando tocas.

—¿Por qué?

—Porque verte al piano es todavía más excitante, tocando todas esas teclas y acariciando la música como si hicieras el amor con alguien. Y te lo dice una mujer.

—Sí, me imagino que un hombre se habría expresado de otra manera. ¿De verdad me ves así?

Olja sonríe.

—Me he quedado corta. Sólo hay una cosa que no has dicho durante tu atenta observación de la salida de anoche...

—Espera... —Sofia la interrumpe—. Antes de que me lo digas, quiero contarte una cosa. Anoche fuimos a cenar a un sitio precioso en la isla de Russki...

—Qué bonito, y además el nuevo puente es espectacular...

—Sí. Viktor se esmeró muchísimo. Imagínate, me regaló una partitura original de Mozart de cuando tenía nueve años, incluso miré lo que podía costar, al menos tres mil euros.

—Lo mismo que seis meses de su sueldo, por no hablar del sitio al que te llevó a cenar. ¿Pedisteis muchos vinos?

—Sí, muchos y de gran calidad.

—Es como si hubiera tocado todo un año sólo para ti. Sofia ríe.

—Sí, pero en el mejor momento se equivocó de acorde. Recordé aquella película preciosa de Robert de Niro y Meryl Streep, *Enamorarse*, cuando van a casa de él, empiezan a besarse en la cama cegados por la pasión y entonces ella se aparta, se disculpa, quiere volver a su casa. Está enamorada, pero se siente culpable...

Sofia se queda callada. Olja, en ese momento, querría saberlo todo, preguntarle qué pasó: «Así pues, ¿fuiste a su casa? Y dime, bueno, ¿os besasteis? ¿Llegasteis más allá?». Pero ve que no es el momento, así que no dice nada. Sabe cómo es Sofia, será ella quien decida qué decirle y, sobre todo, cuándo.

Sofia se disculpa.

—De todos modos, no sé por qué te he interrumpido; perdóname, ¿qué querías decirme?

—Que tienes razón al desear todo lo que me decías y en realidad podrías tenerlo con facilidad sin siquiera tener que buscar a un hombre, porque ya lo tienes. Sofia, a lo mejor no lo recuerdas, pero estás casada.

Ella se ríe.

—¡Ah, sí, es cierto! Menos mal que estás tú para decírmelo. Ni siquiera me acordaba; precisamente ayer, mientras estaba cenando, me vino un recuerdo..., «pero ¿yo no estaba casada?».

Olja sacude la cabeza.

—Nunca te he preguntado nada sobre lo que sucedió

entonces. Nunca has querido contármelo y yo no he insistido. Sólo sabía que tu marido tuvo aquel accidente y luego lo de la operación. Pero nunca he entendido por qué te fuiste corriendo.

Sofia la mira.

—Es verdad, necesitaba dejar de pensar en ello. El hecho es que tú siempre me has tenido aprecio por mi manera de ser, pero para ciertas cosas tengo muy mal carácter.

—Lo sé. —Olja toma un sorbo de té.

Sofia prosigue:

—La noche del accidente, por ejemplo... Fue por culpa mía. Andrea había ido a comprar unas pizzas. Iba en moto. Yo acababa de llegar de dar clase. Me llamó. Me dijo que me había pedido una pizza con tomates cherry y mozzarella. Pero yo ya le había dicho que la quería sólo con tomate y nada más. Me enfadé. Le dije que nunca me escuchaba, que siempre hacía lo que le daba la gana.

—Pero sólo era una pizza...

—Pues sí. Lo sé.

Sofia termina de tomarse el té y lo deja sobre la mesa.

—Él intentó bromear un poco, pero yo me mostré inflexible. Discutimos. Y le colgué el teléfono.

—Vaya...

—De modo que Andrea, muy enojado, volvió a la pizzería. Estaba oscuro, corría como un loco para llegar antes y no se fijó en que al final de la pendiente había un coche haciendo un cambio de sentido. Iba al volante una mujer mayor que al verlo llegar se quedó paralizada, sin moverse del medio de la calle, y él no pudo esquivarla. La moto chocó contra el coche. Fue terrible. Y todo por no haberle dicho simplemente: «Tienes razón, ya apartaré la mozzarella...».

Olja permanece en silencio.

—Se quedó paralítico por culpa mía. Mía. Por una pizza, fue una bronca por una estupidez. Me dediqué a Andrea día y noche, me sentía culpable, me sentía mal, él sufría, decidí no volver a dar conciertos...

—Lo recuerdo perfectamente, una verdadera pena. Todo el mundo de la música te echaba de menos. Ninguno de nosotros lograba encontrarle ningún sentido.

Olja coge una tostada y unta un poco de mantequilla.

—Después conocí a Tancredi...

Olja le da un mordisco a la rebanada sin echarle mermelada por encima.

—Una persona que desde el primer momento me dejó descolocada... Me irritaba, pero al mismo tiempo me gustaba, y mucho. Y por eso mismo lo odiaba... Pero después me di cuenta de que en realidad me sentía fascinada por él, y eso todavía me hacía sentir más culpable con Andrea. No quería ceder. Me parecía que, sólo por pensar en Tancredi, le estaba siendo infiel a su alma.

Mientras lo cuenta, Sofia se percata de que es la primera vez en todos esos largos meses que puede abrirse hasta el fondo y hablar de lo que pasó. Se siente más ligera, casi como si un dique que hubiera contenido una corriente de agua durante demasiado tiempo estallara de golpe.

—¿Y por qué luego lo dejaste todo?

—Porque un día Andrea me dijo que, navegando por internet, se había enterado de que un médico, el doctor Mishuna Torkama, estaba experimentando una nueva cura con células estaminales, estaba estudiando nuevas intervenciones y parecía capaz de hacer milagros, pero era muy caro...

—Lo recuerdo.

—Había que disponer de una cantidad increíble y, de repente, surgió la posibilidad de hacer aquella gira...

—Sí —dice Olja, terminando de comer la tostada—, eran cinco conciertos muy bien pagados y yo estaba contenta porque volverías a tocar.

—Sí, y la cantidad serviría para pagar la operación de Andrea. Pero en realidad la propuesta me llegó de Tancredi, que, con tal de tenerme con él, organizó toda aquella puesta en escena de la gira. Yo le mentí a Andrea y también a ti, dije que iba a dar unos conciertos, pero en realidad estuve cinco días en la isla de Tancredi, con él...

Olja la mira.

—Fueron sólo unos pocos días, pero cambiaron mi vida y la de Andrea. Él se operó y otra vez caminó, y cuando las cosas parecían haber vuelto a su cauce, Andrea dijo algo que lo cambió todo de nuevo...

—¿Qué dijo?

—Al cabo de un mes de la operación, mientras hacía rehabilitación, se le escapó que se había enterado de la existencia de Torkama a través de un boletín electrónico que le había llegado. A mí siempre me había dicho que lo descubrió por casualidad navegando por la red. Hice unas averiguaciones y supe que fue Nautilus quien envió el correo, una empresa de Tancredi. Andrea lo había entendido todo, aceptó que las cosas fueran como Tancredi quería. La operación, el dinero para pagarla y que yo estuviera con él... Me engañaron los dos, ¿comprendes?

Sofía mira por la ventana.

—Y entonces te marchaste —dice Olja—. Y los dejaste a los dos.

—Sí...

Olja sonríe a Sofia.

—Bueno, no eres peor que mucha gente. Y, por cierto, déjame ver esa antigua partitura que te regaló Viktor.

—No puedo.

—¿Tan valiosa es? ¿La has guardado en un lugar seguro? ¿Es demasiado frágil y podría estropearse?

—No, la rompí en mil pedazos.

Olja sonríe. Ya no hace falta que le pregunte nada más, ha comprendido perfectamente cómo terminó la velada.

15

En la gran sala del auditorio, la pequeña niña no acaba de hacerse a la idea.

—Así pues, ¿no nos veremos más?

Elizaveta no lo acepta. Sofia está arrodillada delante de ella y la coge por los brazos.

—Volveremos a vernos, pero más adelante.

—Tú eres mi maestra, no puedes marcharte así.

Elizaveta es muy mona, tiene el pelo oscuro, los ojos negros y la cara enfurruñada. Según su manera de razonar, en efecto, las cosas no deberían ser así.

—Tienes razón, cuando seas mayor lo entenderás.

—Mamá también me dice siempre lo mismo. Pues ¿sabes qué te digo? ¡No quiero hacerme mayor!

Consigue zafarse de Sofia y se sienta a su pupitre con los brazos cruzados y todavía más enfadada que antes. Sofia se le acerca.

—Ya verás: Olja, la maestra que me enseñó a mí, te convertirá en una gran pianista y, cuando volvamos a vernos, tocaremos juntas. Sí, te lo prometo, haremos un concierto a cuatro manos... —Y con esa nueva propuesta, Elizaveta parece recuperar la sonrisa.

—¿En serio? ¿Y cuándo volverás?

—Pronto, te lo prometo.

Entonces se dirige a toda la clase.

—Bueno, niñas, os dejo con una maestra mucho mejor que yo...

Olja está sentada en la cátedra. Las niñas emiten un ligero murmullo, no parece que estén de acuerdo ni con el hecho de que sea mejor que ella ni con la idea de que ahora las clases de música las imparta esa señora mayor.

—Pero si es supervieja... —susurra una de ellas—. Y encima es más severa.

Sofia hace como si no las oyera.

—Estoy segura de que seréis muy buenas pianistas. Recordad, la música es para el alma lo que la gimnasia es para el cuerpo. ¡Os volveréis todas aún más guapas!

Elizaveta siente curiosidad.

—¿Te la has inventado tú esa historia de la gimnasia para el alma?

Sofia le acaricia la cabeza.

—No, no soy tan ingeniosa, fue un antiguo filósofo griego.

Entonces, antes de emocionarse todavía más y quizá echarse a llorar delante de ellas, coge el bolso.

—Adiós, chicas, que vaya bien.

Y sale del aula.

—Espera...

Olja va detrás de ella diciendo a la clase:

—Esperadme aquí y no hagáis ruido... —y cierra la puerta a su espalda.

«Empezamos bien», piensan Elizaveta y todas las demás.

En el pasillo vacío de la escuela, Olja y Sofia caminan hacia la salida.

—¿Has decidido lo que vas a hacer?

—Todavía no, pero tienes razón, debo irme.

—Si quieres, te acompaño. Cuando hayas decidido el vuelo, no tengo problema en acompañarte al aeropuerto.

—De acuerdo, Olja; ahora regresa a la clase, si no, se van a aprovechar.

—Has conseguido que vuelva a enseñar. Haces magia.

—Tú también.

—Es verdad.

Olja la abraza fuerte. Sofia cierra los ojos. «Tengo que intentar no llorar, soy demasiado frágil, no me conviene.» Aprieta los puños y al final lo consigue. De modo que se separa de Olja.

—Elizaveta es una verdadera promesa.

—Sí, estoy de acuerdo contigo.

—Hasta pronto, maestra.

—Hasta luego.

Olja la mira mientras se aleja. En el silencio del pasillo, sólo se oye el sonido de sus pasos, algún acorde que sale de alguna de las salas del edificio y a ella susurrando: «Pero nunca nadie estará a tu altura, Sofia». Y, con esta certidumbre, vuelve a entrar en clase.

—Bien, chicas, empezaremos donde os habíais quedado.

Elizaveta abre el libro de música y dice algo a su compañera de pupitre:

—Ya echo de menos a Sofia.

—Yo también. Me caía muy bien, la verdad, tengo ganas de llorar.

—No, no lo hagas, a Sofia no le gustaría.

16

Cuando se dispone a abrir la puerta y salir, Sofia se detiene un instante, mira los pasillos del auditorio, las puertas cerradas de las aulas, donde diversos profesores están dando clase de música a sus jóvenes alumnos, a futuras promesas, a nuevos y consumados talentos. «Una vez más me veo en la necesidad de marcharme. ¿Habrá algún lugar en el que me sienta algún día en casa de verdad? En una ocasión leí una preciosa frase de Oliver Wendell Holmes: "El lugar que amamos, ése es nuestro hogar; un hogar que nuestros pies pueden abandonar, pero no nuestros corazones". O algo parecido. ¿Y yo? ¿Dónde he dejado realmente mi corazón?» Entonces Sofia abre la puerta, la cierra tras ella y baja la escalera de la escuela, pero algo la sorprende.

—¿Puedes perdonarme? —Viktor está de pie delante de la escalinata—. Por favor, me siento terriblemente culpable. —Sofia baja la escalera con rapidez—. No sé qué me dio, en serio. Desde que llegaste aquí deseaba pasar un poco de tiempo contigo, y cuando por fin lo consigo lo estropeo todo. —Viktor camina al lado de Sofia—. Por favor, sé que me equivoqué, pero no puedes tratarme así...

Ella lo mira un momento. Viktor enseguida se corrige.

—Quiero decir, lo siento, me equivoqué, claro que puedes tratarme así, es más, es lo justo... Nunca debería haber..., bueno... Espera sólo un momento. —Sofia se para, Viktor corre a su Škoda y regresa poco después con un precioso ramo de lirios blancos—. Bueno, he leído que éstas son las flores que simbolizan la pureza, las ganas de empezar desde el principio, es como un apretón de manos entre amigos... Sí, es lo que me gustaría para nosotros. En serio, no sé qué me dio...

En realidad, Viktor lo había planeado todo hasta el más mínimo detalle y tenía la siniestra esperanza de que todos esos gastos, la cena en el club, el Krug, el champán en casa, la valiosa partitura, todo lo que llevaba tiempo planificando, condujera a un resultado completo, no a un fracaso total, no a perder incluso su saludo. Viktor continúa caminando a su lado. Tiene el rostro abatido, está desesperado.

—Acepta, al menos, los lirios.

Sofia los coge. Viktor se siente aliviado.

—Gracias. Te lo juro, no puedo mirarme a la cara.

Entonces Sofia echa de nuevo a andar. Viktor la sigue todavía unos pasos.

—¿Adónde vas? ¿Puedo llevarte?

Sofia se vuelve, lo mira durante unos segundos, pero de una manera que lo deja helado. Viktor se da cuenta de que haber conseguido darle las flores ya es un excelente resultado, es mejor dejarlo ahí.

—Cualquier cosa..., ya sabes que puedes contar conmigo.

Y, tras esa inútil y estúpida frase, Viktor sube al coche y se va. Cuando Sofia ve que el Škoda desaparece al final de la calle, tira los lirios a un contenedor y continúa hacia su casa.

Prepara el neceser con todo lo que le hace falta y una pequeña maleta. Pasa revista a sus cosas, «esto sí, puede serme útil en Roma, pero esto no, es ropa demasiado gruesa, sólo me lo puedo poner aquí». A continuación, abre el ordenador, busca un billete. Por un instante está tentada de coger el Transiberiano, pero éste tarda cinco días sólo en llegar a Moscú. Se echa a reír. «Quién sabe, tal vez algún día me apetezca perder todo ese tiempo.» Después, al final, encuentra el pasaje que busca con sólo una escala. Lo compra, hace el *check-in* y recibe el billete en su móvil. Se da una ducha, se seca, se viste, seguidamente se prepara un café y al final se sienta a la mesa de la cocina. Tarda poco tiempo, no le hace falta más. A veces las cosas están tan claras que lo que tienes que decir casi te sale solo. Entonces llama un taxi. Cuando lo ve llegar por la ventana, se pone el abrigo, se cuelga el bolso en bandolera, coge la maleta y sale. Sólo se detiene un segundo a mirar la casa una última vez. El tejado, las pequeñas ventanas, los balcones cerrados recubiertos por una especie de armazón de plástico transparente, donde se tiende la ropa a secar y también se puede disfrutar del espectáculo de una tormenta de nieve bien resguardado. Después se vuelve. Una *babushka* con su típico pañuelo en la cabeza vende hortalizas a un lado de la calle y dos señoras le dan unos cópecs mientras ella introduce unas bayas en una bolsa de papel. Sofia se acuerda de una frase que le dijo una vez un profesor suyo: «En un viaje, el trecho más largo es el de la puerta». A continuación, sube al coche.

—Al aeropuerto, gracias.

Y empieza a llorar en silencio. El taxista la mira de vez en cuando por el retrovisor. Sofia ve sus ojos, intentan saber si sería conveniente intervenir. Pero a ella no le apetecen las palabras, de modo que se vuelve hacia la ventanilla y ve cómo discurren los recuerdos de todos esos meses pasados allí. La escuela, los paseos, las comidas con Olja, las cenas con Olja, las risas en casa delante de ese último café antes de la noche, o ese amaro, o esa infusión, dependiendo del día, del frío, del humor. Luego piensa en esa última cena con Viktor. Es lo único malo de esos ocho meses. ¿Se pueden borrar del todo las cosas malas? Todavía no han inventado un sistema, lo han hecho para los mensajes, es más, incluso se pueden borrar al instante. Pero para las emociones, para los sentimientos, para nuestros dolores o simples malestares todavía no han inventado nada. Estaría bien que se pudiera hacer como en *Paycheck*, esa película donde se puede olvidar a voluntad. En ella, un ingeniero, Ben Affleck, tiene una cláusula en su contrato: cada vez que termina un proyecto, los recuerdos correspondientes a ese trabajo deben ser borrados. Y es lo que hace. Pero eso es una película. En la realidad, el hombre todavía no ha hecho ningún avance, no puede olvidar según su voluntad, no es capaz de borrar. Debería aprender a no hacer sufrir a los demás, pero esto parece todavía más complicado.

Cuando Olja vuelve a casa, nada más entrar la llama a gritos:

—¡¿Sofia?!

Por un instante tiene la esperanza de que sólo haya salido a hacer algún recado. Luego va a su dormitorio y, al ver el armario todavía lleno de ropa, exhala un suspiro de alivio, pero cuando llega al salón y ve la nota encima de la mesa comprende que se ha equivocado. De modo que la coge, se sienta en la gran butaca que da a la cristalera y se queda mirando la carta sin decidirse a abrirla. Después empieza a leer.

17

Eres la mejor madre del mundo, quizá porque yo te elegí. Me lo has enseñado todo y me habría gustado mucho ser la hija que querías, y tal vez lo sea si sólo tienes en cuenta el amor que siento por ti. Mejor dicho, soy mucho más, quizá sea como un par de gemelos porque mi amor vale el doble. Te lo debo todo, Olja, cada una de las notas y todos los acordes más hermosos de mi vida. Tú me has hecho ver la poesía de la música, la importancia de la vida, la belleza de todos nuestros gestos, y tus lecciones, o regañinas, si lo prefieres, me han enseñado mucho, incluso a que no desperdicie nada en mi vida, como anoche. Viktor podría haberme regalado todas las partituras de este mundo, pero la comandante Olja, acertadamente, ya lo había condenado. No sé cuándo volveremos a vernos, pero puede que ya sólo decirlo no sea la mejor manera de expresarlo. Porque yo te llevo siempre conmigo, en mi corazón. No habría soportado despedirme de ti o, peor aún, que me acompañaras, porque habría llorado demasiado. Lo que voy a hacer ahora es hacerte caso, de modo que no quiero llorar, sólo quiero ser feliz.

Gracias, tu hija,

Sofia

Olja no consigue retener las lágrimas, las ve deslizarse por las mejillas como un aguacero.

—Oh, no, se está mojando la carta.

Algunas palabras de Sofia alcanzadas de lleno se esparcen por la hoja, tiñéndolo todo de azul a su alrededor. Olja se levanta, coge una toalla nueva que todavía huele a recién lavada y la pone con delicadeza encima de la carta, intentando secarla todo lo posible. Acto seguido, la dobla y la mete en el cajón del escritorio, donde guarda todos sus recuerdos más preciados, como si esa carta fuera la partitura más valiosa de su vida, su personal y original sonata de la que sólo existe esa única copia.

Mucho más lejos, ya al otro lado del continente, tras haber viajado muchas horas y haber hecho escala en Moscú, Sofia está a punto de aterrizar. El fuerte chirrido de los neumáticos del Airbus 420 y el anuncio del comandante le dan la bienvenida a Roma. Poco después sale por las puertas automáticas e inmediatamente una suave brisa le recuerda el aroma a mar de Fiumicino. Sofia se pone a la cola y, apenas un par de personas después, sube a un taxi.

—¿Adónde la llevo?

Se sorprende ante ese chico educado, de aspecto atildado e incluso con un italiano impecable. Se esperaba el típico y tópico romano.

—Via dei Serpenti, 35. —Y añade para ayudarlo—: Barrio Monti.

—Sí —sonríe el joven taxista—, conozco bien la calle.

Sofia casi se disculpa mientras el taxi parte hacia su destino. Entonces conecta el teléfono y mira qué hoteles hay cerca. Al final encuentra el Anfiteatro Flavio, que está a apenas cuarenta metros de su casa. De su casa... A Sofia le dan ganas de reír. «Hace ocho meses que no hablo con Andrea. Puede que ya no viva allí. Sólo nos hemos cruzado algunos mensajes y el último fue hace un mes.» Ante la duda, llama por teléfono.

—Hola, ¿Anfiteatro Flavio?

—Sí...

—Buenas tardes, quería saber si tienen habitaciones disponibles.

—¿Para esta noche?

—Sí.

—Un momento, por favor... Sí, no hay ningún problema.

—Bien, gracias.

Sofia cuelga. «"Ningún problema." Eso significa que por lo menos tienen dos habitaciones libres y yo dentro de una hora ya sabré en qué situación estoy. —Entonces se fija en que el taxista la está mirando por el espejo retrovisor—. A lo mejor ha oído la llamada —piensa Sofia—, y ahora se estará preguntando: "¿Qué hace?, ¿primero me da la dirección y ahora está buscando una habitación en un hotel? Así pues, ¿qué tengo que hacer? ¿Dónde tengo que dejarla?". Bueno, la verdad es que la situación no parece estar muy clara.» Al final, el chico no aguanta más, la curiosidad lo corroe.

—Disculpe...

—Sí, dígame.

Sofia está dispuesta a darle una explicación, aunque en realidad le molesta que alguien se meta en sus asuntos y además que haya escuchado su llamada telefónica, pero por otra parte en Rusia o en Italia o en cualquier otra parte del mundo los taxistas son así.

—¿Usted no es la pianista Sofia Valentini?

Ella se ruboriza, en realidad y sobre todo por ser tan mal pensada.

—Sí, soy yo.

—Ya me lo había parecido... —El chico le sonríe—. Hace unos años fui a verla a via della Conciliazione.

—¿Fue un buen concierto?

—Hizo que me emocionara, la felicito sinceramente. —Entonces la mira una última vez por el retrovisor—. Espero poder escucharla de nuevo. Bienvenida.

18

—Adelante.

Savini entra después de haber llamado. Tancredi está sentado detrás del escritorio.

—Buenos días. Siéntate. ¿Qué tal?

—Buenos días. Bien. —Antes de sentarse en la butaca que está frente a Tancredi, Savini le deja un expediente delante—. Aquí están las últimas novedades.

—¿Todo bien?

—Cenó con ese tal Viktor. Él le regaló una rara partitura del siglo XVIII, una de las primeras obras de Mozart. Después fueron a su casa...

Tancredi se pone rígido. Es sólo un instante imperceptible, pero Savini se da cuenta enseguida.

—¿Continúo?

Tancredi busca en su interior toda la naturalidad posible para impostar un tranquilo desinterés.

—Sí.

—Al cabo de unos minutos, ella se fue apresuradamente. En cuanto salió de la casa, le rompió el cristal del coche e hizo trizas la partitura.

Tancredi se relaja. Esboza una ligera sonrisa y al final se ríe.

—Es muy suyo.

Savini continúa.

—Ayer por la mañana él la esperó a la salida de la escuela de música, quería disculparse y hasta le llevó un ramo de flores. Ella no le dijo ni una palabra. Hizo ver que aceptaba las flores y, en cuanto él se marchó, las tiró.

—Por lo que me habías dicho, ese tal Viktor siempre tuvo pocas esperanzas.

—Pocas no, ninguna. Se montó una película él solo. Subestimó a una mujer como Sofia. Pensaba que lo tenía todo muy claro.

—Eso siempre es un enorme error con ella.

—¿Necesitas algo más?

—No, gracias.

Savini sale del despacho. Tancredi se levanta del escritorio y va hacia la ventana. «Los hombres la ven, se quedan fascinados y creen que ya saben cómo es. Se hacen ilusiones pensando que, con un par de cumplidos, quizá un regalo original, alguna atención simpática y una cena podrán conquistarla. Pero después tienen que enfrentarse a la realidad. A la complejidad de Sofia. A su profundidad. Su tenacidad. La fortaleza inexpugnable en la que se protege a sí misma. El hecho de que sea tan única, especial, particular. Una rara joya, incomprensible para muchos. Tal vez yo haya sabido entender algo de ella.» Y, de repente, ese pensamiento hace que se sienta un poco mejor. Pero es tan sólo un instante. Sólo tiene que pensarlo más detenidamente y comprender que está equivocado para perder de inmediato esa estúpida presunción. Hay un hecho que se lo aclara todo sin dejar ningún lugar a duda: ella no está ahí con él.

19

Sofia baja del taxi con una sonrisa, el taxista quería invitarla a la carrera a cambio de un autógrafo y ella enseguida le ha contestado: «Sólo le firmo un autógrafo si pago». Y al final se han puesto de acuerdo en un descuento. Ha hecho que la deje al final de la calle, de modo que empieza a caminar hacia su casa. «Mi casa. Si es que todavía lo es. Si es que todavía está. Me dan ganas de reír. Tal vez debería haber avisado. Normalmente todo el mundo avisa cuando vuelve a casa y no quiere encontrarse sorpresas. "Cariño, he cambiado de idea, llegaré esta noche, a tiempo para la cena..."»

Pero Sofia no habría sabido qué escribir, no sabe qué pensar, no sabe cómo se sentirá, y de todos modos quiere descubrirlo sin avisar a nadie. Mientras las ruedas de la maleta brincan por los adoquines y superan algún pequeño bache debido a las raíces de los árboles del borde de la calle, Sofia mira a su alrededor. Algunas tiendas ya no están. Otras han cambiado el cartel. La vieja joyería ha sido sustituida por un pequeño supermercado donde un hombre, tal vez de Bangladesh, está hablando por teléfono a una velocidad increíble. La tintorería, en cambio, ha resistido. «Menos mal —piensa—, a lo mejor me puede ser de ayuda.» Y justo en ese momento sale del establecimiento

Donata, la dueña, una mujer de una aldea del sur del Lacio, de unos sesenta años, con un aspecto siempre tan alegre que basta que abra la boca para que todos se rían.

—¡Sofia! ¡Qué grata sorpresa! ¡Hoy es el día de los milagros! ¿Sabes que precisamente pensé en ti el otro día? «¿Qué habrá sido de ella?», me dije, y además porque... —y vuelve a entrar en la tintorería—. ¡Todavía tengo esto aquí! —y sale mostrando un vestido dentro de una bolsa transparente colgado de una fina percha—. Se te había olvidado, ¿eh?

—Pero si he vuelto a propósito para recogerlo.

Donata se ríe.

—¡Siempre estás de guasa! ¡Te encanta tomarme el pelo! ¿Y bien?, ¿qué hacemos con esto? ¿Te lo llevas ahora o luego?

—Luego, luego.

—Está bien. ¡Pero no vuelvas a olvidarlo otra vez!

—No, esta vez no lo olvidaré.

Donata sonríe, vuelve a entrar y cuelga de nuevo el vestido detrás del mostrador.

—Y bienvenida.

—Gracias...

Y, dicho esto, sigue andando hacia casa. «Todos se alegran de que haya vuelto. Es bonito, pero ¿se alegrará él también? —Entonces piensa en Donata, en su alegría, en su manera de hacer, en cómo la ha reconocido enseguida, en lo discreta que ha sido—. No ha empezado a preguntar como habrían hecho muchos otros: "Oye, ¿dónde has estado? ¿Y tanto tiempo fuera? ¿Y con Andrea...? No, quiero decir, ¿va todo bien?". Podría habérmelo preguntado, al fin y al cabo, él también trae la ropa a esta tintorería.» Pero de pronto se acuerda de cómo era su vida antes. Sofia lo hacía todo, era ella quien se preocupaba de hacer la compra, de llevar a Donata la ropa que lavar, quien cocinaba, quien sacaba dinero, quien pagaba a la mujer de la limpieza... «Pero ahora Andrea vuelve a caminar, ahora Andrea es independiente. Donata debe de haberlo visto por fuerza, pero tampoco me ha dicho nada sobre eso. O será que Andrea ya no está, un día él también cogió sus cosas y se marchó, decidió empezar una nueva vida en otra parte, tal vez incluso en otra ciudad. Después de todo, yo también me retiré a la otra punta del mundo.» Entonces se para delante del número 35, deja la maleta y abre el bolso. Busca un llavero, lo coge, empieza a separar las llaves hasta que encuentra la del portal; la reconoce enseguida porque es la más larga. La mete en la cerradura e intenta girarla lentamente. La puerta hace un chasquido y se abre. «Bueno —piensa—, de momento todo va bien. Por lo menos esta cerradura no la han cambiado. —Acto seguido cierra la puerta a su espalda y llama el ascensor. Mira el reloj. Son las seis de la tarde, ya lo ha puesto con la hora oficial de Roma—. Podría ser que él no estuviera en casa, siempre que ésta siga siendo su casa. Nuestra casa. —Sonríe—. La compramos juntos. —Entonces entra en el ascensor y pulsa el botón para ir a la séptima y última planta—. Dentro de poco sabré la verdad. —Repiquetea con la llave en el borde del ascensor, engañando al tiempo, hasta que las puertas se abren. Sale con la maleta y se para delante de la puerta principal—. Toda la planta es nuestra. El felpudo es nuevo, estas dos macetas tampoco estaban, hace poco que las han regado porque las plantas no están nada secas. El banco, en cambio, es el mismo de siempre.» Indecisa, acerca el dedo al timbre y llama. El ruido se extiende por todo el descansillo, un sonido seco, vacío, con un ligero eco final. Hay una gran soledad. Espera unos segundos y lo intenta de nuevo, esta vez lo pulsa durante más tiempo, no quiere tener duda, pero ni aun así acude nadie a abrir la puerta. No le queda más que intentarlo. Mete la llave en la cerradura, hasta el fondo, y consigue girarla. Tiene tres vueltas dadas, la han cerrado bien. Sofia abre despacio y, al final, de par en par.

—¿Hay alguien?

Se arriesga con este último intento. Nada. Silencio. No hay respuesta. Entra con la maleta y deja el bolso encima del aparador, a la izquierda. Lo vieron en una tienda de México durante su último viaje antes del accidente y les gustó tanto a los dos que lo compraron y se lo hicieron enviar a casa. Después prosiguieron el viaje y llegó al mismo tiempo que ellos cuando regresaron a Roma. No habían tenido tiempo de entrar en casa cuando los transportistas llamaron al interfono. Subieron y les dejaron el aparador allí; después ya decidirían dónde iban a ponerlo, pero pesaba tanto que ya no volvieron a intentar cambiarlo de sitio. Fue un viaje precioso, lleno de sol, de mar y de amor. Todos sus viajes habían sido bonitos hasta el accidente, después todo se volvió feo, incluso ese mueble. «Es nuestro estado de ánimo lo que nos permite ver o no la belleza de las cosas —piensa Sofia. Luego sonríe—. Estoy contenta, esta cerradura tampoco ha cambiado.»

20

Deambular por casa, por tu casa, como si de repente fueras un ladrón. Ésa es la sensación que tiene Sofia. Luego se tranquiliza: «Al fin y al cabo, la mitad es mía, yo también contribuí a comprarla». Y de este modo pasa de sentirse una delincuente a detective, se convierte en agente del CSIC. Peina todos los rincones de la casa. Empieza por el aparador donde ha dejado el bolso. Encuentra facturas, las lee, no hay ningún indicio que pueda ponerla sobre aviso. Todo es correo ordinario, algo por pagar, una publicidad, un estado de cuentas de la tarjeta de crédito de Andrea; el sobre ya está abierto, de modo que saca el extracto. El corazón empieza a latirle con fuerza, es probable que ahí encuentre alguna pista importante. No, no hay ningún restaurante, ningún viaje, ningún gasto extraordinario, ninguno en un hotel. Se encoge de hombros. «Ya, ¿por qué tendría que pagar un hotel si tiene una casa entera para él? Podría traer aquí a cualquier mujer. —Andrea no es así, no haría nunca algo parecido, tiene un gran respeto por ella, por su matrimonio, nunca engañaría a su esposa de ese modo—. Pero ¿todavía estamos casados? ¿Para él sigo siendo su mujer?» Sofia mete la carta dentro del sobre y la deja ordenada junto al resto de la correspondencia. Después sigue recorriendo la casa. La nevera no le sugiere ninguna pista: hay naranjas, manzanas, leche semidesnatada, agua natural sin gas, cosas que a él siempre le han gustado y que él tomaba; nada está fuera de lugar, no hay cuadros nuevos, no hay fotos nuevas, sólo las de siempre, las suyas. Coge una que está en un antiguo marco de plata. Andrea y Sofia sonríen mientras se besan, ella va vestida de blanco, él de azul, pero no se aprecia, la foto es en blanco y negro, y aun así expresa un increíble momento de felicidad. Sofia se mira en esa foto, tiene la mirada luminosa, una sonrisa amplia, alegre de verdad, sincera, y entonces se plantea esa difícil pregunta. «¿Volveré a ser feliz?» A la que, sin embargo, renuncia a encontrar cualquier tipo de respuesta, aunque sólo sea un «quizá», o tal vez otra certeza todavía más presuntuosa, un rotundo «sí». Deja la foto y entra en un lugar que puede ofrecer mil indicios reales: el cuarto de baño. Mira a su alrededor, sólo hay un cepillo de dientes, el peine de Andrea, su dentífrico. Abre el armario, son todo cosas típicamente masculinas; acto seguido, poco a poco y un poco atemorizada, abre la otra hoja. Hay un departamento con cosas femeninas, pero todas son suyas. Una crema perfumada de almizcle blanco para el cuerpo, el sérum para las puntas abiertas, algunos frascos de esmalte de uñas, toallitas desmaquillantes, agua micelar, un suero hidratante para el rostro, una crema de manos de manzana y canela. Pero muchas de esas cosas ya están caducadas o tan sólo se han secado después de no haber vuelto a usarlas. Mueve algunas botellitas, examina las marcas, las recuerda muy bien; sí, todas esas cosas son suyas. A continuación, abre el armario grande. Hay algunas toallas dobladas y su albornoz. Lo toca, está del todo seco, hace tiempo que no se ha usado. Vuelve a cerrar el armario y va a la última habitación, la más delicada, la más comprometedora. Su dormitorio. Abre la puerta despacio, como si pudiera existir el peligro de encontrar a alguien, pero está vacío. Sofia mira a su alrededor: está ordenado, limpio, allí tampoco hay nada extraño. Lo primero que hace es abrir el gran armario y ve que está toda la ropa de Andrea, no hay nada nuevo excepto tal vez una americana azul oscuro y una cazadora del mismo color, pero en cualquier caso todo dentro de lo normal. Seguidamente abre su parte del armario y ve que todavía está toda su ropa, también en los cajones sigue todo igual, las camisas, los bóxeres, los calcetines de Andrea; luego, en otro cajón, sus braguitas, sus conjuntos de ropa interior. Se acerca a la cama y echa un vistazo a las sábanas, las han colocado a toda prisa, pero sólo se ha usado la parte derecha de la cama, aquella en la que suele dormir él. En la mesilla de noche de Andrea hay un libro. *El legado de los espías*, de John le Carré. Lo abre, va por la mitad, hay un marcapáginas, es una tarjeta de visita de un local, The Race Club Speakeasy. Pero no hay nada escrito aparte de las indicaciones del propio local. Abre el cajón. Hay una pequeña linterna, unos caramelos y también un montón de otras cosas inútiles, hasta que encuentra una cajita de plástico transparente. Sofia la abre y se echa a reír. Contiene unos tapones para los oídos. Es cierto: a veces, después de hacer el amor, ella se sentaba al piano y tocaba para él; habían insonorizado el salón y toda la casa para no molestar a los vecinos, pero en ocasiones Sofia, llevada por la pasión, seguía tocando durante horas y él no tenía más remedio que ponerse esos tapones. Cierra la cajita y vuelve a dejarla en su sitio con sumo cuidado. A continuación, cierra el cajón y va a la otra mesilla. No hay nada encima, aparte de una pequeña lámpara. La toca, está fría y tiene un poco de polvo. «La chica que se ocupa de la casa debería limpiar mejor, pero también parece que no haya estado nadie desde hace tiempo.»

Hace mucho que no se enciende esa lámpara. Después abre el cajón de la mesilla. Encuentra una carta en la que pone «Para ti». Le da un vuelco el corazón. Empieza a latirle a toda velocidad, por un instante le falta el aire. Poco a poco se calma, pero no sabe qué hacer: ¿volver a cerrar el cajón o coger la carta y leerla? Titubea. Al final se decide.

Bien, tenemos dos opciones... —empieza a leer—. La primera: si eres un ladrón, lo siento mucho por ti, creo que ahora somos demasiado duros con vosotros y os disparamos cuando quizá no nos haríais daño, pero has entrado en mi casa, propiedad privada, y ahí te has equivocado. Así que podrías coger el sobre que está aquí debajo con mil doscientos euros dentro y olvidarte de destrozarme la casa buscando algún que otro tesoro escondido, porque te aseguro que no tengo nada más... Si decidieras cogerme otros objetos, que sepas que no valen nada, pero me provocarías un gran dolor porque les tengo mucho aprecio, a todos, incluso a la cosa más tonta. De hecho, mi mujer siempre me echa la bronca porque nunca tiro nada. Y, a propósito de mi mujer..., aquí la cosa ya cambia, porque si resulta que eres tú quien está leyendo esta carta, entonces quiere decir que has vuelto y yo estoy muy pero que muy contento, porque jamás he dejado de soñarlo durante todo este tiempo y porque te amo más ahora que entonces.

Sofia está emocionada y sorprendida, sonríe contenta, dobla la carta y vuelve a meterla en el cajón. Coge el otro sobre y ve que, efectivamente, contiene mil doscientos euros. Cierra el cajón de la mesilla y sale al pasillo. Al fondo está la puerta del trastero. Es la última habitación que le queda por mirar. La puerta está cerrada, pero tiene la llave puesta, de modo que la gira y la abre. Dentro hay todo lo que Andrea necesitaba cuando era parapléjico: el orinal, los tiradores para levantarse de la cama, todo el resto de los aparatos que utilizaba para estar más cómodo. «Podría haberlo tirado, en vez de guardarlo aquí. Tal vez no quiera olvidarse de que tiene una segunda oportunidad, tal vez quiere que cada día todo esto le recuerde cómo podría haber sido su vida.» Entonces Sofia se echa a llorar. Por un instante se había olvidado de que todo aquello sucedió por culpa suya. Le caen las lágrimas, solloza, se avergüenza por lo distraída, insensible y despreocupada que ha sido.

Más tarde, cuando por fin se le pasa, se desnuda, coge su albornoz y se da una ducha. El agua caliente hace que se sienta mejor, le quita el cansancio del viaje y también la melancolía. «Ya ha pasado todo —se repite—, todo ha quedado atrás.» Se seca deprisa, va al dormitorio y se viste. Luego deambula un poco por la casa y al final, para entretenerse mientras espera, se sienta al piano en el salón y toca la Gymnopédie n.º 1 de Satie. Cuando suena el último acorde, es como si lo presintiera, ya llega. Corre a la ventana del salón que da a la calle y, en efecto, lo ve. Andrea se aproxima por la calle, está alegre, pero lo que más emociona a Sofia es que regresa a casa en bicicleta.

21

Sofia empieza a pasear arriba y abajo muy nerviosa. «¿Y ahora? ¿Qué hago ahora? ¿Cómo va a continuar mi vida? ¿Es esto lo que quiero? ¿Y si tiene a otra? ¿Si ha tenido a otra? ¿Si todavía está con ella?» De pronto le viene a la memoria una película preciosa, *Una dama y un bribón*, de Claude Lelouch. Simon es un ladrón que se ha enamorado de una anticuaria, Françoise. Empiezan una bonita historia de amor, pero él comete un robo, lo detienen y acaba en la cárcel. Sale al cabo de seis años y en un principio decide marcharse, no quiere ver a su mujer. Luego, justo antes de tomar el tren, lo piensa mejor y la llama. Y ella, en cuanto oye su voz, le pregunta: «¿Dónde estás?» «Enfrente de la cárcel, he salido.» «¿Es que te has fugado?» «No, me han indultado.» «Ven aquí enseguida.» Entonces Simon coge un taxi y, mientras se dirige a casa de ella, se imagina que hay un hombre al que estará echando deprisa y corriendo. Y, en efecto, así es. Françoise lo echa de malas maneras, ordena toda la casa, lava los platos, pone cada cosa en su sitio y todo queda perfectamente para que no haya ningún rastro de él. Cuando llega Simon, ella va a recibirlo a la puerta del ascensor y lo abraza enseguida. A continuación, entran en casa, él echa un vistazo a su alrededor, parece que nota algo, pero es al observarla a ella cuando ya no le cabe duda: la ha descubierto. Ella lo mira y, con una gran tristeza, le dice: «Ha sido para no morirme, era mi manera de esperarte, de seguir viva». Él se queda unos segundos en silencio, sin saber qué hacer con su vida, si aceptar la infidelidad o irse para siempre. Al cabo de un largo instante de silencio, Simon sólo le dice: «Feliz año nuevo». Y, al cabo de unos segundos más, añade: «¿Me preparas un café, por favor?».

Eso es lo bueno de la película. Las cosas van tal como deben ir, o, mejor dicho, como quieren los guionistas y los directores que vayan y como las hacen funcionar algunos actores, como Lino Ventura. «Sin embargo, yo no soy tan buena, no estoy yendo a su encuentro a la puerta del ascensor. Ni siquiera tengo la posibilidad de repetir la escena, no tenemos a nadie que nos escriba las frases que debemos decir, qué hacer, cómo movernos, tenemos que improvisarlo todo y yo rara vez digo lo más apropiado, casi siempre me equivoco.»

Entonces Sofia se mira al espejo, el mismo espejo en el que se vio reflejada casi un año atrás y no se gustó. Ahora, cuando menos, no se reconoce, se ve distinta, y no sabe si es mejor o peor, si es algo bueno o algo malo, «tendré que descubrirlo», piensa, pero ya no hay tiempo, el ascensor ha llegado, oye pasos en el pasillo, la llave introduciéndose en la cerradura, las vueltas. La puerta se abre poco a poco.

—¿Sofia, eres tú?

—Sí, he vuelto.

Andrea cierra la puerta. Se la queda mirando. Sofia esboza una sonrisa. El momento parece interminable. Todo está como en suspenso. Es exactamente igual que antes de empezar una carrera, el instante que precede al pistoletazo de salida, cuando los participantes están tensos, preparados, completamente concentrados en lo que está a punto de ocurrir, cuando todavía no se sabe cómo acabará.

Entonces Andrea corre a su encuentro.

—¡Cariño, qué contento estoy de verte!

La abraza, la atrae hacia sí, la estrecha con fuerza, y Sofia se deja llevar, advierte que Andrea se ha sumergido en sus cabellos, respira su perfume, su piel. Tiene los ojos cerrados, permanece inmóvil, percibe el aroma de siempre, delicado, ligero, el que no ha dejado de llevar desde que se conocieron, cuando salieron por primera vez. Al final Andrea se aparta de ella y la mira a los ojos.

—Te he esperado todos los días, cada mañana tenía la esperanza de verte entrar por esa puerta, cada noche encontrarte aquí, justo donde estamos ahora. No podrías haberme dado una sorpresa mejor —y le da un suave beso en los labios, entreteniéndose un poco, pero no mucho, para no ir demasiado deprisa, para no estropearlo todo, porque no es una chica en su primera cita, es su esposa, pero en una situación muy delicada. Andrea, un poco sofocado, se aparta de ella—. De verdad, me siento muy feliz de que estés aquí... ¿Lo has visto? Lo he dejado todo como estaba, no he movido nada, no he cambiado nada; ¿quieres algo de beber? ¿Puedo invitarte a algo?

Y en el mismo momento en que lo dice, se da cuenta de lo absurdo y desatinado que suena, de que está completamente fuera de lugar..., de modo que se miran un instante y se echan a reír.

—Puedo invitarte a algo... Tremendo.

—Sí, bastante.

Siguen riendo.

—Madre mía, menuda situación...

—Sí, un poco rara.

—He pensado un montón de veces en cómo sería volver a verte...

Sofia se está divirtiendo.

—¿Y bien? ¿Te lo habías imaginado así?

—No, así no... ¡Así era completamente imposible!

Andrea la mira y sus ojos de repente cuentan todo lo que está sintiendo. Es como si de pronto se hubiera perdido toda la magia de ese amor que era especial, vivo, alegre, lleno de felicidad y de fantasía... Es como si, por el contrario, ya no quedara nada, recuerdos lejanos, promesas susurradas, ese fuego en la playa hecho de risas, de canciones, de besos, de baños nocturnos sin nada puesto y con un gran deseo de todo, como si se hubiera apagado de pronto, un cubo de agua y nada más. Y, sin embargo, ellos dos podrían haberse comido el mundo. Se habrían detenido en algún puerto para tener hijos y después volver a partir... En cambio, era como si ahora ese barco hubiera embarrancado, hubiera topado contra un escollo, estuviera haciendo aguas; no tenían escapatoria, iban a hundirse. Y esa misma tristeza también embarga a Sofia y la abruma. Percibe ese dolor, el abismo de ese sentimiento tan oscuro, tan vacío, tan terriblemente gris, sólo escombros.

—¿De verdad es tan malo?

—¡No! Malo no... Es que nunca habría pensado que me sentiría incómodo contigo, nunca. Sólo eso es malo.

Entonces Sofia se le acerca y lo abraza con fuerza. Después se separa de él y lo mira a los ojos.

—Perdóname.

«Andrea está tan guapo..., ha vuelto a la vida, es un milagro increíble, no me puedo creer que haya vuelto a caminar. Era parapléjico y ahora vuelve a ser un chico sano, fuerte, guapo. Sí, mi marido también es guapo.» Sofia le sonríe y Andrea se le acerca poco a poco y le da otro beso. Esta vez es un poco más profundo, lleno de amor, pero también de temor, de incertidumbre. Andrea se aparta. Acto seguido vuelve a abrazarla, la estrecha con fuerza. Apoya la cabeza en su hombro y le susurra al oído:

—Pensaba que te había perdido, que no te vería nunca más...

Sofia le acaricia la cabeza con dulzura, varias veces, siempre con la misma delicadeza.

—No, te equivocabas, estoy aquí, he vuelto.

22

A Andrea, de repente, le cambia el humor, está lleno de entusiasmo.

—Pues ¿sabes lo que vamos a hacer? ¡Voy a darme una ducha y salimos! ¿Te apetece?

Sofia está de acuerdo.

—Muy bien.

—Vamos a comer algo aquí cerca, como cuando íbamos a la universidad. Tenemos que celebrar tu regreso.

Andrea desaparece en el dormitorio. Sofia va a la cocina y coge una cerveza que ha visto en la nevera durante su registro anterior. Menos mal, ha seguido comprando Isaac Baladin. La destapa y va al salón. Abre la puerta y sale a la terraza. Coge una tumbona de debajo del techado y se sienta al lado de la baranda. Apoya la suela de los zapatos encima, como un chicarrón, mientras la falda se desliza y toca el suelo, tapando las braguitas pero dejando las piernas al descubierto. A continuación, apoya la cabeza en el respaldo y empieza a tomarse la cerveza mientras contempla los tejados de las casas. En una azotea no muy lejos, una mujer está recogiendo la colada. Saca las pinzas una a una y se las guarda en los bolsillos del delantal; seguidamente coge una sábana, la dobla y la deja con mucho cuidado en un barreño, lo levanta hasta el hombro con una increíble fuerza y, sujetándolo con un brazo, abre la puerta y desaparece por la azotea comunitaria. Sofia mira a su alrededor. Bandadas de pájaros revolotean en lo alto del cielo, ensayando algún dibujo más o menos concreto, en el horizonte, campanarios besados por la puesta de sol yacen inmóviles entre terrazas inconexas y pequeñas torres. El azul del cielo se ha vuelto rosado y se engarza en cada espacio que queda libre, mientras de vez en cuando alguna gaviota pasa volando solitaria hacia algún destino que sólo ella conoce. «Qué bonita es Roma, me alegro de haber vuelto.»

—Aquí me tienes, ya estoy listo.

Andrea aparece en el umbral de la terraza. Sofia se toma deprisa el último sorbo de cerveza y se levanta. Él lleva una camisa azul vivo, un pantalón gris, los Tod's de color azul oscuro y un suéter de algodón de cuello redondo y punto grueso de estilo marinero.

—También te he cogido una para ti, a lo mejor después hace frío —y le muestra la chaqueta abrochada por delante de color anaranjado claro—. ¿Te parece bien? —pregunta titubeando.

—Perfecto, siempre me ha gustado mucho, me la regalaste tú —dice ella entrando en casa.

—Sí, me acuerdo.

Sofia decide ponerlo a prueba.

—¿En qué ocasión me la regalaste?

Andrea sonríe, la hace salir, cierra la puerta dando tres vueltas a la llave y llama el ascensor.

—Semana Santa de 2010. Junto con los huevos de chocolate negro de Venchi.

112

Sofia simula ponerse a la defensiva.

—¡Tú no eres Andrea! ¡Quítate enseguida la máscara!

—Pero ¿qué dices?

—Andrea nunca recuerda nada de nada y tú te acuerdas incluso de que los huevos eran de chocolate negro de Venchi. Venga ya..., ni siquiera yo me acordaba...

—Sí, pero resulta que ese día fue una fecha memorable.

—¿Ah, sí?

—Abriste el regalo y te gustó, decidiste no cambiarlo. Es por eso por lo que me acuerdo de todo. Esta chaqueta de color naranja marcó un antes y un después en nuestra vida.

Sofia se echa a reír.

—Qué exagerado.

—Es cierto; mira, ese día me quedé tan sorprendido que no podía creer que después de probártela decidieras dejártela puesta, no pude comerme ni un huevo, ¿te acuerdas?

—No. ¿Y por qué?

—¡Hice una especie de promesa!

—Venga ya...

Sofia le da un suave empujón.

—Me tomas el pelo.

—Te lo juro.

—No jures.

—¡Te lo juro por ti!

—No lo jures por mí...

Siguen caminando y riendo despreocupados, como si se conocieran desde hiciera pocos días, cuando todo es fácil, cuando te gusta una persona, no la conoces lo suficiente y todo te parece bien. El momento sencillo del amor, el más sencillo. Después es cuando se vuelve difícil, cuando ya le conoces, cuando descubres aspectos del carácter del otro que hasta ese momento no habías visto o, peor aún, que te había escondido deliberadamente. ¿Y ahora? ¿Podría ser este momento un escenario más del amor? Reencontrarse después de haberse perdido, conocerse desde hace años y saberlo todo de la otra persona, sus gestos, sus expresiones, sus pensamientos, su manera de bromear o de encarar un problema. Sentirse seguro. Las pequeñas costumbres, la casa que ha sido testigo de nuestra felicidad, compartir el tiempo libre sin demasiadas complicaciones, sin esfuerzo. Andrea le señala algo, también le cuenta que un señor, justo en esa calle, hace unas semanas se paró en medio de la calzada con su Vespa para recoger un enorme clavo que había en el suelo y podía pinchar alguna rueda. Pero todo el mundo empezó a tocar el claxon contra él y al final él se enfadó con razón, volvió a dejar el clavo justo donde estaba y se marchó. Andrea se ríe y sacude la cabeza. Sofia lo mira. Siguen caminando. «Pero ¿es esto la felicidad? ¿Está realmente aquí mi corazón?»

23

Sofia sigue caminando con la chaqueta debajo del brazo, mira al suelo, pero no porque le dé miedo tropezar con los adoquines. Al final, se arma de valor.

—Estoy muy contenta de verte así... Estás muy bien.

—Sí... —Andrea le sonríe—. Yo también estoy contento. Alguna vez voy a la iglesia a dar gracias a Dios...

—¿Por cómo han ido las cosas?

—Por haber hecho que te conociera. —Entonces la mira. Sofia se vuelve hacia él y se sonroja.

—¿Por qué dices eso? Yo fui la causa de lo que sucedió.

—No, yo creo que antes no apreciaba la vida lo suficiente. A través de ti, el Señor hizo que lo comprendiera. Pienso que es así. Por eso, si te hubiera perdido, si no hubieras vuelto, habría sido justo. Ya lo había asumido. Pero habría seguido pensando en ti...

—No te pases... ¿Pretendes decirme que en todo este tiempo no te has «distraído» nunca?

—Te lo juro...

Andrea se lleva la mano derecha al corazón.

—Te he dicho que no tienes que jurar.

—Está bien. Pero es así, tanto si lo juro como si no, aunque no me creas. No me he visto con ninguna mujer...

He ido a alguna fiesta, he quedado con mis amigos del instituto y de la universidad, pero no he salido con ninguna mujer. Te lo ju... te lo aseguro.

Sofia sonríe. Andrea camina a su lado, entonces mira al suelo y de repente levanta la mirada hacia ella.

—¿Y tú? —Ahora está serio—. ¿Has salido con alguien? No me creo que todos esos hombres que te han visto tocar no hayan intentado por todos los medios salir contigo. Una mujer tan hermosa y con tanto talento. Eres fascinante, única; lo sabes, ¿verdad?

—No, no lo sé. Y, de todos modos, eso nunca me ha interesado, y tú lo sabes perfectamente.

—Es cierto, pero también sé lo que sienten los hombres al verte tocar... Porque has vuelto a tocar durante estos meses, ¿no? Ya no hay motivo para mantener tu promesa, ¿verdad?

Sofia le sonríe.

—Sí, así es. Podía volver a tocar y lo he hecho. Olja me alojó en su casa y he podido trabajar donde ella enseñaba antes, en una escuela de música en la que además hay una orquesta estable cuyos músicos la llaman «la comandante». Si Olja me hubiese visto con alguno, con toda probabilidad me habría fusilado.

Ahora parece que Andrea está más tranquilo, y siguen caminando en silencio el uno junto al otro. Sofia no le ha contado lo de Viktor: que primero la cortejó de una manera muy bonita, que luego, por el contrario, se mostró insistente y que aquella noche no escuchaba su negativa y no se hubiera detenido de no ser por el rodillazo que ella le asestó.

—Bueno... —Andrea se encoge de hombros—. Mejor así.

Sofia le sonríe, él la coge de la mano.

—Hemos sido unos ascetas...

—Puede, pero yo no te creo.

Andrea la atrae hacia sí.

—¿En serio no me crees? ¿Por qué? ¿Qué te lo hace pensar? ¿No te acuerdas de cuando estaba enamorado de ti? Tú hiciste todo lo que hiciste para que volviera a estar bien, y ¿crees que yo te lo pagaría engañándote con otra? No, yo no soy así. No sabía cuánto tendría que esperarte, pero no he conocido a ninguna mujer que me haya apartado ni un instante de ti.

Sofia está contenta por lo que ha dicho.

—Por la ventana te he visto llegar en bicicleta, ha sido precioso.

—Para mí lo es cada día. Siento de nuevo el viento en la cara y, cuando hay una subida, me canso y el sudor desciende lentamente entre mis cabellos, por las sienes, resbala por los lados de las mejillas, me entra en la camisa, por en medio de la espalda. Es una sensación muy bonita. Se me había olvidado y pensaba que nunca más la experimentaría. Un día me armé de valor y decidí hacerlo. Me fui andando a una tienda y me compré esa bicicleta. Cuando me subí, al principio tenía miedo. Ponía el pie izquierdo en el pedal, hacía girar la rueda buscando la mejor posición, pero sólo era una excusa; en realidad era incapaz de separar el otro pie del suelo. Después, de repente, me decidí y levanté también el derecho, lo puse en el otro pedal y empecé a pedalear; al principio pensaba que me iba a caer, pero al final fue bien... Era como si volviera a ser otra vez un niño. Me acordé de la primera vez con mi padre. Estaba en una calle cerrada, sin coches, en un complejo residencial. Me sujetaba con la mano derecha por detrás del sillín

117

y con la izquierda manejaba el manillar. Yo pedaleaba y él, cuando cogí un poco de velocidad, de repente me soltó, yo me tambaleé a derecha e izquierda durante un trecho... Y él me gritaba «¡Pedalea, pedalea!». Y yo empecé a ir más deprisa y fue como si la bicicleta se enderezara. Él se quedó en el borde de la calle mirándome y yo corría deprisa cortando el viento. Esa sensación no la olvidaré nunca. Ese día fue tan feliz... Pues eso fue lo mismo, fue como revivirlo, y empecé a llorar. El hombre que me vendió la bicicleta debió de tomarme por bobo...

Sofia se echa a reír. Andrea le sonríe.

—Hemos llegado.

—Venga ya. —Sofia no se lo puede creer—. Qué ilusión. Hacía un montón de tiempo que no veníamos.

—Ya, me ha parecido la noche apropiada.

Y entran en La Carbonara, en via Panisperna, 216, el restaurante que los vio darse su primer beso.

24

En cuanto entran en el restaurante, Sofia cierra los ojos y respira a pleno pulmón todos los sanos aromas de la cocina italiana.

—Madre mía, qué exquisitez; si por casualidad alguien pierde el apetito, sólo tiene que respirar un segundo aquí dentro para coger un par de kilos.

Andrea se ríe divertido.

—Es verdad. Hacía mil años que no veníamos. Era nuestro sitio favorito, ¿te acuerdas?

—Claro que me acuerdo. —Entonces le susurra en voz baja—: Veamos si todavía cocinan tan bien.

Pero Andrea no tiene tiempo de contestarle, enseguida aparece el dueño del restaurante; se llama Andrea como él.

—Buenas noches, ¿tienen reserva?

—Sí, Rizzi, para dos.

—Ah, claro, por supuesto... Pasen por aquí. —Los acompaña a una mesa en la segunda sala—. Siéntense debajo del arco, aquí estarán más cómodos...

Andrea hace pasar a Sofia, que se sienta de espaldas a la pared, así puede ver toda la sala, y él se sienta enfrente. El dueño pone dos cartas encima de la mesa.

—¿Cómo quieren el agua? ¿Con o sin gas?

—Una de cada, gracias —contesta Andrea, y coge enseguida la carta.

El dueño se aleja. Sofia también abre la carta, pero dice:

—Ah, yo ya sé lo que voy a pedir.

—Pues entonces ¿para qué la abres?

—Para ver si siguen teniendo los platos que me gustaban... Sí, los tienen. Esperemos que estén tan ricos como entonces.

—¿Qué vas a pedir?

—A ver, te advierto que no voy a dejarte probar nada de lo mío, así que, si te apetece, te lo pides para ti...

—¿Tan mala te has vuelto? Antes no eras así...

—Te equivocas. —Sofia ríe—. ¡A lo mejor me confundes con otra! Con la comida siempre he sido una hiena. Me acuerdo de que las primeras veces que salimos solías decirme: «Qué guapa eres, me encantan las mujeres a las que les gusta comer, no como esas que vienen a cenar y sólo piden una ensalada porque están perpetuamente a dieta». Más adelante, cuando te diste cuenta de lo mucho que comía, te arrepentiste. Nunca deberías haber dicho aquello. En mi opinión, a partir de la segunda cita ya querías pagar a escote.

Andrea se ríe.

—Mira que eres pérfida, no lo pensé nunca.

—Sí, y yo me lo creo.

Justo en ese momento vuelve el dueño.

—¿Y bien, chicos?, ¿han pensado qué quieren que les traiga?

Ellos dos se miran, les alegra que los haya llamado así; en el fondo es como si todo volviera a empezar desde entonces, desde que eran unos muchachos. Sofia deja la carta.

—¿Qué lleva la fritura «La Carbonara»?

—Un poco de todo, sobre todo verduras, las flores de calabacín van con anchoa y, además, lleva alguna pequeña mozzarella.

—Perfecto, pues para mí eso; después unos espaguetis a la carbonara y una alcachofa a la judía. Ah, ¿tienen ensalada de *puntarelle*?

—Sí.

—Pues tráigala también, gracias.

El dueño lo retiene todo en la memoria.

—¿Y para usted?

—Para mí también una alcachofa a la judía, después jamón serrano reserva con mozzarella y unos *saltimbocca* a la romana.

—Muy bien. ¿Quieren un vinito? Aquí está la carta.

Andrea se dispone a cogerla, pero Sofia se le adelanta.

—Yo lo miro.

El dueño se la pasa.

—¿Te parece bien un tinto?

—Sí, está bien.

Sofia mira de nuevo la lista.

—¿Un Tignanello?

—Estupendo.

Entonces se lo indica en la carta al dueño, que asiente.

—Perfecto.

Coge las cartas y se va.

—Qué bien, estoy muy contenta de que hayamos venido aquí. ¿Sabes que no había vuelto a pensar en este lugar?

Extiende las dos manos y se inclina hacia delante, apoyándose en la mesa. Andrea las coge entre las suyas.

—Pues me alegro. Pero ¿cómo has podido olvidarlo?

—No lo sé. Ahora estoy aquí y lo recuerdo todo como si fuera entonces. Cuando veníamos, tú estabas terminando la especialidad y yo estaba superestresada con la gira por Europa...

Andrea asiente. En realidad, no recuerda aquella gira en concreto, había habido muchas y en todas ellas Sofia se ponía muy nerviosa. De modo que simplemente sonríe en un intento de darle la razón.

—Sí, sí, es posible.

—¿Qué insinúas?

—¿Yo? ¡Nada! —y ríe.

Sofia decide no darle demasiada importancia y siguen charlando un poco de todo.

—Me acuerdo de que en esa época también estuvimos en Caprera, para tomar clases de vela.

—Sí, qué maravilla, no teníamos ninguna preocupación.

—Todo el mundo estaba loco por ti, Sofia, y yo era el hombre más orgulloso de la isla...

—Pero ¿qué dices?, todos eran amigos nuestros, nadie dijo ni hizo nada que pudiera sugerir un interés por mí.

—Sería porque no te dabas cuenta. De vez en cuando venía uno y me decía: «¡Enhorabuena, es fiel! Lo he intentado por todos los medios y no ha habido nada que hacer».

—Es cierto, era mi secreto; ¿crees que no me daba cuenta o que sólo lo aparentaba? ¿Cuál dirías que es la verdad?

Sofia lo mira con malicia. Entonces aparece el camarero.

—Aquí tienen las alcachofas a la judía y también el vino tinto. —Les muestra el Tignanello. Sofia comprueba la añada, asiente, y el camarero abre raudo la botella—. ¿Quién lo probará?

Andrea señala a Sofia. El camarero le sirve un poco de vino en su copa, espera a que Sofia lo pruebe, una vez que ella da el visto bueno termina de llenarla; luego pasa a la de Andrea y seca el cuello de la botella.

—Señores, si necesitan cualquier cosa, llámenme. —Dicho esto, se aleja.

Andrea alza la copa y mira a Sofia, que coge la suya y la levanta hacia él.

—¿Por qué brindamos? —le pregunta él.

—Por ti —dice ella, y sonríe.

Andrea se queda pensando.

—Por nosotros, pues, por nuestra felicidad, por esta nueva vida que el Señor ha decidido regalarme...

Brindan y beben un poco de vino, tras lo cual dejan las copas; Andrea las vuelve a llenar mientras Sofia se limpia los labios y empieza a comer las hojas crujientes de su alcachofa.

—Me alegro tanto de verte así..., no me lo puedo creer, me parece un milagro...

Andrea sonríe.

—Es un milagro.

—¿Has vuelto a hablar con el cirujano?

—Claro, he hecho algunas visitas de control. Seguí con la fisioterapia, naturalmente: primero en la consulta del doctor Michel Oransky y luego, cuando terminé con él, continué con la terapia postural en el gimnasio; me apunté al que va Lavinia.

Sofia se ríe.

—¿La loca de Lavinia? ¿Cómo está? ¿Y Stefano? ¿Siguen estando juntos?

—Sí, claro, ¿cómo van a romper esos dos? Pero yo a él sí lo dejé, ya no voy más.

—Eso significa que ya no lo necesitas.

Y siguen comiendo, tomando el excelente Tignanello y recordando los viajes que hicieron juntos, los días de esquí, cuando iban a nadar, las excursiones con los amigos.

—¡Me gustaría dar una bonita fiesta! —Sofia está entusiasmada—. Con tus amigos del rugby, con los nuevos de tu despacho, con mis amigas romanas del conservatorio. Me gustaría tanto hacer algo así... Charlar, tomar cerveza, vino, con algo para picar o cualquier otra cosa apetitosa de comer, y reír un montón. ¿Te apetece?

—Muchísimo.

Los dos se terminan casi al mismo tiempo los últimos bocados de la alcachofa a la judía. Sofia se seca la boca con la servilleta.

—Qué rica, está insuperable, no tiene ni una espina, se puede comer entera.

—Es cierto, son alcachofas tipo *cimaroli* o *mammole*, por eso son tan tiernas y no tienen espinas.

—Ya veo..., de arquitecto quieres pasar a ser chef.

Andrea ríe.

—No, pero la historia de la comida romana me divierte.

No tienen tiempo de seguir hablando, les traen otros platos: los *saltimbocca* a la romana para Andrea y la pasta a la carbonara para Sofia.

—Bueno, aquí les dejo pimienta, sal y aceite.

El joven camarero desaparece de nuevo igual que había llegado. Sofia prueba enseguida los espaguetis, seguidamente cierra los ojos y gime de placer.

—No, no me lo puedo creer, todavía están más ricos de como los recordaba.

—Mi carne también está excepcional, ¿quieres probarla?

—No, no, gracias. Me comeré mis espaguetis, están de muerte...

—¿Me los dejas probar?

Sofia se queda cortada.

—¿Qué dices? Ya te lo he dicho, no te dejaré probar nada...

—Venga... —Andrea intenta que se apiade. Así que al final Sofia, simulando sentirse molesta, empuja su plato hacia él.

—Uf, siempre quieres salir ganando.

Andrea sonríe, después los prueba.

—Madre mía, fantásticos, hechos al dente, con una salsa maravillosa, y además los hacen como a mí me gustan, es algo sobre lo que mucha gente no se pone de acuerdo.

—¿A qué te refieres?

—A si deben llevar carrillada o panceta. ¡Los de aquí son fantásticos, les echan de las dos!

—Es verdad, por eso tienen este sabor tan particular, es realmente especial.

Se sonríen y comen en silencio; entonces Sofia se decide, se limpia la boca, toma un poco de vino y empieza a hablar.

—Bueno, te había dicho que no te dejaría probar nada de mis platos y, en cambio, después he cedido. Te he dejado probar mis fantásticos espaguetis.

—Sí, porque eres buena.

Pero Sofia está seria.

—Pues ahora te pediré algo sobre lo que no seré tan buena. Te lo digo de entrada, sólo tendrás esta oportunidad, no habrá otras, nunca. Fíjate, te lo digo en serio, no voy a hacer como con los espaguetis. Esta vez me mantendré firme.

Andrea se da cuenta de que no es momento de bromear. Aparta un poco el plato que tiene ante sí.

—De acuerdo, dime.

Sofia recobra la calma, suaviza la expresión, afloja la tensión.

—Me marché de buenas a primeras, sólo te escribí un mensaje porque no me apetecía hablar.

—Sí, entiendo que lo hicieras. Toda la situación era compleja. Acepté tu decisión, tu deseo de estar sola, pero nos hemos escrito de vez en cuando...

—Sí.

—Siempre he esperado que un día regresaras, y ahora estás aquí.

—Sí.

Sofia está tranquila, pero muy seria.

—He estado fuera ocho meses y comprendo que quizá para un hombre que acaba de recuperar por completo su vitalidad... —Sofia sonríe—. Bueno, sí, no sé cómo expresarlo, quizá tenga ganas de ponerla en práctica. Puedo entenderlo. Pero tienes que decírmelo. Si has estado con otra mujer o con más de una, con una mujer del despacho, o del gimnasio al que vas o con alguna que incluso puede que conozca..., tienes que decírmelo. Si me lo dices te perdonaré, en serio, no me importa, si ha ocurrido también ha sido por culpa mía. Pero no quiero verme charlando, riendo y bromeando con alguien que se ríe de mí, que piensa que me la ha colado. Eso no. No lo aceptaría. Si me lo dices ahora quedará todo borrado, como si nunca hubiera ocurrido. Pero, si no me lo dices, no ocurrirá como con los espaguetis...

—No me dejarás probar nada.

Andrea intenta hacerse el gracioso, tomárselo a risa.

—No, será peor. No tendrías manera de hablar conmigo, ni de verme, para mí dejarías de existir, cero, borrado.

Andrea coge un pedazo de pan y lo moja en la salsa de los *saltimbocca*, quizá a causa de los nervios, para romper la tensión del momento. Sofia le señala su plato.

—Exacto, será como este plato. Todo lo que había quedará barrido y ya no podrás pedirlo más, no habrá manera, a ningún precio. Piénsalo bien, Andrea.

Él bebe un poco de vino tinto, deja la copa y a continuación se seca la boca.

—No me gusta tu tono amenazante.

—No es una amenaza, es la verdad. Quiero que lo sepas, es decir, si descubriera algo así sin que tú me lo hayas dicho, no podría asumirlo, es un defecto que tengo, no te lo diría... En cierto sentido lo hago por nosotros. Te lo ruego, Andrea, medítalo bien.

Andrea la mira; al cabo de un rato le sonríe, se queda pensando en ello, escogiendo las palabras adecuadas para decírselo.

—No he conocido nunca a una mujer que me haya apartado de ti. Tú eres única en todos los aspectos, con tu carácter difícil, con tus caprichos, con tu generosidad. Y ahora que estoy a tu lado me doy cuenta de que todavía me gustas más.

—Sí, pero no has contestado a mi pregunta: ¿me has engañado? —Entonces, creyendo que tal como lo ha planteado podría dejar un margen a Andrea para hacerse el listo, lo especifica todavía más—: Quiero decir, ¿te has ido a la cama con alguien, has practicado sexo de la manera que sea con alguien en este tiempo?

Ahora no hay ninguna posibilidad de salirse por la tangente. Andrea la mira a los ojos, mantiene fija la mirada, sostiene la de ella perfectamente.

—No.

Sofia espera un momento, mira a Andrea, intenta captar en él algún signo de incertidumbre, un cambio de idea, una indecisión... Pero él continúa con la mirada firme y serena.

—No. —Le sonríe—. Te he dicho que no.

Sofia asiente; entonces piensa que tal vez todo pueda volver a empezar, pero en ese momento Andrea, el dueño, se acerca a la mesa.

—¿Y bien?, ¿cómo estaban los espaguetis? He visto que los compartían.

Sofia se ríe divertida.

—¡Nada de compartir! Era él el que me imploraba para que le diera mi querido plato de carbonara y al final he cedido. —A continuación, mirándolo—: Pero no volverá a ocurrir, ya lo he avisado. En cualquier caso, estaba todo realmente exquisito.

El dueño sonríe contento.

—Me alegro, estos últimos años hemos intentado contener los precios, pero manteniendo siempre una excelente calidad. Y ello, sobre todo, gracias a mi madre; ¿quieren que se la presente? —Hasta ese momento, Andrea y Sofia no se habían dado cuenta de la presencia de una mujer unos pasos más atrás—. Ven, mamá...

La mujer se acerca sonriendo, tiene los ojos azules, el pelo corto gris, recogido en una redecilla, como deberían llevarlo todos los cocineros. Se seca las manos, algo enjutas, en el delantal que lleva.

—Buenas noches... En la cocina lo he hecho lo mejor posible para que estuviera a su gusto.

—Y lo ha conseguido.

—Gracias, gracias. —La señora está un poco cortada y su hijo toma la palabra.

—¿Puedo pedirle un favor? —Se dirige a Sofia, que asiente curiosa—. No, es que a mi madre le gustaría mucho hacerse una foto con usted.

La mujer sonríe, sus ojos azules se iluminan.

—Fui una vez a verla tocar. Maravilloso, qué bonito.

Sofia está contenta.

—Gracias, me alegro de que le gustara mi concierto.

—Muchísimo...

El hijo se entromete.

—Yo compré las entradas, para ella y su amiga Teodora.

—A mi marido no le gusta la música en general.

—Bueno, mamá, no le cuentes esas cosas a la señora, que a ella tampoco le interesa; de todos modos, las llevé hasta allí en coche, iban de tiros largos, y cuando terminó las fui a recoger.

—Qué regalo tan bonito.

—Sí, realmente me gustó muchísimo, nunca había ido a un concierto de ese tipo de música.

El dueño aparta despacio a su madre.

—Vamos, Teresa, que dentro de poco les van a traer los platos a los señores; ¿qué quieres hacerte?, ¿una foto o un selfi?

—¿Qué dices?

La madre no oye bien.

—Está bien, ya lo decido yo, haremos una foto, venga...

—Sofia se levanta y abraza a la señora. El hijo la hace con

su móvil—. Sacaré tres o cuatro... —Como si fuera un consumado fotógrafo—. Así estoy más seguro de que al menos una saldrá bien, y luego la más bonita la colgaremos aquí en el restaurante, con las demás; son todas de personas famosas. Podemos, ¿verdad?

—¡Pero si yo no soy famosa, cuando vean la foto la gente se preguntará quién soy!

—No pasa nada, es famosa para mí y para mi madre, eso es lo importante. Venga, vamos, vuelve a la cocina, mamá, que hay que trabajar... —Y el dueño sonríe afable, empujando a su madre por el hombro con delicadeza hacia la cocina—. Adiós.

Les sirven las *puntarelle*, otra alcachofa, pero esta vez a la romana, y unas excelentes degustaciones de postres de la casa, también elaborados por la señora Teresa.

—Madre mía...

Sofia sigue a Andrea, que, después de tomarse un amaro Nerone y un café, se dirige a la caja.

—Hacía un siglo que no comía así... —Se sujeta la tripa—. De verdad, un bocado más y estallo.

Mientras Andrea saca la tarjeta de crédito y se la tiende al cajero, Sofia se pone a mirar las fotos que cubren las paredes de alrededor. Hay retratos de algunos personajes famosos de los años setenta, ochenta y noventa al lado de Teresa y un hombre, seguramente Giuseppe, su marido; otros están junto al hijo, como Edwige Fenech o Eros Ramazzotti. Se ve a la señora Teresa casi oculta al lado de Bud Spencer. Unas están firmadas, otras no. Entonces se detiene delante de una foto, está enfocada cogiendo el resto del comedor. Sale Fabrizio Frizzi riendo, con los ojos medio cerrados, al lado de la señora Teresa y su hijo Andrea; casi parece que se pueda oír su risa gracias a lo verdadera y sincera que es la foto. Sofia mira el comedor del fondo y se queda asombrada. Pone más atención. No puede creer lo que está viendo, se acerca fijándose al máximo para asegurarse de que no se equivoca.

—Andrea, corre, ven aquí. —Andrea se está metiendo la cartera en el bolsillo del pantalón—. Mira esta foto...

—Sí, Frizzi era realmente un presentador simpático, todo el mundo lo quería...

—Sí, pero mira esta mesa de aquí..., detrás, a la derecha, y esa otra mesa que está justo al lado de la puerta.

Él se acerca intentando ver mejor y distinguir lo que le está diciendo. Entonces, de repente, se queda sorprendido.

—No, no me lo puedo creer. ¡Somos tú y yo!

—Sí, en dos mesas distintas y con otras personas. Yo estaba con mis dos amigas del conservatorio, estudiábamos en el centro, en via dei Greci...

—En cambio, yo estaba con mi novia, Simona.

—Estábamos en el mismo sitio y no nos conocíamos; ¿quién sabe cuántas veces más nos habrá pasado lo mismo y no lo sabremos nunca?...

—Eso significa que no era nuestro momento. —Andrea la atrae hacia sí—. Ahora lo es.

Le da un beso; a continuación, con una sensación de ligereza y alegría, se despiden del dueño y de Teresa, su madre, y salen del restaurante.

131

25

—Ven conmigo...

Andrea coge a Sofia de la mano y empiezan a subir por via Panisperna.

—¿Adónde me llevas?

—Es una sorpresa.

Sofia sonríe, asiente y se deja guiar en esta hermosa noche romana. Las charlas de la gente llegan de los callejones cercanos, de piazza degli Zingari, de via Milano, de via Urbana. Chicos de las edades más diversas salen de los restaurantes, van hacia los Foros Imperiales, Largo Argentina, la estación Termini, directos a quién sabe qué cita, a qué inesperada velada. Sofia está sorprendida. «Aquí estoy, otra vez en Roma, cogida de la mano de este hombre. —Y sonríe para sus adentros—. Este hombre es mi marido. —Por un instante se pregunta dónde está el otro, Tancredi. El solo hecho de haber pensado en él un instante hace que le palpite más aprisa el corazón, se le enciendan las mejillas, se sienta aturdida. Testaruda, aparta ese pensamiento, terca, sigue caminando; un paso tras otro todo se va calmando, todo vuelve a la normalidad—. Sí, ésta es mi vida. Volveré a dar conciertos, estaré con mi marido, veré a mis amigos, les haré una visita a mis padres en Sicilia, tomaré el té con una amiga, iré a fiestas, organizaré alguna cena. Quiero ser normal.» Aprieta la mano de Andrea con más fuerza. Él se da cuenta, se vuelve y la mira. Se sonríen.

—Me gusta dar este paseo.

—Casi hemos llegado...

Y Sofia cada vez está más convencida. «Ya basta, ahora sólo quiero esto, una vida tranquila. —Notar su mano en la de Andrea de repente la sorprende, no le molesta, le aporta serenidad, incluso seguridad—. Necesitamos sentirnos amados, amar y ser amados, poder confiar en alguien, abandonarnos a alguien. ¿Podrá ser así con Andrea? —Y lo mira a hurtadillas con el rabillo del ojo—. Está más guapo, más delgado, más tranquilo, tal vez también más seguro. Es increíble cómo ha conseguido echarse todo ese dolor a la espalda, parece que ya no se acuerde, que no hubiera sucedido nunca, que no haya sufrido, en la oscuridad de esa habitación durante todo ese tiempo. Ha sido un milagro.

«¿Y yo? ¿Qué ha significado todo esto para mí? Me iba apagando cada día que pasaba, ese cansancio, esa vida inmóvil, el tiempo corría y me vaciaba. Era como si cada minuto corriera al doble de la velocidad. Se me estaba envejeciendo el alma. Entonces llegó Tancredi... Su encanto, su belleza, su vitalidad, pero también su tristeza y su dolor, su oscuridad y su silencio. ¿De verdad quería conseguir todo ese dinero sólo para la operación de Andrea y así salvarlo a él y nuestro matrimonio? ¿O fue para ocultar el deseo que me había arrollado y las ganas de ser de Tancredi de la manera que fuera?»

—Sofia... —Andrea se mezcla en sus pensamientos, es

como si la hubiera descubierto, como si lo hubiera visto todo, sus recuerdos, sus deseos, su dolorosa nostalgia, y entonces ella, por un instante, se ruboriza, pero parece que él no presta atención, no se da cuenta de nada, le sonríe y simplemente le dice—: Hemos llegado.

26

Frente al local Black Market de via Panisperna, 101, hay varios chicos y chicas. Un tipo en la entrada mira hacia dentro de vez en cuando, para ver cuánta gente hay y cómo está la situación en general.

—Vosotras dos... —Señala a dos chicas con un estilo muy alternativo.

La primera, Matilde, con una media melena rubia, lleva una larga chaqueta de esmoquin, un pantalón ajustado y unos zapatos negros Dr. Martens con cordones. Debajo de la chaqueta sólo lleva el sujetador y un collar de perlas negras alternadas con unos canutillos alargados de bronce. La otra, Nadia, con el pelo liso por debajo de los hombros, lleva un pantalón ancho recogido en el tobillo y goma en la cintura, una fina cazadora azul y, debajo, una camisa azul oscuro de seda. Tiene los ojos verdes, va muy maquillada y es muy guapa. El tipo le sonríe a ella exclusivamente y le hace un ademán para que entre. La chica sonríe, pero no demasiado, coge a su amiga de la mano y entran juntas en el local. Los chicos que se quedan fuera refunfuñan algo.

—Nos toca seguir esperando...

—Pues sí.

Un chico con un suéter gris marengo sobre el hombro, camisa blanca de cuadritos azul cielo y vaqueros le dice al amigo que tiene al lado, vestido muy parecido a él excepto porque lleva una camisa blanca y calza unos Saucony de color mostaza:

—La verdad es que nosotros estábamos antes...

—Sí, pero tú no eres una tía buena.

—Sí, claro, tienes razón; pásame un cigarrillo, venga...

Entonces el tipo de la puerta, que se llama Gustavo, ve que Andrea y Sofia se aproximan a él.

—¡Hola!

—Hola, Andrea, pasa, por favor. La mesa está en la tercera sala.

—Gracias.

Gustavo se aparta y los deja pasar. Mientras bajan, Sofia lo mira con recelo.

—Tú no me lo estás contando todo...

—¿Por qué lo dices?

—Ese tipo te saluda diciendo «hola, Andrea», sabe tu nombre, de modo que te conoce...

Él se ríe.

—Claro, es alumno mío. Recuerdas que te escribí que he vuelto a dar clase en la universidad, ¿verdad?

Esta vez es Andrea quien la mira dubitativo. Sofia se muestra segura, a pesar de que lo había olvidado por completo.

—Sí, claro.

—Es uno de mis alumnos, para pagarse los estudios suele trabajar aquí por las noches; fue él quien me aconsejó este lugar y debo decir que me gustó muchísimo.

Sofia mira a su alrededor, en efecto, es muy bonito.

Hay cuadros interesantes en las paredes y mesitas de mármol de los años veinte con muchas sillas distintas, si bien todas de la misma época. Las luces son tenues, las lámparas de lágrimas descienden en los sitios más diversos, muchas parecen farolillos del revés. En el suelo, grandes alfombras persas de color oscuro marcan el camino que hay que seguir. Cada sala tiene una gran barra, sofás antiguos, pequeños pufs cuadrados en los que hay mucha gente sentada; en algunas mesitas también hay antiguas lamparitas elaboradas con encajes y unas bolitas que cuelgan. Un gran tubo de acero parece colgar del techo, discurre de una sala a otra, como una enorme serpiente, abasteciendo de aire a todo el local. La silueta de dos llaves antiguas cruzadas sobre una pizarra negra, junto al nombre del local, destaca detrás de la barra. Unos chicos preparan cócteles sin parar intentando al mismo tiempo seguir el ritmo de la música y servir los pedidos, pero no consiguen hacer ni una cosa ni otra.

—Bueno, aquí es.

Sofia y Andrea entran en la sala más grande, es casi circular y tiene una gran ventana, delante de la cual está tocando un pequeño grupo de jazz. Interpretan a Coltrane. La gente bebe, se divierte, está contenta. Algunas ventanas están abiertas, hay gente fumando, algunos beben, otros comen. Andrea hace tomar asiento a Sofia y a continuación se sienta a su lado.

—¿Te recuerda algo? ¿No se parece un poco a ese local de jazz de Nueva York en el que estuvimos?

—Es verdad. —Esta vez Sofia se acuerda perfectamente—. ¡Es igual de bonito!

—Sí.

Y no miente. Se ve obligada a hablar un poco más alto para que la oiga.

—Pues no tocan mal.

—No, no, son buenos, aquí sólo seleccionan a gente de calidad, y si tú también lo dices... —Andrea le sonríe— ya no me cabe duda. Oye, ¿no quieres unirte a ellos al piano?

—No, venga, no me líes como aquella vez en Grecia.

—Es cierto, justo estaba pensando en aquel día. Tienes razón, hoy mejor una velada tranquila. ¿Te apetece tomar algo?

—Sí, gracias.

Piden dos mojitos.

—Oye, ¿sabes que están muy ricos?

—Sí, son unos especialistas haciendo cócteles...

De modo que deciden probar también dos daiquiris y, más tarde, dos caipiriñas, mientras el grupo, con la trompeta y el clarinete, pasa de Coltrane a Benny Goodman. La gente de alrededor sigue el ritmo. Cuando el grupo se luce con una composición de Saint-Germain-en-Laye incluso les arranca un aplauso. Una mesa más allá, Matilde y Nadia siguen el concierto. Nadia pone la mano sobre la de Matilde y se le acerca, le dice algo que la hace reír. Matilde asiente y Nadia le da un beso; a continuación se separan un poco, se quedan mirándose a los ojos un instante y después se sonríen. Matilde bebe un sorbo de su copa mientras Nadia coge un cigarrillo preguntándose si de verdad mantendrá lo que le ha dicho. Un camarero se acerca a Andrea y a Sofia.

—Aquí están las caipiroskas... —Las deja encima de la mesa y se va. Andrea coge su copa y la levanta hacia Sofia, que hace el mismo gesto y la levanta hacia él.

Andrea le sonríe.

—Por ti, porque has vuelto.

Entonces se le acerca un poco y le da un suave beso en los labios. Se queda allí un poco más de lo debido, Sofia se aparta y le sonríe, a continuación prueban la caipiroska. Sofia la paladea despacio.

—Lo hacen realmente bien. ¿Y sueles venir a menudo?

—Algunas veces, por la noche, a tomar algo después del trabajo. —Sofia sigue bebiendo y escuchando el jazz. Andrea pone una mano sobre la suya, ella se vuelve y él le sonríe de nuevo—. Pero nunca con ninguna mujer.

—Te lo he dicho; sea como fuere, antes de cenar ya has tenido tu oportunidad para que pudiera prescribir.

—¿O sea que ahora...?

—Si has omitido algo, te guillotino.

Andrea se ríe.

—Eres tremenda, no es justo, al menos deberíamos dejar tiempo hasta medianoche... Me gustaría consultarlo con mi abogado.

—No lo entiendes, tú tienes un contrato conmigo, no hacen falta abogados, sólo estamos tú y yo. Aunque, espera, ahora que caigo en la cuenta, el hecho de que hayas puntualizado que no has venido aquí con ninguna mujer es de manual..., «disculpa no pedida»...

—«Culpa manifiesta.» ¡Pero no es así! Te había leído el pensamiento.

«Efectivamente —piensa Sofia—, era justo eso lo que tenía en la cabeza.» Y así, un poco molesta por haber sido descubierta, se levanta de la mesa.

—Voy un momento al baño. ¿Sabes dónde está?

—Sí, está por ese pasillo de ahí, no tiene pérdida.

Sofia bordea las mesas y se dirige hacia esa dirección. Cuando llega al pasillo, ve que es muy largo y que al fondo hay dos puertas con unas antiguas imágenes dibujadas de un hombre y una mujer. Sofia entra en el baño y se fija en que ahí también se han esmerado con la decoración. Los lavabos, el dosificador de jabón, los cestos de mimbre con toallas de papel, han cuidado hasta el más mínimo detalle y con muy buen gusto. Cuando sale, recorre de nuevo el pasillo y de repente un hombre que está sentado a un lado en un taburete junto a un amigo suyo estira el brazo en su dirección y la obliga a detenerse.

—Perdona, pero ¿no nos conocemos? No, es que me parece que ya te he visto en alguna otra ocasión.

El amigo baja un poco la mirada y sonríe, como si estuviera acostumbrado a esa técnica. Para disimular su ligera incomodidad, coge su cerveza de la larga repisa que tiene al lado y le da un trago.

—No, de ser así lo recordaría muy bien. —Sofia sonríe—. Nunca me olvidaría de alguien que todavía emplea esas frases para entablar conversación. Sólo falta que me preguntes qué estudio.

El tipo sonríe, no se da por vencido.

—En efecto, es justo lo que te quería preguntar, pero luego he pensado: «A lo mejor se le ha pasado el plazo para aprobar y se enfada...».

—No —interviene en ese momento Andrea—. Nunca se enfada, y además ahora está especialmente contenta porque estamos de luna de miel...

—Ah. —El hombre se sonroja—. Perdóname...

El amigo se echa a reír, mientras Andrea coge a Sofia del brazo y vuelven a la sala. Ella lo mira divertida.

—Muy buena, nunca se me habría ocurrido...

Andrea se encoge de hombros.

—Bueno, en el fondo es como si estuviéramos de luna de miel. Y yo soy infinitamente afortunado y feliz por haberme casado contigo.

27

En el exterior del local, Andrea y Sofia caminan uno junto al otro. Sofia sacude la cabeza divertida.

—Pero ¿tú has visto? ¿Cómo es posible que todavía pretendan ligar de esa manera? ¿Qué hay de las frases bonitas, un poco de inventiva, una idea medio original? Tampoco pido tanto...

—Pero ¿por qué lo dices, perdona? Si hubiera sido así, ¿habrías picado?

Sofia se ríe.

—Mira que cuando te pones celoso no eres nada creíble, sólo nos habría faltado que te liaras a puñetazos. No lo hiciste ni cuando éramos universitarios...

—¿Acaso entonces había motivos?

—Qué va... Me refiero a que nunca te he visto liarte a tortas y ahora pierdes el tiempo con alguien que se dedica a hacer de paso a nivel. Su táctica era parar a todas las mujeres que iban al baño hasta que picara la primera...

—¿Tú crees?

—Pues claro, si hasta su amigo no aguantaba más su penosa técnica de ligoteo... Bueno, en todo caso, eso de que estamos de luna de miel no ha estado mal.

Andrea abre el portal del edificio.

—He tenido una especie de iluminación. Las parejas que están de luna de miel son intocables. —A continuación, la deja pasar.

Sofia se encoge de hombros.

—Pues a mí me parece que a ése tampoco le habría importado mucho...

Poco después están en el interior de la casa.

—¿Quieres algo de beber?

Sofia se sienta en el sofá.

—¿Más? ¿Qué quieres?, ¿emborracharme? Si sigo bebiendo alcohol me sentará mal. Pero un café...

Andrea mete una cápsula en la máquina y luego otra, al cabo de unos instantes le lleva el café. Sofia está en la terraza, se ha sentado a la mesita y mira la belleza de los tejados romanos de alrededor.

—Mira que es bonita Roma... La he echado de menos.

—¿Y a mí no?

Sofia, después de remover el café con la cucharilla, se lo toma.

—Sí, claro, a ti también te he echado de menos.

Andrea se queda callado durante un rato, se toma el último sorbo de su café y deja la taza en el platito.

—¿Y cuando te fuiste a aquel concierto?

—¿A qué te refieres?

—Esos cinco días en que te pagaron tan bien y que me permitieron hacerme la operación. ¿También entonces me echaste un poco de menos?

Sofia lo mira sorprendida; de repente se pone tensa, le gustaría contestarle mal, pero luego poco a poco se calma, se tranquiliza, recobra la serenidad.

—Mira, los dos sabemos lo que pasó. Tomamos una

decisión, cada uno a su manera. Sólo deberías haber sido más honesto y no tomarme por estúpida. De todos modos, en vista de que ahora estoy aquí, es como si ya hubiera contestado a todas tus posibles preguntas.

Dicho esto, se queda callada.

Andrea asiente.

—Sí, tienes razón.

—Sólo te pido un favor. No me preguntes nunca nada más de esa historia.

—De acuerdo.

—Voy a darme una ducha —y desaparece en el cuarto de baño.

Andrea se queda un rato más sentado en la terraza. Después entra, coge una botella de Matusalem, un vaso, y sale de nuevo a beber. En realidad, le gustaría saberlo todo de esos cinco días. Sabe perfectamente que no hubo ningún concierto. Nadie le pagaría esa cantidad ni siquiera a una pianista excepcional como Sofia. En todo caso, pagaría por tenerla o, mejor dicho, por tener su cuerpo. «Pero ahora ella está aquí, no lograste conquistarla, no fue suficiente todo ese dinero ni nada de lo que pasara en esos cinco días.» Sin embargo, el hecho de no saber nada, de que haya un agujero de esa envergadura en la vida de su mujer, lo vuelve loco. Se acuerda de esa película, *Una proposición indecente*, con Demi Moore, Woody Harrelson y Robert Redford. Se parece a su historia, excepto porque él nunca ha visto quién es el otro, mientras que David Murphy, así es como se llamaba el personaje interpretado por Woody Harrelson y marido de Diana, sabía quién era John Gage, o sea, Robert Redford. Cuando se entera de que se ha acostado con su mujer no logra superarlo y, a pesar de que han conseguido un millón de dólares, a pesar de que él y Demi Moore estaban de acuerdo, al final no puede soportar los celos, lo corroen y enloquece. Andrea sigue bebiendo. No se acuerda de cómo termina la película.

Más tarde decide entrar en casa, cierra la puerta y deja el Matusalem. Al pasar por delante del dormitorio, ve que Sofia se ha metido en la cama y está viendo la tele, cambia de canal buscando algo que le guste. Andrea entra en el baño, se desnuda y se mete en la ducha. Se deja masajear por el agua caliente, sube más la temperatura para que salga hirviendo. Sí, ahora se siente mejor, está más relajado. Sale de la ducha y se pone el albornoz. Luego se seca, se frota bien el pelo y se pone el pijama. Cuando sale del baño, la luz del dormitorio está apagada. De modo que apaga el resto de las luces de la casa y también él se mete entre las sábanas. Sofia está vuelta hacia la ventana. Por la persiana entra un poco de luz, así que la habitación no está sumida en la oscuridad más profunda. Despacio, los ojos de Andrea se van adaptando, ahora la ve. Su hombro sobresale de debajo de la sábana, un poco más arriba el tirante del camisón se ha deslizado ligeramente hacia abajo y reposa en su antebrazo. Andrea se adentra más entre las sábanas y se le acerca, está pegado a ella, respira su pelo y acomoda el cuerpo a su espalda, se engarza a la perfección, manteniendo el pubis apartado para no dejarle notar la excitación que va creciendo. Entonces Andrea se fija en su respiración. Ve que ha aumentado un poco, todavía está despierta. Y, tras un breve instante en que había mantenido su mano quieta, empieza a moverla con delicadeza arriba y abajo por su cadera. A continuación, poco a poco la lleva más hacia abajo, la introduce con suavidad debajo del ca-

145

misón y sube hacia la tripa. Al encontrar las braguitas roza el borde, nota la goma; acto seguido, con un movimiento casi imperceptible intenta tirar de ella para meterse dentro, pero la mano de Sofia lo detiene y entonces ella se vuelve.

—No, lo siento...

Andrea, en la penumbra, le sonríe.

—Pero si estamos de luna de miel. No querrás estropear la primera noche, ¿no?

Sofia le sonríe.

—Venga, no te enfades; necesito... necesitamos un poco más de tiempo.

Entonces él exhala un suspiro y quita la mano de allí. Se da cuenta de que tiene razón y se tranquiliza.

—Es verdad, necesitamos un poco más de tiempo.

La abraza y le da un beso un poco más largo que los demás, le acaricia el rostro apartándole el pelo. Ve su cara apenas esbozada por la poca luz que entra por la ventana.

—Pero es que eres tan bonita..., tienes que entender que es difícil resistirse.

—No tenemos prisa.

Andrea sonríe.

—Es lo mismo que me dijiste aquella vez que nos besamos en el coche y yo quería ir más allá...

—Sí, me acuerdo. Bueno, no me equivocaba..., después nos casamos.

—Es cierto. Mejor dicho, después nos casamos dos veces.

28

Islas Fiji, 11.00 horas

—Ha regresado a Roma.

Tancredi vuelve de su carrera matutina cuando encuentra a Gregorio Savini en la parte cubierta de la terraza de su villa. En la gran mesa que está frente a él hay un pequeño dosier con una goma.

Gregorio Savini se lo señala.

—Está todo ahí dentro.

Tancredi entra en casa, coge una toalla y se la pone alrededor del cuello; a continuación, le pide a la asistenta que le traiga algo. Cuando vuelve a salir al porche, Gregorio sigue allí.

—¿Quieres que me vaya?

—No, quédate. Siéntate conmigo. ¿Quieres tomar algo?

—Un café, gracias.

Unos segundos más tarde vuelve la asistenta con un zumo y el café.

—Gracias.

Tancredi lo acerca hacia Gregorio.

—¿Ahora adivinas los pensamientos de los demás?

—No de todos. No pensaba que volviera con él.

—Tampoco creías que saldría con Viktor.

Tancredi sonríe.

—Es cierto, pero es como si no hubiera salido con él...

Gregorio Savini se toma su café.

—Es verdad.

—¿Y bien? —Tancredi toca el dosier—. ¿Está tan guapa como siempre?

—Más guapa. Eso ya lo sabes. No hay mujer más guapa en el mundo que la que se mira con el corazón.

Tancredi se queda sorprendido.

—¿Y a quién le has copiado esa frase?

—No he copiado en mi vida. Es que ya pienso con tu cabeza, es como si me la hubieras dictado tú.

Tancredi se termina el zumo y se seca con la servilleta de lino que la asistenta le ha dejado sobre la mesa.

—Gracias. Ya lo miraré luego con calma. Ahora necesito nadar un poco. Tú puedes irte, si quieres.

Y, dicho esto, entra en casa, se pone el bañador, sale, baja unos escalones y un instante después está en el agua. Nada con especial vigor. Lleva las gafas puestas y observa la alternancia de colores del fondo: algunos corales de un rojo encendido interrumpido de repente por el azul de un banco de sepias, el centelleo plateado de una raya mezclándose con el amarillo del pequeño tiburón cebra, además de algunos peces payaso y peces ballesta. Es mayo, la mejor época, cuando llueve menos y la temperatura del mar es de veintiséis grados. Decide volver a la orilla, toca unas anémonas con el corazón de un rojo vivo que, como niños asustados, se encogen de repente, dejando sólo el azul del mar. Cuando Tancredi se sienta de nuevo a la mesa, Gregorio Savini todavía está allí.

—Te he dicho que podías irte.

—Sí, lo sé, pero quería saber cómo iba a continuar nuestra vida, sobre todo la mía.

Tancredi sonríe. Para él, Gregorio es como un hermano mayor, un tío, un padre joven, un amigo de confianza, alguien que lo sabe todo desde siempre y con quien no tiene ningún secreto.

—Continúa bien.

—¿En qué sentido?

—No te bajaré el sueldo.

Savini se echa a reír.

—Bueno, siempre consigues descolocarme. Oye, Tancredi, ¿puedo hablar contigo sinceramente? Dime que sí, porque lo voy a hacer de todos modos.

Él le sonríe.

—Sí, claro que puedes.

—Perfecto. Bien, llevamos unos siete meses en esta isla. Lo hemos traído todo, en poco tiempo hemos instalado aquí el centro de dirección...

—Sí, para tener la oficina al lado de casa en vez de tener que coger el avión cada vez...

Savini asiente.

—Y has hecho bien, porque durante estos meses, trabajando desde aquí con el personal de tu viejo equipo y las nuevas incorporaciones en el puesto de los que no quisieron abandonar a la familia, has duplicado tu patrimonio. Estaba convencido de que no te saldría bien. O que, en todo caso, las cosas irían menos bien... En resumen, que no sería rentable. En cambio, no ha sido así, ha salido mejor. Tengo que darte la razón.

—Porque todo eso no me importa, no me interesa. Es dinero, acciones, vender empresas, abrir otras nuevas, cerrar, hinchar, dividir, es un «juego que juega» con la avidez de los demás. Es tan simple que hasta resulta aburrido.

—Ya... Aunque será mejor que no digas eso en las reuniones de la junta.

Tancredi sonríe.

—No lo diré.

—Bueno, al final veo que te has vuelto obediente. Debo decir que he notado un verdadero cambio.

—¡Oh, por fin un reconocimiento!

—Sí, las decisiones que se tomaron en la última reunión fueron las que te había sugerido. Mejoradas por ti, que sabes hacer bien este trabajo.

Tancredi bebe un poco de agua. A continuación, lo mira burlón levantando una ceja.

—Cuando empiezas así quiere decir que ahora viene la puntilla; ¿adónde quieres llegar, amigo mío?

Savini inspira profundamente y se decide a decírselo.

—¿Por qué no te olvidas de ella? ¿Por qué te obstinas de este modo? Estuviste con Sofia en esta isla durante cinco días enteros, te abriste a ella, dejaste que te conociera, le contaste tu gran dolor; si las cosas no empezaron entonces significa que no empezarán nunca.

—Tienes razón.

Savini no puede creer lo que está oyendo, le alegra que lo admita, está satisfecho de haberlo convencido. A continuación, Tancredi abre los brazos.

—Pero, ¿sabes?, es que no puedo hacerlo, no lo consigo. No es un capricho, no es que sea obstinado. Es mi vida, es todo lo que deseo. Si no puedo tenerla a ella, no quiero nada.

«Es la debacle —piensa Savini. Y, en efecto, así es—. Quiso volver a esta isla porque aquí fue donde vivió con ella, aquí fue donde compartieron los momentos más bellos. He intentado de todas las maneras posibles hacerlo cambiar de idea. Incluso aceptó hablar con un psicólogo, conseguí convencer al mejor para que viniera aquí, a esta isla. Me acuerdo como si fuera ayer.»

Seis meses antes

El psicólogo llama a la puerta del despacho de Savini.

—¿Se puede?

—Adelante, por favor.

El psicólogo toma asiento en la butaca que está frente a él. Savini le sonríe con amabilidad.

—¿Y bien?, ¿le ha sido suficiente esta semana para llegar al fondo del...? ¿Cómo se le puede llamar al lío que tiene Tancredi?

—Sí, ha sido bastante fácil; obviamente debería guardar la máxima discreción, pero él mismo me ha pedido que viniera a hablar con usted. Tancredi no tiene ningún problema, lo que le ocurre es que está enamorado; ¿no es precioso?

Savini asiente.

—Sí, claro...

«Y todavía es más bonito que el psicólogo haya cobrado ciento quince mil euros, más una semana en el anexo disfrutando con su mujer y sus tres hijos pequeños, para decirme algo que siempre he sabido. Este psicólogo no olvidará nunca a un paciente así.» A continuación, antes de salir del despacho, coge un informe de su bolsa y lo deja sobre la mesa de Savini.

—No debería hacerlo, pero usted y Tancredi han decidido darle la vuelta a la ética de la psicología. Aquí está todo lo que he encontrado durante esta semana. Ya se lo he dicho, sólo está enamorado. Tal vez ese rechazo, en el sentido de perder a una persona, pueda tener un nexo que se vincularía con Claudine, con las ganas que Tancredi tiene de volver atrás y recuperar a su hermana. Por supuesto, eso no es posible, mientras que con Sofia en teoría la cuestión todavía sigue abierta; en fin, que es un asunto del todo distinto.

Esa misma noche, terminada la cena, después de despedirse, el psicólogo se marcha con su familia en el hidroavión. Savini prepara para los dos un excelente ron, un poco de chocolate y, a continuación, invita a Tancredi a reunirse con él en el salón.

—Me gustaría leerte el informe que me ha entregado el doctor. Tal vez nos ayude a entender mejor tu fijación por Sofia. Siempre y cuando tú estés de acuerdo...

Tancredi se sienta frente a Savini, coge su ron, un poco de chocolate y asiente con increíble tranquilidad.

—Sí. Me parece justo, estoy de acuerdo.

De modo que Savini le lee el informe; se detiene en cada párrafo, en cada una de sus declaraciones, tiene en cuenta todas las anotaciones del psicólogo, con la esperanza de que al final él pueda aceptar la imposibilidad de estar con Sofia.

—Bueno, eso es todo.

Savini cierra la carpeta, la deja encima de la mesa que hay al lado de su butaca y lo mira. Tancredi se termina el último sorbo de ron.

—Gracias. Ese psicólogo es bueno. No puedo entender cómo no lo he deducido yo mismo antes.

Savini sonríe convencido de que, por fin, se ha resuelto el asunto. Entonces Tancredi se levanta de la butaca y lo deja pasmado.

—Prepáralo todo. Mañana por la mañana temprano me voy al raión de Pervomaisky, quiero ir a verla a Rusia.

29

Algunos meses antes
Raión de Pervomaisky, Rusia, 18.00 horas

—Gracias, profe. ¡Ha sido una clase preciosa!

Elizaveta corre con su madre, contenta por lo que ha aprendido.

—Sí, preciosa, es cierto.

Las otras dos niñas también están de acuerdo con ella.

—Sois fantásticas.

Sofia las premia a todas, sin hacer distinciones. Una vez sola, se encamina hacia su casa. No coge el autobús, le apetece ir dando un paseo, pero al cabo de unos metros se da cuenta de que no hay nadie por la calle. En efecto, hoy ha hecho durar la clase un poco más de lo normal. Entonces se asusta porque, de una calle lateral, aparece alguien de repente.

—Venga, sólo era una broma.

—Eres idiota.

Son un chico y una chica que se persiguen. Él, acusado de alguna que otra falta; ella, bastante enfadada. Puede que la alcance, puede que hagan las paces con un beso o quizá la discusión prosiga hasta bien entrada la noche, como sucede a veces en esos casos, y al final, agotados, todo se arregle de algún modo. Sofia sonríe y continúa caminando. Se acuerda de cuando, de joven, ella también se peleaba así con Salvatore; después rompieron, ella empezó a tocar, iba de gira por el mundo, ya no tenía tiempo para esas tontas discusiones. Pero en el fondo era bonito pelearse porque sabía que después se pondrían a hacer las paces de esa manera tan graciosa y dulce, cuando, un poco cortados, se acercaban el uno al otro despacio, en silencio, todavía de morros y sin querer ceder ni un milímetro. Y poco a poco acababan tocándose, mirándose a los ojos y, al final, mucho antes de empezar con las explicaciones, se besaban. Y, en vez de un solo milímetro, acababan cediéndolo todo y las distancias desaparecían. Puede que cuando eres joven sea todo más sencillo, sabes perdonar con más facilidad. Estás dispuesto a dejar a un lado el orgullo para no echarlo todo a perder, como en esa película, *El día de la boda*, cuando Nick le dice a Kat: «Prefiero discutir contigo que hacer el amor con otra».

—¿Sofia?

Se sobresalta. La voz sale de las sombras, del portal de una casa. De repente, un hombre da unos pasos adelante y la luz de la farola lo ilumina. El corazón de Sofia empieza a latir deprisa, le falta el aire, se le seca la boca en un instante. Le basta un segundo para que se ponga a caminar de nuevo, sin saludarlo, sin decir nada, dejándolo atrás en silencio, cambiando de acera. Pero, mientras cruza, al cabo de un momento él está a su lado.

—Te lo ruego, sólo quiero hablar un segundo. Por favor.

No la toca, ni siquiera la roza, sabe perfectamente que eso le haría perder los estribos.

155

—Te lo ruego, Sofia, ¿podemos hablar un momento? Te pido sólo unos minutos, por favor.

Ella se para.

—Primero has dicho un segundo, ahora ya son unos minutos.

Tancredi sonríe.

—Venga, si te pones así me da la risa; no me tomas en serio, sólo necesito unos minutos.

—¿Por qué?, ¿acaso tú me has tomado en serio? Me engañaste. Utilizaste una de tus muchas sucias tretas para entrar en mi vida, para hacer que mi marido me arrojara a tus brazos.

—Sofia, yo...

—¿Lo vas a negar? ¿Quieres seguir mintiendo? Sólo empeoras tu situación, aunque ahora ya no hay nada que empeorar, Tancredi. Tú querías echar un polvo..., porque era sólo eso, un polvo, y lo tuviste. Pues espero que para ti fuera lo bastante bonito, en vista de lo que pagaste.

A Tancredi le gustaría decirle que fue precioso, que nunca había amado a nadie así, que nunca había sentido nada parecido, pero sabe que todavía se enfadaría más y, de todos modos, no es lo que ha ido a hacer. Se ha enamorado. Tal vez se enamoró durante la primera discusión que tuvieron, delante de aquella iglesia del Aventino. Pero si ese día podía albergar alguna duda, hoy ya no le cabe ninguna. De modo que abre los brazos, le ceden los hombros, sabe que no cuenta con ninguna defensa, ninguna justificación, y entonces intenta ser sincero.

—Te amo, Sofia.

—Me amas por capricho, porque no puedes tenerme. Me amas porque no soy del tipo de mujer que tanto te gusta frecuentar, esas que satisfacen tu ego, las que, en cuanto te ven, caen rendidas a tus pies. Me amas porque no me importa nada todo el dinero que tienes, no me importan nada tus preciosos apartamentos, las villas de ensueño repartidas por el mundo, tu *jet*, tu helicóptero, tus asistentes, tus emisarios y tu isla. Me amas porque te molesta que todo eso me traiga sin cuidado. Pues tendrás que resignarte, Tancredi, porque yo no te amo. Es más, te odio. Te odio porque me trataste como a una estúpida, porque me engañaste con ese correo que enviaste a mi marido, como una *newsletter* casual que, mira tú por dónde, le llega precisamente a su dirección y que, mira por dónde también, procede precisamente de tu Nautilus. Mira, Tancredi, puede que por un instante cayera en la trampa y, si tú hubieras sido sincero, habrías tenido una oportunidad. Piénsalo, podrías haberme tenido sin pagar ni un euro.

—No es cierto, no me habrías permitido conocerte, que tú me conocieras a mí...

—Deberías haberte arriesgado. ¡En cambio, así has hecho que te conozca demasiado bien!

—Eres la única persona con la que he hablado de mi hermana. Sabes que antes nunca había sido capaz de hablar de ello con nadie.

—Lo lamento, pero te has equivocado de psicólogo. A mí, antes que nada, deberías haberme contado las artimañas que utilizaste para tenerme. Está claro que no me conoces; a pesar de todos tus espías, tus informes y tus expedientes sobre mí no has entendido cómo soy, no has entendido nada. Sólo has conseguido que te odie y perderme. Para siempre.

—Nunca podría haberme acercado a ti. No me lo permitías...

—Tienes razón... Pero después del primer polvo, si mal no recuerdo, nos sentíamos bastante cercanos, podrías habérmelo dicho. Me habría enfadado, es cierto, pero después habría confiado en ti. Ahora nunca más podré confiar en ti porque he descubierto tus engaños por mí misma.

Sofia se pone de nuevo en marcha. Tancredi camina a su lado.

—Te lo ruego, dame una oportunidad.

—Ya la tuviste.

—No volveré a equivocarme. Te lo prometo.

—Sí, ya lo veo... Pues te has equivocado viniendo aquí; me marché de Italia porque quería estar sola, le pedí a mi profesora que me alojara en su casa en medio de la nada porque necesitaba estar en un lugar aislado, donde pudiera no pensar en nada y, sobre todo, donde no viera a nadie. En cambio, tú te presentas aquí. —A continuación se vuelve y lo mira—. ¿Lo ves?, en esto tampoco me has respetado. Tus emisarios casi con seguridad te habrán informado de todo, te habrán pasado un parte a diario; tú sabías que quería estar sola, pero a ti no te importa nada lo que yo quiero, eres un hombre caprichoso... y egoísta. Sólo te interesa lo que tú quieres.

—No es cierto, yo quiero tu felicidad. Pienso siempre en ti, en lo que te gustaría, en lo que deseas, en lo que piensas. Imaginé que habías descubierto algo porque te marchaste, por eso he intentado encontrarte, para explicarte...

—No hay nada que explicar. Debes aceptar que una mujer no te quiera, Tancredi.

Él se para de repente y es como si de pronto recuperara su orgullo, aunque de todos modos quiere tener la certeza.

—¿Lo dices en serio, Sofia? En la isla no me pareció... Creía que estabas bien conmigo, te reías de verdad, eras feliz...

—Me pagaban. Estaba actuando.

—Pues lo hiciste muy bien.

Tancredi permanece en silencio. Sofia decide ayudarlo.

—¿En serio quieres que sea feliz?

—Sí.

—Pues entonces no me busques nunca más.

Se vuelve y empieza a caminar, a pesar de que sabe que no es eso lo que siente... En el mismo instante en que lo ha dicho, ha creído que se iba a morir, a cada paso la herida se hace mayor, las lágrimas empiezan a deslizarse en silencio; camina, camina y espera que él no la detenga, o sí, quiere que corra tras ella, la llame, la coja de un brazo, la gire, la abrace, la bese... Así que, de repente, se derrumba, se vuelve de golpe, pero ahora la calle está vacía, ya no hay nadie. Por un instante incluso cree que lo ha soñado. Luego piensa que es culpa de su carácter, de su orgullo, y que por eso su vida siempre será infeliz... No. Sofia no es así. Empieza de nuevo a caminar y a cada paso se seca las lágrimas y trata de convencerse. Tancredi no es bueno, no es sincero, sería como estar con una persona que no es tuya, aunque Tancredi nunca será de nadie. Y así, con esa idea, regresa más tranquila a casa, o al menos eso es lo que está decidida a creer.

30

Roma, hoy

El aroma de la comida despierta a Sofia. Se pone la bata y va a la cocina.

—¡Buenos días!

Andrea está contento, ha preparado el desayuno, hay muchísimas cosas y él se las detalla como si fuera un chef.

—Pues bien, como ya no conozco las costumbres de la señorita, *pardon*, señora, he decidido prepararle un desayuno como si estuviera en el Byron. ¿Se acuerda del Byron?

—Sí. —Sofia ríe divertida. En realidad, fue donde pasaron la primera noche de bodas antes de emprender el viaje y a ella le encantó sobre todo la variedad y la abundancia del desayuno.

—Bueno, menos mal que la memoria no la ha abandonado. Pues bien, tenemos unos excelentes cruasanes comprados en Panella, cerca del Brancaccio, unos *maritozzi* con nata de Regoli, al lado de la piazza Vittorio, en via dello Statuto, una selección de quesos que he comprado en Selli International Food Store para ir sobre seguro, además de frutos secos, nueces brasileñas, pistachos, anacardos crudos, avellanas peladas, también he preparado un poco de fruta, kiwi, melón blanco y el melón de aquí y, además, como puedes oler, una tortillita con trufa, que también he comprado en Selli, con un pan sin sal recién hecho, como le gusta a mi zarina.

A continuación, se acerca y la besa delicadamente.

—¿Falta algo?

—Me estás malcriando.

—Es cierto.

—¿O es que quieres que engorde?

Andrea se echa a reír.

—¿Es una broma? Me gustas mucho así, eres perfecta. Ahora me voy corriendo porque llego tarde al despacho. Para cualquier cosa, me llamas. También te he cargado el móvil y te he dejado dinero en ese sobre por si te hiciera falta. Si no surgen problemas, volveré hacia las siete. Si, en cambio, quieres que vuelva antes, sólo tienes que hacérmelo saber. Tengo dos reuniones esta mañana, luego por la tarde estaré trabajando con el resto del equipo, pero podría escaparme.

—No, no, gracias, así está perfecto. Nos vemos por la tarde.

Y, después de otro delicado beso, Sofia se encuentra a solas. Desayuna con mucha tranquilidad, prueba todo lo que Andrea le ha preparado, igual que si estuviera en un gran hotel pero con una ventaja añadida: está sola por completo. Así que lo aprovecha, prueba la suave nata y la masa fragante de los bollos de Regoli, abre los cruasanes por en medio y los rellena de Nutella, después come unas cuantas nueces, pipas de calabaza peladas y frambuesas, se toma la naranjada, coge una rebanada de la baguete todavía caliente, luego un poco de café en el que vierte leche, y todo ello mientras pone la *Mélodie* de *Orfeo y Eurídice* de Gluck, interpretada por la genial Yuja Wang, que suena enseguida en el comedor. Por si no fuera suficiente, Andrea le ha dejado el *Corriere della Sera* y también *Il Messaggero*. Los hojea leyendo abstraída alguna noticia interesante.

Un buen rato después, cuando se siente satisfecha y contenta y se da cuenta de que está del todo activada, lo recoge todo deprisa y va a darse una ducha. Un poco más tarde está en la calle. Encuentra un Car2Go, coge un coche y se dirige a la escuela de música. Aparca y se queda mirando el portal. Cuántos años ha pasado allí, en via dei Greci, 18... Esa calle, con el gran arco al fondo con una ventana en el centro, antigua residencia romana de algún «gentil» desconocido que, de una manera u otra, supo apreciar las virtudes del enclave, fue su meta durante años. Se queda unos instantes más delante del portal. Un chico la adelanta con su motocicleta en dirección a la via del Babbuino, una pareja de turistas pasa por su lado y luego entra en una tienda de vaqueros que hay justo delante. Después de revivir algunos nostálgicos recuerdos, Sofia entra en el conservatorio.

La conserje está distraída hablándole a una señora de los conciertos que se celebrarán próximamente. Cuando Sofia se acerca un poco más, oye que están discutiendo sobre algún aspecto económico.

—Pero ¿no puede hacerme un abono de cuatro conciertos e incluirme allí el de Mendelssohn?

—No, no se puede.

—Pero si es lo mismo, en vez de al de Strauss, vengo al otro.

—Ya le he dicho que no se puede; si quiere hacerlo así, tiene que comprar el de seis.

—Pero es que yo no quiero Strauss y Bach. Ya los he oído.

Sofia pasa de largo. Parecía que estuvieran intercambiando cromos de futbolistas, «Tengo, tengo, falta...». ¿En eso se ha convertido la música? Cruza el patio, muy bien cuidado como entonces, sin encontrar ninguna respuesta. A continuación, sube deprisa la escalinata que conduce a los despachos de dirección y justo en ese momento se encuentra a Ekaterina Zacharova.

—¡Sofia! ¡Qué sorpresa!

—Sí, para mí también. Pero ¿tú no vivías en Florencia?

—Sí, pero me trasladaron a Roma; es más, quería darte las gracias también por eso. Después de aquella semana en la que te sustituí, me ofrecieron un puesto aquí; gracias a eso, mis hijos y yo pudimos volver.

—Me alegro por vosotros.

Sofia y Ekaterina se abrazan con sinceridad.

Ekaterina le sonríe.

—¿Te quedas con nosotros?

Sofia se encoge de hombros.

—Si me quieren...

—Pues claro que te quieren. Todos te han echado de menos.

Y, después de despedirse con otro abrazo, sigue subiendo rápidamente la escalera.

—¿Se puede? —pregunta Sofia llamando al marco de la puerta entreabierta.

La directora, sin levantar la mirada de unos papeles, hace un gesto con la mano para que pase.

—Sí, sí, adelante.

Sofia se para con educación delante de su escritorio. La directora, Giuliana Roberti, sigue ojeando los papeles y, sin levantar la mirada, le pregunta:

—Dígame... Dígame...

—Quería saber si puedo enseñar.

Giuliana Roberti se sorprende al oír la petición. Tal vez esa persona no sepa que sólo le está permitido dar clase en el Santa Cecilia a quien tenga el grado o el título, si acumula una significativa experiencia en el sector, además, por supuesto, de tener el diploma del conservatorio del instrumento específico o el diploma académico de segundo nivel. Y la sorpresa es todavía mayor cuando decide mirar a la persona que le está hablando.

—¡Sofia Valentini! ¡Sólo podías ser tú!

Sofia se ríe divertida. Giuliana se levanta, rodea la mesa y la abraza.

—Estoy muy contenta de que hayas vuelto. Al principio me lo tomé mal, pensé que preferías otra escuela en vez de la nuestra. Luego supe que habías tenido problemas personales y que te habías ido a Rusia...

Sofia asiente.

—Sí, gracias, no os he traicionado.

—Bien. Estoy muy contenta.

Giuliana regresa a su mesa, le hace tomar asiento y, así, después de charlar brevemente de su estancia en Rusia, pero sin hacer demasiadas preguntas, discuten los horarios, los días y las opciones para que ella vuelva a dar clase.

—Sí, estoy libre, como te vaya mejor.

Al final se ponen de acuerdo en todo, incluido el sueldo. Sofia no ha querido que hubiera cambios en lo que cobraba antes de irse. Giuliana la acompaña a la puerta.

—Así pues, avisaré a todos de que empiezas el lunes. Estoy muy contenta, traerás una gran luz a nuestro conservatorio. —La besa antes de que se vaya y se la queda mirando con curiosidad—. Cuando quieras, tal vez una noche, podrías dar un concierto aquí con nosotros...

—Ya lo decidiremos.

—Sí, tienes razón. No quiero meterte prisa. Nos vemos el lunes. Ah, ¿y cómo está Olja Vassilieva?

—Muy bien.

—Hace tiempo que no hablo con ella. Dale muchos saludos. Era una excelente profesora.

Sofia le da las gracias y sale. Ahora vuelve a estar en la calle, recorre feliz la via del Corso, camina decidida, tiene ganas de perderse por Roma. Mira los escaparates, una zapatería, va doblando calles. Piazza dell'Oro, corso Vittorio, en un instante se encuentra en el puente que hay antes de la via della Conciliazione. Entonces, de pronto se para. Tiene una extraña sensación, como si alguien la observara o la estuviera siguiendo. Nota unos ojos encima. Se vuelve deprisa, mira a su espalda, busca algún movimiento extraño, alguien que se esconda, pero no ve nada, todo está tranquilo. Así que sigue andando. Y, de repente, se sonroja. Hasta ahora no se había acordado. Está en aquella pequeña plaza poco antes de la via della Conciliazione, ese bar, ese bíter rojo que tomó, ese euro que le dio a un niño de Bangladesh, cuando vio a Tancredi por segunda vez. Allí hablaron un buen rato, allí tuvo una sensación extraña por primera vez, el primer deseo, después comprendió que se sentía muy atraída hacia él y que no debía verlo nunca más. «Quién sabe dónde estará ahora, qué estará haciendo, en qué parte del mundo. Tal vez en aquella isla.» E imaginárselo allí, pensar presuntuosamente que todavía la desea, le molesta, casi le da vergüenza, y sigue andando, sonríe y se sonroja; nunca ha podido olvidar ninguno de los momentos que pasó con él.

31

—Buenos días, ¿está el doctor Ranieri?

—Sí, acaba de terminar con un paciente. ¿Quién le digo que quiere verlo?

—Sofia Valentini.

La secretaria transmite la noticia por el intercomunicador y, un instante después, la puerta de la consulta se abre. Sale Stefano, el psicoterapeuta de Andrea.

—¡Sofia, qué grata sorpresa! —Se abrazan y se dan dos besos—. Pero ¿cuándo has vuelto?

—Ayer.

—Cómo me alegro de verte. Vamos, entra...

—No quisiera molestar...

—¡En absoluto! Tengo tiempo antes de que llegue el próximo paciente. —Diciendo esto, cierra la puerta a su espalda—. Por favor, siéntate. ¿Quieres un café, una Coca-Cola, un poco de agua?

—No, no, gracias.

Se sientan en el sofá. Stefano está realmente contento de verla, no deja lugar a duda.

—Me alegro mucho de que hayas venido a saludarme. Tenía ganas de hablar contigo, pero sabía que te habías marchado, no quise molestarte.

—No me habrías molestado. —Sofia le sonríe.

—Sí, pero conozco esas fases y cómo a veces se necesita poner las cosas en su sitio con un poco de silencio y estando solo.

—Sí. Es cierto. Quién mejor que tú para entenderlo... Stefano está muy tranquilo.

—En cualquier caso, lo de Andrea fue un milagro. Estoy muy contento de lo que ocurrió, ya había logrado excelentes avances. Pero, por absurdo que suene, el hecho de volver a moverse, de tener de nuevo todas las capacidades, podría haberle provocado un desequilibrio.

—¿Qué quieres decir?

—Pasas de un estado de invalidez a un estado de poder absoluto, así, de repente. En esos casos se pueden generar manías de omnipotencia, aunque, a decir verdad, sólo me baso en mis estudios teóricos porque nunca he asistido a nada parecido. Andrea es mi primer caso... «milagroso». —Le sonríe—. Así que todavía lo estoy estudiando.

Sofia se ríe y al cabo de un momento se pone seria.

—Bromas aparte, ¿cómo lo ves?

—Creo que bien. ¿Te ha dicho que interrumpió la terapia?

—Sí. Me dijo que hizo alguna sesión más...

—Sólo una; cuando lo acompañé a fisioterapia estuvimos hablando, le dije que me gustaría tratarlo durante al menos otro mes, pero él no quiso seguir con las visitas.

—Lo siento.

—Sí, yo también, habría preferido estar a su lado durante más tiempo después de la intervención. Pero poco después de que te marcharas me dijo que quería estar solo.

—¿Y no habéis vuelto a hablar?

—Nos prometimos que iríamos a tomar una cerveza, como amigos y no ya como médico y paciente, pero después no se ha dado el caso.

Stefano pone una sonrisa de circunstancias.

—Seguramente es normal, cuando te curas no te apetece ver a quienes te recuerdan los momentos difíciles. Siempre se lo digo a los allegados que quieren estar al lado de alguien que ha tenido un accidente. De manera subliminal, se fabrica una corteza empática negativa, y cuando la persona se cura puede desarrollar un completo rechazo hacia quien ha permanecido a su lado. ¿Te acuerdas? A ti también te lo dije, corrías el riesgo de que ocurriera contigo.

Sofia sonríe.

—Sí, me acuerdo, pero me parece que no se produjo ese efecto.

—Mejor así.

—¡Pero ahora que he vuelto, me dan igual todas esas teorías! ¡Tenemos que salir una noche todos juntos a comer una pizza!

—De acuerdo.

—Cambiando de tema: antes de venir a la consulta he llamado al interfono de tu casa, pero Lavinia no estaba.

Stefano mira el reloj.

—Me parece que la encontrarás donde tú ya sabes.

—¿En el sitio de siempre?

—Sí; mira, si hay alguien que no cambia ninguna de sus costumbres, es ella. ¡Como mucho, añade alguna!

—Por eso me gusta.

Después se abrazan y Sofia sale de la consulta. Busca en el móvil un coche para alquilar; le sabe mal, piensa en todo lo que Stefano ha hecho por Andrea. Al principio, inmediatamente después del accidente, no quería ver a nadie, casi no hablaba, y Stefano iba a verlo a casa todos los días. Siempre estuvo a su lado, le dedicó mucho más que la atención normal de un médico hacia un paciente. «Éste no es modo de agradecérselo. —Entonces la asalta una duda—. A lo mejor son ciertas todas esas teorías del rechazo subliminal y puede que de algún modo haya sentido algo parecido hacia mí.» Entonces aparece en la pantalla del móvil el icono de localización, hay un coche a unos cincuenta metros, así que sonríe y se olvida de todas esas complicadas elucubraciones.

32

Lavinia sale de la sala de aeróbic poniéndose la toalla sobre los hombros.

—¡No me lo puedo creer! Estás hecha toda una deportista...

—¡Sofia! Qué sorpresa... —Lavinia se le acerca, pero se para incómoda—. No puedo besarte..., ¡estoy tan sudada que doy asco!

Sofia ríe.

—Te he estado mirando durante la última parte de la clase, eras la única a la que todavía le quedaba muchísimo fuelle.

—Sí, entreno todos los días, me gusta muchísimo. Pero ¿cuándo has vuelto?

—Ayer. Antes he pasado por tu casa, pero no estabas, así que he ido a la consulta a saludar a Stefano y él ha sido quien me ha mandado aquí. En realidad, también se me ha ocurrido que podías no estar...

Lavinia no sabe a qué se refiere. Sofia se lo aclara.

—Que fuera una de tus tapaderas.

Ella se echa a reír.

—¡Qué va, sólo gimnasia! En serio... He sentado la cabeza.

—Sí, y yo me lo creo.

—En serio, te lo juro. Me doy una ducha y vamos a comer algo, ¿te apetece? ¿O tienes algo que hacer?

—Estoy libre hasta el lunes por la mañana.

—Pues venga, tardo dos minutos.

Un poco más tarde van a comer a Ercoli, en el viale Parioli.

—¿Te gusta? El sitio es mono, ¿no? Es el mismo local donde estaba la antigua Celestina.

—Es verdad, aquí estaba aquella pizzería de toda la vida.

—Sí, pero es que ahora se llevan los sitios en los que se hace restauración elegante y de máxima calidad; aquí puedes beber y comer de todo, y si te apetece hasta puedes hacer la compra para casa.

—Pues sí, es una buena idea.

—Por ejemplo, aquí abajo hay una salita privada...

—Donde sin duda tú has estado alguna vez.

—¿Qué dices?, no, he cambiado, en serio.

—¿Y Fabio? ¿Ya no lo ves? Parecía una historia importante.

—No, era sólo sexo, y además era mucho más joven que yo. Nos peleamos porque una noche hizo que me organizara para quedar, tuve que inventarme de todo y ni siquiera podía contar contigo...

—Pues no.

—Y luego, cuando estamos en lo mejor, me dice que se había olvidado de que era el partido de la Juve-Roma.

—¿Y no podíais verlo juntos?

—No, trae mala suerte. Dijo que tenía que verlo con sus amigos...

—Venga ya, a lo mejor se lo inventó, tendría otra cosa que hacer.

Lavinia pone cara de astuta.

—Sí, ya, como si yo hubiera nacido ayer. Me planté en su casa. Me abrió pensando que era un amigo suyo que aún no había llegado, pero resultó que estaban todos allí, sólo hombres delante del televisor.

—Pues qué bien, ¿no?

—Pues no, porque justo cuando entré en su casa marcó la Juve y él dijo que yo traía mala suerte. Nos peleamos toda la noche. ¡Encima acabaron perdiendo dos a cero, pero en caso de ser culpa mía, sólo lo sería por el primer gol!

Sofia se lo pasa bien, Lavinia no tiene remedio, nunca cambiará. Luego coge una loncha de jamón del plato, retira un poco de grasa y se la come.

—¿Has visto qué rico está?

—Sí, riquísimo. Los espárragos también son muy tiernos.

—Sí, hay otras tiendas de alimentación que también han seguido esta línea. La verdad es que es inteligente porque, si no, quitando cuando alguien va a hacer la compra, no trabajan nada, estaban abiertos toda la tarde inútilmente; en cambio, así tienen clientes durante todo el día y ganan más. Hay otro en el Fleming que hace lo mismo, pero no es tan elegante como éste.

—No sé si lo tengo claro: ¿acaso quieres abrir un negocio de éstos? Estás superinformada.

—Sí, me gustaría mucho. Pero tendría que encontrar el sitio idóneo, tener capital, sí, no es fácil..., pero es mi sueño. Me gustaría crear un lugar mío, único en el mundo, con un formato concreto que pueda convertirse en una verdadera marca y, con el tiempo, abrir franquicias en otras grandes ciudades. Nueva York, Los Ángeles, Tokio...

—Cae en la cuenta de que Sofia la está mirando ligeramente perpleja—. Así es como se hace... Muchos sitios lo han hecho de esa manera. Es la clave del éxito.

Sofia es bastante escéptica, no cree que ésa sea la fórmula acertada para conseguir el éxito, pero Lavinia sigue siendo como la recordaba, una entusiasta arrolladora, una incansable soñadora. Entonces la descoloca con la última pregunta.

—¿Por qué no lo hacemos juntas? Sería estupendo.

Sofia se sonroja.

—Sí, bueno..., es que no entra en mis planes. Me parece que ahora que todo se ha arreglado volveré a tocar.

—¡Pero tú podrías ser mi socia! Tampoco tendrías que estar siempre aquí, te pasarías de vez en cuando y, además, así viajaríamos. ¡Es más, tengo una idea! Todos los locales podrían tener un piano y tú, como si fuera una gira, de vez en cuando vas a esa ciudad y tocas.

—¡Sí, entre salchichones y quesos sicilianos! ¡No estaría mal! Y todo el mundo comiendo y comprando de todo mientras me escuchan...

—Ya —recapacita Lavinia—. Tal vez desentonaría un poco. Bueno, en tu sala podría haber sólo las botellas de vino. ¡Quedaría elegante! El vino y la música combinan más, ¿no?

Sofia se da cuenta de que no es el momento de discutir.

—Sí..., según cómo se mire. Pero lo veo un poco complicado.

—En fin, a mí me parece una idea estupenda. Yo ya te lo he dicho, tú déjala que se asiente un poco, como si se tratara de un buen vino, y puede que volvamos a hablar de ello. Estoy segura de que no nos pelearíamos nunca, seríamos dos socias perfectas.

Justo en ese momento el sonido del teléfono avisa de que ha llegado un mensaje. Lavinia lo saca del bolso. «Ahora lo lleva con funda —piensa Sofia—, se ha vuelto más cuidadosa. Qué raro, ha dicho que no tenía ninguna aventura.» Lavinia lee el mensaje. A continuación, cierra la tapa y continúa comiendo. «Qué curioso —sigue pensando Sofia—, ni siquiera me ha dicho quién era. A lo mejor es que todavía debemos recuperar un poco la confianza, hace meses que no nos vemos. Ya habrá tiempo.»

—¿Pedimos un postre? ¡No debería, porque toda la gimnasia que he hecho no servirá de nada, pero tenemos que celebrar tu regreso!

—Sí, me apunto. Y ya le he dicho a Stefano que tenemos que quedar pronto para cenar todos juntos.

—Sí, es una pasada lo de Andrea. Es un milagro, una de esas cosas que sólo ocurren una vez en la vida. ¡Me alegro de que os haya tocado a vosotros! —A continuación, saltándose cualquier regla, levanta la copa llena de agua—. Por vuestra nueva felicidad.

33

Savini está sentado al lado de Tancredi, están cenando. Como siempre, Camerun ha preparado la mesa en la terraza, encarada hacia el sol, que ya se está poniendo. Antes Tancredi le ha pedido que los dejara solos, él ya se ocuparía de todo. De modo que Camerun ha dado las indicaciones a los camareros para que dejen dispuesto todo lo que puedan necesitar en dos carritos situados al lado de la mesa. Tartar de merluza con fresas y menta, dos grandes ensaladas verdes, una con aguacate, lima y gambas, la otra con mango, trocitos de queso de oveja de Fossa procedente de Italia y nueces francesas; por supuesto, todo aliñado con aceite de oliva virgen extra TreFórt, de Torri del Benaco, en la orilla este del lago de Garda. Debajo del carrito, en unas grandes bandejas, hay unas langostas cocidas al vapor con patatas de la Sila hervidas, llegadas de Calabria y famosas por ser las más sabrosas. Tancredi, naturalmente, se divierte sirviendo él mismo la cena.

—¿Prefieres un vino o burbujitas?

—Como tú quieras.

—Gregorio, eres más difícil que una mujer...

—¡Lo soy!

—Es cierto, pues entonces haré lo que me parezca.

Tancredi se ríe. De modo que decide acompañar la cena con un excelente Cristal. Gregorio, después de que le ha llenado la copa, la levanta hacia él.

—Por los sueños, por la belleza que tienen y por su fascinación, acaben como acaben.

Tancredi brinda con él; a continuación, los dos beben el riquísimo champán helado. Gregorio deja la copa y empieza a saborear el tartar.

—Decía Nelson Mandela que un ganador es un soñador que nunca se ha rendido. ¿Te dedicas a seguir ese pensamiento? ¿Tienes miedo de salir derrotado?

Tancredi se come su tartar, y acto seguido vuelve a llenar la copa de Savini y la suya.

—Prefiero la frase del papa Juan Pablo II: «Coged vuestra vida con las manos y convertidla en una obra maestra».

Continúan comiendo en silencio, Savini bebe un poco de champán y se seca la boca.

—Sin duda para mí estar aquí es una obra maestra, no sé cuánto lo es para ti. Y eres muy amable conmigo: me llenas la copa, me sirves una comida excelente, me permites cenar delante de esta puesta de sol en uno de los archipiélagos más hermosos del mundo, como son las Fiji. Tengo la oportunidad de hacer esquí acuático, pescar, despertarme por la mañana y viajar a cualquier país del mundo con el *jet*, ir de compras y volver aquí para la cena. ¡Y te estoy muy agradecido, pero ya sé que no soy tu tipo!

Tancredi vuelve a reírse con ganas.

—¿Te aburres, Gregorio? ¿Quieres volver a vivir en alguna ciudad?

—No, en absoluto, pero no sé si tú te diviertes mucho, es así, ésa es mi única duda. Podrías tener a muchas mujeres bellísimas en esta isla en vez de a mí, incluso una cada semana si quisieras...

—Pero la quiero a ella.

—Pero a ella no puedes tenerla. ¿Por qué no te resignas?

Tancredi bebe un poco más de champán.

—Es justo lo que me dijo cuando fui a verla a Rusia.

—¿Lo ves? Soy previsible.

—En absoluto, pensaba que habíais hablado.

—No lo haría nunca sin tu permiso.

Tancredi se levanta, retira los platos, coge otros limpios del carrito y dos más pequeños que coloca a un lado. A continuación, sirve la langosta e inmediatamente después, las ensaladas. Gregorio las prueba.

—Están riquísimas. Tal vez Sofia no las probó..., podría replanteárselo.

—Se las hice probar.

—A lo mejor no te vio servir. Se te ve perfecto, impecable, yo me enamoraría.

—También lo hice, no dio resultado.

Gregorio corta la langosta, que, cocida al vapor en su punto, está tiernísima. La baña sutilmente en las diferentes salsas de lima y otras delicadas especias del borde del plato.

—Lo siento. No se me ocurre nada más.

Tancredi asiente.

—A mí tampoco. Ha vuelto a Roma. Con él. Para mí eso es la derrota más dura, esperaba que no sucediera. Ahora creo que será muy difícil recuperarla.

Gregorio come en silencio; en efecto, la situación no es sencilla, pero nunca se había encontrado ante una mujer como Sofia. Aunque debe decir que, a pesar de que no le permite ser eficiente como siempre y resolver también ese problema de Tancredi, le gusta mucho. La aprecia. Cualquier otra mujer que hubiera estado en el lugar de Sofia y hubiera visto lo que de verdad él sentía por ella, nunca se habría retirado de ese modo. Sí, claro, lo de Tancredi fue una mentira, pero sólo para tenerla.

—¿En qué estás pensando?

—En que Sofia es especial.

Tancredi sonríe y sirve champán para los dos.

—¿Ah, sí? De eso yo también me había dado cuenta, gracias.

—Si te soy sincero, no se me ocurre qué puedes hacer para conquistarla o, mejor dicho..., para reconquistarla.

—Excelente. Muy bien. De modo que me estás diciendo que tienes un sueldo buenísimo para no darme ninguna solución... —Tancredi prueba la langosta—. Tendré que revisar nuestro acuerdo contractual.

Savini sigue saboreando el excelente crustáceo.

—Qué rica está la langosta... Sí, tienes razón. Digamos que nunca me he enfrentado a una situación como ésta. Así es, diría que es inusual. Pero todas las demás veces no lo he hecho tan mal, ¿no? Siempre he obtenido el resultado esperado.

—Es cierto, es cierto. Pero todas las demás veces me interesaban mucho menos que ésta; es más, si tuviera que hacer una comparación diría que no me interesaban en absoluto.

Savini bebe un poco de champán.

—Mientras tanto, ¿podría obsequiarte yo con esta cena?

—Aquí en la isla está todo incluido. Más que nada porque es mía.

—Por eso, me gustaba la idea de hacer algo por ti...

—Pues sí, demasiado fácil. Tendrás que encontrar una idea mejor... para que un día Sofia esté aquí, en tu lugar.

—Yo te desaconsejé que fueras a verla a Rusia, había pasado demasiado poco tiempo.

—Claro, cómo no... Es fácil jugar así. Y si hubiese ido después me habrías dicho que tendría que haber ido antes. En cualquier caso, en un momento o en otro, tampoco habría funcionado. Era y sigue siendo inamovible.

Savini reflexiona durante un rato.

—¿Qué quieren las mujeres?

—Eso, ¿qué quieren? Dímelo tú...

—¿No te acuerdas de esa película, *Pretty Woman*?

—Uy, perdona, me esperaba quién sabe qué tratado de filosofía, Freud, Jung, amor y psique, y tú me hablas de una comedia en la que, encima, ella es prostituta... Perdona, Gregorio, pero la comparación me parece incluso un poco ofensiva.

Savini se ríe.

—Olvídate de la comparación, lo importante es el mensaje, y allí lo expresan mejor que cualquier filósofo. Las mujeres quieren un sueño.

—Pero yo ya le di un sueño... La isla, el *jet*, un concierto exclusivo; sabía todo lo que le gustaba y todo lo que deseaba, e hice que se encontrara exactamente con todo ello.

—Eso es lo que tú crees. Tal vez te hayas equivocado de sueño.

—¿Qué quieres decir?

—No lo sé..., es sobre ese punto sobre el que debemos reflexionar.

Tancredi niega con la cabeza.

—Impreciso, falto de soluciones. Vas a tientas en la oscuridad... Tenemos que revisar el contrato.

Savini se ríe, sacude la cabeza.

—Qué ingrato...

Después continúan cenando. Tancredi sirve un riquísimo helado de mango con nata, con un poco de azafrán espolvoreado por encima y acompañado de un excelente generoso obtenido a partir de un tokaji húngaro, el Freemont. A continuación, sirve un flan de chocolate negro con dos vasitos para degustar un Rhum Agricole Extra Vieux Sherry Finish. Aunque luego retoma el tema.

—Explícame mejor ese concepto. ¿En qué sentido me he equivocado de sueño...?

—¿Estás seguro de que era eso lo que ella deseaba de verdad? Muy a menudo creemos que conocemos a los demás. Si no sale bien, es que se han equivocado ellos. ¿Y si, en cambio, nos hubiéramos equivocado nosotros?

Tancredi permanece en silencio. Paladea el excelente ron mientras mira las pequeñas olas que rompen en la orilla no muy lejos de allí. «¿A qué se refiere Savini? ¿Dónde puedo haberme equivocado?» Gregorio continúa hablando.

—Yo también he cometido un error, puede que el más grave. Pensaba que después de esos cinco días dejaría de interesarte. Nunca me habría imaginado que Sofia lograra entrar así en tu vida.

—No, en eso también te equivocas. Me ha entrado en el alma.

34

Cuando Sofia vuelve a casa, ya son las siete de la tarde. Andrea, al oírla, sale del baño con el albornoz puesto.

—¡Eh, menos mal! Pensaba que habías cambiado de idea y habías regresado a Rusia.

Sofia se le acerca y le da un beso.

—Tonto, de momento me quedo...

—¡Qué suerte he tenido! ¿Te apetece un poco de vino blanco? He puesto a enfriar un estupendo gewürztraminer.

—Sí, me encantaría.

Dicho esto, Andrea aparece poco después con una botella bien fría y dos copas que lleva del revés, cogidas por el pie con la mano izquierda. Las deja encima de la mesa, agarra el sacacorchos del bolsillo, quita el tapón rápidamente, sirve un poco en la primera copa, lo huele y, al ver que no se nota el corcho, llena también la segunda. Se la pasa a Sofia.

—Porque no dejaré nunca de ser feliz..., ahora que has vuelto. —Sofia le sonríe, y Andrea añade—: Y por todo el tiempo que te quedes. Brindaré todos los días hasta estar borracho de felicidad.

—¿Te has preparado las frases en estos ocho meses?

Andrea se ríe.

—No, me salen de forma espontánea. ¿No te das cuenta de que antes no podría haberte servido una copa de vino como he hecho ahora...? ¿Haciéndolo todo yo solo? Espera... —Va a la cocina y al cabo de un momento regresa con una tabla de madera. Hay varios quesos cortados y, al lado, unas tarrinas con varios tipos de mermelada y miel que Andrea detalla divertido—: Bien, para el queso de cabra he elegido mermelada de moras, para éste de oveja fresco, miel de tila, al lado de este otro, que es un queso de oveja curado, hay mermelada de pera, y para este último, que es un queso picante, he puesto mermelada de higo. Y también he cortado unas rebanadas finas de pan casero y lo he dejado tostar en la plancha —y le señala unas rebanadas todavía calientes, tostaditas en su punto ideal, que sobresalen de un pequeño cesto.

—Tiene una pinta estupenda... —Sofia se decide por el queso picante, coge una tostada, esparce un poco de mermelada de higo por encima y lo prueba—. Está realmente exquisito. —A continuación bebe un poco de vino—. Tú quieres malcriarme...

Andrea sonríe.

—No es nada comparado con todo lo que tú has hecho por mí, por estar a mi lado a diario durante años, después... Sí, o sea, toda esa época pasada...

Sofia está sentada, paladea el excelente vino, mira a lo lejos por la ventana, hacia los tejados, perdiéndose en alguna parte, más que nada para no mirarlo a los ojos.

—No había día en que no me lo reprochara. Me morí contigo. No podía perdonarme.

—Lo sé, cariño. Leía tu pensamiento. Comprendía cada una de tus miradas, sentía todos tus silencios. Cada día era

183

terrible, era como si al despertarme empezara para mí una pesadilla. No sabía cómo seguir adelante. —Andrea bebe un poco de vino—. Al principio, estar en esa cama inmóvil era para mí una tortura. Cada día pensaba en cómo terminar con aquello...

Sofia se vuelve de golpe y lo mira. Andrea está tranquilo.

—Tú lo sabías. Hiciste desaparecer todos los cuchillos, cualquier cosa con que pudiera cortarme...

—Cuando salía todos los días para ir a clase, para mí también era una tortura... Al volver abría la puerta con terror pensando que habrías hecho algo, que habrías conseguido...

—¿No tuviste la esperanza de que ocurriera?

—Nunca. Ya me sentía lo bastante culpable. Además, eso no me lo habría perdonado jamás. Estar a tu lado, para mí, también era como expiar un poco mi estúpida pataleta, al final, el cansancio físico hacía que me sintiera un poco mejor; era tan desgarrador estar contigo que, aunque parezca absurdo, sólo haciendo mil cosas sin parar podía sentir algo de alivio.

De repente, la asalta un recuerdo. De mucho tiempo atrás. Una mala contestación de Andrea desde la cama mientras ella ordena la compra. Vuelve a verse allí, delante de la nevera, percibe perfectamente ese dolor y el sentimiento de impotencia, todo lo que tiene alrededor parece viejo y oprimente y poco a poco la está destruyendo. «¿Cómo habría sido mi vida si Andrea hubiera muerto en ese terrible accidente, en vez de quedar inválido y vivir de este modo? ¿Qué habría sido mejor para él?» Ese día puso en duda sus plegarias. Justo en ese momento Andrea pone una mano sobre la suya.

—Menos mal que pudimos salir de aquella pesadilla.

Sofia se avergüenza.

—Sí, es verdad, menos mal.

Él le aprieta con fuerza la mano.

—Venga, vamos a arreglarnos. Tengo una sorpresa para ti.

35

Andrea se para divertido delante de un coche.

—¿Te gusta?

—Qué Smart más mono.

—Es eléctrico, así podemos entrar en el centro sin problema. Lo compré hace dos meses. Lo hice con la esperanza de que volvieras...

Sofia sonríe.

—Sí, ya, seguro que te habías cansado de ir por ahí en bicicleta.

Andrea se ríe.

—No se te puede ocultar nada. Aunque..., en realidad, lo compré pensando que un día me pedirías que fuera a recogerte al aeropuerto. Ya me imaginaba tu mensaje en el móvil... ¿Tienes algo que hacer esta tarde? Porque a las cinco estaré en el aeropuerto.

—En cambio, cogí un taxi. ¿Ves qué respetuosa soy? No te distraje del trabajo. Y ahora, ¿adónde vamos?

—Es una sorpresa.

Suben al coche y, al cabo de unas curvas y de tomar varias calles, Andrea encuentra aparcamiento.

—Bueno, hemos llegado.

Sofia baja del coche. Via degli Scipioni, 82.

—Pero si aquí está Azzurro Scipioni, el cine al que íbamos siempre.

—Sí.

—¿Te acuerdas? Vinimos la segunda vez que quedamos. ¿Recuerdas la película que vimos?

Andrea intenta acordarse, pero se rinde.

—No, no la recuerdo.

—*Intocable*.

—¡Es verdad! A ti te encantó, te gustaba la banda sonora.

—Ludovico Einaudi.

—Sí, esa noche, cuando volvimos a casa, tocaste todas las piezas de la película al piano, recuerdo que me impresionó mucho tu capacidad de interpretar cada fragmento, cada uno de los acordes...

—Fue la última película que vimos. Después ya no volvimos a ir al cine, y un mes más tarde tuviste el accidente...

—Sí. Es cierto.

Sofia se para, se queda como petrificada.

—Esa película era una premonición, era la historia de un parapléjico. Después de verla, tú...

—Sofia, no tiene nada que ver, fue una casualidad, sólo una casualidad. De todos modos, ahora vuelvo a estar bien, estamos aquí... Vamos a empezar de nuevo. Es por eso por lo que quiero que veas esta película. Se titula *Todos los días de mi vida*.

—Me gusta el título.

—Está basada en hechos reales. Un hombre y una mujer tienen un accidente...

—No me cuentes nada.

Andrea sonríe.

187

—Está bien, tienes razón.

—Odio incluso ver el tráiler porque casi puedo adivinarlo todo, así se pierde la gracia. Lo sabes de sobra... Y tú siempre quieres contarme el argumento.

—Que no, quería decirte que está basada en una historia real, los que la inspiraron se llamaban Carpenter.

—¡Vale, pero no me cuentes nada más!

Se echan a reír mientras Andrea compra las entradas. Al cabo de un rato, sentados en la sala, sólo hay otras tres o cuatro parejas más, una decena de personas en total. Comienza la película, tiene lugar en Chicago; los dos protagonistas, Paige y Leo, son una pareja de artistas. Una noche, vuelven a casa después de haber ido a cenar, aparcan, Paige se quita el cinturón de seguridad y en ese momento un camión a toda velocidad choca contra su coche. Paige sale despedida, atraviesa el parabrisas al ralentí y continúa volando hasta que la pantalla se vuelve negra por completo. Sofia aprieta fuerte la mano de Andrea. A continuación, la gran pantalla recupera la luz, Paige está en el hospital, va toda vendada. Sofia le susurra en voz baja:

—Oye, no será una película triste, ¿no? No tengo ganas de llorar más.

—No, no te preocupes, te gustará.

Y, efectivamente, así es. Paige ha perdido la memoria de los últimos cinco años y cuando se despierta no recuerda nada de Leo, ni siquiera de que se casaron poco tiempo antes. Pero él no tira la toalla, está a su lado, con una tenacidad inagotable, incluso soporta que su mujer todavía se sienta enamorada de su exnovio. Sí, porque la memoria de Paige se ha quedado en ese momento, en su mente sólo están grabados esos últimos y lejanos recuerdos, a partir de ahí, nada más. Leo no puede hacer otra cosa que esperar con paciencia, sufrir sin poder decirle nada a su mujer, sin sugerirle lo que ya ha pasado. Tiene que aguantar que todo vuelva a suceder, que el destino que los había unido, como una cinta rebobinada, siga de nuevo su curso, pero con el temor de que algo cambie, de que de forma inexplicable puedan acabar alejados. Pero no es así. Después de mil sufrimientos conmovedores, Paige y Leo vuelven a estar juntos, todo se ha arreglado y de nuevo es dolorosamente perfecto y, tal vez por eso, todavía más bello.

Sofia se conmueve.

—Preciosa.

Andrea observa su reacción cuando se encienden las luces.

—¿Lo ves? Te emociona, pero no te hace llorar. Esta película emana positividad. Te hace pensar que las cosas siempre pueden acabar bien.

—¿Y de verdad es una historia real?

—Sí. —Salen a la calle—. Ocurrió en serio, y ese marido y esa mujer se reencontraron. Aunque lo cierto es que, en la realidad, fue él quien quedó en coma, el accidente lo tuvo el marido. Los médicos aconsejaron a la mujer que lo desconectara de la máquina, pero ella, testaruda, se lo llevó a casa y lo cuidó sola, durante semanas, hasta que un día él volvió a hablar. Pero no recordaba nada de ella. E, inspirándose en eso, rodaron la película.

—Preciosa, en serio.

Vuelven a meterse en el coche y, poco después, Andrea aparca delante de un restaurante al que solían ir en aquella época. Andrea abre la puerta del local.

—Bueno, para nosotros también es así... Tenemos que recordarlo todo. Paso a paso, como tú dices, sin prisa.

Y deja pasar a Sofia, que, todavía emocionada, se detiene en el umbral para que él la adelante y la guíe por el restaurante, al igual que hicieron la primera vez, más de ocho años atrás.

36

Se sientan a una mesa en un rincón del Toscano. Enseguida acude Dario, el dueño.

—Buenas noches, ¿les traigo una *bruschetta*?

—Sí, gracias.

—¿Quieren también un pequeño entrante? Alguna flor de calabacín, una albóndiga de carne o de berenjena, mozzarellas pequeñas fritas...

Sofia añade:

—A mí me gustaría un poco de jamón...

—¿Un pata negra o un Parma? Está todo cortado a mano...

—Un pata negra, gracias.

Tal como ha llegado, Dario desaparece por el fondo del comedor. Poco después pasa un camarero con la carta y la deja encima de la mesa.

—Buenas noches. ¿Agua con gas o sin gas?

Andrea mira a Sofia, que se muestra un instante indecisa.

—Una de cada, y tráigame también la carta de vinos.

El camarero la coge de la mesa de al lado y se la tiende. Andrea la abre y se la pasa a Sofia, que empieza a mirar las posibles opciones. El camarero regresa con las dos clases de agua, las abre y las deja en la mesa. Andrea le sirve un poco sin gas.

—Gracias.

Sofia sigue leyendo la lista de los vinos y mientras tanto piensa en *Todos los días de mi vida*.

—Me ha gustado muchísimo la película. Channing Tatum se ha convertido en un actor realmente bueno. Me quedo con su actuación en esta película antes que en *Un paso adelante* o en ésa donde hacía de estríper...

—*Magic Mike*.

—¡La recuerdas! A ti te gustó, di la verdad, eso de ser estríper es tu sueño.

—Sí, sólo me faltaría eso. ¡Ahora que he encontrado las piernas, les enseñaré a todos mi trasero!

—Sería una forma de expresión-liberación...

—Prefiero mostrarte sólo a ti lo mejor de mí.

Justo en ese momento regresa el camarero.

—¿Pedimos un filete? Aquí la carne está realmente buena.

—Sí, lo recuerdo.

Sofia cierra la carta de vinos y la deja en la mesa. Andrea le sonríe.

—Pues dos filetes no demasiado hechos, patatas, esas que hacéis cortadas tan finas, fritas...

—Tráiganos dos raciones.

—Y, además, una alcachofa a la judía. —Y esta vez dicen a coro—: ¡Tráiganos dos! —y se ríen.

—¿Pedimos un chianti? ¿Te apetece, Andrea?

—Sí, muy bien.

El camarero se aleja.

—Es cierto; bromas aparte, Channing Tatum está muy bien en esa película.

—Y, además, qué frases tan bonitas... Hay una que me

gusta tanto que la he memorizado... —Andrea entorna los ojos—. «Yo también tengo una teoría, la mía tiene que ver con los momentos. Los momentos impactantes. Mi teoría dice que los momentos impactantes, esos destellos de gran intensidad que ponen patas arriba nuestras vidas, acaban definiendo quiénes somos. Cada uno de nosotros es la suma de todos los momentos que hemos experimentado con todas las personas que hemos conocido, y son esos momentos los que conforman nuestra historia. Son los mejores momentos que revivimos una y otra vez...»

Sofia lo mira. Bebe otro sorbo de agua.

—Sí, es un concepto precioso. —Entonces le entra curiosidad—. ¿Y tú podrías ser tan paciente?

—Claro. Lo he sido. Todavía lo soy...

—Pero ella vuelve a ver al novio que tenía antes de casarse...

—Sí, no se ve, pero así es...

—Y él lo acepta. Lo aguanta a pesar de que están casados.

El camarero llega con el chianti y lo abre delante de ellos. Cuando termina, se va. Andrea le sirve una copa a Sofia, después llena la suya y se encuentra con su mirada.

—Yo he aceptado cosas peores.

Sofia se pone tensa. Andrea intenta explicarse.

—Desapareciste cuando todavía no había pasado un mes de la operación. Y luego sólo hubo algún mensaje.

Sofia hace como si nada, sabe perfectamente que se refería a otra cosa.

—Había salido todo bien. Sólo tenías que seguir con la fisioterapia, y Stefano se ofreció a acompañarte. —Andrea bebe de su copa. Sofia prosigue—: Todo estaba bajo control, los dos necesitábamos volver a encontrarnos.

—Sí. Tienes razón. Te he llevado a ver esa película porque me parece una historia muy bonita, tiene muchos puntos en común con nosotros.

—Aunque yo me acuerdo de todo, no he perdido la memoria...

—Ya. Quizá nosotros, en algunas cosas, deberíamos esforzarnos en hacer lo contrario. Deberíamos olvidar.

—Sí.

En ese momento llegan las *bruschette* calientes, las flores de calabacín, las olivas de Ascoli Piceno y las albóndigas de carne y berenjena. Sofia, que no tiene ganas de tocar el tema, le da enseguida un mordisco a la rebanada de pan aliñada para desviar la atención.

—Qué rica. Me encanta cuando la hacen tan fina y bien tostada. Además, el aceite es buenísimo.

—Sí, aquí todos los productos son toscanos.

—De eso me acuerdo muy bien.

Andrea sonríe. Sofia se seca la boca con la servilleta. Él le señala un poco más abajo, se ha manchado de aceite también la barbilla.

—Gracias. ¿Sabes?, estaba pensando que deberíamos organizar una cena con Stefano y Lavinia. Hoy me he pasado por su casa, Lavinia no estaba y entonces he probado suerte en la consulta; Stefano tenía un rato y me ha hecho pasar. —Andrea se come una oliva a la *ascolana*, la corta en el plato, tiene problemas para que no se le escape, por fin le clava el tenedor y consigue cortarla por la mitad. Sofia lo mira—. ¿No tienes ganas de verlo? Ha hecho mucho por ti. Por nosotros... —Andrea permanece en silencio. Sofia empieza a cortar la flor de calabacín—. Me parece absurdo no verlo más. Os hicisteis amigos. Sois amigos. ¿Acaso sucedió algo?

—No, en absoluto, no sucedió nada.

—Pues entonces ¿por qué ya no quieres verlo? Si existe una persona que haya hecho mucho por ti, es él. ¿Te acuerdas de que no querías ver a nadie? No querías hablar. Estabas en la habitación en penumbra, no decías ni una palabra. Hasta que llegó él y te hizo reír.

—No olvido nada. Fue mi médico, mi psicoterapeuta, también le pagué un montón de dinero.

—Siempre me dijo que si teníamos problemas podíamos pagarle más tarde, se preocupó por nosotros, incluso nos hizo un gran descuento. ¿Por qué hablas así de él? Y, además, ¿qué tiene que ver el dinero? Es una persona especial.

—No lo sé. ¿Crees de verdad que quería verme curado?

—Claro. Contigo se implicó emocionalmente. Lo vi sufrir por ti, no sólo fuiste un paciente más. Eras su amigo. Eres su amigo. Se nota cuando habla de ti, justifica tu alejamiento, y aunque no me lo ha dicho, sufre por ello. Mira, me parece absurda tu actitud. Yo me siento en deuda con él, por mí también hizo mucho. Quiero ir a cenar con ellos.

—Está bien. —Andrea se come la *bruschetta*—. Pues vamos a organizarlo.

—Oh, así me gusta. Entiendo que puede resultar doloroso afrontar algunos recuerdos, pero es tan bonito que ya formen parte del pasado... Y, además, son una pareja muy original, divertida en ciertos aspectos. Más tarde he ido a buscar a Lavinia. ¿Adivinas dónde la he encontrado? En el gimnasio. Ella, sin el gimnasio, se moriría. Pero se ha puesto muy en forma. Está estupenda. ¿Tú no la has visto?

—No, no llegué a encontrarla.

—Se le da bien. En ese tema es constante. No es la típica cantamañanas como con todo lo demás. ¿Te acuerdas aquella vez que para engañar a Stefano se inventó que había salido conmigo y ni siquiera me avisó? Y entonces yo me encuentro a Stefano en casa y me dice: «¿Qué tal anoche? ¿Os lo pasasteis bien?».

—Sí, me acuerdo. Te pusiste como una fiera.

—Sí, para morirse. Le monté una escena. Ya no volvió a meterme en sus embrollos. Al menos, eso creo. —Y se echa a reír—. ¿Quieres mi oliva *ascolana*? A mí no me gusta. —Sofia la hace rodar en el plato de Andrea—. Y, a cambio..., me cojo esto. —Parte la flor de calabacín de Andrea por la mitad y se come un pedazo—. Me encanta. Está todo muy rico, aquí cocinan muy bien, a veces se nota demasiado el aceite, en cambio, aquí, ni una gota. Así pues, organizo la cena con ellos para la semana que viene. Además, parece que Lavinia también se ha tranquilizado un poco. Ya no está liada con ése del gimnasio.

Y Sofia le cuenta cómo lo dejaron el día del partido de la Roma y de la acusación que le lanzó a Lavinia.

—¿Te das cuenta? Incluso le dijo que traía mala suerte. Ya ves, era como si quisiera asegurarse de que no volvería a verla nunca más.

—¿Tan quisquillosa es?

—Mucho más. No, perdona. Está casi a mi nivel. —Sofia se come el resto de su flor de calabacín—. Mejor dicho, no, yo soy aún más terrible... —y se echa a reír.

Cuando vuelven a casa, se sientan en la terraza.

—¿Te traigo un recioto?

—¿Qué es? No lo conozco.

—Tienes que probarlo sin falta.

Andrea regresa al cabo de un momento con dos vasitos de vino y un dulce en un plato.

—Esto es una tarta esponjosa de cerezas, y esto... —le pasa el vaso— es un recioto di soave.

Sofia lo huele.

—¡Qué aroma tan rico!

—Y ya verás qué delicado, es mejor que el *passito* y la malvasía.

—Es verdad. —Sofia se lo bebe todo de golpe.

—¡Te ha gustado! Espera, te traeré un poco más.

Cuando Andrea vuelve con la botella, Sofia se está comiendo la tarta.

—Y la tarta también es muy fina.

—Sí...

Andrea le sirve un poco más de recioto y deja la botella en la mesa. Sofia se bebe el vaso que él le tiende y se fija en que la botella casi se ha terminado.

—Ya la habías abierto...

—Sí, hace unos días.

—¿Y con quién te la tomaste...?

—Contigo..., imaginando que un día volverías.

Sofia lo mira.

—No me estarás mintiendo, ¿verdad?

—No, cariño. Pero es normal que me haya permitido estos placeres mientras esperaba. He comido a menudo en casa, para probar recetas, y también hice un curso de introducción al vino. He intentado distraerme para pasar el tiempo, de no ser así me habría vuelto loco.

Sofia no dice nada. Por una parte, se siente culpable, por otra, no. Al fin y al cabo, ahora está aquí, ha vuelto, necesitaba tiempo. No habría tenido sentido continuar

197

como si nada hubiera ocurrido. Era necesaria esa interrupción.

Más tarde están en la cama, debajo de las sábanas; ligeramente achispados se respiran, se acarician, entonces Sofia, en un momento dado, lo abraza y le susurra al oído:

—Necesito tiempo, no te enfades.

—No me enfado.

Y poco a poco se quedan dormidos.

37

El café va saliendo despacio. En cuanto llega a la mitad de la taza, Tancredi lo coge de debajo de la máquina y empieza a tomárselo. Caliente, aromático, intenso, fuerte. Como una pequeña bofetada que te aparta de la inercia. Lo necesitaba. Después regresa a su mesa. Desbloquea la pantalla del ordenador, que está en modo de espera. Abre una carpeta del escritorio protegida por una contraseña. Y empiezan a pasar delante de sus ojos miles de fotos de Sofia en varios momentos de su día a día. Sofia caminando. Sofia parada delante de un escaparate. Sofia sonriendo mientras habla con una alumna. Sofia subiendo a un taxi a la carrera. Sofia desayunando en un bar. Imágenes de meses y meses de vida transcurrida sin ella. Lejos de ella. A continuación, abre la última carpeta, los archivos recién descargados. Más fotos, de noche. Se ve a Sofia con Andrea, están saliendo del cine. Y, de golpe, siente una punzada muy intensa, como una cuchillada. El corazón empieza a latirle fuerte, demasiado fuerte, lo nota en la garganta, siente cómo le palpita en las muñecas. Le falta el aliento, le cuesta respirar. Se levanta de golpe de la mesa, va a la ventana, apoya las manos en el alféizar de mármol blanco. «¿Cómo es posible? ¿De verdad me estoy poniendo así? ¿Yo? ¿Precisamente yo? Nunca he sentido celos en toda mi vida, nunca he sabido qué eran.

»En una ocasión, cuando éramos niños, mamá nos llevó al teatro a ver *Otelo*, de Shakespeare. Y me pareció ridículo. Todo ese drama de los celos que se convierten en obsesión. Otelo subyugado por Yago, que le hace creer que su mujer lo engaña, y él cada vez más devorado por una rabia que desemboca en una verdadera locura, y al final lo lleva a matar a Desdémona. Volverse loco de celos. Qué absurdo. O al menos eso opinaba entonces. Y me parecía ridículo cuando alguien me contaba que había revisado a escondidas el móvil de su novia o la había seguido para saber adónde iba y qué hacía, en caso de que alguna noche dijera que salía con sus amigas. Para mí era una completa locura, una estúpida pérdida de tiempo. Una demostración de debilidad y fragilidad.»

Al otro lado de la ventana, el viento enmaraña los árboles. El cielo ha cambiado. Tal vez esté a punto de llover. «Y luego ese libro —piensa Tancredi—, el que me dieron a leer en el instituto durante el verano, *La sonata a Kreutzer*. Una novela breve que León Tolstói escribió después de escuchar por primera vez la Sonata para violín y piano n.º 9 en la mayor, op. 47, de Ludwig Van Beethoven, dedicada al músico y compositor francés Rodolphe Kreutzer. Esa pieza tan seductora y apasionada lo impresionó de tal manera que decidió convertir la sensación que la música le había provocado en una historia de celos. Y así fue. Es la historia de Vasia Pozdnyšev, que le presenta un músico a su esposa, aficionada al piano, para que pueda alimentar su pasión. Él acude a visitar la casa de la pareja cada vez más a menudo. Pozdnyšev comienza a albergar sospechas, sin duda esos dos parecen tener demasiada complicidad. Sólo hay que escuchar cómo tocan, ella el piano y él el violín, la *Sonata a Kreutzer* de Beethoven. Los celos lo dominan hasta tal punto que, cuando está seguro de la infidelidad, presa de un ataque de rabia, el hombre apuñala a su mujer y la mata. Una locura. Increíble. Y sobre todo inconcebible para mí. Por lo menos entonces.»

Tancredi vuelve a la mesa. La foto sigue estando ahí. Ellos dos, juntos, saliendo del cine. No logra descifrar la expresión de Sofia. ¿Está contenta? ¿Está bien? ¿Está satisfecha? ¿Ama a Andrea? Y, de nuevo, esa punzada todavía más fuerte. «Yo, que tanto me había reído de los celos, que los consideraba ridículos, ¿ahora me siento así? Me avergüenzo. Me gustaría arrancarme de encima esta carcoma, pero no lo consigo. Puede que, más que los celos, lo que nos hace más daño sea la idea de que todos somos sustituibles, el hecho de no ser indispensables y únicos.» Tancredi vuelve a levantarse. Está nervioso. Tenso. Rabioso. No se reconoce. Camina arriba y abajo por la habitación. Lo que siente es un dolor físico, lacerante. «Es parecido a aquella canción de Battisti, *Gelosa cara*; ¿qué decía...? *È proprio un tarlo una malattia, quella di non saper scordare ciò che da me non puoi sapere...*» "Es una verdadera carcoma, una enfermedad, lo de no saber olvidar lo que de mí no puedes saber..." Tener celos de lo que no se sabe. *L'odio feroce, l'odio ruggente fa male dentro e brucia la mente.* "El odio feroz, el odio devastador hace daño dentro y quema la mente." Así es. Ahora lo sé. La única solución es no pensar en ello.»

Regresa al escritorio. Apaga el ordenador. No pensar en ello. Lástima que nunca nadie haya inventado un interruptor para apagar también el corazón cuando hace daño.

38

Durante los siguientes días Sofia se dedica a la casa. Va a Habitat, a Shanty Design, a IKEA, a Arcon, y compra algún mueble nuevo, unas cortinas de color añil, violeta, azul y celeste.

—¿Te gusta el toque de color que le estoy dando a la casa? Me apetecía alguna novedad.

—Claro, me gusta mucho.

Andrea se divierte, la deja hacer.

Sofia empieza a dar clase en el conservatorio, donde se reencuentra con algunas de sus amigas profesoras y también con sus jóvenes alumnas, que han crecido un poco.

—Sólo he estado unos meses fuera y para ellas es como si hubieran pasado años. Cambian, crecen, se hacen mujeres. Y cómo tocan...

—Eso es porque han tenido una buena maestra como tú. Están todas muy contentas de que hayas vuelto. Espero que no nos dejes nunca.

La directora le demuestra de ese modo todo su afecto, Sofia la tranquiliza.

—No, no te preocupes, me quedaré una buena temporada.

También se apunta al gimnasio con Lavinia.

—No me lo creo, no me lo puedo creer. Así que va en serio.

Lavinia la mira mientras se esfuerza en la clase de zumba.

—¿Qué ha pasado? ¿A quién has conocido? Tú me escondes algo.

Sofia se ríe, pero no quiere perder el paso.

—Venga, que ya es un milagro que esté siguiendo la clase.

Cuando se encuentran debajo de la ducha, Sofia simplemente le dice:

—¿Te parece absurdo que desee un poco de normalidad?

Lavinia, divertida, la salpica con un poco de agua fría.

—No, me parece estupendo, es más, ¡diría que ya era hora!

—Si estáis libres el miércoles, ¿quedamos para cenar juntos?

—¿Adónde iremos?

—No lo sé, ya lo pensaré. De todos modos, ¿os va bien el día?

—Sí, creo que sí, Stefano ya quería salir, te lo confirmo más tarde.

Por la noche, Sofia está preparando la cena en la cocina cuando oye llegar a Andrea.

—Hola, estoy aquí, en la cocina...

Andrea se reúne con ella y la besa.

—Hola, cariño. ¿Todo bien?

—Sí, muy bien. Antes de que se me olvide, ¿te va bien si el miércoles salimos a cenar con Stefano y Lavinia?

—Sí, estupendo.

Luego, mientras Sofia pone la mesa, ve el teléfono móvil de Andrea allí al lado.

—¿Te molesta si cojo el tuyo para confirmar?

—Tú misma, no hay problema.

—Pero tiene código.

—Sí, perdona, lo he puesto para cuando estoy en el despacho. 1919.

Al buscar en la agenda se da cuenta de que el número de Lavinia no está, de modo que le escribe directamente a Stefano, pero también se fija en otra cosa.

—Oye, pero si te has cambiado el móvil, te has comprado el último iPhone. Mira que eres caprichoso. No se te puede dejar solo ni un segundo.

—¿Un segundo? Ocho meses y dos semanas... Tienes un extraño sentido del tiempo. De todos modos, no soy caprichoso en absoluto, fue sólo la clásica oferta que hace la marca, se quedan el viejo y te dan uno nuevo..., así se aseguran el cliente dos años más.

Se sientan a la mesa.

—¿Y bien?, ¿adónde vamos el miércoles por la noche? Stefano ha contestado que a ellos les va bien.

—¿Sabes adónde podríamos ir? A Danilo, en la piazza Vittorio. He oído hablar muy bien de él, pero nunca he estado. ¿Qué te parece?

—Sí, me apetece probar un restaurante nuevo; vayamos con ellos, lo pasaremos bien.

Al día siguiente, después de las clases en el conservatorio, Sofia regresa a casa y abre el paquete que le ha entregado el portero, en el que hay unos almohadones que ha comprado en Amazon para el sofá. Se fija en que hay dos libros encima del mueble, uno es una Lonely Planet de Budapest y el otro es *La verdad sobre el caso Harry Quebert*. Los coge para ponerlos en su sitio en la librería cuando de la novela cae una tarjeta. Al recogerla, la mira con atención: «Matermatuta. Via Milano, 48-50, Roma». La deja encima de la mesa y ordena los libros; a continuación, por curiosidad, coge el ordenador y busca el restaurante. «Platos de pescado de estilo creativo. Espacios elegantes con una decoración bicolor y detalles contemporáneos.» Los comentarios que lee también son todos favorables: «Fantasía en la preparación de los platos crudos, pescado fresco traído cada día de Ponza, Santo Stefano, Fiumicino». «Debe de haber ido por motivos de trabajo», piensa. Después lee un comentario que, sin embargo, la sorprende: «Si estáis en el centro de Roma y queréis comer bien, éste es el sitio ideal para vosotros. Local superacogedor, aconsejado sobre todo para cenas de pareja». Y ante esto último Sofia se queda perpleja.

Cuando Andrea vuelve por la noche, la felicita encarecidamente por la nueva decoración.

—Te ha quedado muy bien, ahora la casa tiene otra luz, otra atmósfera, un aire distinto por completo. Si no estuvieras casada, me casaría contigo. —La abraza, la levanta y la hace girar. Y Sofia se ríe divertida.

—¿En serio te gusta? ¿Me contratarías en tu despacho?

—Eso no, porque me pondría celoso. Dejaría de trabajar, miraría con quién hablas, con quién te ríes, a quién llamas.

—Y, en cambio, si lo hago mientras estoy en el conservatorio, no te molesta...

—He hablado con la directora, en el conservatorio está todo prohibido.

Después, alegres, se sientan a la mesa.

—Hay *straccetti*, las tiras de carne, y una ensalada riquísima, con canónigos, rúcula y lechuga, y aguacate y granada.

—Me parece perfecto.

—Pero de beber sólo agua, no podemos emborracharnos cada noche.

—Eso también me parece bien. ¡Y si mañana cenamos en Danilo, vamos a estallar!

—¡Qué exagerado!

—Es que he estado mirando los platos, hacen una pasta a la carbonara excepcional y todo es de mucha calidad, pero muy contundente.

—Pues mañana al gimnasio y en ayunas hasta la noche. Empiezan a cenar.

—¿Has leído el libro de ese escritor suizo que ha tenido tanto éxito? ¿Cómo se llama...? Ah, sí, *La verdad sobre el caso Harry Quebert*.

—Sí, lo he leído. Me gustó. Al final se pasa un poco, porque tiene muchos finales, pero no está mal. ¿Quieres leerlo?

—Sí, tal vez. ¿Cuándo lo leíste?

—No me acuerdo, hace unos meses, ¿por qué?

—Porque he encontrado esto. —Sofia deja la tarjeta del restaurante Matermatuta encima de la mesa. Andrea está sorprendido, pero no parece especialmente incómodo.

—Ah, sí, me la debió de dar alguien, me han dicho que se come muy bien, pero no he ido nunca... Supongo que será un buen sitio. Por eso tal vez me guardé la tarjeta, para ir contigo. —Andrea se queda un instante en silencio—. Oye, pues vamos mañana.

—Pero ¿no has reservado ya en Danilo?

—Sí, pero puedo anularlo.

—No, no, vamos a Danilo. No me apetece pescado.

Y continúan comiendo. Andrea parece disfrutar con los *straccetti*.

—Están riquísimos, muy tiernos...

—¿Te gustan?

—Sí, y la ensalada también está perfecta.

Sofia come despacio, está como absorta, tiene una sensación extraña, pero no consigue saber qué es. Bebe un poco de agua y en ese momento se acuerda de otra cosa.

—¿Y Budapest? ¿Qué tiene que ver Budapest? ¿También querías llevarme allí?

—¿Y a qué viene esto ahora?

—He visto que has comprado la Lonely Planet de Budapest y de toda Hungría.

—Soy arquitecto, me documento, también compro libros para ampliar mis conocimientos, no para engañar a mi mujer cuando no está. Si lo piensas bien, al fin y al cabo no es tan extraño...

Andrea come un poco de aguacate y granada.

—Ya veo, hoy has decidido hacer de Sherlock Holmes, pero me parece que tus pesquisas han dado pocos frutos...

Sofia lo mira curiosa, aunque, en efecto, sus sospechas se están desvaneciendo.

—Ya... No me ha salido muy bien. —Así que se echa a reír—. Es posible...

Y ella también prueba un poco de ensalada.

—Tú sólo te comes la granada...

—¡Me gusta!

Y así terminan la velada, se saltan la prohibición de beber alcohol y paladean un viejo amaro.

—Me apetecía comprar Cynar.

—Si pensaba que ya no lo hacían.

—Pues te equivocas. Ya verás qué rico.

—Es verdad.

Sofia lo prueba, le gusta ese regusto amargo. Se acuerda de que una vez, cuando todavía vivía con sus padres, vio el anuncio de Cynar en una reposición de «Carosello» que emitía la Rai. Un hombre sentado a una mesa en medio del tráfico se tomaba el amaro, y su madre le dijo: «Este amaro ya nos gustaba muchísimo cuando ninguno de vosotros había nacido todavía».

Estaba sentada a la mesa con su madre Grazia, su padre Vincenzo y su hermano Maurizio. «Hace tiempo que no hablo con ellos —piensa Sofia—, mañana tengo que llamarlos.» Y después, con ese pequeño sentimiento de culpabilidad, se van a dormir. En la oscuridad del dormitorio, Andrea le hace algunas caricias y, sin necesidad de hacerse de rogar, se da la vuelta hacia el otro lado y se duerme.

«Qué raro —piensa Sofia—, hay días en los que espero que la noche no llegue nunca. Cuando noto que no tengo ganas de encontrarme con él en la cama, sentirme deseada, cuando me doy cuenta de que sufre porque no puedo hacer el amor. Otras veces, en cambio, simplemente tengo ganas de que me abrace. ¿Cuánto tiempo durará todo esto, y, lo más importante, mi corazón logrará curarse?»

39

Sofia entra en la pequeña *trattoria* de la piazza Vittorio.

—¡Hola! ¡Hoy no has venido al gimnasio!

—No, he tenido que preparar una actuación para la próxima semana, mis alumnas darán un concierto; es más, si estáis libres, me gustaría que también vinierais vosotros...

Stefano y Lavinia se miran, después asienten.

—Claro, encantados.

El dueño del restaurante se reúne con ellos.

—Buenas noches, ¿han reservado?

—Sí, una mesa para cuatro, Rizzi.

El hombre lo comprueba en una agenda que está un poco emborronada y curiosamente parece encontrar enseguida lo que busca.

—Sí, aquí está, síganme.

Los precede a otra sala, hasta llegar a una mesa en un rincón. El dueño quita el cartelito de la reserva que hay encima y, a continuación, se va con unas palabras tranquilizadoras.

—Vuelvo con ustedes enseguida.

Stefano aparta con amabilidad la silla de Sofia y después la de Lavinia.

—¿Y Andrea qué está haciendo?, ¿nos ha dado plantón?

—No, qué va, está aparcando. Aquí viene.

Por el fondo de la sala aparece Andrea, está sonriente, un poco jadeante; se quita la cazadora y la deja en la única silla que queda libre.

—Disculpad... Es que había uno que se iba. Ya sabéis, de esos que suben al coche y después no se sabe qué están haciendo, tardan una hora en ponerse el cinturón, o se les ocurre ordenar el habitáculo justo en ese momento, cuando tú estás esperando a que dejen libre el sitio... —A continuación sonríe a Stefano, que le devuelve la sonrisa, se levanta y lo abraza.

—¡Qué alegría volver a verte!

—Para mí también.

—Te lo juro, cuando te he visto entrar por el fondo de la sala me he emocionado.

Andrea le sonríe, no sabe qué más decir, de modo que cambia de tema.

—Bueno, me han dicho que ésta es una de las mejores *trattorias* de Roma; sólo os diré que, cuando llamé, ésta era la última mesa que les quedaba, y por lo que se ve así es.

Se ríen, bromean y parecen alegres. Entonces llega el camarero y, después de que todos han examinado la carta, empiezan a pedir.

—Pues para mí jamón de Bassiano y luego unos buenos espaguetis a la carbonara.

Andrea tiene claro lo que quiere. Sofia está más dudosa.

—¿Quién quiere compartir conmigo una «Faccio io»?

Stefano siente curiosidad.

—¿Qué es?

—Son todas las especialidades de la casa, tanto frías como calientes.

—¡Está bien, me apunto; en todo caso, si hay algo que no me gusta, me lo dejaré!

—Ah, claro... Aquí no te reñirá nadie, hay máxima libertad.

También Lavinia al final se decide.

—Para mí también la carbonara, pero antes una *steccata* di Morolo con verduras.

—¿Y qué es la *steccata* di Morolo? —Sofia siente curiosidad.

El camarero le echa una mano.

—Es un queso muy bueno, ahumado, que se hace a la parrilla.

—Está bien, ya me lo dejarás probar.

—De acuerdo.

—Para mí también una carbonara.

—Y para mí.

—Entonces serán cuatro platos de espaguetis a la carbonara, ¿verdad?

—Sí.

—Y luego nos gustaría probar unos callos a la romana y un rabo de buey. Somos todos romanos, o casi, y no comemos nunca de esto; venga, vamos a probarlo.

—De acuerdo, y pidamos también unas patatas para acompañar.

Sofia toma las riendas de la situación.

—¡Pues habrá que pedir también un buen vino!

—Bien dicho.

—¿Tienen algún sangiovese?

—Sí.

—¡Perfecto, tráiganos ése!

Y, de este modo, al final el camarero se aleja con lo que han pedido.

—¡Qué bien que estemos aquí todos juntos! —Sofia está contenta—. Me siento muy feliz.

El camarero vuelve a la mesa, abre el sangiovese, sirve rápidamente un poco en las copas y se va.

—Bien... —Sofia levanta la copa—. Propongo un brindis. ¡Por los milagros, por el tiempo que se ha detenido, por la vida que continúa y por mí, que voy al gimnasio!

Todos se ríen y entrechocan las copas con fuerza, brindando y teniendo cuidado de no cruzarse con los brazos siguiendo la tradición. Lavinia deja la copa.

—Todavía no puedo creerme que entrene contigo.

—¡Y ya verás, se me va a dar la zumba mejor que a ti, haré más repeticiones y con más peso!

—Sí, bueno... Pues me retiro.

Stefano deja la copa y se pone un poco más serio.

—¿Y por qué no nos cuentas qué has hecho durante todos estos meses?

—Volví a tocar. He llevado una vida tranquila con mi profesora y me he acostado temprano.

Lavinia interviene.

—Dicho así, parece una frase de Robert de Niro en *Érase una vez en América*...

Sofia se ríe.

—¡Sí, justo como en la película, pero sin matar a nadie!

—Bueno, a mí sí que me hiciste un poco de daño... —repone Andrea—. Ha sido duro no verte ni oírte durante todo este tiempo.

—Lo necesitaba.

Stefano interviene antes de que la conversación vaya por otros derroteros.

—Lo necesitabais los dos. Forma parte del proceso de curación. Ahora todo será más fácil.

Andrea le sonríe, Stefano le corresponde, Sofia asiente. Está satisfecha, tranquila, se siente ligera, todo ha pasado y ha quedado atrás. La única que parece un poco impaciente es Lavinia.

—¿Es que no van a traernos nada? ¿Será posible que todavía no hayan traído ni un poco de pan?

Stefano pone una mano sobre la suya.

—Ya verás como ahora lo traen todo, cariño.

Pero ella, arisca, aparta la mano y se dirige a Sofia.

—Pues hoy te has perdido a un nuevo profesor alucinante. Es de Dallas, un americano, se llama Mark; nos ha hecho sudar como locas, pero con unos pasos fantásticos.

—Lo probaré.

—¡Ah, pues no sé yo si podrás seguirlo!

Y continúa hablando del gimnasio, de sus efectos beneficiosos, de la increíble habilidad del tal Mark y de sus dotes como bailarín, como si ese tema de verdad les interesara a todos y nadie pudiera renunciar a él. Entonces, por suerte, llega la comida y empiezan a comer; por un instante hay algo de silencio y a continuación surgen otra vez las más diversas conversaciones: cine, teatro, un nuevo programa televisivo, el descubrimiento de un político que engañaba a su esposa, una mujer famosa que engaña a su marido, una decisión del alcalde evidentemente errónea...

Más tarde, después de haber cenado muy a gusto, piden varios postres, el dueño los invita a unos amaros y Andrea paga la cuenta a pesar de la insistencia de Stefano en pagar a medias. A continuación, se despiden prometién-dose que no volverán a perder el contacto y se verán pron-to. Andrea y Sofia suben al Smart. Sofia le apoya una mano en el muslo.

—Gracias, me ha gustado estar todos juntos. Todavía me siento muy en deuda con Stefano. Nunca olvidaré lo que hizo. A mí también me ayudó, hubo momentos muy difí-ciles, días realmente oscuros, y él siempre estuvo a mi lado.

Andrea la mira mientras conduce poco a poco por los adoquines de la piazza Vittorio, pasando por delante de la iglesia de Santa Maria Maggiore.

—Sí, es verdad, hemos estado a gusto...

—Y Lavinia siempre es divertida.

—A mí me parece muy tonta, nunca dice nada intere-sante. Es una mujer muy banal. Sí, eso, el término *banal* da una perfecta idea de lo que es...

Sofia lo mira sorprendida. Le parece excesivo un juicio tan duro. Sí, de acuerdo, no es una lumbrera, pero es muy simpática, a pesar de que, en efecto, es bastante ligera; pero a veces es muy necesaria esa ligereza, ¿no?

—No es banal, puede que un poco superficial... Y es po-sible que precisamente por eso le guste a Stefano, él tan culto, tan complejo, tan profundo, necesita de su ligereza.

Andrea la mira y al final sonríe.

—Si tú lo dices... Tal vez tengas razón, quizá sea ése el sistema de comunicación de su complicada unión...

Y, con esa última revelación, se dirigen tranquilos hacia casa con una última certidumbre de Sofia: «En cualquier caso, habrá que volver pronto a Danilo, se come muy bien».

40

Tancredi está delante del ordenador cuando oye que llaman a la puerta.

—¿Quién es?

—Yo, ¿puedo pasar?

—Adelante.

Savini cierra tras él. Se acerca a la mesa de Tancredi, que aparta los ojos de la pantalla de su ordenador y lo mira.

—¿Quieres un café?

—Sí, gracias.

Tancredi se levanta, va a la cafetera y, después de introducir las cápsulas y disponer dos tazas, le tiende una a Savini y vuelve a sentarse llevando la suya.

—¿En qué estás trabajando? —pregunta Gregorio dando un sorbo.

—Evalúo el mercado chino; tal vez invierta allí.

Pero ésa no es la expresión de alguien que está examinando los índices bursátiles, Savini se da cuenta enseguida. Se inclina un poco hacia delante en la butaca en la que está sentado y ve que lo único que aparece en el monitor de Tancredi es el escritorio, con una carpeta azul abierta. Savini se sienta más correctamente, da un último sorbo al café y deja la taza en la mesa.

—¿No crees que ha llegado el momento de decírselo?

Tancredi se vuelve y lo mira. Savini prosigue.

—¿No sería mejor que Sofia supiera algo más de su vida privada?

—¿Qué quieres decir?

—Hasta ahora no sabe nada de su madre. No sabe la verdad. —Se queda un momento en silencio—. Podría no saber nunca... Podríamos hacer que lo descubriera de algún modo...

—No. —Tancredi lo interrumpe. Savini lo mira—. No haremos nada.

Tancredi coge su taza, la levanta, rodea la mesa y coge también la de Savini, ahora vacía, y las deja en la pequeña barra del mueble bar.

—Y tampoco sabe la verdad sobre Andrea, no es justo.

—Lo sé...

—Pero podríamos darle una pequeña pista, sin hacérselo saber todo...

—No. Sobre eso no voy a cambiar de opinión.

Tancredi vuelve a sentarse. Ya no mira a Savini. Centra de nuevo la mirada en la pantalla. Nada. Ha cerrado. Ha bloqueado cualquier posible entrada, cualquier resquicio, ventana, fisura de su fortaleza invisible. Ahora es impenetrable. Desde ese momento ya nadie podrá entrar, ni siquiera él, Savini lo sabe muy bien. Así que se levanta.

—Que tengas un buen día, hasta luego.

Va hacia la puerta y la cierra a su espalda.

Tancredi permanece inmóvil. Se vuelve hacia la pantalla y abre una carpeta. Hay algunas fotos de la noche anterior de ellos cuatro cenando en Danilo. Sofia comiendo, sonriendo, bromeando con Andrea, Lavinia, Stefano. Tancredi exhala un largo suspiro. «Aunque no lo soporto más y la cabeza me estalla, aunque me gustaría partir ahora mismo a buscarte y decirte que nada es lo que parece... y que quizá nuestra vida podría ser distinta... No puedo. Ya lo hice en el pasado y me equivoqué. No quiero volver a herirte de ningún modo. Me gustaría que lo descubrieras todo tú misma y pronto. No lo sabrás por mí. O puede que, como dice Savini, no lo sepas nunca, pero no importa: quiero que sea así, que todo lo que ocurra no se produzca por mi mano, porque yo lo haya decidido. La vida no es una hoja de cálculo y, cuando la tratas así, se equivoca a propósito al hacer las cuentas, no cuadra nada. Esta vez no tomaré ningún atajo. Me encomiendo al destino con la esperanza de que elija para nosotros la felicidad.»

41

—Estuvimos a gusto anoche, ¿no?

Andrea y Sofia están desayunando.

—Mucho, Danilo es un excelente descubrimiento, tenemos que volver.

—Claro, estaré encantada, pero fue bonito verte con Stefano en tu... situación.

—¿Ahora que puedo volver a moverme?

—Sí.

Sofia no entiende por qué habla de ese modo tan duro.

—Andrea, es un milagro, no debes olvidarlo. Stefano también ha desempeñado un papel en ese camino. Me pareció bonito volver a vernos todos. No debes guardarle rencor, y tampoco entiendo por qué, no hay ningún motivo...

Andrea se bebe el zumo de naranja y se seca la boca con la servilleta de papel.

—Tienes razón. De vez en cuando me da por recordar esos momentos oscuros, y él forma parte de ellos.

—Pero ahora ya no están, poco a poco los olvidarás.

Andrea sonríe.

—Es verdad; hacia el final de la cena, también gracias al excelente sangiovese que tomamos, me reí muchísimo.

—Sí, las historias que contaba Lavinia sobre mi primera clase de zumba hacían mucha gracia, yo también me divertí, a pesar de ser el centro de las burlas... Venga, Lavinia es guay, ¿no? ¿Has cambiado un poco de opinión respecto a ella?

Andrea se sirve un poco más de café.

—No pongo en duda que sea simpática, pero es que no es nada: es nula, está completamente vacía, sólo piensa en llevar las uñas pintadas de distinto color cada vez, en las extensiones y en gustar a los hombres. Nunca cuenta nada interesante, no ha leído un libro, nunca ha ido al teatro, sólo ha visto una película y la comenta siempre que puede: *Érase una vez en América*, tal vez porque le gustaba al tipo del gimnasio y debía de obligarla a verla antes de enrollarse...

—Venga, mira que eres malo.

—Sólo ve programas basura de la tele, en eso está empapadísima... La número uno.

—En mi opinión, te encarnizas tanto con ella porque sabes que engañó a Stefano... Aunque sea de manera inconsciente, a mi parecer la juzgas así por eso.

—No, te equivocas. Aunque fuera la mujer más fiel del mundo, no encontraría nada interesante en ella. En un momento determinado, incluso se equivocó en un verbo, ¿te diste cuenta?

—Sí, esperaba que no te hubieras fijado.

—¿Y por qué lo esperabas? No hizo que cambiara nada. Yo ya me había formado mi opinión... De todos modos, sí, la descripción que hizo de ti mientras hacías zumba fue fantástica, ahí se ganó toda mi simpatía. Además, si alguien como Stefano se ha casado con ella y no la ha dejado a pesar de todo lo que sabe, alguna cualidad oculta tendrá. Debe de hacer cosas increíbles...

Sofia sacude la cabeza.

—Los hombres sois terribles, si hay algo que no sabéis explicaros, entonces metéis el sexo de por medio. ¿Y si, en cambio, fuera amor?

—En ese caso, levantaría las manos en señal de rendición. A mí me suena todo a magia pura. —Entonces Andrea se levanta—. Hoy trabajo hasta tarde, volveré hacia las nueve, vamos retrasados con un proyecto.

—Quédate tranquilo, cariño, si estás ocupado, vuelve más tarde. Yo estaba pensando en ir al sur, a casa de mis padres.

—¿De verdad? ¿Así, de repente? ¿Hay algún problema?

—No, pero hace mucho que no nos vemos. Hoy es el cumpleaños de Maurizio, lo he felicitado y me ha dicho que esta noche cenan juntos mamá, papá, él y su novia; me gustaría darles una sorpresa.

—De acuerdo.

Andrea parece frío. Sofia va por detrás de él y lo abraza.

—¿Quieres venir tú también? Me imaginaba que seguramente estarías ocupado con el trabajo. ¡Mañana me quedaré con ellos, pero volveré por la noche, no te abandonaré!

Andrea se echa a reír.

—No, no, tienes razón, soy un idiota. Es que pienso que podrías volver a marcharte de un momento a otro. Fue terrible.

Sofia ríe.

—Eso también pertenece al pasado. Ahora estoy aquí y pronto te codearás con una profesional de la zumba, es más, tendrás que venir a verme a los campeonatos y vitorearme.

—No me lo creo. ¿De verdad hay campeonatos de zumba?

—Sí, me lo ha dicho Lavinia.

Andrea suelta una carcajada.

—¿Y tú te lo has creído? Será otra excusa para mostrarle a alguno sus increíbles dotes.

—¡Pérfido!

A continuación, Andrea coge las llaves, le da un beso y se va. Sofia se arregla; cuando está lista se sienta delante del ordenador y mira qué vuelo a Catania le va mejor para esa tarde y el regreso para el día siguiente.

42

Sofia llama a la puerta de casa. Grazia, su madre, se dispone a llevar la comida a la mesa, de modo que le pregunta sorprendida a su marido Vincenzo:

—¿Y quién será ahora? ¿No habrás llamado a nadie para que venga a hacer algún arreglo en casa también hoy?

Maurizio se ríe divertido.

—Es cierto, papá, me acuerdo de que cuando vivía aquí siempre venía alguien que tenía que arreglar algo incluso los sábados por la mañana.

Nunzia, la nueva novia de Maurizio, también se ríe, y al ver que el padre la mira, se disculpa.

—Tiene razón, no debería reírme; yo no estaba y, si estaba, no vi nada...

El padre se justifica.

—Así es como me lo pagan por haber hecho funcionar siempre esta casa, a pesar de todo lo que rompía él y la granuja de su hermana.

Y justo en ese momento Grazia vuelve procedente del salón.

—¡Mirad quién nos ha preparado una bonita sorpresa!

Se pone de lado, dejando entrar a Sofia en el comedor.

—¡No! ¡Qué bien, menuda sorpresa, hermana! —Maurizio se levanta de la mesa y corre al encuentro de Sofia, la abraza con gran afecto, luego se separa de ella—. ¡Madre mía, hacía mil años que no te veía! ¡Estás guapísima! No sabes cómo me alegro de que estés aquí...

—Tenía muchas ganas de veros... ¡De todos modos, te he oído, papá, estabas hablando mal de mí!

—Qué va, era para no machacar a tu hermano; ya sé que todos esos desastres los ocasionaba él...

—Pues sí.

Sofia va hacia su padre, que se levanta, y también se abrazan. Entonces Maurizio los interrumpe.

—¿Puedo presentarte a Nunzia?

Sofia y Nunzia se dan la mano.

—Maurizio me ha hablado mucho de ti.

—Espero que bien.

—Muy bien; me alegro de conocerte.

Sofia la mira con simpatía. Nunzia tiene el pelo negro, los ojos grandes, verdes, una bonita boca y la tez oscura. Es una chica muy guapa, pero sobre todo parece muy alegre y va vestida de un modo sencillo, sin demasiadas filigranas: con un bonito reloj y un largo y fino collar al cuello, con piedras distintas unas de otras y engarzadas a cierta distancia. Entonces Sofia mira a su alrededor.

—¿Y bien?, ¿yo también puedo participar en esta bonita cena o es demasiado exclusiva?

Su padre ya había ido a coger una silla de una esquina del comedor y la acerca a la mesa, al mismo tiempo Grazia llega con los platos, los cubiertos y las copas, lo deja todo encima de la mesa y a continuación va al aparador, abre un cajón, coge algo y se acerca a Sofia, que acaba de sentarse en su sitio y está colocando los cubiertos.

—Toma, ésta es para ti. —Y le tiende una servilleta—. ¿Lo ves? Nunca he perdido la esperanza. Sabía que un día ibas a volver.

Sofia la coge y mira el servilletero. Está pintado a mano, es el que hizo en primaria. Se conmueve un poco, y se ríe intentando no llorar.

—Tengo que volver a pintar, lo hacía muy bien. —Entonces se dirige a su hermano—: Me cortaste las alas.

—¿Yo?

—Sí, siempre me robabas los colores y los tirabas por la ventana para darle al gato del vecino.

Maurizio sacude la cabeza.

—¿Yo? ¡Nunca hice eso! Me encantan los animales...

—¡Pues claro, más que nada porque tenías muy mala puntería!

Después empiezan a cenar, ríen, se divierten, y de repente para Sofia parece que el tiempo no haya pasado; es más, nota que vuelve a encontrar esa sencilla alegría que sólo es posible con las personas que amas y por las que te sientes amada, esa ligereza tan especial y, en ocasiones, aunque parezca absurdo, tan complicada. Entonces, justo mientras se ríe por una tontería que ha dicho su padre, se pone a pensar: «Siempre he criticado a mamá, no me gustó que me contara su aventura extraconyugal, cuando quiso dejar a mi padre. Y, sin embargo, ella se abrió conmigo. ¿Tal vez sea precisamente eso lo que me permite que hoy la quiera como si no hubiera sucedido nada? ¿Como si fuera la mejor madre del mundo?». Entonces algo la devuelve a la realidad.

—¡Mira, Sofia, mira qué afortunada eres!

—¡No me lo puedo creer! —Sofia observa una gran fuente llena del postre que tanto le gusta—. ¡Habéis hecho *cuccia*! ¡No puede ser! ¿Tenéis a alguien en Alitalia que os ha informado de mi llegada?

—Pero ¿qué dices? —la regaña Vincenzo—. Hay informaciones que no se pueden conseguir.

Y, por un instante, Sofia piensa en Tancredi. Si ellos supieran...

—Sí, claro, papá, tienes razón.

Grazia coge un bol de cristal y lo llena con el trigo, voluminoso y delicado, mezclado con el requesón y cubierto de trocitos de chocolate negro.

—¡Sirvo primero a Sofia, porque es la única que me hace sentir realizada cuando cocino!

Sofia coge una cucharilla, la introduce en la *cuccia*, la llena hasta arriba y se la lleva a la boca. Por un instante cierra los ojos mientras la paladea. Y, cuando los vuelve a abrir, los tiene brillantes de la emoción.

—Mamá, está más rica que nunca. Ahora me siento como ese crítico de la película *Ratatouille*, ¿la habéis visto?

—¡Yo sí! —Nunzia levanta la mano, contenta de participar en la conversación.

—Muy bien, ¿sabes cuando Anton Ego prueba el plato que ha hecho Remy, el ratón? Con un único bocado del plato de *ratatouille* se acuerda de cuando era pequeño, cuando se cayó de la bici y la *ratatouille* de su madre le hizo recuperar el buen humor... Pues así me siento yo.

Vincenzo la mira perplejo.

—¿Y eso? ¿Cuándo te caíste tú de la bici?

Todos ríen y se sirven de la deliciosa *cuccia* y toman amaro y café. Luego, de repente, se apagan las luces, Grazia entra con la tarta y la vela encendida y Sofia se sienta al piano, a ese mismo piano que la vio tocar sus primeras melodías, e interpreta una increíble versión jazzística del *Happy Birthday*. Todos se quedan extasiados por la belleza y la armonía de la música, tan cautivados que Vincenzo tiene que apremiar a su hijo.

—Sopla, sopla, es tu cumpleaños, ¿no?

Maurizio apaga la vela y todos aplauden y alguien vuelve a encender las luces. Sofia se va un momento, regresa con un paquete y se lo entrega a su hermano.

—Toma. ¿No pensarías que iba a venir con las manos vacías? Y, además, conociéndote, a saber cuánto tiempo me lo habrías echado en cara.

—¡Ah, sólo lo has hecho por eso!

—Que no, tonto, también hay una nota...

Maurizio la lee y se le dibuja una bonita sonrisa. Grazia siente curiosidad.

—¿Qué te ha puesto?

—Pero, mamá, es suya... —intenta intervenir Sofia, pero Maurizio la lee en voz alta.

—«Porque he estado demasiado tiempo fuera y sin duda me he perdido cosas estupendas. ¡Del regalo que te hago me gustaría uno para mí! ¡Felicidades, hermanito!»

Grazia se queda desconcertada.

—¿Y qué puede ser? Oh, Dios mío, no se me ocurre nada.

Vincenzo intenta adivinarlo.

—Un sombrero de paja.

Todos lo miran con curiosidad.

—¿Y por qué?

—Bueno, cuando eran pequeños siempre querían ponerse el del abuelo... Yo se lo di a Maurizio porque era el hombre, pero una vez que reñían uno tiraba de un lado y el otro del otro, ¡y al final lo rompieron por la mitad!

Maurizio se ríe divertido.

—¡Es verdad, lo recuerdo! ¡Sofia era una bestia! ¡Si hiciera memoria, tendría que regalarme muchísimas cosas!

—Entonces sopesa el paquete—. No, no, pesa demasiado. Parece un ladrillo...

Grazia sacude la cabeza.

—¡No se me ocurre absolutamente nada!

Al final Nunzia también participa.

—Pero, oye, Maurizio, ábrelo ya, ¿no?

—Es que me estaba divirtiendo con ese juego de preguntas y respuestas. ¿Una ayudita?

—Es blanco como si hubieras nacido ayer; mejor dicho, es casi blanco, de ti depende llenarlo de colores.

Vincenzo interviene.

—¿Un cuadro?

Grazia lo riñe.

—¡Sí, dentro de una caja de zapatos!

—Bueno, hay cuadros que son muy pequeños...

—Sí, y que pesan como un ladrillo...

Al final Maurizio, al no saber qué otras pistas pedir ni qué contestar, prefiere seguir la sugerencia de Nunzia y abre el regalo.

—Pero... si es un libro. *My Life Story*.

Sofia se ríe.

—Aunque falta escribirlo... Son mil páginas blancas, finas... —Maurizio lo saca de la caja—. Y yo te he llenado la primera.

Maurizio lo abre y encuentra una foto de cuando él y Sofia eran pequeños, él con casi dos años y ella ya una jovencita, en la plaza de Ispica, en pantalón corto, y debajo pone: «Aquí estamos, hemos recorrido mucho camino, ahora háblame cada día de ti, o lo que recuerdes, añade tú también alguna foto y no nos perdamos nunca...».

Esta vez Maurizio se conmueve, no dice nada, va hacia su hermana y la abraza. Grazia, por supuesto, coge el libro porque quiere ver la foto y leer la frase. Vincenzo no se queda atrás. La única que permanece en su sitio es Nunzia, quizá ligeramente incómoda, pero aun así feliz por el afecto que se profesa esa familia. Después Sofia se sienta a tocar otra vez el piano y, a causa de la gran insistencia de Maurizio y también de Grazia, interpreta un dulce *Ave Maria* de Schubert.

—Siempre me conmueve, no tengo remedio...

Más tarde Maurizio les dice a todos que debe acompañar a Nunzia a casa, se despiden y se van.

Grazia va a buscar un albornoz y algunas toallas. Sofia se dirige al cuarto de baño y, cuando sale, entra en el salón para saludar a su padre.

—Buenas noches, cariño, ¿quieres que mañana te lleve el desayuno a la habitación?

Ella le sonríe.

—Sí, gracias, papá, hacia las nueve.

—Muy bien, descansa.

Sofia le da un beso, a continuación, sigue a Grazia hasta el final del pasillo de los dormitorios.

—Está todo exactamente igual que entonces. —Sofia entra divertida a su habitación—. Te he hecho la cama mientras estabas en el baño.

—Gracias, mamá, me he dado una buena ducha caliente, lo necesitaba.

—Has hecho bien. Mañana me gustaría que me acompañaras a un sitio en el que tienen unos productos buenísimos.

—Claro, mamá, he venido para estar con vosotros.

Y se dan un beso. Sofia cierra la puerta. Grazia se queda unos instantes quieta al otro lado. Se muerde el labio, no sabe cómo se lo tomará. Pero ahora ya está segura, debe contárselo todo, y se aleja por el pasillo. Sofia se quita el albornoz, se mete en la cama y le envía un mensaje a Andrea:

> Buenas noches, cariño.

Se pone a leer el último libro de Jeffery Deaver; los *thrillers* la vuelven loca, y además ese autor escribe bien, piensa, y su última novela sobre diamantes, *The Cutting Edge*, le está gustando muchísimo. Al cabo de unas cuantas páginas, al darse cuenta de que se le van cerrando los ojos, decide apagar la luz, pero antes revisa su móvil y sonríe con la respuesta de Andrea:

> ¡Vuelve aquí enseguida! Te echo demasiado de menos.

43

Por la mañana, Sofia se toma un buen desayuno en la cama, igual que hacía cuando era pequeña y tenía que levantarse a las seis para ir a tocar al conservatorio de Catania; a continuación, se arregla y va a darle las gracias a su padre con un fuerte beso.

—Papá, ¿necesitas algo de fuera?

—No, cariño, gracias, ya hice la compra para toda la semana.

Grazia enseguida carga las tintas.

—Imagínate, ahora que está jubilado no hay quien lo pare.

Más tarde, madre e hija suben al coche.

—¿Y está muy lejos, mamá?

—Habrá unos cuarenta minutos de trayecto, está un poco antes del lago de Santa Rosalia.

Grazia arranca.

—Ah, hacia Giarratana.

—Sí, pero justo antes, a la altura de Salinella.

Sofia se acuerda de cuando salía con Giovanni, su primer novio, y con su «máquina», una vieja Vespa que había heredado de su padre, iban subiendo y bajando por Sicilia. Alguna vez también habían ido al precioso lago de Santa Rosalia, formado por el río Irminio bajo los montes Iblei, pero ha pasado mucho tiempo y la atrae volver a ver ese bonito lugar. Entonces decide hablar con Grazia.

—Nunzia es una chica muy maja...

—Sí, mucho.

—Y además educada; me parece muy atenta, sabe cuándo intervenir..., en resumen, me gustó mucho.

Grazia asiente.

—Sí, pero habrá que ver con el tiempo. Las personas cambian...

Sofia se ríe.

—Madre mía, qué pesimista eres; por ahora me parece la mejor de las que ha traído. ¿Tú te acuerdas de Carmela? Parecía salida directamente de algún palacio, no sé qué se creía. Cuando venía en verano me la encontraba con ese gran sombrero en la playa para no broncearse porque decía que el moreno era de paletos. Conseguía estar blanca, impecable, antipática, y encima era tan aburrida... ¡Viva Nunzia para toda la vida!

—¡Sí, y además Carmela asistía a todas las fiestas que organizaban los chicos por turnos en la playa por las noches, y ni una sola vez se lo agradeció invitando ella!

Sofia ríe.

—Pues ahora nos ha salido bien, mamá...

—De momento, sí, ya te lo he dicho; después cambian...

Grazia sigue en sus trece. Sofia la mira mientras conduce, tiene los ojos cansados, la piel con muchas más arrugas. Ha pasado el tiempo. «Mi madre se ha hecho mayor, yo me he hecho mayor.» Sigue mirándola con el rabillo del ojo. Le parece especialmente tensa, tiene la mandíbula rígida y sujeta el volante con las dos manos, apretándolo con más fuerza de la cuenta.

231

—¿Va todo bien, mamá?

—Sí.

—¿Qué tal con papá?

—Ya lo ves.

—¿Qué quieres decir?

—Ya lo ves, estoy aquí, nada ha cambiado.

Se queda callada, pero luego en cierto modo decide confortar a Sofia.

—Va bien, va bien, va todo bien.

Pero ella se da cuenta de que su madre está rara, hay algo que no encaja, también nota que no quiere hablar de ello. Tal vez sea una insatisfacción profunda, el llevar una vida que no le gusta, el haber tomado en su momento una decisión con la que nunca ha sido feliz. Pero con eso ella no puede hacer nada en absoluto. Así que intenta distraerla como puede.

—¿Sabes que la *cuccia* de anoche estaba muy rica, aún mejor de como la recordaba...?

—¿Sí?, pues imagínate que tu padre me dijo que le había echado demasiado requesón.

—Qué va, estaba perfecta. Papá no entiende nada de nada de cocina. Si anoche hubieras participado en una de esas ferias de Ragusa, habrías ganado tú...

Y, por primera vez, Grazia se ríe.

—Muy bien, acabas de darme una buena idea. ¡La próxima vez me apunto y gano, así le demostraré quién es Grazia Darini y su *cuccia*!

Sofia también ríe.

—Muy bien, mamá, así me gusta.

Y prosiguen su viaje por la nacional 194, más tranquilas. Sofia mira el paisaje, se siente serena, le gusta su Sicilia natal, es una bonita tierra; le encanta su perfume, sus sabores, todo le parece especial, el café y el agua, los helados y los granizados, los roscones dulces y los fritos salados, las *panelle* y los *arancini*, por no hablar de la fruta, el sabor único de los higos chumbos, de los caquis, de los melones blancos, de las perfectas sandías. Y le vienen a la memoria viejos recuerdos, de cuando estudiaba piano de niña e iba pocas veces a la playa. Incluso el agua y las corrientes del mar siciliano son especiales; cuando se sumergía le parecía un momento único, sólo en ese instante se sentía en paz con el mundo, perfectamente feliz, en armonía. «Así es —piensa—, cuando me bañaba en el mar de Vendicari di Noto era como si tocara el Nocturno op. 9 n.º 1, sólo esas dos cosas logran sosegarme de verdad.» A continuación, se va abandonando, apoya la cabeza en la ventanilla y poco a poco se va quedando dormida. La repentina disminución de la velocidad después de no sabe cuánto tiempo es lo que la despierta. Sofia se incorpora de golpe, le da un pequeño vuelco el corazón; entonces ve que el coche está trazando una lenta curva a la derecha y avanza dando tumbos por un camino de tierra.

—¿Qué pasa?

—Hemos llegado.

Recorren unos cuantos metros más y se detienen en una explanada. El blanco polvo a la espalda del Panda de la madre se deposita de nuevo en el suelo. Sofia y Grazia bajan del coche frente a una enorme granja llena de vacas, cabras y gallinas y, al instante, una guapa mujer va a su encuentro.

—¡Grazia! ¡Cómo me alegro de verte!

Se saludan con afecto besándose en las mejillas.

—Te presento a mi hija Sofia.

—Encantada, soy Tina, Concettina en realidad. —Se estrechan la mano.

—Igualmente.

Sofia nota sus callos, los dedos enjutos, duros, acostumbrados al trabajo en el campo, a estar siempre al sol, al igual que su piel y también su pelo castaño recogido con un pañuelo, estropeado por la intemperie. «¿Cuántos años tendrá esta mujer? —piensa—. Tal vez sesenta, sesenta y cinco, pero es fuerte, está sana, llena de vitalidad.» Entonces Tina mira a Grazia sin saber lo que debe hacer, pero al ver una pequeña señal en sus ojos continúa como si nada.

—Venid, acompañadme. Antonio, mi marido, ha ido a Catania al mercado, a vender nuestros productos, pero no os preocupéis, que hemos guardado un montón de cosas buenas para vosotras... Por favor, entrad.

Abre de par en par la gran puerta de la granja, hecha de madera gruesa y tosca, con un gran picaporte de cobre. La luz del día ilumina la habitación en cuyo centro hay una mesa grande llena de varios productos de la granja y, detrás, una joven con los ojos azules, el pelo oscuro y los labios carnosos que les sonríe en cuanto las ve.

—Buenos días.

Tina enseguida se adelanta.

—Ella es mi hija Viviana, os ayudará a escoger...

Y Viviana sigue sonriendo.

—Hola, Grazia.

—Hola, ella es mi hija Sofia.

Las dos chicas se miran y se sonríen, se intercambian un saludo.

—Hola.

234

—Bueno, os dejo solas, tengo que hacer unas cosas por ahí; llamadme cuando hayáis terminado.

Tina desaparece en la granja. La joven y bella muchacha toma el mando de la situación.

—Ven, Sofia, aquí tenéis huevos recién *ponidos*. Mirad. Mirad. Oledlos si os parece.

Sofia mira a Grazia ligeramente incómoda, porque se ha dado cuenta de que Viviana no habla muy bien.

—Los quesos son frescos, fresquísimos. Hechos de ayer mismo. Todo es reciente de estos días. —Entonces, para asegurarse de que la creen, Viviana coge el cuchillo, corta un pedazo de queso y se lo tiende a Sofia—. Pruébalo. Pero espera. —Corre al aparador que está detrás de ella y coge un cesto con pan casero, saca de un cajón un cuchillo grande y corta dos rebanadas—. Con el pan, más bueno. Mucho más bueno. —Le alegra estar tan segura.

Sofia parte un trozo de pan, pone el queso recién cortado encima y lo prueba.

—¿Y qué?, te gusta, ¿eh? ¿Te gusta?

Sofia asiente y, a continuación, se tapa la boca con la mano.

—Sí, es verdad, está riquísimo.

Viviana está contenta, no cabe en su piel, se mueve deprisa por la habitación, se le levanta la falda mostrando sus fuertes piernas, delgadas, perfectas, su fina cintura, sus senos turgentes dentro del vestido de campesina. «Sí —piensa Sofia—, parece una caricatura de las campesinas de antaño, de una belleza increíble, pero muy ignorante.» Luego Viviana vuelve con un cesto de fruta, saca unas naranjas, las huele y abre los ojos sonriendo.

—Éstas están perfectas.

Sofia sonríe, está segura de que lo dice de verdad. Entonces oye la voz de Grazia a su espalda, que le susurra:

—¿Has visto qué guapa es?

—Sí, es una chica muy guapa.

—¿Y los ojos? ¿Has visto qué ojos?

Sofia se fija mejor en los ojos de Viviana, ocultos de vez en cuando detrás de una manzana, una pera, un melocotón, mientras sigue ofreciéndoles a su manera toda esa fruta. En efecto, son unos ojos muy bonitos, le recuerdan algo. Entonces nota una especie de mareo y, cuando se vuelve para mirar a Grazia, ella le sonríe y asiente.

—Sí, son exactamente iguales que los míos. Sofia, ella es tu hermana.

44

Sofia está desconcertada, se queda mirando a esa chica tan rústica, hermosa, pero tan distinta de ella. Lejana. Eso es, sí, lejana. La sigue en todos sus movimientos, su manera de hacer sin gracia, sus ademanes casi de niña cuando juguetea con la fruta, con las hortalizas, incluso con los huevos.

—¡Éstos están buenísimos! —Y se los muestra cogiendo dos con la mano—. ¡Todavía están calientes! —Seguidamente deja uno en la cesta y rompe el otro en el canto de la mesa, lo pasa de una mitad de la cáscara a la otra haciendo que caiga la clara en un bol que hay allí, y cuando sólo queda la yema se la ofrece a Sofia.

—Toma, prueba, venga...

Sofia sacude la cabeza, no puede ni hablar. Entonces Viviana le sonríe, divide la yema por la mitad, echa una parte en la otra cáscara y se la tiende de nuevo, pensando que ése era el problema.

—Toma, ¿así va bien? Prueba...

Sofia, esta vez, acepta. Y, de este modo, se beben al mismo tiempo la yema de alguna gallina que se ha convertido de golpe en inconsciente responsable de esa extraña iniciación entre las dos hermanas desconocidas. Viviana le sonríe.

—Está rico, ¿verdad?

Ahora Sofia parece haber recuperado ya el habla.

—Sí, rico.

Pero no dice nada más, mira sorprendida a su hermana, que de repente empieza a bailar una danza extraña, parecida a la que ha visto en tantas películas en las que desesperados pieles rojas invocan al cielo la llegada de la lluvia. Así es como esa chica expresa su inmensa felicidad gracias a un simple huevo crudo.

Más tarde, en el coche con el maletero repleto de cajas de fruta, verdura y más huevos, sin duda igual de buenos, Grazia y Sofia se dirigen de vuelta a casa. Permanecen en silencio. Ahora Sofia comprende por qué su madre estaba tan tensa, quién sabe cuánto tiempo había imaginado ese momento, cuántas veces había estado tentada de decírselo.

—¿Habrías preferido no decírmelo nunca? —Grazia sigue conduciendo, mira la carretera. Sofia insiste—: ¿Habrías preferido mantenérmelo oculto?

—No, como ves, no lo he hecho.

—Ya, pero ¿al cabo de cuántos años?

—Tú estabas con Olja en Roma, en el conservatorio, tu vida ya no estaba aquí. Sólo venías durante las vacaciones de verano. Y aquel verano Viviana acababa de nacer y ya estaba en esta casa con ellos. De todos modos, habría sido difícil explicarte todo esto. Y tu hermano, en cambio, era demasiado pequeño para darse cuenta de nada.

Sofia se queda callada. «¿De modo que Viviana tiene veinticinco años? Parece mucho más joven, sin una pizca de maquillaje, despeinada, con ese vestido, descalza en esa cocina tan sucia.» Le parece un sueño o, mejor dicho, una pesadilla; no puede ser.

—¿Por qué has esperado tanto? Debería haberla conocido antes, ser su amiga. Han pasado muchos años antes de que nos encontráramos, también podría no haber ocurrido nunca.

Grazia sigue conduciendo en silencio, da la impresión de que no sienta nada, ni disgusto, ni culpabilidad, no derrama ni una lágrima, no expresa ninguna emoción, como si todo eso fuera con otra persona.

—¿Mamá? ¿Estás aquí?

—Sí, estoy aquí. —Entonces Grazia respira hondo, como para sacar fuerzas para contárselo todo—. Cuando Alfredo me dejó, se fue y no me llevó con él, pensé que iba a morirme. Había salido de casa con la maleta, ¿te acuerdas? Te lo conté, porque pensaba irme; en cambio, ese día fue él quien se marchó, y para siempre. Al cabo de un tiempo me di cuenta de que me había dejado un regalito. Al principio quise deshacerme de él. Sin embargo, después decidí que quería tenerlo.

—Pero ¿por qué no ha estado con nosotros? ¿No podría ser de papá?

Grazia casi se avergüenza de decirlo.

—No, no podría ser. No podría haber ocurrido ni por equivocación. —Y sigue conduciendo en ese extraño e incómodo silencio de intimidades repentinamente desveladas, de molestas confidencias obligatorias.

Aun así, Sofia decide ahorrarle el bochorno.

—¿Y cómo pudiste esconderlo? ¿Cómo lo hiciste para ocultarle la tripa a papá? Yo no estaba, pero él...

Sólo en ese momento Grazia exhala un suspiro de alivio, luego incluso una pequeña carcajada, como si la historia, el problema, ya hubiera quedado superado.

—Ya lo sabes, tu padre estaba a menudo en Alemania por trabajo, se iba cada dos meses y se pasaba por lo menos seis fuera para hacer la temporada. Cuando me quedé embarazada sólo estuvo aquí, en Sicilia, durante los primeros meses, a partir del tercero se fue a Alemania, y cuando regresó... Ella ya no estaba. Viviana ya vivía en la granja. Tina me la dejaba ver todas las veces que quería. Siempre ha estado bien. Es como si hubiera tenido dos mamás. Qué suerte, ¿no?

Y Grazia se ríe, ahora se ríe a gusto, tal vez más por esa atormentada liberación que por haber dicho una frase en realidad carente de ninguna gracia. Y, de hecho, Sofia acaba de entenderla; la mira sorprendida, no sabe cómo catalogar a su madre. «¿Cómo es posible? Se ríe, se está riendo de mí, de mí cuando era niña, ingenua e inocente, que no entendía, no podía entender nada de su pecado, de ese ir por ahí a buscar otra cosa, confirmaciones, afirmaciones... Una mujer tan superficial que se iba con otro hombre y ni siquiera se preocupaba por si se quedaba embarazada, tal y como luego ocurrió...»

—Tu padre no estaba nunca, nunca estuvo durante esa época, siempre tenía que viajar por trabajo. Yo salía poco, había conocido a Tina, Concettina, que entonces trabajaba en una tienda de comestibles en Ispica; hasta un tiempo después no me quedé una temporada en la granja que has visto. Fue ella quien me dio la idea, porque un día, a pesar de que no éramos tan amigas, bueno, no sé cómo, pero me hizo una confidencia. Me dijo: «Grazia, tengo que contarte algo, no puedo tener hijos». Y a mí esa frase me pareció una señal del cielo, un mensaje divino. No esperé ni un segundo, enseguida le dije: «Yo espero un niño que no puedo tener».

Permanece callada un instante, pone el intermitente para apartarse porque un coche quiere adelantar. Después regresa inútilmente al centro del carril.

—Nos abrazamos en la tienda y nos echamos a llorar. Entró un hombre que venía a comprar el pan. Dijo: «Quiero una hogaza...». Luego se dio cuenta de la situación y, sin esperar respuesta, salió, desapareció. Entonces nosotras nos echamos a reír como locas, no podía más, todavía lo recuerdo... ¿Sabes como cuando estabas en el colegio?

Sí, Sofia se acuerda muy bien de cómo se reía en el colegio, a ella también le pasó alguna vez, como a todos, sin duda, pero no ve ninguna relación con esa historia, ninguna en absoluto, aunque no quiere juzgarla, no quiere decir nada.

—Sí, me acuerdo.

—Pues así. —Grazia ahora parece más tranquila—. Tina estuvo a mi lado, me traía las cosas a casa, no me dejaba salir, ella lo hacía todo por mí, de modo que nadie notara mi tripa. Cuando llegó el momento, me ayudó en el parto, después ella misma fue al registro y la inscribió como hija suya.

Sofia no sabe qué decir. Así pues, Viviana no sabe nada de su verdadera madre, de su hermano, de ella...

Grazia, por su parte, sigue conduciendo como si nada.

—Fue a la escuela, pero sólo hasta octavo de primaria; después siguió viviendo en la granja, es la vida que le gusta y echa una mano a sus padres...

Sofia está realmente turbada con todo eso. «Pues claro, ¿qué vida va a elegir, si sólo conoce ésa?»

Cuando vuelven a casa, por suerte Vincenzo, su padre, no está, de modo que Sofia coge sus cosas, la maleta y todo lo demás, y llama un taxi.

—Sofia, yo te acompaño al aeropuerto, no hay problema, en serio.

—No, mamá, gracias. Perdona, necesito estar un poco a mi aire.

Grazia asiente.

—Sí, tienes razón, te comprendo. No debe de ser fácil.

Ella sonríe, es una sonrisa irónica, pero no malvada.

—Bueno, digamos que es bastante complicado. Todavía tengo que digerirlo todo, en este momento creo que me siento un poco del revés, ¿sabes?

—Sí, pero no seas demasiado severa a la hora de juzgarme.

Sobre eso Sofia no sabe qué responder. Oye el sonido de un claxon, mira por la ventana, el taxi ha llegado.

—Tengo que irme.

—Sí, pero ¿me has oído? No seas demasiado dura conmigo.

—Dime sólo una cosa, mamá: ¿hay algo más que deba saber? No, es que cada vez que vengo a Ispica para estar un tiempo con vosotros, porque tengo ganas de veros, me entero de algo nuevo...

—Sí, es verdad, tienes razón. —Grazia le sonríe—. Ahora ya lo sabes todo. No hay más secretos.

Y la abraza fuerte, pero Sofia se queda con los brazos rígidos a lo largo del cuerpo, incapaz de responder de ninguna manera a ese abrazo. Entonces la madre la suelta despacio, lo comprende; se aparta de ella y la mira.

—Te quiero, *amore*.

—Adiós, mamá, despídeme de papá.

45

En el aeropuerto de Catania hay muchas tiendas, pastelerías, varios puestos donde alquilar un coche, reservar una excursión, pequeños bares, un quiosco. Pero Sofia no ve nada, camina como en trance, arrastrando la maleta, sólo oye el ruido de las ruedecillas, como un tren que corre por las vías pero del que no conoce el destino. Lleva el billete y el carnet de identidad en la mano, está a punto de pasar el control, pero de pronto es como si le temblaran las piernas; necesita parar para no desmayarse y se deja caer en uno de los asientos, justo a tiempo antes de desplomarse. Acerca la maleta, deja el billete y el carnet en el asiento de al lado, intenta recobrar el control, la respiración, la vista. «No puede ser. Tengo una hermana. Tengo una hermana de veinticinco años, bonita y rústica, una troglodita amable que no sabe nada del mundo, de los teatros, de las óperas, de la música, que no sabe que tiene hermanos, otra madre, otro padre.»

—¡Sofia! ¡Sofia! —Se vuelve, mira a su alrededor y naturalmente se ve obligada a salir de ese estado catatónico para enfocar a la persona que corre hacia ella—. ¡Sofia! ¡Menos mal! —Ahora ya está casi delante de ella.

—¡Maurizio! ¿Qué haces aquí?

Él aparta el billete y el carnet y se sienta a su lado; recupera el aliento.

—Mamá me ha dicho que estabas aquí, que te has ido en cuanto habéis regresado de la granja.

Maurizio parece eufórico. Sofia está sorprendida. «Así pues, él también lo sabe. Pero ¿qué quiere decirme? ¿Y por qué está tan alegre?, ¿qué sentido tiene?»

—Menos mal que todavía no has embarcado, quería decírtelo en persona, lo he decidido: ¡me caso! —Y le sonríe lleno de felicidad—. ¡Eres la primera en saberlo, la primera a quien se lo digo!

Sofia se pone de pie, Maurizio hace lo mismo, un poco sorprendido. Entonces ella lo abraza con fuerza y se echa a llorar, llora a mares, y Maurizio se queda desconcertado, con los brazos abiertos, sin saber muy bien qué hacer. Sofia solloza, la gente pasa, los mira, Maurizio la abraza con delicadeza, alguien sonríe al verlos: eso es lo que pasa en los aeropuertos cuando se ama, cuando se desatan las emociones, cuando te enfrentas a una separación. Maurizio mira a su alrededor algo incómodo.

—Venga, venga, Sofia, cariño, no pensaba que te lo tomaras así... —Ella ahora llora un poco menos, sorbe por la nariz, y hasta se ríe. Se aparta de su hermano, que la mira con curiosidad—. ¿Se puede saber qué haces?, ¿te estás burlando de mí?

Ella sonríe y niega con la cabeza.

—No, no...

—Es que no lo entiendo, ¿no te gusta Nunzia?

—¡Me gusta muchísimo! —Sofia se ríe de nuevo y está a punto de secarse con el antebrazo cuando Maurizio la detiene.

—Espera... —Mete la mano en el bolsillo de la chaqueta y saca unos pañuelos de papel, coge uno delicadamente, lo extiende y se lo pasa—. Toma...

—Gracias. —Ella se suena la nariz, dobla el pañuelo, se seca las lágrimas de las mejillas y sonríe a su hermano—. Me gusta muchísimo Nunzia. Me alegro por vosotros.

Maurizio está radiante.

—Ahora se lo diré a los demás, pero primero quería que lo supieras tú.

Sofia lo mira con ternura, parece un niño. Le gustaría decirle: «¿Sabes, Maurizio?, yo también tengo que decirte algo: tenemos una hermana». Pero ése no es el momento.

—¿En qué estás pensando? Hoy estás muy rara...

—Es la emoción.

Maurizio le coge la mano.

—¿Puedo pedirte un favor? Pero piénsalo antes de contestar.

Sofia asiente.

—¿Tocarías para nosotros en la iglesia?

Sofia sonríe.

—Claro, eso no tengo ni que pensarlo, estaré encantada de hacerlo, eres mi hermano.

—El libro que me has regalado hoy tendrá una preciosa página para la historia...

—Pues sí...

A Sofia le gustaría poder decir lo mismo.

—Ahora perdóname, tengo que embarcar.

46

Sofia ha pasado el control de seguridad, ha recogido sus cosas, ha vuelto a guardárselas en los bolsillos, se ha puesto la chaqueta de entretiempo y ahora se aleja. No es cierto que tenga que embarcar. Su vuelo sale más tarde, pero necesita estar un rato sola. Justo en ese momento le suena el móvil.

—Eh, ¿dónde estás? ¿Has vuelto a Rusia, estás en América, estás en un país que no quieres decirme...?

Andrea la hace reír.

—Sigo en Catania.

—¿Seguro?

—Claro, estoy en el aeropuerto, pero salgo más tarde.

—¿Qué estás haciendo?

—Nada, me daba miedo que hubiera tráfico y he venido antes.

—¿Quién te ha traído?

Miente.

—Mi hermano.

Andrea nota que algo no encaja.

—¿Va todo bien?

—Sí, sí, se me hace raro ver a mi familia después de tanto tiempo.

—¿Estás segura? ¿Es sólo eso? ¿Quieres hablar de ello?

Sofia odia la frase «¿Quieres hablar de ello?». Si quisiera, hablaría, si no dice nada es que no tiene ganas de decir nada. «Al fin y al cabo, ¿qué podría decirle? "No, Andrea, va todo bien, no hay ningún problema, sólo que tengo una hermana más, ya sabes cómo es mi madre..." —Entonces se ríe para sus adentros. ¿Cómo va a saber Andrea cómo es su madre?—. Ni siquiera yo lo sé.»

—¿Sofia...?

—¿Sí?

—¿Qué pasa?

—Perdona, me he distraído, ha pasado una persona que creía que conocía.

—Está bien. —Andrea parece más tranquilo.

«En cambio, yo —piensa Sofia— he aprendido a mentir. Antes se lo habría contado todo o simplemente le habría dicho que no me apetecía hablar, que ya hablaríamos luego. Sí, puede que sólo me haya vuelto más diplomática, he crecido, aunque, por otra parte, también tengo una hermana más.»

—Iré a buscarte; ¿a qué hora llegas?

—No, Andrea, no te preocupes, llegaré tarde, cogeré un taxi, nos vemos en casa.

—¿En serio?

—Sí, de verdad, te lo diría, mejor quédate con el teléfono cerca, así, si hay algún problema, te llamo.

—De acuerdo. Hasta luego, cariño.

Sofia sigue caminando, se para delante del escaparate de una pastelería, mira las bandejas repletas de canutillos de requesón, de pistacho, de chocolate, de canela. A continuación, se fija en unas cajas surtidas con una selección de todos los sabores, a veinticuatro euros el kilo. Aunque en ese momento lo que necesita es otro tipo de dulce. Tiene el estómago dividido. Después se detiene frente al quiosco y de repente una noticia le llama la atención: «Vendida una rara partitura de Mendelssohn en una subasta». Lee la entradilla: «Una rara partitura de 1830, con pasajes de la *Pasión según san Mateo* de Bach, ha sido vendida en Zúrich por 180.000 francos. Se trata de un manuscrito que Felix Mendelssohn Bartholdy escribió a la edad de veintiún años para la hermana de su amigo Julius Schubring». Sofia sonríe. «¿En esa época también se cortejaba de ese modo? Mendelssohn era un gran apasionado de la música sacra de Johann Sebastian Bach. Precisamente fue gracias a él que la música de Bach vivió una especie de renacimiento en el siglo XIX. Si Viktor me hubiese regalado esa partitura, creo que no la habría roto.» A Sofia le divierte su pequeño secreto. Después abre el bolso; quiere distraerse, no le apetece seguir pensando en su madre y en su nueva hermana, la idea la hace sentir mal, está demasiado alterada, por ahora prefiere postergar el problema, de modo que coge el libro de Jeffery Deaver y empieza a leer. Le gusta esa novela, parece perderse en algunas historias, pero en realidad el autor es muy bueno porque todas están entrelazadas. Un poco más tarde se levanta, cierra el libro, lo guarda en el bolso y decide obsequiarse con un canutillo de canela antes de embarcar.

Por suerte, el avión va vacío, está sola en su asiento, puede seguir leyendo, no quiere pensar. Después, aunque parezca imposible, se queda dormida y se despierta con el libro abandonado sobre las piernas cuando el avión acaba de tomar tierra. En la calle, a la salida del aeropuerto, hay poca gente. Sofia mira a su alrededor: Andrea no está, ha seguido sus indicaciones, mejor; todavía necesita un poco de silencio. El taxista que le toca curiosamente también es taciturno, sólo le pregunta por la calle y luego, cuando casi ha terminado la carrera, el número.

—¿Necesita un recibo?

—No, gracias. Buenas noches.

Sofia baja, el taxi se aleja, la calle está vacía, es más de medianoche. Mete la llave en el portal, coge el ascensor y llega a su rellano; abre la puerta despacio, arrastra con delicadeza la maleta hacia dentro y cierra. La casa está en silencio, las habitaciones están vacías. Tal vez Andrea no ha vuelto. Entonces ve en el dormitorio que el perfil de la sábana está abultado. No, está ahí durmiendo. Sofia entorna la puerta, entra en el baño y se da una ducha caliente, pero sin mojarse el pelo. Se pone el camisón y, despacio, con cuidado, se mete en la cama. Andrea da un pequeño respingo.

—Hola..., has vuelto —le susurra, volviéndose hacia ella.

—Sí.

—¿Cómo ha ido?

—Chisss... —Sofia no tiene ganas de hablar.

En la oscuridad de la habitación se abrazan, se dan un beso delicado, alguna caricia, entonces ella se quita el camisón y se pone encima de él. Andrea sonríe en la oscuridad, le estrecha las caderas mientras Sofia se mueve sobre él hasta hacer que entre en ella. En el silencio nocturno sólo se oyen sus suspiros. El de Andrea se acelera de repente, Sofia se aparta justo a tiempo, después él alcanza el clímax. Andrea se queda un rato tendido, saboreando su placer, y cuando se está levantando, le pregunta:

—¿Tú también has llegado?

—Sí, cariño.

Le sonríe, le da un beso ligero en los labios y va al baño.

Sofia se pone el camisón. Se siente terriblemente culpable. No es verdad. A esas alturas se ha convertido en una verdadera actriz. Pero lo que más daño le hace no es la mentira que acaba de decir, no, es ese pensamiento de antes, cuando de repente ha pensado en Tancredi y se ha sentido como si estuviera cometiendo una infidelidad.

47

Tancredi regresa a la orilla con la barca de pesca. Cuando se aproxima al muelle, Esteban pasa rápidamente el cabo y amarra el *Pilar* al embarcadero. Tancredi pone el motor en punto muerto, va al fondo de la embarcación y sujeta el cabo de popa a un bolardo. Luego baja de la barca satisfecho. Llegan dos ayudantes, que descargan el pescado.

—¡Tres marlines! Felicidades, señor.

—Mérito de Esteban, yo he hecho poco.

Esteban sonríe.

—No es verdad, no me ha permitido pescar.

Tancredi se ríe.

—Le he puesto el mismo nombre a la barca, pero no lograremos batir el récord de papá...

—¿Cuál fue?

—Siete marlines en un día.

Esteban asiente.

—Lo conseguiremos, hoy han sido tres, mañana será un día mejor y, cuando encontremos las corrientes adecuadas, cogeremos ocho.

—Muy bien, así me gusta, positivo. Lleva un marlín arriba, a la villa, quiero cocinarlo yo esta noche. Cerveza y brasas, como le gusta a Savini.

Tancredi cruza el muelle y se encamina hacia la casa. Pero cuando llega arriba ve que Gregorio ya está sentado en el porche, a la sombra.

—Eh, creía que estabas fuera, no pensaba que llegaras hasta esta noche.

Savini sonríe.

—He acabado antes.

Tancredi ve que hay dos mojitos encima de la mesa, y también una carpeta. Gregorio le pasa un vaso. Él se sienta a su lado. Da un sorbo a su mojito. Savini espera a que haya terminado de beber.

—Se ha enterado de lo de su hermana.

Tancredi deja el vaso en la mesa, coge una servilleta del cesto que está al lado y se seca la boca.

—¿Cómo se lo ha tomado?

—Así así. Tampoco suele exteriorizar mucho.

Tancredi sonríe. Es cierto, se lo guarda todo dentro, demasiado.

—Discutió un poco con su madre en el coche, pero nada relevante, logró mantenerse calmada y fría. ¡Esa mujer es sorprendente!

—Sí. No debe de ser fácil recibir una noticia así, y después de todo ese tiempo.

Savini coge la carpeta.

—Hice algunas fotos. Aquí están. —Se las tiende—. Éstas son las últimas de la hermana.

Tancredi mira unas cuantas.

—Es guapa, mucho. ¿Cuántos años tiene?

—Veinticinco. Fue inscrita en el registro el 27 de septiembre.

Tancredi asiente.

—Estas fotos son de su madre. Aquí también aparece ella cuando salen del coche.

Tancredi la ve. Se le encoge el corazón, pero no lo demuestra. De todos modos, Savini se da cuenta. Decide dar él también un sorbo a su mojito. Seguidamente, deja el vaso, coge la servilleta y se seca la boca.

—Si quieres, tengo la cinta con la grabación del viaje en coche.

—No, prefiero no verla. ¿Dicen algo interesante?

—No. Sofia pide alguna aclaración; ella le cuenta la historia de Viviana, cuando se la confió a Concettina Manari y a su marido Antonio Pani, nada más.

—¿Todavía está en Ispica?

—No, ha vuelto a Roma.

—¿Algo más que deba saber?

—No.

Tancredi se termina su mojito, Savini lo imita.

—Esta noche cenamos juntos, ¿te apetece? He pescado un marlín, lo prepararé yo mismo y lo acompañaremos con cerveza, como a ti te gusta.

—Con mucho gusto.

Savini lo observa, Tancredi está bronceado, parece tranquilo. No le ha contado nada de cómo fue el regreso a casa de Sofia, cree que es mejor así. A continuación, Tancredi se levanta y deja el vaso encima de la mesa.

—Bueno, voy a darme una ducha, nos vemos luego.

—De acuerdo.

Cuando está a punto de irse, se vuelve de repente, se para y se lo queda mirando un rato, como si buscara descubrir otra cosa en él, como si hubiera notado algo. Gregorio se siente morir.

—¿Y de Andrea no ha descubierto nada?

Savini nota cómo el corazón le late deprisa.

—No. Nada.

Tancredi permanece un momento callado. Savini ahora está más tranquilo.

—¿Quieres que haga algo?

—No, ya te lo dije, no quiero meterme en nada. Si ocurre, será el destino el que decidirá por ella, no yo.

Se vuelve y entra en la casa.

48

—¡Buenos días! ¡Estaba a punto de dejarte una nota!

Sofia acaba de abrir los ojos, se revuelve soñolienta en la cama, mira el despertador.

—¡Pero si son las once!

—Te he dejado dormir, total, yo tengo una reunión a mediodía.

Andrea le sonríe ya vestido desde la puerta de la habitación.

—Te he preparado el desayuno... —Entonces se le acerca y le da un beso en los labios—. Que tengas un buen día, cariño, hablamos más tarde. —Se aleja pero, antes de salir, le sonríe una vez más—. Anoche fue precioso. ¿O tal vez lo he soñado? No lo recordaba tan bonito.

Y, aunque pueda parecer absurdo, Sofia se avergüenza, pero es un instante. Después Andrea se marcha. Sofia se queda un rato más en la cama. «Qué raro, no le he dicho nada, debería haber hecho que se quedara. "Andrea, tengo que contarte algo: tengo una hermana." "¿Cómo es posible? ¿No lo sabías?" "No, no lo sabía."»

A Sofia le sorprenden esas ganas de guardárselo todo para sí, de no poder ser del todo cómplice de Andrea. ¿Por qué? ¿Por qué siente que algo desentona? «¿Puede que por todo lo que sucedió con Tancredi, porque vosotros dos lo sabíais y yo no, porque era como si os lo hubierais dicho? —Sofia se hace todas esas preguntas—. No, no lo sé.» Se levanta y va a la cocina, donde encuentra la mesa perfectamente dispuesta. Una flor cortada, una margarita cogida de alguna maceta de la terraza y colocada en un vaso de agua grande lleno hasta la mitad, huevos revueltos cubiertos con una tapadera de cristal, pan todavía caliente con un paño encima, unas rebanadas de pan tostado, pero no demasiado, un vaso de zumo de naranja exprimida, café caliente dentro del termo, leche en una jarrita, el periódico. Todo perfecto. Todo demasiado perfecto. Sofia se sienta. «¿Es como si tuviera que hacerse perdonar? ¿Sabe que, si me marché, fue por culpa suya? ¿Si me marché a Rusia? ¿Por eso es tan atento, tan amable, tan delicado? ¿O bien es porque hasta que el otro está lejos no te das cuenta de verdad de lo importante que es para ti? —Se sirve el café, después un poco de leche, coge una tostada, unta mantequilla, mermelada de moras encima y empieza a comer. Sonríe para sus adentros—. ¡Eso de tener que perder a alguien para saber lo importante que es siempre lo he detestado; es estúpido, falso o, mejor dicho, ciego, sí, estabas tan ciego que no sabías qué significaba para ti! —Bebe un poco más de capuchino—. ¿Yo también lo estoy? ¿Sé escuchar a mi corazón?»

Abandona todos esos pensamientos y pone un poco de música de la radio, encuentra una emisora que le gusta, la 102.5. Escucha *Heroes*, de David Bowie. También echa un vistazo al periódico, lo hojea distraídamente, lee alguna noticia agradable, alguna que no lo es tanto, se detiene en la página de espectáculos. Una amiga suya francesa, Genevieve Grimaud, tocará en la cripta dei Cappuccini de la iglesia de Santa Maria Immacolata. Le gustaría mucho asistir. También se fija en una película que querría ver y algún otro espectáculo interesante. Entonces se le ocurre una idea, busca el número del despacho y lo llama.

—Hola, buscaba a Andrea Rizzi.

—¿Quién es?

Sofia sonríe pensando en lo que va a decir.

—Su mujer.

Al cabo de unos segundos, Andrea se pone al teléfono.

—Eh, ¿por qué no me has llamado al móvil? ¿Querías comprobar que de verdad estuviera aquí?

Sofia se queda sorprendida, no lo había pensado.

—No, en absoluto. Ni siquiera se me ha pasado por la cabeza. He pensado que podrías estar ya en la reunión, por eso he llamado a la secretaria; ella me lo habría dicho y así no te habría molestado...

—Sí, claro, perdona. Todavía no ha empezado, dime, dime.

—Me gustaría organizar una cena en casa el sábado, ¿te parece bien? No tendrás que preocuparte de nada, yo me encargo de todo...

Andrea sonríe al otro lado del teléfono.

—Ya te imagino a mil por hora, estás demasiado contenta con la idea que has tenido... y además sería imposible detenerte..., así que, por supuesto, cariño, me parece perfecto.

Sofia se ríe.

—Muy bien, has tomado la decisión acertada. Que vaya bien la reunión.

Cuelga el teléfono y sigue desayunando. Se sirve algo más de café, esta vez sin leche, añade un poco de azúcar y se lo toma. Vuelve a coger el móvil, prepara un mensaje con la hora y la dirección y crea un grupo con todos sus amigos músicos y aquellas personas simpáticas de Roma que no ve desde hace demasiado tiempo, los amigos de Andrea, los del equipo de rugby, los que conoce de su despacho. Después va a arreglarse: se da una ducha, se viste, se sienta a la mesa y empieza a hacer una lista de la comida, de lo que necesita para la cena, la bebida, el vino, la cerveza, Coca-Cola, Coca-Cola Zero. De repente se acuerda de un catering que conocía. Lo busca por internet, todavía existe, es más, parece que lo han ampliado, de modo que se pone en contacto con ellos por teléfono y decide el posible menú.

—Aunque todavía debo saber cuántos seremos, ¿me hará un buen precio?

Negocian durante un rato, Sofia intenta conseguir el mejor trato. El responsable se acuerda de haber servido una cena en el Auditorium, la conoció en aquella ocasión, fue una noche magnífica y muy elegante.

—Bueno, la mía no será igual, pero en el caso de que opte a organizar la cena de Nochevieja en el Auditorium, intentaré que lo llamen.

Y, de este modo, al final se ponen de acuerdo.

Más tarde Sofia sale, va a dar un paseo; las clases no empiezan hasta el martes, ese lunes se lo ha reservado para ella. Pasa por la tintorería a recoger algunas cosas que ha llevado a lavar.

—A ver, esto ya está; en cambio, lo siento, pero las blusas de seda todavía no están listas.

—¿Lo estarán para el sábado?

Sofia está preocupada, sobre todo por la de color azul oscuro, tiene una idea muy concreta de cómo va a ir vestida y ésa le gusta mucho. Donata, la dueña, la tranquiliza.

—Pues claro que sí, el viernes por la mañana ya puedes recogerlas. ¿A qué bonito sitio vais?

—No, no, estaremos en casa, organizamos una cena; seremos unos cuantos, también vendrán mis amigos músicos.

Donata le sonríe.

—¡Haces bien! Es lo más bonito, invitar a los amigos a que vengan a casa, y además con esa terraza tan grande... ¿Qué has pensado preparar de comer?

—Bueno, he llamado a un catering, quiero poner *finger food*, cosas de picar...

—¿Puedo darte un consejo?

—Claro...

—Pues entonces ve a via Urbana, 15, a ver a Luca; es un amigo mío, dile que te envío yo. Tiene una tienda de comestibles en la que hay de todo, loncheados, quesos, aceitunas, conservas en aceite, te lo prepara todo y te lo lleva a casa... Así puedes poner unas cuantas cosas clásicas además de esos *felgher food*...

Sofia sonríe al oír que se equivoca al decirlo, pero no hace ningún comentario. Donata se da cuenta.

—Vale, como se diga..., ¡ya sé que son esos vasos pequeñitos que dentro tienen una cosita de nada y cuando te los comes sólo hacen que te entre todavía más hambre!

Sofia se ríe. Donata prosigue.

—Dime que no es así... En cambio, lo de Luca es como uno de esos pica-picas de antaño, surtidos de cosas realmente ricas; de este modo en una mesa puedes poner salchichón, lomo, mozzarella, quesos, varios tipos de pan y panecillos con algo dentro, jamón, incluso cochinillo..., allí, con la corteza bien crujiente. Ya verás qué contentos estarán tus amigos músicos. Roma también es Roma por la manera de comer picando...

Sofia le sonríe.

—Es cierto, tienes razón, es una idea estupenda...

—Y así quizá también te ahorres algo en el catering...

Sofia asiente y, a continuación, sin saber muy bien por qué y sin que tenga nada que ver con lo que están hablando, se lo suelta de golpe.

—He descubierto que tengo una hermana.

Donata se sorprende, no sabe si sonreír o quedarse seria, incluso piensa que se trata de una broma. Sofia se da cuenta.

—Tengo una hermana, de verdad, y no sabía nada en absoluto de ella.

Justo en ese momento entra una señora, no muy joven, con un pequeño caniche blanco en los brazos, llena de joyas y vestida con una camiseta de jovencita, una Fendi muy cara y demasiado escotada, sin duda escogida precisamente para realzar su pecho retocado desde hace ya tiempo.

—Hola, Donata, ¿están listas mis fundas del sofá?

—¡La semana que viene!

—¿Todavía no? Pues vaya.

Y se va sin despedirse siquiera. Donata sonríe a Sofia.

—En realidad, ya están listas, pero no me apetecía, siempre me hace perder un montón de tiempo. Quiero oír tu historia... —Entonces, dudosa, como si Sofia pudiera haberlo pensado mejor y no quisiera decir nada más, añade—: Si te apetece.

Ella asiente y se lo cuenta todo, sobre Grazia, su historia con Alfredo y la reciente revelación de la existencia de Viviana, de lo guapa que es y de que parece vivir en otro mundo.

—Es como si fuera... una troglodita. No habla bien, bueno..., tampoco ha estudiado, no ha visto nada.

—¿En serio?

—Sí.

—Por tanto, es del todo distinta de ti... Pero parecida físicamente.

—Sí, eso es.

Donata, con su pequeña sabiduría popular, hace una apreciación sencilla.

—Bueno, al menos ahora lo sabes. De todos modos, esa historia tuya es similar a esa serie, «El secreto de Puente Viejo»... Aunque ésta debería llamarse «Ya no es un secreto».

Se ríen. Donata es muy divertida.

—¡No, de verdad, a mí me parece que tendría mucha audiencia!

Vuelven a reír; entonces a Sofia le parece casi natural preguntárselo.

—¿Te apetece venir a mi casa el sábado por la noche?

—Gracias, pero me voy al campo con mi familia; ya había quedado, en otro caso me habría encantado, te habría echado una mano...

—Sí, claro, con ellos comerás mejor.

Siguen bromeando durante un rato.

—En cualquier caso, las blusas estarán listas el viernes.

—Gracias.

Sofia regresa a casa. Abre el portal y coge el ascensor. Es como si ahora se sintiera más ligera, como si se hubiera quitado un peso de encima; contárselo a Donata le ha parecido muy sencillo.

Entra en casa, deja las llaves y va a sentarse a la mesa del estudio. Abre un cajón buscando una hoja donde apuntar

«Llamar a Luca, via Urbana, 15, o pasar», pero sólo encuentra algunas facturas, tarjetas, varios recibos. Están dentro de un sobre en el que encima puede leerse «Asesor fiscal». Mira algunas, todas a nombre de Andrea Rizzi; está a punto de cerrar el sobre cuando de repente la ve. Siente que le da vueltas la cabeza, el corazón empieza a latirle deprisa, le falta el aire. Dos cubiertos, dos platos de pescado, vino Terlano Terlaner I Grande Cuvée, dos postres, 318 euros. La factura es de Matermatuta, el restaurante donde Andrea dijo que no había estado nunca.

49

Cuando Andrea llega a casa, Sofia ya ha tomado unas cuantas decisiones.

—Cariño, ¿estás aquí? Ah, sí... Pero ¿dónde estabas?

—Me estaba vistiendo. ¿Te apetece salir?

Andrea deja la bolsa en el sofá.

—Claro, ¿por qué no? ¿Qué te apetece hacer?

—Pues, no sé, ir a un museo tal vez; he visto que en el Vittoriano hay una preciosa exposición de Andy Warhol y otra de Pollock con la Escuela de Nueva York, o bien «Ovidio. Amores, mitos y otras historias», en las Scuderie del Quirinale.

Andrea lo piensa un momento.

—¿Por qué no vamos al cine? Hay una película de Willem Dafoe sobre Van Gogh que es como una exposición, me han hablado muy bien de ella. Es una película dura, pero con una gran interpretación.

Y, así, veinte minutos más tarde, llegan al Savoy, aparcan el Smart con facilidad y poco después están sentados en la sala. Durante la publicidad antes de que empiece la película, Andrea se da cuenta de que Sofia está alterada: juguetea con las uñas, mueve sin parar el bolso que tiene encima de las piernas, repiquetea nerviosa el interior del reposabrazos.

—¿Qué pasa, cariño? ¿Va todo bien?

—Sí, todo bien.

Sofia respira profundamente para intentar controlarse.

—¿Estás segura?

—Sí, de verdad...

Andrea la coge de la mano, la mantiene un rato sujeta; entonces empieza la película y Sofia, inmersa en la autenticidad de la historia, por fin se relaja.

En la gran pantalla, las imágenes fuertes, la música, los silencios cargados, la misma fotografía, todo parece evocar los grandes cuadros del pintor holandés. Sofia se siente atraída por cada encuadre de la película, perfectamente fusionados con la banda sonora.

Andrea la mira en la penumbra mientras sonríe arrebatada por la dolorosa historia de ese gran pintor tan genial como incomprendido en la vida.

A la salida del cine, Sofia ha dejado a un lado el mal humor.

—Increíble. Willem Dafoe está estupendo, verdadero, esencial, cuando pintaba, cuando se ensuciaba con la tierra, cuando se la echaba por la cara tirado en el suelo árido del sol. ¡Eso es un actor!

—Sí, lo hace muy bien, y se le parece mucho, era como si llevara una máscara. He leído que ésta es la trigésima película sobre Van Gogh, Alain Resnais hizo un corto en 1948, Vincent Minnelli una película con Kirk Douglas de protagonista haciendo de Van Gogh y Anthony Quinn en el papel de Paul Gauguin, también rodó otra película Robert Altman y hasta Akira Kurosawa hizo una. Y, fíjate qué increíble, Vincent Van Gogh de segundo nombre se llama precisamente William, como Dafoe...

—Sí, hombre...

—De verdad... Casualidades de la vida.

Llegan al coche, Sofia tiende la mano hacia él.

—Dame las llaves, quiero conducir yo.

—Claro, toma.

Continúan charlando en el coche, hablan de la película, de Van Gogh y de su muerte.

—De modo que no se suicidó como siempre se había dicho: murió por culpa de dos chiquillos.

—Sí. —Andrea lo aclara—. Estaban jugando con un revólver cuando se disparó y una bala lo hirió en el abdomen. Creo que ese hecho se descubrió hace poco. Y tienes que pensar que en realidad sólo pintó en los dos últimos años de su vida.

—Sí, eso lo sé. Hizo novecientos cuadros y centenares de esbozos; a mí me vuelve loca, es el pintor que más me gusta del mundo. Me encanta cómo se excede con el óleo en sus cuadros, casi parecen esculturas. —Entonces Sofia aparca—. Bueno, hemos llegado.

Andrea mira a su alrededor sorprendido.

—¿Y dónde estamos?

—Ven...

Bajan del Smart. Sofia le sonríe.

—He reservado. Es un sitio muy bonito, estoy segura de que te gustará.

Cuando entran en el restaurante Matermatuta acude enseguida un camarero a recibirlos.

—Buenas noches. —Sofia le sonríe—. Hemos reservado, Valentini, para dos personas.

—Sí, por aquí, por favor.

Andrea mira a su alrededor y le sonríe.

—Pero si yo ya he estado aquí... Ahora me acuerdo, por una cena de trabajo.

El camarero los hace tomar asiento.

—¿Quieren que les traiga agua?

Sofia le sonríe con amabilidad.

—Sí, gracias, sin gas.

El camarero se va. Una vez solos, Sofia insiste.

—¿Una cena de trabajo? ¿En serio? ¿Vinisteis en grupo?

—No. —Andrea se coloca la servilleta encima de las piernas—. Me envió el despacho con el responsable de Milán, Franco Gianni. ¡Y encima tuve que invitar yo, y no fue nada barato! —Le sonríe sincero, o como un excelente actor—. Pero ahora que me acuerdo, comí realmente bien... Quería volver contigo, pero no me acordaba del nombre... Has hecho muy bien al reservar aquí.

A Sofia no le queda otra que aceptar esa información. Entonces se acuerda de una frase de Marcel Proust: «Resulta asombrosa la poca imaginación de los celos, que se pasan el tiempo haciendo suposiciones falsas cuando de lo que se trata es de descubrir la verdad». Entonces sonríe para sus adentros y casi se lo reprocha: «Aquí no hay nada que descubrir, Sofia, intenta sólo disfrutar de tu nueva felicidad con Andrea». Coge el teléfono y, sin que la vea, borra la última fotografía que había hecho, la de su factura.

50

Cuando regresan a casa se ríen, bromean, todo parece haber pasado.

—Pues bueno, he invitado a un montón de gente el sábado por la noche, ¿estás contento?

Andrea sonríe mientras entra en el ascensor.

—Muy contento, es lo que me esperaba. Todos los días me lo repetía a mí mismo: «Cuando vuelva de Rusia, ¿quieres ver cómo organiza una buena cena con todos sus amigos músicos?».

—¡Tonto! Mira que, si te lo tomas así, lo anulo todo, les digo por el chat que ya no la hago: Lo siento, el arquitecto está muy mayor.

—Que no, venga, era una broma, ahora escribiré yo en el chat: Perdonad, la pianista se ha vuelto demasiado quisquillosa.

Y se empujan jugando.

—De todos modos, también he invitado a algunos de tus amigos del rugby, y a los que conozco del despacho.

—¡Bien!

Entonces Andrea se va a la cocina.

—¿Te apetece una gota de recioto?

—Muchísimo. ¿Sabes que se ha convertido en mi preferido?

—Lo he puesto a enfriar por eso.

Al cabo de un rato se lo están tomando en la terraza. Sofia está tumbada en una hamaca, con el respaldo levantado, mira las estrellas y bebe de vez en cuando un poco de ese vino dulce tan rico.

—Qué bien se está. Esta época es la que más me gusta en Roma. Estas noches en que el viento es cálido y ligero, que se percibe el perfume de los pinos lejanos, del mar, de los jazmines recién abiertos.

Andrea la mira.

—Qué guapa eres. Van Gogh está disgustado por no haber podido pintarte, quién sabe qué habría encontrado en ti, con cuánto óleo te habría plasmado.

Sofia sonríe.

—Van Gogh tenía otras cosas que hacer, no se habría ocupado de mí.

—Te habría pintado después de haber escuchado cómo tocas.

Ella se ríe.

—¡A lo mejor le habría molestado cómo toco! Era tan raro...

—A mí me parece que te habría amado, habría captado tu manera de ser única. Eres especial, Sofia.

Ella lo mira, se pone seria.

—¿Tú lo has captado?

Ahora Andrea paladea un sorbo de recioto; a continuación, seguro de sí mismo, dice mirando al cielo:

—Desde el primer momento. Quise casarme contigo, nunca fue mi intención perderte, nunca fue mi intención vivir sin ti.

—¡Ay...! —Sofia se ríe en la penumbra—. ¿Qué tienes

que contarme? Ya veo, no fuiste a cenar al Matermatuta con el responsable de Milán.

Andrea se ríe.

—¡Otra vez! No me acordaba; ¿tú sabes a cuántas cenas de trabajo he asistido mientras no estabas? A muchísimas. Bien tenía que distraerme. Volver a casa y saber que tú no estabas hacía que me volviera loco. Incluso pensé que acabaría alcoholizado. Bebía todas las noches, y demasiado.

Sofia, por un instante, se siente culpable, así que prefiere quitarle hierro.

—¡Bueno, aunque ahora ya esté aquí, el sábado también correrá el alcohol! He contratado a un barman que prepara mojitos, daiquiris y cócteles de todas clases. Quiero vodka, ron, ginebra, tequila. Quiero que nuestros amigos beban, quiero champán y bellinis, quiero whisky irlandés, americano, escocés, y también de malta, con ese aroma especial en el que se nota el humo. Sí, esa noche quiero tomarme uno fumando un puro, nunca lo he hecho...

Andrea se ríe divertido.

—Estás loca.

—Sí, quiero estar alegre toda la noche, y si a nuestros amigos les parece que los licores son demasiado fuertes, pues también quiero que haya cervezas artesanas de todas las clases: rubias, rojas, ambarinas, blancas, negras, afrutadas, y todas bien frías. Eso es, quiero poner unos cubos en la terraza, quiero poner dos, llenos de cerveza, de licores y de hielo. ¡Puede haber poca cosa de comer, pero tiene que haber muchísima bebida!

Andrea se termina el último sorbo de recioto. Sofia lo imita. A continuación, él vuelve a llenar las dos copas.

—Me parece que será una bonita fiesta, me gustaría asistir.

—¡Asistirás! ¡Ya te lo he dicho, he invitado a algunos de tus amigos a propósito, así que tienes que estar por fuerza! A ver quién me contesta al mensaje que he enviado. De todos modos, tendrás que encargarte de llenar los vasos continuamente como has hecho ahora con el mío...

—Me parece justo.

—Me gustaría que todos se emborracharan esa noche y se dijeran lo que nunca han logrado decirse sobrios.

—Ya, «*in* alcohol *veritas*»...

—En realidad era «*in vino*».

—Lo he ampliado un poco.

Sofia bebe un poco más de recioto. En realidad, está algo achispada.

—Andrea, tienes otra oportunidad, la última; ¿tienes algo que contarme?

Él la mira y le sonríe.

—Sí, que voy a darme una ducha.

Se levanta de su hamaca, le da un beso y desaparece en el interior de la casa. Sofia se queda fuera un rato más saboreando el vino, se toma su tiempo, se estira, cierra los ojos, se relaja. Después, un poco antes de que se quede dormida, deja el vaso en la mesa que tiene al lado y entra. Va al baño. Se desnuda, se asea y sale con el camisón puesto. Entra en el dormitorio, la luz está apagada. Se mete despacio bajo las sábanas, se las acomoda tirando de ellas hasta cubrirse los hombros. La mano de Andrea coge la suya, la acaricia, va subiendo hacia arriba. Andrea se acerca, respira entre su pelo, mueve la mano por su cadera, por su tripa. Sofia pone la mano sobre la suya. Él respira más profundamente y a continuación le susurra con dulzura:

—Soy muy feliz porque has vuelto.

Le da un beso en los labios y se vuelve hacia el otro lado, mete las manos debajo de la almohada y se pone a dormir. Sofia se queda boca arriba, mira al techo en la oscuridad. De vez en cuando hay algún tenue resplandor, una débil luz, un extraño reflejo de quién sabe qué coche lejano, ni siquiera se oye el ruido. Sofia escucha su corazón. Late despacio, tranquilo, como la música de un viejo carrillón. Pero hay alguna nota que desentona. Y recuerda la carta que encontró en el cajón de la mesilla, en la que ponía «Para ti», esas frases: «... quiere decir que has vuelto y yo estoy muy pero que muy contento, porque jamás he dejado de soñarlo durante todo este tiempo y porque te amo más ahora que entonces».

«Eso significa que Andrea siempre ha pensado que yo podría regresar en cualquier momento, tenía claro que no podía permitirse dejar nada fuera de su sitio, nada que de algún modo yo pudiera descubrir...» Y esa última reflexión sigue resonando en su mente. Da vueltas y más vueltas, como una melodía pesada. Pero hay una nota fuera de tono. Cuando eso sucede de verdad con un piano, se empieza a afinar empezando por el centro del teclado, se aprietan las clavijas con un golpe seco y lento y se siguen afinando así las demás notas, de la octava del medio hacia el centro. Pero en la vida real eso no es posible, hay que hacerlo de oído. Para Sofia esa nota sigue sonando imprecisa, imperfecta, tremendamente desafinada. Y, así, sin encontrar una respuesta, se queda dormida.

51

Savini entra en el despacho de Tancredi.

—¿Estás listo?

—Sí.

Savini ve que se guarda el móvil en el bolsillo interior de la chaqueta y se levanta de la mesa. Tancredi se coloca bien el reloj y tira ligeramente de los puños de la camisa blanca para que sobresalgan un centímetro de las mangas de la americana azul marino. Se aproxima al espejo, comprueba el nudo de la corbata de seda Christian Lacroix confeccionada en exclusiva para él. Gregorio lo observa, se ha quedado quieto al lado de la puerta.

—El coche nos espera.

—Bien, vamos.

Poco después están en el Mercedes Clase S 500 4Matic negro. Savini revisa unos documentos en el iPad y mira de vez en cuando a Tancredi, que contempla las luces del tráfico de las siete de la tarde.

—Han hecho una buena publicidad, el acontecimiento sale en primera página en todas partes, incluso en los digitales.

—Estupendo —dice Tancredi sin apartar la mirada de la ventanilla.

—Sabina Crespi te ha enviado una nota y un par de gemelos de oro rosa y ónice negro para agradecerte tu participación. Ya los he hecho llevar a tu casa, los encontrarás encima de la mesa de cristal. Me ha pedido que le diga si vas a querer intervenir cuando haga el discurso de bienvenida.

—Creo que no, no es importante.

—Pero eres la persona que ha hecho la mayor aportación. Ha añadido que te ha reservado un sitio de honor para la cena de gala que se celebrará justo después. También estará presente el embajador canadiense.

—Sí..., pero es que ya he hecho lo que tenía que hacer. Lo demás es teatro.

Savini lo mira. En otros tiempos, en un coche de esa categoría con destino a un acto semejante habrían ido tres. Y la tercera persona habría sido una de las muchas preciosas amigas de Tancredi, mujeres interesantes y agradables con las que solía salir y que albergaban la esperanza de llegar a ser algo más para él algún día. Tancredi se habría divertido con la idea de aparecer en el acto y provocar la envidia y la admiración de los demás. Y se habría dedicado a hablar, a estrechar relaciones, a sonreír y a dejarse fotografiar. Ahora incluso le molesta hablar de ello. Así que decide que es el momento de decírselo.

—Fueron a cenar a Matermatuta...

—Sí, lo he leído.

No dice nada más y da a entender que no tiene ganas de ahondar en el tema.

Un poco más tarde, Tancredi y Savini entran en Villa Livia, en la Appia Antica. En la residencia del siglo XVII, todo está dispuesto a la perfección para el gran acontecimiento: la seguridad, la decoración, la gran sala con las mesas espléndidamente puestas para la cena, el equipo de música. Unos cámaras de televisión están haciendo algunas tomas, mientras que los periodistas entrevistan a unos cuantos invitados. Alguno se fija en Tancredi, pero Savini se le adelanta y le hace señas para que aguarde. Unos paneles recuerdan a los participantes el motivo de la velada. La presentación de la nueva colección de Bulgari para Save the Children después de que la compañía haya puesto a subasta varias creaciones de alta joyería por un valor de unos seis millones de euros para financiar las actividades humanitarias de la asociación gracias a lo que recauden con las ventas. Y Tancredi ha sido uno de los compradores más destacados.

Sabina Crespi Cavalieri, con su vestido de Armani Privé de color azul cobalto y peinada con un complicado recogido, iluminada por un broche y con alguna arruga camuflada por completo, no demuestra sus cincuenta y siete años. En cuanto los ve entrar acompañados por un empleado de la organización, va a su encuentro con una gran sonrisa.

—¡Bienvenidos! Tancredi..., qué honor, qué placer, la verdad es que no se te ve mucho últimamente... ¿Cómo estás? —Se dan un fugaz beso en las mejillas, casi sin tocarse.

—Bien, gracias —dice él.

—Gregorio, querido, ¿y tú? ¿Cómo estás?

—Muy bien, gracias.

—Una espléndida velada. Y tú eres un verdadero encanto, Sabina —añade Tancredi.

—Sí, Sabina, felicidades —añade Savini.

—¡Qué embusteros tan encantadores sois! Venid...

Sabina los guía hacia un salón rectangular con un gran cielo pintado con delicadeza en el techo y una serie de elegantes figuras retratadas en las paredes.

—Si os apetece, allí han preparado un aperitivo... En cualquier caso, otra vez gracias, Tancredi, has sido muy valioso, tu contribución siempre es muy generosa.

—No hay de qué.

—Si queréis disculparme..., voy a saludar a algunos invitados...

Sabina Crespi Cavalieri se aleja a pequeños pasos, que es la única forma en que el estrecho vestido le permite moverse, mientras algunas personas que acaban de entrar en el salón le están sonriendo.

—Ya hay mucha gente —observa Savini.

—Sí.

Tancredi se acerca a la gran mesa, tras la que unos camareros sirven bebidas. Savini lo sigue.

—Buenas noches, señores. ¿Qué tomarán?

—Dos copas de champán, gracias.

Uno de los camareros coge la botella de Louis Roederer Cristal a la temperatura perfecta y sirve un poco en dos flautas que enseguida se llenan de un color dorado con reflejos ambarinos. A continuación, se las tiende a Tancredi y a Savini. Tancredi acerca la copa a la nariz sin voltear el contenido para que no se pierdan las burbujas y lo huele. Aroma de granos de cacao, avellana tostada con notas de regaliz y canela. Riquísimo. Bebe un sorbo. Excelente. Está a punto de repetir el gesto cuando oye que alguien lo llama.

—No puede ser... Tancredi... —Él se vuelve. Lucrezia Costaguti lo está mirando y sonríe, visiblemente entusiasmada—. Sabía que habías colaborado en el evento, pero pensaba que no ibas a venir...

—Lucrezia, ¿cómo estás?

—Muy bien, acabo de llegar de un viaje por Sudáfrica con Carlotta Bajola Crescioli, ¿te acuerdas de ella? ¡Cuando le diga que te he visto se volverá loca! Nos lo hemos pasado muy bien. He visto la nueva colección de la presentación, me parece notable. ¿Tú qué opinas?

—Sí, me gusta.

—¿Y dónde has estado todo este tiempo?

—Me he estado ocupando de unos negocios en el extranjero.

Savini lo mira. Tancredi bebe otro sorbo de champán. Cuando levanta la mano izquierda para beber, Lucrezia examina sus dedos. «No sé por qué me parece que alguien como él tendría que ponerse un anillo si tuviera a alguien en su vida. Pero parece que no es el caso. A lo mejor es de esos que se quitan la alianza antes de salir. O es que está soltero de verdad.»

—Ya veo, siempre tan ocupado.

—Sí.

Lucrezia bebe un poco de su spritz mirando a su alrededor.

—Todo esto es muy bonito, ¿verdad?

Tancredi asiente. Savini sabe muy bien que no tiene ningunas ganas de darle conversación a esa mujer, joven, alta y con los labios pintados de un color demasiado llamativo, que unos años atrás había hecho de todo, incluso ponerse en contacto varias veces con Gregorio, para dejarle en una de las mesas de sus oficinas de Roma una pitillera de oro con las iniciales de Tancredi grabadas. Lástima que Tancredi no fume.

—¡Ahora que estás por aquí, si te apetece podríamos quedar algún día para tomar un aperitivo! —Lucrezia hace el intento luciendo la mejor de sus sonrisas y la expresión más atractiva que puede.

—Gracias, Lucrezia, de verdad, eres muy amable, no sé cuánto tiempo me quedaré en Roma, pero gracias de todos modos.

—¡Pues entonces no perdamos tiempo y vayamos mañana por la noche! —Lucrezia vuelve a intentarlo, sin entender que nunca hay que interpretar una amable negativa como una puerta abierta.

Savini interviene. Saca el móvil y lo mira.

—Perdona, de verdad, Lucrezia: acabo de recibir un mensaje importante que estábamos esperando... y del que deberíamos hablar. Ven, Tancredi.

Savini lo coge con delicadeza por debajo del brazo y se aleja con él.

—Gracias —le susurra Tancredi.

—No hay de qué.

Lucrezia se queda allí, con el vaso en la mano, fingiendo que tiene la situación totalmente controlada. Exagera al máximo la sonrisa, mira a su alrededor y se reúne con Patrizia Serafini y su marido Anselmo en el otro lado del salón.

Al cabo de unos minutos, en la sala adyacente, periodistas y televisiones están listos para la rueda de prensa. En la mesa de los organizadores, dispuesta con un mantel de color granate, botellas de agua y vasos y el cartel del evento bien a la vista detrás, Sabina Crespi Cavalieri da dos golpecitos al micrófono y se aclara la voz. Tancredi y Savini se sitúan al fondo de la sala. Tancredi coge otra copa de champán de un camarero que pasa en ese momento. Se la bebe de un trago. «¿Qué estoy haciendo aquí? No me apetece saludar a nadie, ni cotillear, ni hablar sobre cosas sin importancia. No me interesan los vestidos, los discursos, las sonrisas. Me cuesta fingir. La verdad es que querría estar contigo. Qué bonito sería que estuvieras aquí, con un espléndido vestido del color de tus ojos, sonriendo conmigo, brindando conmigo, mientras hacemos comentarios sobre un invitado curioso o los pequeños retoques de alguna señora y desaparecemos entre un saludo y otro para besarnos a escondidas en algún rincón.»

—Bienvenidos a esta gala de presentación de la nueva colección, que, como cada año, Bulgari dedica a Save the Children en reconocimiento a su labor social... —Sabina Crespi Cavalieri continúa con los saludos y las explicaciones de rigor, mientras de vez en cuando busca la mirada de Tancredi, que, sin embargo, parece no devolvérsela. Savini se da cuenta.

—¿Qué piensas hacer?

—Ya lo sabes. Ocúpate tú.

Sí, ya lo sabe.

Cuando Sabina Crespi Cavalieri termina con los agradecimientos, cede la palabra al director general, que empieza su discurso. Ella se vuelve de nuevo hacia el fondo de la sala. Ahora, al lado de Savini sólo hay un sitio vacío. Un pequeño desconcierto cruza su mirada. Savini le hace un gesto casi imperceptible, extiende ambas manos y le sonríe.

Pocos minutos más tarde, terminada la rueda de prensa, Sabina Crespi Cavalieri indica a los invitados que tomen asiento en el salón de la cena. Unos instantes después se reúne con Savini con gesto interrogativo.

—Me ha rogado que te presente sus excusas. Un imprevisto urgente de trabajo.

—Ah..., lo siento de veras. Pero ¿volverá más tarde?

—No creo que pueda. Lo siento de verdad, haz llegar nuestros más sinceros saludos a todos los invitados.

Gregorio le besa delicadamente la mano. A continuación, da media vuelta y se va, dejando atrás a los periodistas y al equipo de seguridad. Poco después está fuera, en el parque; coge el móvil y llama un coche. El Mercedes se lo ha llevado Tancredi para volver a casa. Esa noche no lo buscará ni se verá con él. No serviría de nada.

52

Los dos días siguientes, antes de la fiesta, Sofia lleva la vida con la que soñaba desde hacía tiempo. Por la mañana, clase con los chicos del conservatorio, donde tiene, además, la posibilidad de continuar enseñando a Simona Francinelli, a la que siempre consideró una gran promesa.

—Has mejorado mucho mientras no estaba, ¿sabes?

—Sí, profe, pero la he echado de menos.

—Yo también te he echado mucho de menos.

—¿Cómo era Rusia?

—Fría.

Simona se ríe.

—¿Había mejores alumnas que yo?

«Elizaveta lo es. Elizaveta es la música, tal vez sea incluso mejor que yo», piensa Sofia, pero no hay necesidad de disgustar a una chiquilla que tiene un sueño.

—No había ninguna que tocara a Chopin como tú.

Simona está contentísima y se le echa encima. Sofia la abraza; al fin y al cabo, no le ha dicho ninguna mentira. Elizaveta siempre ha preferido Rajmáninov a Chopin. A Chopin se lo ha saltado.

Al terminar las clases, Sofia da una vuelta por las tiendas para comprar cosas divertidas para la fiesta. Servilletas de colores, marcacopas con formas de notas musicales, unos manteles nuevos, encarga hielo, va en busca de dos recipientes para llenarlos con éste y las botellas que quiere poner en la terraza, y tiene la suerte de encontrar, en el antiguo rastro de la via Giulia, dos viejas tinas iguales que, además, le llevarán a casa esa misma tarde por unos cien euros todo incluido.

—Gracias; póngalas allí, una debajo del olivo y la otra en la esquina del otro lado, donde está el naranjo.

—¿Aquí, señora?

—Sí, perfecto.

Después de haber hablado con el barman, encarga por internet, en Bernabei, todas las bebidas. Al final incluso saca tiempo para ir al gimnasio.

—¡Oye, pues sí que te lo tomas en serio!

Lavinia le toma el pelo al verla en el vestuario.

—Sí, no quiero dejarlo...

—Di la verdad, te estás preocupando, ¿eh? El tiempo pasa, y ahora que Andrea se ha puesto tan en forma ves que tienes mucha competencia...

—No es eso, al menos no me lo parece.

Empiezan a calentar en la cinta de correr antes de que empiece la clase. Lavinia le sonríe.

—Si algo te preocupa y prefieres no hablar de ello, te comprendo.

—No me preocupa nada. Sin duda, durante estos ocho meses en los que he estado fuera, podría haberse visto con alguien. Pero no creo que haya sucedido, me lo habría dicho.

—No lo sé, desde ese punto de vista no lo conozco lo suficiente... Pero tienes razón, parece de fiar. Sin embargo, a veces no hay que perder de vista la mercancía... ¡Desde todos los puntos de vista!

Se ríe de manera exagerada llamando la atención de otras personas. Después empieza la clase y, concentradas en seguir los ejercicios de Mark, el profesor americano, no pueden decirse ni una palabra.

Más tarde, bajo la ducha, Sofia le recuerda la fiesta.

—Así pues, ¿vendréis mañana por la noche? Ya verás, estará muy bien, estarán mis compañeros, los amigos de Andrea, lo pasaremos bien. Además, no te preocupes, cuando te hartes te vas, no me ofenderé, te lo juro.

—De acuerdo, cuenta conmigo.

La tarde y la noche se las pasa ocupada todavía con los preparativos. Andrea, en cuanto vuelve a casa, también se ve obligado a tomar parte.

—Bueno, he previsto dos tipos de catering, uno con cosas de picar, arroz, croquetas, salmón, albóndigas, una comida más minimalista, y el otro, en cambio, con quesos de muchas clases acompañados de miel, mermeladas y fruta escarchada, y también embutidos, varios tipos de salchichones dulces y picantes, como la 'nduja, e incluso cochinillo; en resumen, un montón de cosas buenas que he visto en esa tienda que está aquí al lado.

—¿Qué tienda es ésa?

—Se llama Luca, en la via Urbana.

—No la conozco.

—Pues claro, si siempre vas a cenar fuera, al menos yo intento ahorrar.

—Ya me gustará ver lo que ahorras... ¿Cuántos seremos?

—De momento han contestado unas cuarenta personas, pero al final ya verás cómo algunos nos dan plantón; me parece que seremos treinta, treinta y cinco como mucho.

—¿Has avisado a la comunidad?

—Sí, ya lo he hecho.

—¿Has dicho que habrá música?

—Sí.

—¿Qué te han contestado?

—Mientras sea buena...

—Me parece justo.

Andrea se encierra en el estudio y trabaja un rato más. Sofia sigue haciendo la lista de las cosas pendientes para el día siguiente y se encuentran más tarde en la cama. Él la abraza, le acaricia el pelo y también las cejas muy lentamente. Ella cierra los ojos y se relaja un poco.

—Qué bien tenerte aquí otra vez, todavía no me parece verdad...

La besa con dulzura.

—Yo también soy feliz.

Andrea sigue besándola, pero comprende que aún debe pasar algo más de tiempo para que las cosas vuelvan a ser perfectas como antes. De modo que, sin ponerse nervioso ni pedir explicaciones, le sonríe en la penumbra.

—Oye, no me has contado cómo te fue en Ispica en casa de tus padres.

—Bien, conocí a la novia de mi hermano, se llama Nunzia, se casarán pronto.

—Oh, me alegro. ¿Están contentos tus padres?

—Sí, me parece que sí.

Andrea advierte que también en ese tema Sofia es de pocas palabras. De modo que no le queda más que dormirse.

—Bueno, pues buenas noches, mañana nos espera una bonita velada.

—Sí, de verdad espero que te guste todo lo que he organizado.

—Será todo precioso, estoy seguro. En mi opinión, ésta podría convertirse en tu segunda ocupación.

—Sí..., me divierte. Y además también me gusta elegir la decoración.

Pero se fija en que Andrea casi se ha dormido, así que se queda quieta, en silencio, en la cama, bajo la sábana. Mueve un instante las piernas rápidamente, como si diera patadas adelante y atrás, pero Andrea no se da cuenta de nada, ya duerme. Sofia reflexiona. «Hago ese movimiento cuando estoy nerviosa. Pero ¿por qué? ¿Qué es lo que no va bien? ¿Por qué estoy tan inquieta? Se me ocurrió la gran idea de la fiesta de mañana. Es cansado, pero me divierte, me gusta y no me siento agobiada. Pase lo que pase, me alegro de poder volver a ver a mis amigos. Así pues, ¿qué es lo que no funciona? —Permanece inmóvil en la oscuridad del dormitorio. Escucha la respiración de Andrea, lenta, regular, un sueño tranquilo—. ¿Será el sueño de los justos? Es eso. Él es el que me provoca nerviosismo. O, mejor dicho, soy yo la que está nerviosa a su lado. Porque... porque hay cosas que no están en su sitio. ¿Por qué no le he contado lo de mi madre? ¿Por qué no le he dicho que he descubierto que tengo una hermana? ¿Y lo de que dejara esa carta en el cajón? ¿Y en serio no se acordaba de haber estado cenando en el Matermatuta? ¿Y que había pagado, que incluso pidió la factura y una tarjeta...?» Sigue haciéndose preguntas. Lo que más le molesta en ese momento es haber practicado sexo con él la otra noche. Pero cuando volvió a casa estaba alterada, había descubierto la existencia de Viviana, ya no sabía quién era su madre... Le hacía falta amor, alguien que le ofreciera alguna certeza, claridad, que la hiciera sentirse segura. Por eso se lanzó a los brazos de su marido. Pero lo que más nerviosa la pone de todo es que, mientras hacía el amor con Andrea, pensó en Tancredi. Sí, Tancredi, que se insinúa en su mente a pesar de que ella ha prohibido a todos sus recuerdos que le muestren cualquier imagen, que esbocen una frase, una sensación, un sabor, cualquier cosa que le recuerde a él. Y, sin embargo, está presente, fluctúa, aletea, perfora su mente contra su voluntad. «Tal vez deba hablar con Andrea de aquellos cinco días, él no puede quedar fuera de esto, es como si estuviera excluido de un pedazo de mi vida que ha sido tan importante para mí. Sólo si lo compartimos, con dolor, con malestar, con la rabia que pueda sentir, sólo después de que dejemos todo eso atrás, podremos volver a encontrarnos de verdad. Sólo así podré liberarme de Tancredi...» Y, de este modo, Sofia se duerme tranquila, feliz de la difícil pero importante decisión que ha tomado. No sabe que, desde hace tiempo, la vida ha decidido para ella algo completamente distinto.

53

Cuando Sofia se despierta, el sol ya está alto y la casa desierta, o al menos eso parece.

—¿Andrea?

Lo llama varias veces, nada, no hay nadie. Una radio a lo lejos, desde alguna casa, emite una vieja canción: «*Cosa resterà di questi anni Ottanta? Afferrati e già scivolati via... Cosa resterà e la radio canta una verità dentro una bugia...*». «¿Qué quedará de los años ochenta? Lo agarras y ya se te ha escapado... ¿Qué quedará?, y la radio canta una verdad dentro de una mentira...»

Sofia sonríe. Qué extraño, ¿qué significará? Una señal, una mala premonición, una indicación insensata. Va a la cocina y se encuentra una nota:

Cariño, he tenido que ir al despacho. Buenos días y feliz desayuno; si necesitas algo, llámame. De todos modos, a las seis estaré en casa para echarte una mano. Te amo. Y te beso.

Y un corazón con una sonrisa. Sofia está contenta, empieza a desayunar. «Hasta ha bajado a la calle para traerme el periódico. Qué mono.» Lo hojea distraída mientras espera a que las tostadas estén listas. Cuando las dos rebanadas saltan de la tostadora, las coge, teniendo mucho cuidado de no quemarse, y se come unos huevos revueltos todavía templados que Andrea le ha dejado preparados dentro de una pequeña cazuela colocada encima de un cazo lleno de agua caliente. Riquísimos, tal y como a ella le gustan. Debe de haber apagado el fuego antes para que no se cocieran demasiado, pero vigilando que a la vez no se enfriaran muy pronto. Es difícil hacer algo para otra persona que esté realmente perfecto. Y esos huevos lo están. Se queda sorprendida. En el periódico hay una noticia que la descoloca. En Artcurial, una célebre galería de arte, se ha vendido por noventa y cinco millones de euros el cuadro de Van Gogh *La noche estrellada*. No, no puede ser. Es su favorito. Lo mira con más atención, lee el artículo, recorre las líneas con rapidez hasta encontrar la noticia que le interesa. La adquisición la ha hecho un comprador particular. Sofia cierra el periódico. A saber quién tendrá ese cuadro ahora, en qué salón estará expuesto, qué hombre estará disfrutando de su belleza en completa soledad..., o quizá con otra persona. Ellos dos y nadie más. ¿Será un regalo? ¿Una apuesta...? ¿Y si el comprador fuera una mujer? Todavía sería más bonito. Bueno, Sofia está satisfecha y complacida, se alegra por ella, no sabe cuál es su historia, qué puede haber ocurrido, pero ese cuadro le correspondía..., es justo que lo tenga ella.

Luego deja a un lado esas aventuradas elucubraciones y vuelve a ocuparse de lo que tiene que hacer durante la jornada. Comprueba el móvil, treinta y ocho personas han confirmado su asistencia. También Stefano y Lavinia. Está contenta, a ver qué tal se lo pasan en esa velada musical. También habrá algún amigo de Andrea y un montón de personas de distintas nacionalidades. «¿Qué lengua se hablará? ¿Cómo nos vamos a entender? Claro que, cuando suene la música, todo será mucho más fácil.» Se ríe divertida pensando en Lavinia, que hablará con un chino, un alemán, un japonés, pegará la hebra mientras tantea en esa extraña mezcolanza y se hará entender de un modo o de otro. Decide que no puede perder más tiempo, tiene demasiadas cosas que hacer. De modo que recoge la mesa del desayuno, lava los platos, la taza, ordena toda la cocina, se ducha, se seca, se pone unos vaqueros, una camiseta, unas zapatillas deportivas y sigue la lista al pie de la letra. Baja hasta la via degli Zingari, en una floristería compra varios ramos de flores, gladiolos, flores silvestres, tulipanes, violetas. Después regresa a casa, busca los jarrones que quedan mejor, los llena de agua y los reparte con las flores por todo el piso. A continuación, coge unas bandejitas de aluminio, enciende unas cuantas velas grandes, vuelca la cera caliente fijándolas de ese modo a las diversas bases. Coloca algunas sobre las mesas, otras fuera en la terraza y prepara los mecheros para cuando llegue el momento. Llama por teléfono a la tienda de comestibles y se pone de acuerdo con ellos sobre la hora en que irán a su casa con todo lo que ha encargado. De vez en cuando comprueba la hora en el gran reloj del salón para ver que el tiempo va pasando pero todo se está cumpliendo perfectamente dentro del horario, está respetando la hoja de ruta. Un poco más tarde llaman a la puerta: ahí está el catering, seguido de los camareros que le envían de la tienda de Luca.

—Buenas tardes, entrad, venid, la cocina está por aquí.
—Les muestra el baño de cortesía—. Os podéis cambiar aquí. Encontraréis todo lo que os puede hacer falta.

A las cinco llega el barman.

—Soy Ricky. Ya estoy aquí, puntual como un reloj, ¿eh?

—Sí, perfecto. —Sofia le muestra la nevera llena de botellas—. Aquí está el vino blanco, el champán, fuera están los licores... Y aquí... —sale a la terraza— hay una mesa llena de vasos de varios tipos, utensilios... La coctelera, el colador, la cucharilla para mezclar... Me he documentado, ¿lo ves?

Ricky se ríe divertido.

—Sí, de todos modos, yo llevo mi maletín.

Y deja sobre la mesa una maleta de aluminio, hace saltar los dos cierres y la abre mostrando su contenido. Sofia se ríe.

—¡No falta nada! Allí hay dos tinas llenas de hielo.

—Excelente, seguro que no corremos el riesgo de quedarnos sin.

Entonces llega Luca, de la tienda de comestibles, cargado de bolsas y acompañado de Goffredo, su amigo camarero, que lo primero que hace es preparar la mesa principal del salón.

—Mozzarella de búfala de tres kilos, burrata, y aquí están todos los quesos que me pidió. ¡También necesito unos platos en los que poner las mermeladas y la fruta escarchada!

—¿Irán bien estos rectangulares de madera? —Sofia se los pasa.

—Muy bien.

Continúan colocando todos los productos fresquísimos que Sofia ha elegido: el cochinillo, la ensaladilla rusa, los embutidos de varios tipos, incluida la 'nduja, los tomates rellenos de las maneras más diversas, entre ellos también a la siciliana, de carne, gratinados, a la pullesa, rellenos de atún y los secos calabreses. En algunas tablas de cortar colocan varios quesos y todos los embutidos.

Sofia entra en la cocina.

—¿Cómo va por aquí?

—Todo bien.

Los camareros ya se han cambiado, llevan puesto el clásico uniforme blanco y han sacado todo su equipo. Hay dos grandes bandejas llenas de pequeños vasos transparentes con todo tipo de aperitivos: albóndigas sobre una base de crema de tomate, otra de calabaza, otra de espárragos, unos vasitos con gambas al vapor acompañadas de una suave salsa rosa con un poco de coñac, otros con pulpo caramelizado. Los camareros se mueven por la casa repartiendo varios boles con olivas, almendras, avellanas, cacahuetes, y también dejan pequeños ceniceros en los rincones al lado de las ventanas y algunos fuera. El móvil de Sofia sigue sonando, recibe mensajes simplemente confirmando la asistencia y de alguien que, en cambio, plantea las más diversas cuestiones: ¿Me recuerdas qué número era? ¿Puedo traer a un amigo?

Y, además, emoticonos de todas las clases, caritas sonrientes, corazones, pulgares hacia arriba, OK.

¿Tengo que traer el instrumento?

¡Claro! Vaya pregunta... ¡Si no, no entras!
¡Es tu contraseña!

Y una carita que guiña el ojo sacando la lengua.

Y así, poco a poco, se deslizan las horas, los minutos pasan, los segundos vuelan. De repente, suena el teléfono fijo.

—¿Diga?

—Cariño, soy yo.

Sofia mira el reloj del salón, son las seis y media.

—No me lo puedo creer, si es tardísimo.

—Sí, perdona, tienes razón, es que todavía no he terminado aquí.

—No, no iba por ti... Quería decir que el tiempo ha pasado volando y ni me he dado cuenta.

—¿Necesitas algo?

—No, no, gracias. Pero no vuelvas demasiado tarde, me gustaría que estuvieras aquí cuando lleguen los primeros invitados. Dijiste que te ocuparías del vino.

—Sí, tienes razón, pero estamos cerrando un concurso al que nos presentamos el lunes por la mañana; he propuesto que nos reuniéramos todos mañana, pero es domingo y ha habido una especie de motín.

Sofia se ríe.

—Tienen razón, yo el sábado también me habría rebelado. En la música son más comprensivos, hoy me han dado todo el día libre.

—Es cierto, sois los mejores.

—Sí, pero, en serio, no llegues muy tarde. Dentro de una hora ya estarán todos aquí, los he invitado temprano a propósito para que podamos ver la puesta de sol. El Altar de la Patria con el cielo rojo al fondo es precioso, ¡nos vamos a lucir!

—¡Sí, sí, eso no me lo pierdo!

Y, dicho esto, cuelgan.

Sofia da una última vuelta por la casa. Sí, todo está en su sitio. Han dispuesto dos mesas exactamente iguales, con el mismo número de platos, cubiertos, comida y también diversas bebidas. No soporta que todo el mundo se apiñe en una única mesa porque todo está colocado sólo allí.

Sale a la terraza. En las dos tinas flotan muchas botellas entre cubitos de hielo, hay una brisa ligera y los cuellos se rozan en un extraño balanceo entre los reflejos del anochecer que se va acercando y alguna nube difuminada que se desliza a lo lejos.

Sofia entra en la cocina. Todos los aperitivos están dispuestos en las bandejas, listos para ser servidos. Hay un camarero sentado en una silla, deslizando el dedo por su móvil, mirando alguna nueva noticia de un amigo en Facebook. Otro está apoyado en la ventana un poco abierta, fumando un cigarrillo. «Espero que al pasar no se note que ha fumado», piensa Sofia. Por otra parte, no se puede tener todo.

—¿Todo bien? ¿Necesitáis algo?

—No, no, está todo bien...

—De acuerdo, gracias.

Sofia va a su habitación, cierra la puerta, se desnuda, se da una ducha y se relaja bajo el agua caliente. Piensa en todo lo que ha ido preparando. También ha encontrado unas notas musicales de chocolate. Las ha puesto en unas bolsitas transparentes con un lacito rojo para despedirse de sus amigos cuando se vayan. «Sí. —Sonríe bajo el agua—. He pensado en todo, diría que no falta nada.» Cuando ya está vestida, con una blusa de seda azul metida en un pantalón de rayas anchas azules y blancas, y con el pelo seco, se maquilla delante del espejo, se da la última sombra en los párpados y, al perfilarse los ojos a la perfección con una fina raya, de repente le viene a la memoria. «¡No me lo puedo creer, precisamente yo me olvido de la música! Hasta que nos pongamos a tocar algo en vivo, no puedo tener la casa sin una nota. Por suerte, me he acordado ahora. Dentro de poco empezarán a llegar los invitados. Será suficiente con conectar el iPod que hay en el salón; además, tanto fuera como dentro hay altavoces.» Pero cuando llega al centro de la librería donde se halla la base desde la que salen todas las conexiones, la encuentra vacía, el iPod no está. «¿Dónde lo habrá puesto Andrea? —El mando a distancia está ahí al lado. Intenta llamarlo al móvil, pero nada, Andrea no contesta—. No puedo molestarlo en el fijo mientras está reunido con los del ayuntamiento. ¿Y dónde puede estar? ¿Dónde lo habrá metido? Con lo meticuloso que es, estará en su estudio, donde tiene todos los aparatos tecnológicos, en el segundo cajón al lado de la mesa de dibujo.» Sofia entra en el estudio, se acerca a la cómoda, abre el segundo cajón. En efecto, el iPod está ahí, como había supuesto. «Menos mal que siempre es tan ordenado. —Entonces, cuando se dispone a cerrar el cajón, lo ve. Su viejo iPhone 6—. Pero ¿cómo...? Me dijo que lo había entregado a cambio del nuevo... ¿Por qué ha mentido sobre eso?» Sofia intenta encenderlo. Está apagado. No lo consigue. Encuentra un cable de alimentación, lo conecta, espera unos segundos y aparece una batería con una pequeña muesca roja en la pantalla. Se está cargando. Sofia se queda allí, con el teléfono en la mano, mirándolo perpleja. «¿A qué viene esa mentira? ¿Por qué iba a mentirme en algo tan estúpido? ¿Se trata de un descuido? ¿Un error? ¿Como el del restaurante Matermatuta? ¿Qué ha sucedido en estos ocho meses? Pero ¿de verdad quiero saberlo? —se interroga Sofia. Entonces, de repente, aparece la manzana en medio de la pantalla. El teléfono está cobrando vida. El corazón de Sofia empieza a latir con fuerza—. ¿No es mejor ignorarlo todo? ¿Sea lo que sea lo que haya dentro? —Lo mira, es como una caja negra, como la que llevan los aviones, los trenes, que cuenta lo sucedido, desvela lo que ha ocurrido en realidad. De pronto aparece un mensaje pidiendo el código, seis dígitos vacíos parpadean en el centro de la pantalla. Sofia está indecisa—. ¿De verdad quiero saberlo?» Antes de poder darse una respuesta, intenta ver si el código es el que ella conoce. De modo que introduce la fecha de nacimiento de Andrea: 230779. Sí, el teléfono se enciende, esa delgada prohibición, ese último filtro desaparece, se desvanece, y se muestran los iconos de las aplicaciones. Un nuevo mundo en el que entrar. Le pide un segundo código. Sofia introduce el que Andrea le dio la noche en que ella le pidió su nuevo móvil para llamar: 1919. Es el mismo. Ya está. Ahora ya no hay secretos, puede verlo todo, leerlo, descubrirlo, conocerlo. Pero ¿habrá realmente algo que saber?

54

Sofia tiene la sensación de estar suspendida en el tiempo. Tic-tac, tic-tac. Con el móvil en la mano, es como si oyera un metrónomo marcar el ritmo en su interior. Tic-tac, tic-tac. Rápida e inexorablemente, el tiempo transcurre, los invitados están a punto de llegar, la fiesta va a dar comienzo. Tic-tac, tic-tac. ¿Y ella? ¿Quiere saberlo? ¿No es mejor que cierre el teléfono, que lo haga desaparecer en la oscuridad del cajón, que vuelva al salón con el iPod y ponga música? La música es vida, emoción, alegría, esperanza, futuro...

Tic-tac, tic-tac. Pero Sofia se conoce, sabe que se arrepentiría toda la vida, es como si le hubieran ofrecido la oportunidad de saber y ella la rechazara para vivir una vida en la duda. Tic-tac, tic-tac. Ahora ese momento ha llegado, ha ocurrido y seguirá estando ahí. Ella y ese móvil, a las 19 y 19 del 9 de junio. Parece una señal, una extraña efeméride, nueve, nueve, nueve... ¿Hay algo que saber en ese teléfono o no hay nada? «¿Qué hago? ¿Sigo adelante? ¿Lo abro?», se pregunta Sofia, como los mejores jugadores de póquer ante un hipotético farol de su adversario: «¿Lo veo o no lo veo?». La apuesta es elevada, es su vida, y no tendrá más fichas para jugar otra mano. Pero Sofia se conoce, no se lo perdonaría nunca. De modo que se decide. Ojea varias pantallas, toda la vida transcurrida durante esos ocho meses pasa por delante de sus ojos, fotos, mensajes; el corazón le late cada vez más fuerte, está preocupada, tensa, asustada. E incluso vacilante, no sabe qué buscar. Luego, poco a poco, el corazón empieza a latir más despacio, la respiración se normaliza, está tranquila, más tranquila, sonríe. Hasta se siente culpable por haber dudado, por haber violado la privacidad de Andrea, por haber leído sus mensajes a los amigos, sus notas, sus citas de trabajo. Entonces de repente ve, debajo de todos los demás, un nombre sin apellido que casi se le había pasado por alto: Lucia. Abre el chat y es como si una ola gigantesca la arrastrara y la hiciera chocar con violencia contra las rocas. Qué bonito estar contigo, cuando me tomaste, cómo hicimos el amor, te amo, yo también... Uno tras otro, mensajes tiernos, románticos, crudos, violentos, de una pasión infinita. Cuando te lamía, tu lengua, tus manos, dentro de mí, gozaba yo también... Sofia se siente ultrajada, piensa que va a desmayarse, le falta el aire, el corazón parece que le va a estallar. Corre hacia el baño, tiene ganas de vomitar, pero es una arcada, sólo una arcada, no ha comido nada, no puede devolver nada... Entonces se queda allí, abrazada al váter, exhausta, con la cara apoyada en la fría tapa. «¿Por qué? ¿Por qué no los ha destruido?, ¿por qué no ha eliminado esos mensajes, no ha borrado las pistas de todo lo que ha hecho?» Y permanece así, en silencio, apoyada en ese inodoro como si fuera el último escollo al que agarrarse para no ahogarse, de rodillas, durante unos interminables segundos. Entonces se levanta, respira hondo, coge de nuevo el móvil. Ahora está más calmada, fría, determinada. Lee uno tras otro todos los mensajes. Cuando estoy contigo me parece que voy a tocar Saturno. Menuda frase, qué ingenio, «tocar Saturno»... Y se le ocurre una idea. Intenta mirar si hay alguna foto en la esquina izquierda del WhatsApp, pero no hay nada, sólo una imagen, un sol en el cielo o algo parecido. De todos modos, nada que le permita ver quién es. A continuación, hacc otra prueba. Va a su nombre para no equivocarse, abre el chat y entra en su interior, para ver si queda algo de su última conversación, y el mensaje que de repente aparece la deja estupefacta.

Ha llegado Sofia. Ha vuelto. Tengamos cuidado... Después nada. «De modo que me conoce, sabe quién soy, sabe que existo. No ha sido una aventura cualquiera con una desconocida, una mujer sin importancia para desahogarse durante estos ocho meses mientras yo no estaba. No, eran cómplices, amantes, y todavía lo son.» Apaga el móvil, lo devuelve al cajón, va al salón, conecta el iPod y enseguida suena la música, que se esparce por toda la casa, en la terraza los altavoces se oyen perfectamente, todo funciona. Pero a veces el destino no tiene piedad. «*I love you, baby...*», la canción que siempre canta Andrea. Gloria Gaynor. «*You're just too good to be true, I can't take my eyes off you...*» «Eres demasiado buena para ser verdad, no puedo apartar los ojos de ti...» «*You'd be like heaven to touch...*» «Tocarte sería como estar en el paraíso...» Y, de repente, a Sofia le dan ganas de sonreír. «En cambio, tú has preferido Saturno en vez del paraíso, qué idiota eres...» Y camina por la casa bailando; los camareros al verla sonríen y se mueven siguiendo el ritmo mientras disponen los últimos detalles. No se fijan en que Sofia sacude la cabeza de vez en cuando y se cubre con el pelo porque le caen las lágrimas y no puede detenerlas. Decide parar la música, pero un camarero a su espalda la detiene.

—No la quite, señora, es preciosa.

Ella sonríe.

—Tienes razón.

Va al baño, se arregla el maquillaje y borra las rayas que se le han corrido justo a tiempo, porque han llamado al timbre.

55

En ese mismo momento, un camarero abre la puerta del salón y aparece ella, Liu Dou Eng, con su pipa de cuatro cuerdas.

—Hola, Sofia... Qué guapa estás, siempre tan estupenda. Me alegro de verte.

Se besan, se abrazan y Liu la estrecha con fuerza, sinceramente conmovida. Ella, nacida en Kunming, siempre recorriendo el mundo. En el pasado, solían coincidir para dar vida a la música y regalar grandes emociones en los teatros más diversos.

—Pasa, por favor.

Liu deja su instrumento en el salón.

—Esto es para ti. —Sostiene con ambas manos un pequeño paquete y se lo entrega con mucha delicadeza, como si le estuviera haciendo una ofrenda. Es rojo, porque más que cualquier otro color simboliza la fortuna.

Sofia lo abre.

—Oh, es precioso.

—Es una flor de loto, para que traiga mucha serenidad a esta casa.

Sofia deja la gran vela tallada con forma de flor encima de la mesa y le gustaría decirle muchas cosas a Liu Dou Eng, pero no encuentra el modo, tiene miedo, se le podría quebrar la voz y echarse a llorar. Uno tras otro, van llegando los invitados, amigos y músicos, con paquetes, flores, botellas e instrumentos de todas clases que van dejando en el salón, a poca distancia del sofá, todos en sus estuches, en un espacio reservado a propósito por Sofia donde ha situado un cartelito en el que se lee con letras grandes EL RINCÓN DE LA MÚSICA.

Músicos de las más diversas edades y procedencias charlan, toman champán, chablis, espumosos de la Valtellina, excelentes franciacortas.

—Sí, para mí también, gracias.

Y luego un chianti, un morellino y hasta un fuerte barolo. Los camareros se alternan llenando copas, repartiendo aperitivos, servilletas, retirando platos sucios. Entran y salen de la cocina sin parar. Sofia se pierde entre sonrisas, conversaciones, besos, abrazos, regalos que abrir, recuerdos, nombres; conoce a algún nuevo acompañante, a un nuevo amigo, a una nueva pareja.

—Nos casamos en invierno. ¿No te acuerdas? Te lo dije, te invitamos, pero estabas en Rusia.

—Ah, sí, es cierto, qué distraída soy, ¡ni siquiera te hice un regalo!

Ella le sonríe.

—¡El regalo es esto, tocar juntas esta noche como en los viejos tiempos!

Abraza a la gran violinista Lea, que está junto a su marido Itzak, que toca el erhu, pero cuando se alejan Sofia los mira con incertidumbre, dubitativa. «¿Cómo debe de ser la vida de pareja entre dos colegas? ¿Quizá menos expuesta a la infidelidad? ¿Pueden respetarse, amarse, resistirse a la tentación incluso cuando están separados, tocando en distintas partes del mundo? ¿Es posible que la música actúe como un pegamento? ¿O ellos también acabarán por romper ese sueño, desafinando una perfecta armonía?» Se encuentra en la esquina más alejada del salón, mirando a sus amigos, viejos y nuevos, a sus colegas de antes, oyendo sus charlas, confundiendo varias lenguas. Se está tomando un vino blanco, un excelente sauvignon, frío, en su punto. «Así me habría gustado que fuera mi vida, llena de música y amigos, con veladas alegres, con hijos, sí, me habría gustado tener hijos.» Mira todo lo que la rodea como si fuera una película, su película, la mejor película que pudiera imaginar, y ve uno, dos, tres niños apareciendo uno tras otro, jugando en el salón, tendiendo las manos todavía regordetas, robando una oliva de la mesa, un pedazo de pizza, un poco de parmesano, y corriendo entre los adultos sin dejarse ver, riendo. Tienen el pelo rizado, son guapos, alegres, parecidos pero distintos, y son rápidos. «Y ahora ya no tendré nada de todo eso...»

—¡Sofia! ¡Está todo precioso!

También ha llegado Lavinia; Stefano la sigue, ríen, hablan, pero ella sólo asiente, parece que no entienda lo que le dicen, todavía está aturdida, no oye nada.

—¡Te preguntaba por Andrea! ¿No está?

—¿Qué?

Ahora empieza a prestar atención a lo que Stefano le está preguntando. Justo en ese momento ve que Andrea entra en el salón, saluda a la gente, está alegre, despreocupado; aunque suene absurdo le parece más guapo, pero ¿por qué? Porque es culpable.

—Hola, cariño. —Se le acerca, va a besarla en los labios y ella por instinto se vuelve, ofreciéndole sólo la mejilla—.

Eh... —Andrea la mira sorprendido—. ¿Qué ocurre? Soy yo...

Sofia sacude la cabeza.

—¡Sí, disculpa, tienes razón! —Le sonríe regalándole de mala gana un fugaz beso en los labios—. Es la confusión.

—Pues me parece que todo está yendo muy bien.

—Sí, sí, es verdad.

Después se refugia en la cocina. Entra, apoya las manos en la mesa, nota que le da vueltas la cabeza. Un camarero se da cuenta.

—¿Qué le ocurre, señora? ¿No se siente bien?

—No, no, es sólo un segundo, me falta el aire.

—Señora, estamos nosotros aquí, nos ocuparemos de todo, no se preocupe, diviértase. Luca nos lo ha pedido encarecidamente. Ya verá cómo no la decepcionaremos. —Le sonríe—. Hasta he mascado chicle después del cigarrillo, ¿lo ve?, somos cuidadosos con todo. Vaya, puede estar tranquila.

—Sí, gracias...

Sofia se recompone y sale de la cocina. Es verdad, ya se había fijado. «Todo el mundo se da cuenta de todo, debo estar tranquila, sí, muy tranquila.» Cuando regresa al salón ve a Andrea hablando con Stefano, charlan con una copa en la mano; en un espacio libre de la librería ha dejado su plato lleno de cosas apetitosas, del que pica algo de vez en cuando. Entonces Andrea la ve, la mira desde la distancia y, como si quisiera indagar, comprender, estudiarla, entorna un poco los ojos para intentar enfocarla mejor. Sofia se da cuenta y, después de hablar con algunos invitados, con mucha naturalidad se vuelve hacia él, le sonríe, le manda un beso, lo sosiega. Andrea se deja engañar, exhala un suspiro y se serena, se tranquiliza. La fiesta continúa, todos parecen divertirse, hasta Sofia parece disfrutar de la velada más que nadie, pero en el fondo piensa que es más actriz que pianista. Los camareros pasan con las bandejas, retiran platos, vacían ceniceros, abren más botellas, cortan pan.

—¿En qué estás pensando? —Andrea se le acerca de repente.

Sofia da un respingo.

—Oh, en nada, bueno, en que estoy muy contenta de volver a verlos a todos, aquí hay mucho de mi vida...

Andrea le sonríe.

—Sí, has tenido una gran idea. Has hecho bien.

Sofia consigue controlarse. Ligereza, ligereza y más ligereza.

—Y la comida les está gustando mucho...

—Sí. He visto que me has llamado al móvil... Lo siento si no te he contestado, lo había puesto en silencio porque estaba reunido; ya te lo había dicho, ¿no?

«Sí, claro, reunido con Lucia», le gustaría contestarle. En cambio, Sofia le sonríe, amable, serena, profundamente falsa. Ve que no le conviene decirle lo del iPod, lo relacionaría con que estaba en el cajón en el que guarda el viejo móvil.

—Sí, perdona, es que he visto que faltaba tequila y he bajado a comprar más.

—Hasta tequila..., qué exagerada.

—Bueno, ha venido Carlos Medina; es mexicano, toca la guitarra de miedo y le encanta el tequila. Le he comprado ese que tiene un gusano.

—El del gusano no me lo tomaría nunca. Es la única bebida alcohólica que no me gusta, qué asco...

Le sonríe, le acaricia la mano y se va hacia la cocina, a tirar su plato y alguno más que recoge al pasar. Sofia se queda observándolo. Quién sabe si hoy la habrá visto, si habrán tenido uno de esos momentos descritos con tanto detalle, si le habrá hecho tocar Saturno.

—Tesoro, ¿dónde está el baño?

Margherita Ferrari, excelente flautista, la distrae, la secuestra, la arranca de esos dolorosos pensamientos. Sofia le indica el camino.

—Por allí, al fondo del salón, la segunda puerta a la derecha.

—Gracias, y felicidades, una fiesta preciosa, has elegido una *playlist* alucinante.

—Sí...

«Es la música que escuchaba siempre con Andrea mientras hacíamos el amor, antes de quedarnos dormidos o durante las tardes de domingo que pasábamos abrazados leyendo en el sofá.»

—Pero dentro de poco tocamos nosotros, ¿verdad?

Sofia asiente; Margherita le guiña un ojo y desaparece al fondo del salón, justo donde está Lavinia, que charla con Marco Paolino y se están riendo de algo. «Qué graciosa —piensa Sofia—, a saber lo que le estará contando; me gustaría decirle que está perdiendo el tiempo con él porque es gay. Me parece que es el único gay de la fiesta y precisamente es con quien ella habla. Al menos Lavinia me pone contenta. Tal vez debería contarle lo que he descubierto, lo de la tal Lucia, los mensajes, no sé qué me diría. Es tan sensible que se echaría a llorar. Lavinia tiene una forma de ser increíble, parece que guarda las distancias con todos y luego resulta que se toma a pecho el problema que tengas, aunque sea insignificante, y se conmueve tanto, se identifica tanto, que acaba llorando. Es única.»

—¿Señora?

—¿Sí?

Goffredo, el camarero más mayor, se le acerca.

—Va todo bien, ¿verdad?

—Me parece que sí.

—Bueno, yo diría que cuando la gente come, bebe y se divierte significa que la fiesta es un éxito. Lo de la cocina ya se lo han pulido todo, ríen, charlan, y por lo que se refiere a las botellas hay más de cuarenta vacías allí, de modo que diría que está saliendo todo a pedir de boca...

—¡Mejor así!

Goffredo desaparece en la cocina, mientras sale el chico más joven, Gabriele, que lleva más botellas de vino blanco, las mete en las tinas de la terraza al tiempo que la camarera abre otra bolsa de hielo y la vacía en su interior.

Después los músicos, uno tras otro, como si se hubieran puesto de acuerdo en la hora, abren los estuches, sacan los instrumentos y se sitúan entre el salón y la terraza. Todas las ventanas están abiertas, la gente parece captar que ha llegado el momento y muchos empiezan a buscar un sitio donde sentarse. Entonces, tan sólo marcando el compás con un tenedor en una botella, Pierfrancesco Corsi, director de orquesta internacional, da inicio a una increíble *jam session*. Un trompetista, un flautista, uno al bongó, la violinista china Liu Dou Eng, el mexicano con su guitarra, todos siguen el ritmo a la perfección. La música se propaga por el barrio, los vecinos del edificio se asoman a las ventanas para oírla mejor, todos participan divertidos, nadie se queja.

Al final, también Sofia, empujada por alguna amiga, se sienta al piano. Y así tocan ininterrumpidamente durante más de una hora, pasando de la música brasileña a piezas clásicas, de la novena de Mahler a Toquinho, de Debussy a los Earth, Wind & Fire. Algunos invitados empiezan a bailar, otros se unen a éstos al cabo de un rato, alguien continúa bebiendo siguiendo el ritmo, se forman parejas que se balancean con la música de las maneras más diversas con su ropa variopinta, oscura, elegante o extravagante, fruto de culturas y lenguas distintas con un solo elemento en común: esas notas. Sofia se separa del piano mientras los demás siguen tocando. Entra, se apoya en un sofá.

—¡Es precioso! —le grita Stefano al oído—. ¡Me recuerda a la película *Fama*! ¡Todos tocando, bailando, eran jóvenes, guapos, llenos de esperanzas; qué gran película, qué música, igual que aquí ahora!

Entonces salen de la cocina dos camareros con dos grandes fuentes repletas de pasta. Pasan al lado de Sofia, que los mira sorprendida. Goffredo le sonríe.

—Me parece que hay quien todavía tiene hambre; hemos hecho unos buenos espaguetis *cacio e pepe*... ¡Luca ya lo había dispuesto todo!

Los dejan encima de la mesa y enseguida se acerca alguien. Goffredo llena un plato tras otro con los espaguetis humeantes. Gabriele le pone un tenedor y se lo pasa al invitado de turno, que le da las gracias y se aleja comentando: «Qué bien huelen...», «¡Están estupendos, se nota la pimienta..., geniales!», «¡Y están perfectos, al dente, alucinantes!».

Lavinia ha cogido un plato bien lleno y se le aproxima.

—¿Tú no quieres? Tienes que probarlos, de verdad, están fantásticos y, además, tú no te preocupes, el lunes vas a clase y los quemas. Es que están..., bueno, ¡que te llevan a Saturno!

Sofia se vuelve hacia ella. No se lo puede creer. No es posible.

—¿Qué has dicho?

Lavinia le sonríe.

—¡Que ya los quemarás cuando vayas a clase!

—No, no, después. Después has dicho otra cosa...

—Ah, sí. —Lavinia se ríe divertida mientras enrolla más espaguetis en el tenedor—. ¡Que te llevan a Saturno! Es una manera de hablar, porque resulta que Saturno es el planeta más positivo, si no lo tienes en contra... De hecho, empecé a decirlo después de ver esa película que me gustó un montón, la de Özpetek, que además es la única de las películas que ha hecho que me parece bonita de verdad; lloré y todo, me conmovió, me reí... ¿Te acuerdas de cuál es?

Y se queda mirando a Sofia con su habitual cara alegre, tan tranquila, mientras coge demasiados espaguetis con el tenedor y se los lleva a la boca. Está en apuros, ridícula, hasta el punto de que debe taparse con la mano y tener cuidado de no atragantarse.

—Sí, sí, claro, la recuerdo... —Sofia se disculpa—. Voy a ver qué están haciendo en la cocina...

Lavinia asiente, evidentemente sin poder hablar, lidiando con el bocado.

Sofia entra en la cocina, pero sólo se queda un momento. Va de nuevo al estudio de Andrea, cierra la puerta a su espalda. La música de la guitarra de Carlos Medina le llega como ahogada, lejana, si bien ese fragmento de los Eagles, *Hotel California*, es inconfundible, emociona a todo el mundo. Sofia camina de puntillas, casi temiendo romper el hechizo de ese momento; abre otra vez el segundo cajón. El móvil todavía está ahí. Lo enciende. Encuentra el chat de Lucia. Hace clic arriba a la derecha, selecciona «Ver contacto», se desliza hacia abajo y encuentra el número. 334 217... Entonces saca su móvil del bolsillo del pantalón, desbloquea la pantalla, abre deprisa la lista de las llamadas recientes y, cuando por fin la encuentra, se queda un instante en silencio. En suspenso. Asustada por lo que pueda descubrir. En la pantalla aparece el nombre de Lavinia. Toca en «Detalles». Intenta no leer enseguida todo el número. Sólo mira los primeros: 334. El corazón vuelve a latirle muy fuerte. Preferiría no mirar. Preferiría no leer el resto del número. Tras unos instantes de titubeo, lo hace. 334 217... El mismo, terrible, idéntico número. «No me lo puedo creer. Es ella, Lavinia es Lucia.»

Sofia se siente morir, es como si hubiera sido víctima de una infidelidad por partida doble. Y pensar que ha estado a punto de contárselo, de compartir la traición de Andrea precisamente con ella. En un segundo, es como si le pasaran por delante todas las frases que ha leído, los momentos, la intimidad, las confesiones, los actos, las sensaciones, las posiciones de esos dos sucios, asquerosos amantes. Sofia está destrozada. Cierra los ojos, no se lo puede creer. Y, en silencio, una tras otra, las lágrimas le resbalan por las mejillas como inocentes condenados al patíbulo, se deslizan hacia abajo, hasta dar el salto y perderse en el vacío. Poco a poco Sofia recobra el aliento. Va al baño del estudio, se lava la cara, se seca, se pasa el dedo por debajo de los ojos para corregir el rímel corrido. Respira hondo. Ahora ya no le cabe duda, sabe lo que tiene que hacer y, de este modo, regresa al salón.

La camarera la ve llegar y de forma espontánea le pregunta:

—¿Quiere un poco de vino?

—Sí, gracias, tinto.

Sofia no mira ni siquiera lo que le está sirviendo, será un chianti, un barolo, un brunello; sea lo que sea, es lo que ahora necesita. De este modo, disfruta del resto de la velada, mirando cómo bailan las parejas, a hombres y mujeres riendo, cortejándose, al parecer amándose. Pero ¿cuántos de ellos en realidad han sido infieles o lo siguen siendo? A pesar de todo, Sofia continúa sonriendo, sigue el ritmo con la cabeza, como si no hubiera ocurrido nada en absoluto, marca el compás con el pie y halla así una manera de descargarse. Entonces se encuentra con la mirada de Lavinia, que se está comiendo un dulce y le sonríe, agita la mano diciéndole: «Esto también está riquísimo». Sofia asiente. «Claro —piensa para sus adentros—, también te va a llevar a Saturno.» Pero ahora ya nada le afecta, está a años luz de allí.

Poco a poco, tal y como había empezado, con la misma increíble magia, la fiesta termina. Ha sido todo muy bonito. Uno tras otro, los invitados guardan los instrumentos en sus estuches, se despiden, se besan, quedan en verse pronto de nuevo y sin prisas se van. También Lavinia y Stefano, entre los últimos, se despiden con alguna improbable promesa.

—Pues está decidido, salimos a cenar la semana que viene, ¿de acuerdo?

—Y nosotras nos vemos el lunes en el gimnasio, y, por favor, tienes que venir sin falta...

Sofia sonríe, tranquilizando falsamente a su, todavía más falsa, amiga.

Cierra la puerta. Los camareros ya han empezado a recogerlo todo y en muy poco tiempo el apartamento está de nuevo como antes. Después, tras una generosa propina, ellos también desaparecen en silencio en la noche, tal y como han llegado.

Sofia se sirve otra copa de vino tinto, sonríe y se encamina hacia el estudio de Andrea intentando no hacer ruido. La puerta está entornada y, cuando la abre del todo, lo ve allí, encorvado sobre ese cajón, lo está vaciando, aparta con rapidez toda su ordenada tecnología en un desesperado intento por encontrarlo.

—Tal vez estás buscando esto.

Andrea se vuelve de golpe. Sofia está en la puerta, le sonríe con su viejo iPhone 6 en la mano. Se lo vuelve a guardar en el bolsillo, apoya la espalda en la puerta y toma un sorbo de vino. Andrea permanece callado, los hombros le bajan, está desolado, no debería haber ocurrido. Sofia lo mira, ahora se muestra dura, incisiva, determinada, rabiosa, ya no sonríe.

—Era con Lucia, todo ese sexo por escrito, explícito, lo que le has hecho, dónde se lo has hecho, cómo la has lamido... Con esa tal Lucia...

Andrea la escucha sin abrir la boca. La situación es grave, pero lo está acusando de tener algo que ver con una mujer llamada Lucia; al menos es mejor que si hubiera descubierto que... Sofia continúa hablando.

—¿Tanto te gusta esa tal Lucia? Qué raro, porque tú siempre la has criticado, denigrado, siempre has despreciado a Lavinia. Y, sin embargo, sólo ha hecho falta que le cambiaras el nombre para que, de repente, la estúpida ayudante de peluquería, una inútil mujer sin ninguna ironía ni espíritu, se transformara en una intelectual que empezó a excitarte más y más hasta el punto de escribirle poesías... Incluso le has hablado de los bardos; pero ¿de verdad crees en serio que ella sabe lo que le estabas diciendo, que lo entiende?

Sofia se echa a reír.

—Qué estúpido eres. Estúpido y presuntuoso, tener guardado el teléfono en un cajón con todos esos mensajes. Lo he fotografiado todo y me lo he enviado. Y, en caso de que no firmes inmediatamente la separación que te haré llegar, Stefano tendrá noticias de esa afición tuya, leerá vuestras encantadoras odas.

Deja la copa vacía en una mesita.

—Ahora recoge tus cosas y vete. Mañana a partir de la una la casa estará vacía y podrás volver.

—Pero, Sofia... No puedes borrar así toda nuestra vida, nuestros años juntos...

—De hecho, no lo hago yo. Lo has hecho tú. Te di la oportunidad de ser sincero cuando te pedí que me lo contaras todo, te dije que te habría perdonado. Y, mira, tal vez si me hubieras contado lo de Lavinia, incluso podría haber terminado riéndome. Me habría burlado de ti, te habría dicho: «Madre mía, qué mal te veo; ¿estos ocho meses que he estado fuera te han hecho ese efecto? No pensaba que originaría en ti semejante monstruo». Nos habríamos reído de ello, en serio... En cambio, no me dijiste nada.

—Pero fue una idiotez, no vale ni una décima parte de ti.

—No eres tú quien debe decírmelo. Yo ya lo sé, por eso me pregunto qué haces aquí todavía...

Andrea, en silencio, va al dormitorio, coge una bolsa del armario y la llena con algunas cosas; después va al baño, coge el cepillo de dientes, el dentífrico y la maquinilla de afeitar. Cuando pasa al salón la ve mirando por la ventana. Se detiene un momento.

—Por favor, Sofia, recapacita...

Ella permanece en silencio. Él insiste.

—Te lo ruego.

Sofia no se vuelve.

—Con todas las mujeres que hay y tenía que ser justo con ella.

—Era lo más sencillo.

—Por eso. Ni siquiera te tomaste la molestia de buscar a otra, de tener un poco de respeto por mí, por nosotros.

En ese momento, Andrea comprende que no es el momento de añadir nada más. Sofia sigue mirando hacia fuera, las luces de la noche, los tejados de las casas, las gaviotas que pasan silenciosas. Después oye el ruido de la puerta de entrada al cerrarse, el ascensor que sube, que baja, el ruido del portal al abrirse y, un instante después, cerrarse. Y luego nada más. Se sirve un poco más de vino, bebe un sorbo y se sienta al piano. Empieza a tocar *Honky Tonk Train Blues*, la música que tanto le gustaba de pequeña, cuando se sentía sola en algún lugar del mundo, que la animaba, que le hacía compañía, igual que ahora, y ríe y llora mientras toca, tal vez porque su historia ya se había acabado hacía tiempo y hasta ahora no se ha dado cuenta. Tal vez porque ha visto correr a esos niños por el salón y ha pensado por un instante que su vida podría haber sido precisamente así. Sigue tocando mientras los pensamientos se entrecruzan de forma inevitable. «Me gustaría que Lavinia me las pagara, se ha reído de mí. Se ha aprovechado de nuestra amistad, incluso la he ayudado en según qué situaciones, he salido en su defensa; sí, la he defendido porque la veía ignorante, ingenua, sin herramientas. En cambio, me ha jodido. Mejor dicho, lo ha jodido a él.» Sigue tocando, toca con frenesí. Ahora Rajmáninov, el Rach 3, para ser exactos, rabia, dolor, violencia, la que le gustaría plasmar en el cuerpo de ella, en el gimnasio, coger un bolígrafo del escritorio, empuñarlo como si fuera un cuchillo y clavárselo en la cara, en la mejilla, en los ojos. De repente ve esa imagen. Se ve llena de sangre. Ve a Lavinia desfigurada y retira de golpe ambas manos del teclado del piano. «Pero yo no soy así —se las mira horrorizada—, no soy esa mujer, no me muevo por esos mecanismos, no quiero pensarlo siquiera, no quiero sentir ni odio ni rabia, quiero una vida bella; es la segunda vez que me lo propongo y por segunda vez no lo he conseguido.»

Va a la cocina y saca del congelador una tarrina de helado de chocolate. Por suerte, ha quedado algo. Coge una cucharilla y poco a poco empieza a arañar el helado, a robar un trocito rígido de vez en cuando que se le deshace en la boca, regalándole un poco de esa dulzura que tanto necesita.

56

Sofia se despierta con calma, se toma un buen desayuno, abre la puerta de la terraza, ventila la casa. Se nota un poco de olor a humo. En realidad, a la única que vio fumar fue a Lavinia, pero no quiere pensar en ello, no le interesa. «Qué raro, es exactamente así, como si no tuviera que ver conmigo, como si no me importara en absoluto. ¿Tal vez mi mente no quería aceptar lo que mi corazón siempre ha sabido tan bien? Después de aquellos cinco días no he vuelto a amar a Andrea. Ésa es la verdad.» Deja a un lado esos pensamientos y empieza a preparar el equipaje.

Cuando baja, va a ver a Donata, la dueña de la tintorería.

—¡Hola! ¿Qué tal fue anoche?

—Bien, muy bien.

—¡Estaba segura, mira, no sabes lo mucho que pensé en ti; me han dicho que se oía la música en todo el barrio y que fue un concierto increíble, mejor que los que hacen en la piazza Vittorio!

Sofia se echa a reír.

—No exageres...

—¡No, no, me lo han dicho en serio! ¿Y Luca? ¿Te trató bien?

—Muy bien.

—Y los camareros que te envió, ¿qué tal?

—Como para tocar Saturno...

—¿Qué? —Donata la mira desconcertada.

—Perdona, es una manera de hablar...

—Tocar Saturno, no lo había oído nunca. Ahora inventan unas cosas...

Entonces Donata se fija en la maleta.

—¿Qué haces?, ¿vuelves a marcharte?

—Sí.

—¿Y el resto de tus blusas?

Sofia le sonríe. Donata lo entiende.

—Está bien, ya las recogerás cuando vuelvas. —Entonces la ve triste—. O te las envío adondequiera que estés, ya lo arreglaremos. —Comprende que Sofia no tiene ganas de hablar—. De todos modos, yo siempre estaré aquí.

Sofia la abraza. Se queda así un instante más de lo normal, tal vez porque le gusta esa mujer: es reservada, es buena, siente que es su amiga, la ha ayudado sin pedirle nada a cambio. Entonces se aparta, le sonríe, pero no dice nada más. Se aleja arrastrando tras de sí la maleta, que rebota decidida por los adoquines, la sigue como si ya supiera adónde se dirigen. Sofia sólo sabe que quiere alejarse de allí, le parece que ha pasado la página final, que ha concluido un capítulo de su vida, es como si algo de repente hubiera cambiado y lo hubiera hecho para siempre. Mira a su alrededor mientras camina, le gustaba ese barrio. Las tiendas, su Ciuri, donde solía tomarse sorbetes de almendra, la via degli Zingari, la via del Boschetto, las calles estrechas, los talleres de dorado, de los carpinteros, de los herreros, las pequeñas galerías de arte y esos ropavejeros disfrazados de anticuarios. Sofia sonríe; sí, le gustaba el barrio Monti, en alguna

ocasión, con Andrea, incluso fue a Angelo Mai, un divertido centro social donde los chicos pintaban, bailaban, pero
sobre todo se liaban porros. Una vez él la hizo tocar en ese
lugar y los chicos permanecieron en silencio escuchándola
y al final incluso la aplaudieron... Otros tiempos, otros momentos. Ahora Angelo Mai ya no existe, lo cerraron, volvió
a abrir en otra parte, en la via delle Terme di Caracalla, al
igual que ya no está Andrea en su vida. Sofia sigue caminando y se da cuenta de cómo ha cambiado todo en un instante: ha descubierto que tiene una hermana, ha perdido
un marido. Sí, lo ha perdido. Empieza a interrogarse sobre
ello. «No tengo ganas de verlo, no tengo ganas de hablar
con él, me alegro de no haberle dicho nada de mi hermana.» Le viene a la cabeza aquella frase de Nietzsche: «No
estoy enfadado porque me hayas mentido, sino porque a
partir de ahora ya no puedo creerte». Es como si el accidente de moto lo hubiera tenido ahora y, sin embargo, la vida le
hubiera dado otra oportunidad. Andrea ha muerto. Más
tarde, cuando entra en el metro de la via Cavour, se da
cuenta de una cosa. No tiene a nadie con quien hablar. «No
puedo hablar con mi madre, no puedo hablar con Maurizio, ni con mi padre, y mi hermana Viviana no creo siquiera que sepa nada de mí. Lavinia no se merecía ni entrar en
mi vida.» Y, de repente, se siente sola, sola por completo,
pero se sorprende. No tiene un ataque de pánico, no tiene
miedo, no está triste. «Qué raro —piensa—, me siento des-
pegada de todo, como si empezara una nueva vida, como si
ya no tuviera obligaciones, deberes, culpas, como si acabara
de nacer, pero ya fuera adulta.» Y su corazón se vuelve más
ligero. Puede que por primera vez se dé cuenta de que está
bien consigo misma. De golpe su mente la lleva a Tancredi,

a la isla, a esos días; sonríe y sabe que, a pesar de que racionalmente desee odiarlo, él en cambio está justo allí con ella, le hace compañía. Por un momento le dan ganas de llorar, pero le suena el móvil. Lo saca del bolsillo preguntándose quién puede ser y entonces sonríe; ve que es Carlos Medina, el guitarrista mexicano, así que contesta alegre.

—Hola, Carlos, *¿qué pasa?* —dice en español.

Él se ríe.

—¡Pasa que te quiero, mi amor! ¡Pero qué bonita fiesta, qué cena, qué casa y qué música tocamos!

—¡Que tocaste! Hiciste una interpretación divina, siempre eres fantástico.

—¡Oh, eres una aduladora! Tenemos que hacer esas cosas más a menudo, pasa demasiado tiempo sin que nos veamos; la próxima vez lo haremos en el campo, en mi casa de Bracciano, y tú puedes venir antes y echarme una mano.

Y se despiden con esta propuesta imprecisa pero fuerte, con verdaderas ganas de volver a tocar juntos y divertirse. «No es cierto que no tenga con quién hablar, estoy rodeada de amigos; a todos les apetece oír mi voz, pasar tiempo conmigo, tocar, echarme una mano si me hiciera falta. Sólo tengo que decírselo.» Entonces llega en metro a la estación de Termini, baja y compra el billete. Comprueba el horario, pasa el punto de control y sube al tren. Un poco más tarde está sentada al lado de la ventanilla. Mira hacia fuera. Algún acompañante que ha conseguido rehuir de tapadillo a los controladores o ha hecho que se compadezcan de él está de pie en el andén. Los pasajeros están ocupados enviando un último saludo, una sonrisa, mandando un beso, haciéndose leer palabras de amor de los labios: «Te amo». «Yo más...», responde moviendo tan sólo los labios desde detrás del cristal esa hermosa chica que está frente a Sofia. Es joven, morena, tendrá unos diecisiete años y toda la vida por delante, piensa. El chico que se ha quedado fuera se lleva la mano derecha al corazón, por debajo de la camiseta, y la hace palpitar. Ella sonríe. Entonces el tren se mueve despacio, deja atrás el andén y sale de la estación, y al fondo se queda ese chico, que se va haciendo cada vez más pequeño. El tren aumenta la velocidad, la chica saca un libro del bolso, lo abre sobre las piernas y empieza a leer. Luego le llega un mensaje, saca el móvil y sonríe de nuevo. Ese chico todavía está allí, no la abandona, le ha enviado una foto con una rosa roja en la que ha escrito Ya te echo de menos. El amor a veces puede ser arrebatador, persistente, insistente, no tiene fronteras, es incansable, al igual que ese chico. Sofia la espía con curiosidad, pero no logra saber qué le contesta ella, de modo que al final desiste, coge su móvil y hace una llamada.

—Hola.

—¡Hola, qué alegría! ¿Dónde estás?

—En el tren.

—¿Va todo bien?

—Sí.

—¿Estás volviendo a mi casa?

—En tu casa hace demasiado frío... —Sofia se ríe—. Me voy a Florencia.

Olja se queda un instante en silencio, comprende al vuelo que algo no va bien. Sofia se da cuenta, es como si tuvieran telepatía.

—Va todo bien, no te preocupes, me voy allí porque tengo que apartarme de Andrea; no quiero volver a verlo, me ha engañado...

—Pero...

Olja no quiere saber los detalles, sólo desea saber si es una decisión definitiva. Entonces se acuerda de la forma de ser de Sofia, no hace falta que se lo pregunte. De modo que sólo dice:

—Lo siento.

—Yo no. Me haría bien ir de gira, un poco de música recorriendo el mundo, lo necesito. ¿Podrías encontrarme algo?

—Claro, dame un poco de tiempo.

—Lo lamento por el conservatorio, acaban de verme llegar y ya me ven desaparecer de nuevo.

—¿Has hablado con ellos?

—Sí, esta mañana; he llamado a la directora, ha sido muy amable, no me ha hecho preguntas. Sólo me ha dicho que, cuando quiera volver, siempre seré bien recibida.

Olja sonríe. Tener a una profesora como Sofia es algo excepcional.

—Hablamos más tarde, te dejo, que tengo que hacer unas cuantas llamadas.

Sofia guarda el móvil en el bolso, la chica sigue escribiendo mensajes, fuera los campos romanos discurren verdes por delante de la ventanilla. Sofia por fin se relaja. Será una preciosa gira.

57

Un fuerte viento agita las palmeras, las salpicaduras de las olas se encrespan hasta volverlas blancas, la lluvia cae de lado. Tancredi está delante de la gran cristalera de su salón, en la villa central, con las luces apagadas. Desde el piso de abajo llegan repentinos resplandores, son los reflejos de la piscina. En el fondo, bajo el gran y grueso vidrio, varias barracudas han buscado refugio. Alguien llama a la puerta.

—Adelante.

Savini entra con una carpeta en la mano. Él se vuelve y le sonríe.

—Te estaba esperando.

—Estaba en el despacho, me han llegado ahora los correos y los estaba imprimiendo.

Tancredi le hace una señal para que se siente.

—¿Te apetece un café?

—¿Por qué no?, gracias.

Un rato después, él también se sienta a la gran mesa negra de reuniones, en su butaca de piel oscura, y le pasa la taza de café a Gregorio. En el centro hay un azucarero, Savini se sirve dos cucharaditas y empieza a removerlo. Tancredi se lo toma solo.

—Se ha levantado viento.

—Siempre pasa lo mismo en esta época del año; dura unas horas, en ocasiones un día entero... Pero cada vez es más frecuente.

Tancredi le sonríe.

—No podemos salir a pescar.

—No, sólo los barcos grandes. Si quieres, hago que traigan uno.

—De momento no. ¿Y bien?, ¿qué me cuentas?

Savini termina de tomarse el café.

—Ayer dieron una fiesta, había algunos amigos de Andrea, de su antiguo equipo de rugby y algún arquitecto, pero sobre todo muchos compañeros de Sofia; aquí tengo la lista... —Abre la carpeta—. Varios músicos extranjeros: chinos, alemanes, franceses, un mexicano, también había algún italiano. —Le pasa la hoja—. Están todos los nombres, pero no hay nada relevante. —Tancredi mira el listado y deja la hoja encima de la mesa. Savini coge otra—. Sofia encontró el móvil. Leyó todas las conversaciones. Las que se cruzaron Andrea y Lavinia. Aquí están los textos impresos. —Se los pasa, pero él los deja sobre la mesa sin mirarlos.

—Los recuerdo..., más o menos. ¿Cómo se lo tomó?

Savini se queda un instante en silencio, piensa lo que va a decir.

—¿Quieres la verdad?

—Siempre quiero la verdad.

—Se lo tomó bien. Lo descubrió antes de que llegaran los invitados y, a pesar de todo, se comportó como una perfecta anfitriona.

—Pero ¿sabe que Lucia es su amiga Lavinia?

—Sí, durante la fiesta ella dijo una frase que Sofia había leído en los mensajes, una expresión en concreto que hizo que lo comprendiera todo.

Tancredi siente curiosidad, de eso no se acuerda.

—¿Cuál?

—«Llegar a tocar Saturno.» Creo que Lavinia también se dio cuenta de que lo había descubierto. —Savini hace una breve pausa y se permite hacer una broma—. Nunca se puede bromear con los planetas.

Tancredi lo secunda riendo.

—Nunca. ¿Y no le dijo nada? ¿No discutieron ni se pelearon? ¿No le dijo ni una palabra?

—Nada, la ignoró. Tocó el piano, comió, bebió y, al final, cuando todos los invitados y los camareros se habían ido y no quedaba nadie, le pidió a Andrea que se fuera. Lo echó.

Tancredi sonríe casi de manera imperceptible.

—Sofia...

Savini se muestra profesional.

—Ya lo sabes; aunque le hubiera dado por hacer cualquier disparate, estábamos listos para intervenir, siempre estuvo vigilada.

—¿Qué hizo cuando él se fue? ¿Estuvo bebiendo?

—Se terminó su copa de vino y después se puso a tocar una canción alegre, una balada.

Coge el móvil y lo deja encima de la mesa, busca el mensaje que le han enviado y lo pone en marcha. Es la ejecución de *Honky Tonk Train Blues*. Tancredi la escucha y sonríe.

—La conozco. Es un tema de Keith Richardson. ¿Y luego?

—Luego se acostó. Ha dormido hasta las nueve. —Comprueba el texto donde están los apuntes—. Después ha bajado, ha estado charlando con la mujer de la tintorería, una tal Donata Ricci. Han estado riendo y bromeando, más tarde ha cogido el metro para ir a la estación de Termini y ha subido al tren que va a Florencia. Ha llegado hace poco, se aloja en el centro, en el hotel Calzaiuoli. Por el registro de sus llamadas sabemos que esta noche irá a cenar a casa de una amiga. —Le pasa una foto—. Es una mujer muy guapa, de unos cuarenta y cinco años, casada con un flautista. Ella toca el contrabajo. Tienen tres hijos y una preciosa casa en Impruneta. Sofia estará con ellos esta noche.

—¿También sabes qué han hecho para cenar? ¿El menú?

—No, eso no, pero si quieres me puedo informar...

—Savini..., era una broma.

Él se queda un momento perplejo.

—Nunca se sabe cuándo bromeas y cuándo hablas en serio. Creo que te has tomado toda esta historia muy a pecho.

Tancredi responde serio:

—Así es.

—Y por eso la trato en consecuencia, como si fuera un asunto de Estado, en el que no se puede dejar nada a la casualidad, hay que controlarlo todo, supervisarlo, evaluarlo, analizarlo en sus más mínimos detalles, desde las charlas sin importancia hasta los mensajes, las llamadas. Es verdad, ahora que lo pienso, tienes razón, se me había pasado lo del menú...

Entonces se miran, se quedan serios un instante y se echan los dos a reír. Savini sacude la cabeza.

—Bueno, basta, me rindo. Oye, Tancredi, ¿puedo hacerte una pregunta?

—Sí, claro.

Tancredi se levanta y se prepara otro café.

—¿Quieres tú uno?

—No, gracias.

—¿Y bien?... —dice mientras está de espaldas—. Hazme la pregunta.

—De acuerdo... —Gregorio se pone cómodo—. Lo de conocer a otra chica no es una opción, ¿verdad?

—Verdad.

—Eso, por desgracia, no deja lugar a duda, desde luego, y más teniendo en cuenta que Sofia es realmente especial; sería muy difícil encontrar a otra con una belleza, un carácter y sobre todo un temperamento parecidos.

Tancredi se sienta.

—Exacto. ¿Era ésa la pregunta?

—No, viene ahora.

—Así pues, es más de una...

—Sí, en efecto, hoy estoy un poco impreciso...

—Mucho. —Tancredi le sonríe—. ¿Vas a hacerme la otra pregunta o no?

—Sí, calma. Ahora que por fin ella lo ha descubierto todo, sin que nosotros hayamos intervenido en nada...

—Eso me lo aseguras, ¿verdad, Gregorio?

—Por supuesto, te doy mi palabra...

Tancredi lo cree.

—Continúa.

—¿No podrías cortejarla de una manera normal, como haría cualquier otro, e intentar cerrar así esta bendita historia? ¡No creo que te falte atractivo! Incluso puedes encontrar a alguien que te sugiera alguna frase, qué escribir en una nota para acompañar unas bonitas flores, un Cyrano moderno, no sé... O como hacía Yves Montand en *El multimillonario* con Marilyn Monroe, cuando con tal de estar a su lado consigue que lo contraten como actor para hacer una parodia de sí mismo. Una película muy bonita, ¿la has visto?

—No.

—Bueno, tal vez te falte algo de formación. Puede que por eso no tengas éxito con Sofia.

—Mira, te agradezco tu análisis, pero ella sólo está enfadada conmigo porque se sintió manipulada por todo lo de la operación de su marido, por el dinero; de algún modo se sintió obligada a venir aquí conmigo...

—Está bien, pero es una mujer inteligente, también puede superar ese obstáculo...

—Se lo toma como prepotencia por mi parte. No me ve con buenos ojos.

—El asunto no es fácil.

—Exacto, no es fácil en absoluto. Esta vez, aunque parezca increíble, el dinero no sirve de nada.

Savini se queda en silencio. Tancredi se da cuenta.

—Ya sé qué estás pensando, que soy un ingenuo y que todo el mundo tiene un precio, que me estoy engañando y que Sofia también es así.

—No, no... Por desgracia estoy pensando justo lo contrario. Me has convencido, y no tengo ni idea de cómo podrías hacerla recapacitar.

Entonces abre la carpeta y le muestra una última hoja.

—Bueno, ésta es la gira que Olja Vassilieva ha podido organizarle en una tarde. Europa, Estados Unidos, Japón... Aquí están los teatros que la han contratado y las fechas.

Tancredi coge el papel y lo mira, pone el dedo encima y le da unos golpecitos con una sonrisa.

—Aquí está la solución. Y es fácil.

Savini lo observa con curiosidad.

—¿Qué quieres decir?

—A mí me encanta la música. Sobre todo, su música.

—Perfecto. ¿Y bien?

—Quiero seguir su gira personalmente. Y, además, tengo ganas de verla. Pero sobre todo quiero que ella conozca a Tancredi.

—¿Y con eso sería suficiente?

—Quizá sí. Sólo yo, yo y nadie más, sin nada; aunque suene absurdo, me parece que incluso le molesta mi dinero.

—¡De acuerdo, entonces es que está loca!

—Sí, y es por eso por lo que me gusta.

Savini sacude la cabeza divertido.

—Oye, si quieres librarte de todo tu patrimonio por ella, ya sabes que también puedo ayudarte con eso..., ¿verdad? En mí tienes un amigo de fiar.

—Sí, ya sé que también harías ese sacrificio por mí. Gracias.

58

Frances Little, estadounidense, siempre guapísima, recibe a Sofia con una sonrisa.

—Cómo me alegro de verte, no puedo creer que estés aquí.

La estrecha con fuerza entre sus brazos. Sofia está conmovida, mira emocionada por encima del hombro y ve los campos llenos de girasoles amarillos, el viñedo cuidado, con grandes racimos de uva ya llenos, exuberantes, besados mucho tiempo por el sol. Después, ante ella, aparece un niño pequeño que inclina la cabeza a un lado y observa curioso a esas dos mujeres que se abrazan.

—Mamá...

Frances se separa de Sofia y se vuelve.

—¡Cariño! ¿Qué haces aquí? ¿No estabas estudiando?

—¡Ya he terminado!

—Muy bien...

Le revuelve el pelo, lo atrae hacia sí y el niño apoya la cabeza en su tripa. La madre lo presenta orgullosa.

—Él es Marcus, tiene siete años.

Sofia le sonríe.

—Hola, encantada, yo soy Sofia.

—Hola, Sofia.

Frances lo empuja delicadamente.

—Ve dentro con tus hermanos, yo tengo que hablar un rato con mi amiga.

Marcus no se lo hace repetir; entra corriendo, dispuesto a dedicarse tal vez a un juego electrónico, a una partida de dardos o a cualquier otra cosa que para él sin duda será mejor que estudiar.

—Ven, ven, siéntate.

Frances la hace tomar asiento a una mesita de piedra de colores claros, con unas flores amarillas y rojas y grandes hojas verdes dibujadas. La mesa de piedra se sustenta sobre un robusto armazón de hierro, al igual que las sillas dispuestas alrededor, en las que descansan unos mullidos cojines de color crudo. Encima de la mesa hay té frío, vino blanco helado, una jarra con zumo de naranja y también vasos, servilletas y unas galletas crujientes.

—¿Qué quieres tomar?

—Un té será perfecto.

Frances le sirve uno a Sofia y también se pone otro para ella. Le da un bocado a una galleta.

—¿Y bien?, ¿qué tal fue anoche?

—Muy bien; te echamos mucho de menos, fue una velada musical realmente estupenda, pero imperfecta: ¡faltaba tu contrabajo!

—¡¿Me tomas el pelo?, pero si estaban los mejores! He hablado con Liu Dou Eng y me ha contado que fue una fiesta fantástica. Por desgracia, ayer tenía que tocar en los Uffizi, era un compromiso que tenía desde hacía tiempo con el alcalde y otros políticos; si no hubiera ido se habría interpretado como una afrenta personal a la administración municipal, me habrían puesto las cosas difíciles en el futuro...

—Venga ya...

—No, en serio. Aquí funciona así, haces algo de ese estilo y se lo toman muy a pecho, no sabes a lo que te arriesgas. ¡Y, además, sé que también me perdí una cena excepcional!

—Qué va, sólo preparé cosas sencillas...

—Sí, claro, cómo no... —Frances empieza a enumerar con todo lujo de detalle lo que había en las mesas y también los aperitivos que los camareros pasaban en las bandejas—. Y sé también todos los vinos que había y hasta el orden de las piezas que tocasteis.

—¡Pues sí que viniste! ¿Dónde estuviste escondida, que no te vi?

Frances se ríe.

—¡Ojalá! A Liu Dou Eng le encantan los pormenores, se fija en todos los detalles, de una manera rigurosa, y luego no para de contártelos; sólo faltaba que al final de la llamada me interrogara para asegurarse de que lo había entendido bien...

—¡Bueno, seguro que habrías aprobado! Te has acordado de todo.

Y siguen charlando, hablan del virtuosismo de algunos, de lo bueno que es Carlos Medina, de la imprecisión de Joaquim con el bongó y de los que, a pesar de no saberse algunos pasajes, se lanzaban y se las arreglaban como podían, tal y como les salía.

—De todos modos, fue espectacular, en serio; sólo te digo que, en vez de llamar a la policía, lo cual habría sido de esperar, los vecinos de los edificios de al lado se situaron en las ventanas, algunos con la silla y todo, y al final hasta se pusieron a aplaudir; ¡hubo quien incluso pidió un bis!

Frances se ríe divertida.

—Qué bonito, tenemos que repetirlo pronto aquí, en mi casa.

Sofia se encoge de hombros.

—No podré, me voy de gira. Empezaré en Noruega sustituyendo a Natalia Gustavson, que ha tenido un problema, creo que ha perdido a alguien cercano, y actuaré precisamente en el concierto inaugural del teatro de la Ópera de Oslo, ante su majestad Harald V, la reina Margarita II de Dinamarca y el presidente de Finlandia, Sauli Väinämö Niinistö.

—¿Y dónde está el problema? Los invitamos a ellos también.

Se echan a reír. Frances busca otra fecha, pero Sofia le cuenta toda su gira por Europa, Estados Unidos, Japón, Brasil...

—No tendrás ni un momento libre. Son cinco meses seguidos. Para celebrar otra velada como la de anoche, o vamos todos al extranjero o habrá que buscar otra solución.

—Sí, tienes razón.

—De todos modos, envíame el programa con las fechas y ya verás cómo consigo organizarte una *jam session* en alguna parte del mundo.

—¡Sí, te lo enviaré!

Sofia sonríe, sabe que Frances es testaruda, cuando se le mete algo en la cabeza no para hasta que lo consigue. Empezó a tocar cuando tenía dieciséis años y se empeñó en aprender el contrabajo, que es un instrumento grande y tanto por el peso como por la fuerza que requiere por lo general está reservado a los hombres.

—Nunca te lo he preguntado, pero ¿qué hizo que te decidieras por el contrabajo?

Frances mira a su alrededor, comprueba que no esté su marido.

—Vale, te lo contaré... De joven estaba colada por un tal Arthur, vi con él la película *Kolya* y, al final, cuando pasaban los créditos, él me confesó que la mujer que tocaba el contrabajo en la película lo excitaba muchísimo, ¿sabes? Por eso he dedicado mi vida a ese instrumento. Pero, en cuanto empecé a tocarlo, él se trasladó con su familia a vivir a otra ciudad. De modo que ni siquiera tuve la oportunidad de que apreciara mis dotes...

Y ríen de nuevo.

—Ya que estamos en plan de confidencias, ¿puedo preguntarte algo?

—¡Por supuesto!

—Y Andrea, ¿por qué no ha venido?

Sofia reflexiona un momento. Es demasiado pronto para hablar de ello, ni siquiera sabe muy bien qué decir. De modo que opta por la solución más sencilla.

—Tenía que trabajar.

Frances se queda pensando un instante. «En realidad, hoy es domingo, qué raro... ¿Los arquitectos trabajan en domingo? Normalmente, cuando pueden, no trabajan ni siquiera los sábados...» Sofia se da cuenta.

—Es que se presentan a un concurso del ayuntamiento para un proyecto importante, van a asignar unas licitaciones a quien proponga el mejor trabajo con un presupuesto más bajo. Les han dado pocos días, así que también trabajan los domingos.

—Ah, bueno... —Frances sonríe, ahora todo parece estar más claro.

Entonces aparece su marido y evita que la situación se vuelva incómoda.

—¡Mira quién está aquí, la guapísima Sofia! —Ella se levanta y se abrazan. Hugh Ranieri se la queda mirando y sacude la cabeza—. Es que para ti no pasa el tiempo, es como la belleza de las sonatas de Chopin..., se cristaliza. En mi opinión, la mayoría de los hombres que venían a nuestros conciertos estaban allí sólo por ti. Mejor dicho, muchos de ellos incluso odiaban la música, fue tu belleza lo que hizo que se convirtieran.

—¡Sí, seguro! ¡Tú siempre tan bromista! —Sofia le quita importancia.

Frances, en cambio, insiste.

—No, no, él lo cree de verdad. Hoy tenía un campeonato de *bridge*, cosa que le encanta, pero cuando ha sabido que venías tú, ha pedido que lo sustituyan.

—Era por el placer de estar con vosotras. ¿Cuándo voy a encontrar juntas a dos mujeres tan guapas y tan simpáticas...?

Frances asiente.

—¡Y tan cotillas! ¡Di la verdad, tienes miedo de lo que podamos decir de ti, por eso has querido estar presente!

Hugh se ríe.

—¡Eso también! En cualquier caso, la cena estará lista enseguida; nos sentaremos debajo del roble del jardín que hay detrás de la casa.

Se aleja. Las dos mujeres se quedan charlando un rato

más. Frances le pregunta con curiosidad por el aspecto de algunas de sus colegas instrumentistas.

—Sí, hombre, ¿y el pelo? ¿Se ha hecho otro corte?

—Sí, y también se ha cambiado el color.

—¡No tiene remedio, no se está quieta ni un momento! Y, sin embargo, cuando toca el violín se la ve una persona tan reposada..., parece que esté en otro mundo. ¡Siempre he pensado que se droga antes de tocar!

—¡Qué va! —Sofia la defiende—. Siempre ha sido así. Y, además, está en contra de cualquier tipo de droga.

Pero no tienen tiempo de añadir nada más, el tintineo de la campanilla las avisa de que la cena está lista.

—Venga, vamos.

Marcus está tocando la campanilla como un viejo sirviente. Frances lo acompaña al baño y poco después ya están todos sentados a la mesa.

—Bueno, así también ves a los otros dos. Richard, Ella, saludad a Sofia; ahora tienen diez y doce años.

—Cómo han crecido...

Los dos niños la saludan con una bonita sonrisa al mismo tiempo que llega Maddalena, la camarera.

—Y ella es nuestra granjera, nuestra campesina. Toda la riquísima comida que probarás esta noche procede de nuestro huerto, ella es quien lo cuida, y también quien cocina.

Empiezan a comer; no pueden faltar los típicos platos toscanos, *ribollita*, una sopa de verduras, legumbres y pan, una ensalada *panzanella* y una sopa espesa de tomate llamada *pappa al pomodoro*.

—Coge un poquito de todo —le aconseja Frances.

Y es lo que hace Sofia, prueba las judías *al fiasco*, cocidas en un tarro, también una pequeña porción de carne a la brasa, chuleta de buey y un *fritto misto alla fiorentina*, con carne y verduras, y, para terminar, de postre, unos *necci*, que son unos barquillos a base de harina de castañas rellenos de requesón dulce.

—¡Los ha hecho Ella!

Sofia los prueba.

—Pero si están deliciosos, qué bien cocinas.

—Imagínate, quiere ir a la tele para participar en «MasterChef Junior».

—¡Pues, en mi opinión, seguro que ganaría! —Hugh está muy orgulloso de ella.

—En la mía también —lo secunda Sofia.

Más tarde, tras unos excelentes *cantuccini con vinsanto*, carquiñoles con vino dulce, se trasladan al salón para oír tocar a Richard, flautista como su padre. Él también ha mejorado de manera increíble. Sofia es sincera, está dotado de verdad. Contempla a esa fantástica familia americana de origen, aunque perfectamente arraigada en Italia. Se ríen, bromean, se toman el pelo sin mala intención, con mucha ironía. Todos guapos, graciosos, siempre con una sonrisa. Los niños ahora se persiguen por el salón, el padre está sentado en una gran butaca, la madre, en el reposabrazos; fantasean sobre escribir una ópera y ponerla en escena.

—Yo haré los diseños del vestuario, de los decorados... —Ella se muestra decidida—. Y al final ofreceré dulces a todos los espectadores.

Richard la regaña.

—Pero eso no se puede hacer en un teatro, no está permitido.

—¡Pues yo lo haré! Es una idea nueva. Tú estás anticuado.

Se ríen mientras Marcus intenta participar.

—¿Y yo qué haré?

—Tú darás las entradas y recogerás el dinero.

Marcus parece contento y satisfecho con la idea, así podrá comprarse el nuevo juego que quiere. Sofia comparte con ellos su alegría, aprecia y admira a esa familia, así le habría gustado que fuera la suya, igual que ésta, con al menos tres hijos, una casa en el campo, un perro, el huerto, cosas ricas de comer, una señora como Maddalena que se lo enseñaría todo y una hija guapa y divertida como Ella con la que intentar elaborar juntas cualquier plato. En cambio, no tiene nada. Debe empezarlo todo desde el principio. Una tristeza infinita la embarga y ese sueño que tiene ante sí, las sonrisas, la frescura del aroma único de la infancia, le parece lejano, inalcanzable. Frances se percata de su mirada, de modo que le pone la mano en la pierna, llamando su atención.

—¿Todo bien? ¿Necesitas algo?

Sofia le sonríe.

—No, no, es todo perfecto. Sólo que estoy un poco cansada.

—¿Quieres quedarte a dormir aquí?

—No, gracias, llamaré a un taxi. Tengo mis cosas en el hotel y mañana vienen a recogerme muy temprano. Olja lo ha organizado todo.

—De acuerdo, como quieras, pero del taxi ni hablar. Hugh te acompañará.

Y, así, después de besar a esos preciosos niños, abrazar a Frances con la promesa de otra velada musical en una fecha próxima y felicitar a Maddalena, Sofia sube al Volvo familiar de Hugh.

Conduce tranquilo hacia el centro de Florencia.

—Qué alegría haberte visto, estoy muy contento.

—Sí, a mí también me ha gustado. Había visto a vuestros hijos de pequeños, Marcus acababa de nacer; han crecido mucho.

Hugh sonríe.

—Sí, ya son mayores. —Entonces le coge la mano izquierda y se la estrecha con la derecha, con fuerza, con afecto.

—No perdamos el contacto, tienes que venir a casa más a menudo. —Le sonríe, a continuación, le suelta la mano—. ¿Sabes qué quiero decir? No vuelvas a desaparecer de nuevo durante tantos años...

—Sí, tienes razón.

Al llegar al hotel, Hugh detiene el coche. Sofia se vuelve hacia él.

—Gracias, has sido muy amable; en cuanto regrese a Italia te prometo que os llamaré.

Y se inclina hacia él para besarlo en la mejilla. Pero Hugh la estrecha en sus brazos. Permanece en silencio durante un momento.

—Sabes que te queremos, estamos aquí, para cualquier cosa, nos tienes para lo que necesites.

Es como si lo hubiera comprendido todo y quizá más. Hugh se separa de ella y le sonríe.

—Al fin y al cabo, con toda esa bonita música que hacéis juntas, es como si fuerais hermanas. Así que puedes considerarnos como tu segunda familia. Por favor, si necesitas cualquier cosa, no lo dudes. Te apreciamos de verdad.

—Gracias. —Baja del coche rápidamente y entra en el hotel antes de echarse a llorar.

59

Sofia entra en su habitación y se siente como un guiñapo. «¿Cómo es posible? Se ha dado cuenta de todo, pero ha querido respetar mi decisión de no hablar. Debe de haber notado que mi mirada se perdía en la de sus hijos, en la belleza de sus risas, en la comida, en la música de Richard.

»Es cierto, los miraba con envidia, no he podido evitar desear toda esa felicidad también para mí...

»Sí, he pensado que, después de todo, se puede tener una vida como ésa, es la vida que quiero, esos sabores, los aromas, el ambiente, la luz del amor, tan hermosa, tan cálida, tan única. El aroma de la piel de Marcus, algo que no existe en el mundo excepto a través de un hijo. Ese olor a leche, a ingenuidad, a sueños inconcretos, a sonrisas sin filtro, a palabras equivocadas, a abrazos sinceros; esa belleza pura, tan extraordinaria, más valiosa que un diamante perfecto, sin ningún tipo de tacha. Él y Frances se han dado cuenta, han visto el vacío que hay en mi vida.» Se mira al espejo mientras se desnuda y siente su cuerpo inútil. Inútiles sus piernas delgadas, fuertes, su trasero, sus senos redondos, llenos, no excesivos, perfectos, que oscilan sólo durante un instante en el vacío. Así, desnuda, se mira al espejo. Se cubre los pechos cruzando los brazos, avergonzándose, porque piensa que si son tan perfectos es porque nunca han dado de mamar, y siente un doloroso vacío. A continuación, se pone el camisón y vuelve decidida sobre sus pasos. «Ligereza, Sofía, sólo ligereza.»

Se sienta en la cama y marca el número nueve. Le responde una voz amable.

—Buenas noches, señora Valentini, dígame, ¿en qué puedo ayudarla?

—¿Me podrían traer una manzanilla, o es demasiado tarde?

—No, en absoluto. El tiempo de prepararla y se la subimos.

Al cabo de un rato, le dejan un carrito en el centro de la habitación, el camarero coge la propina y cierra la puerta con suavidad. Sofía acerca el carrito a la cama, se sienta en el borde y mete la bolsita de la manzanilla dentro de la jarra con agua caliente, la mueve arriba y abajo y al final la deja reposando en el fondo, coge un poco de miel y la vierte en la taza. Hecho esto, sirve la manzanilla y la remueve con la cucharilla. Se la toma sujetando la taza con ambas manos. Lo necesitaba. Y no sabe cómo, no sabe por qué mecanismo de la lógica, su pensamiento vuela hasta Tancredi. Sofía sonríe. «Quién sabe por qué me ha venido a la cabeza justo ahora. ¡Bueno, él es muchas cosas, pero no una manzanilla! Tal vez la miel me haya hecho pensar en él. —Se acuerda de un juego sensual que empezó precisamente así—. ¿Dónde estará ahora? ¿En qué parte del mundo? ¿En qué villa, casa, apartamento, con qué huso horario, con qué mujer? —Con esta última idea, nota una punzada en el estómago—. ¡Es absurdo! ¿Por qué? ¿Qué significa? ¿Cómo tengo que interpretarlo? ¿Estoy celosa por Tancredi? ¿Por qué? ¿Lo rechazaste y ahora sientes celos por si estuviera con otra? ¡Sería lo justo que estuviera con una mujer! —Sofia se ríe de esas dos extrañas realidades que conviven en su interior—. No, no es justo, para nada. Pero, perdona, tú deberías estar celosa por tu marido, por Andrea, que ahora está solo, puede estar con Lavinia como y cuando quiera, incluso en tu casa, en tu propia cama. Me gustará ver cómo lo va a llevar Andrea, asistir a sus cenas, escuchar sus conversaciones, ver que ella no se ríe de algunas de sus bromas porque no las entiende; eso está claro, ¿no? ¿Y también te gustaría oír cuando lo hagan? No, me aburriría. Puede que no te haya quedado claro. Andrea está fuera, fuera de mi vida, de mi cabeza, de mis pensamientos, de todo. Y ahora basta, que mañana temprano vendrá el coche a buscarme para ir al aeropuerto.» Y, así, después de lavarse los dientes, apaga la luz, se mete entre las sábanas, vuelve la almohada varias veces buscando la posición adecuada, la abraza e intenta dormir. Pero no lo consigue, permanece así, con los ojos abiertos. Ahora, acostumbrados a la oscuridad, dibujan perfectamente la habitación con la ayuda de alguna pequeña rendija de la persiana. Sofia se descubre sonriendo. «Me equivoqué, no debería haber tratado tan mal a Tancredi cuando vino a verme a Rusia. Quizá él quería contarme toda la verdad. —Y, al recordar tan bien la escena de la miel, ahora lo visualiza con claridad: guapo, deseable, atlético, divertido, pero al mismo tiempo pequeño, frágil, sincero. Al menos, en ocasiones—. Lástima —piensa—, ni siquiera tengo su número, quise borrarlo todo de él.» Y, por fin, acompañada por ese sutil malestar, se queda dormida.

60

Al otro lado de Europa, Oslo, Comfort Hotel Grand Central

—¿Teníamos que venir precisamente aquí? —Savini lo mira después de entregar los pasaportes.

—Tengo ganas de verla.

—Sí, eso ya lo he entendido. Pero ¿justo en este hotel? ¿Por qué no hemos cogido una casa, una villa en los alrededores de la ciudad, un apartamento, no sé, un sitio donde estuviéramos más tranquilos, en vez de una habitación en su mismo hotel?

—Hace que suba la adrenalina.

—Ah, claro, lo que nos faltaba.

—Confía en mí, no se dará cuenta de que estamos aquí. Me has pasado todo su programa. Mañana será un día tranquilo. Y también los siguientes.

—Me gustará verlo. No creo que le hiciera gracia descubrir que no la has abandonado ni un segundo y que siempre le has estado siguiendo los pasos. Si además se entera de que muchas cosas ya las sabías y nunca se las dijiste, creo que perderías cualquier esperanza...

—¿Yo? Pero si yo jamás he sabido nada; es más, me sorprende que tú nunca me hayas contado nada de ella.

El recepcionista les devuelve los pasaportes e inmediatamente después les entrega las llaves de las habitaciones, les indica el camino y los informa del horario del desayuno.

—Buenas noches, señores...

—Gracias.

Se encaminan hacia los ascensores.

—Pues sí, tal vez me preocupo demasiado.

—Así me gusta, Savini, tranquilo y positivo.

61

Sofia todavía no ha llegado al Comfort Hotel Grand Central. Tancredi ya ha pasado una hora en el gimnasio, ha salido a correr por un parque cercano y luego ha desayunado con Savini, el cual ha regresado a su habitación para hacer unas llamadas de trabajo, mientras Tancredi se ha sentado en un pequeño bar frente al hotel. Pide un café, después otro y otro más, hasta que ve llegar un taxi del que ella se apea. Sofia se queda de pie durante unos segundos con la puerta abierta, respira hondo, cierra los ojos y, cuando los abre, mira justo en su dirección. A Tancredi le da un vuelco el corazón, pero en realidad los reflejos en la cristalera del bar lo ocultan. De modo que se queda mirándola, se deleita incluso con los más pequeños detalles, el bolso, las gafas, la maleta, se queda embelesado con cada uno de sus movimientos, cómo mueve las manos, cómo sonríe, cómo camina mientras entra en el hotel. Está guapa. Ha adelgazado. Parece un poco cansada, pero lo que él siente por ella es exactamente igual que siempre, intenso, arrollador, inmenso, infinito. En realidad, no logra encontrar la palabra adecuada, el adjetivo, el término que pueda expresar la idea de lo que siente por Sofia. Esa conclusión le arranca una sonrisa, lo tranquiliza, lo serena. Es ella.

Ella, con «e» mayúscula, Ella. Es su Ella. Ella y ninguna más. Ella y basta, Ella, la mujer, Ella, el amor, Ella, la poesía, Ella, la felicidad hecha vida. Ella. Y ahora, estúpidamente satisfecho, como un niño mimado que vuelve a tener su juguete, que ha recuperado ese avioncito que había ido a parar a la rama más alta de un árbol, cruza la plaza, pasa por delante de la escultura de un extraño tigre y entra en el hotel desafiando al destino. Y Ella, Ella está allí, de espaldas, en la recepción, esperando que registren su documentación y que le entreguen las llaves. Pero hay mucha gente pasando, saliendo, entrando, moviéndose arriba y abajo por el vestíbulo. Y así, poco a poco, Tancredi consigue aproximarse, se sitúa cerca, muy cerca de ella. Luego se vuelve, le da la espalda, está detrás de ella, la oye hablar, inclina despacio la cabeza hacia atrás y consigue de este modo incluso respirarla. Tancredi cierra los ojos y nota su delicado perfume, único, especial, que nunca antes había olido y que no ha vuelto a encontrar ni a respirar en ningún sitio, ni en una sala, ni en un hotel, ni por la calle en medio de la gente. Es un perfume muy delicado, parece un té indio. Y Tancredi continúa respirándolo con los ojos cerrados. Entonces oye su «Gracias» y comprende que ya se va; se dirige a los ascensores, un mozo la sigue llevando la maleta y el resto del equipaje. Tancredi se queda mirándola mientras se aleja, su espalda, sus hombros, su trasero, las piernas, los tobillos, los zapatos. No hay nada en ella que no le guste, incluso esos detalles que quizá en otras desentonarían en ella son perfectos; es más, ni siquiera los nota, se funden de manera increíble con lo que siente por ella. Entonces, cuando se abren las puertas del ascensor, en el instante en que Sofia podría verlo reflejado en el espejo, él se vuelve lentamente y le da la espalda, un movimiento insignificante, imperceptible, pero que lo pone a salvo. Tancredi sonríe mientras ve la imagen de Sofia desenfocada en un cristal de la entrada. En el ascensor, ella tiene las dos manos en el regazo, sujeta la llave de la habitación y juguetea con ella dándole golpecitos. Entonces Sofia levanta la mirada un momento y se encuentra con el reflejo del rostro de Tancredi en esa puerta. Pero es un instante, es más una sensación que otra cosa; a continuación, las puertas se cierran. El ascensor empieza a subir, Sofia frunce un poco el ceño, ha notado algo, pero no sabe muy bien el qué, por lo que se encoge de hombros y no piensa más en ello. Nunca podría imaginarse que ha estado a unos centímetros de él ni que la habitación de Tancredi está a un paso de la suya.

Más tarde, Tancredi y Savini están sentados en el restaurante Bella Bambina. Gregorio mira la carta mientras Tancredi habla.

—¿Tú te das cuenta? Estaba a unos pocos pasos de ella, incluso oía lo que decía...

—Sí, ya me lo has dicho.

En efecto, para Savini es algo bastante habitual, se ha pasado la vida haciéndolo. Tancredi, en cambio, todavía está excitado.

—Es que no, tú no lo entiendes, estaba a un paso de ella, podría haberle acariciado el pelo.

—Sí, lo entiendo.

—¿Sabes esa película, *Hierro 3*? La vimos juntos, estábamos en la villa del Piamonte.

—No la recuerdo. Perdona, pero ¿cuánto tiempo hace que la vimos?

—Unos quince años.

—¿Y yo debería acordarme de una película que vi hace quince años y que, además, debía de ser un poco rara, con ese título...?

—*Hierro 3*.

—Sí, precisamente.

—No, era preciosa. A ti también te gustó. Tal vez hace quince años eras diferente.

—Tal vez te lo dije porque de joven eras muy pesado.

Tancredi se ríe.

—Es verdad, tal vez me lo dijiste por eso. De todos modos, *Hierro 3* es una buena película. El protagonista es muy inquieto, entra en las casas cuando los dueños no están y, para recompensar su forzada hospitalidad, les arregla cosas, les hace la colada, hasta que entra en una casa y conoce a una mujer... Él sabe hacerse invisible, aparece y desaparece moviéndose al lado de las personas sin que lo vean, pero ella lo ve y empiezan así un singular *ménage à trois* durante el que el marido, sin embargo, un hombre violento, vive en la ignorancia porque no lo ve nunca...

—Ahora entiendo por qué te gustó tanto. Así pues, el problema ya viene de lejos.

Pero Tancredi no tiene oportunidad de responder porque en ese momento Sofia entra en el restaurante acompañada de algunas personas de la organización. Savini levanta la carta de inmediato y se cubre la cara. Tancredi hace lo mismo. Gregorio sacude la cabeza.

—Ya sabía yo que debería haberme quedado en la habitación.

Él lo tranquiliza.

—Venga, si está sentada de espaldas a nosotros, no hay posibilidad de que nos vea.

Savini levanta los ojos de la carta.

—Y encima aquí sólo tienen comida italiana.

—¿Ah, sí?

—Sí, lo pone en la carta... ¿Te das cuenta? Estamos en Oslo y comemos comida italiana... Podría ser motivo para provocar un incidente diplomático entre Italia y Noruega. Bueno, diría que hay varias razones por las que sería conveniente buscar otro restaurante.

Justo en ese momento, Sofia se levanta de la mesa para ir al baño y se encamina hacia ellos. Tancredi se agacha fingiendo que se le ha caído algo. Savini hace como si hubiera visto algo muy interesante al final de la carta y ahora no lo viera bien. En cuanto pasa, deja la carta encima de la mesa.

—Yo así no puedo. Vámonos.

—Pero si no nos va a descubrir.

—Si te ve, no le hará gracia, no se creerá que es casualidad, y por un capricho vas a estropearlo todo. Venga, vámonos.

De modo que, cuando acude el camarero para tomarles nota, ellos salen del restaurante con una excusa.

Poco después, Sofia regresa a su sitio, mientras Tancredi y Savini vuelven al hotel y piden algo de comer en la habitación.

—Qué bien, ¿no es mejor así? —le pregunta Savini mientras sirve una copa de sauvignon blanc semillón muy frío—. Estamos aquí la mar de tranquilos, desde la ventana vemos entrar y salir a la gente del hotel y, aparte, este salmón al vapor es excelente. ¿Lo has probado?

—No tengo hambre.

—Venga, come, es muy fresco, no es fácil comer un salmón como éste...

—Ya, como si hubiéramos venido a Oslo para comer salmón...

Cuando se pone así, Tancredi es intratable; Gregorio lo conoce bien y es mejor dejarlo en paz. Él se termina su salmón.

—¿Estás seguro de que no te apetece?

—Sí, ya te lo he dicho, gracias.

Entonces Savini intercambia los platos y también se termina el suyo.

Un poco más tarde, Tancredi se acerca de repente a la ventana.

—Ahí está, ya vuelve.

Gregorio se levanta y se pone a su lado. La ven caminar con otras tres personas. Savini coge un papel.

—La de la derecha es la organizadora del evento junto con otras personas, él es el director de la orquesta, la de la derecha es la intérprete. Ahora regresan al hotel y, según el programa, volverá a salir dentro de dos horas, a las seis.

Se toman un café. Entonces Savini se disculpa.

—Voy a mi habitación a hacer unas llamadas. ¿Podrás no hacer como el protagonista de *Hierro 3*?

—Así que te has acordado...

—De algo. Pero por lo que me has contado la mujer lo abandona, de modo que te conviene no salir de la habitación.

—Lo echa, sí, pero se enamora de él.

—Es una película de ficción, en la realidad las cosas nunca suceden del mismo modo.

—No estoy de acuerdo. La realidad inspira las películas y a veces supera la ficción.

—Como quieras... Pero Sofia nunca se ciñe al guion, hace todo lo que no esperamos que haga, así que si te descubre, ya puedes olvidarte de ella...

Savini sale de la habitación y lo deja solo.

62

Tancredi decide hacerle caso y se queda en su cuarto, se quita los zapatos, se tumba en la cama, abre el ordenador, mira por la ventana. Desde donde se encuentra puede ver perfectamente la calle, si bien, por otra parte, tiene todos los detalles de la jornada de Sofia. Navega un rato, mira sus cuentas, comprueba algunas adquisiciones, las ventas de acciones que había ordenado. Tres de sus empresas han subido en la Bolsa, desde este punto de vista todo parece ir de la mejor manera posible. En efecto, nunca ha sabido lo que significa no poseer nada, pasar apuros, no tener disponibilidad económica, una casa, una cuenta bancaria llena de dinero, no poder viajar, no contar con todas las comodidades, el poder... Y, sin embargo, todo eso no lo llena. Siente una profunda tristeza, hace tiempo que no habla con su hermano, con su madre. No sabe si su padre sigue todavía con vida, pero a él no le importa lo más mínimo, al contrario.

¿Cómo es posible que no se diera cuenta de lo que sucedía en su casa cuando era joven, de qué le estaba pidiendo ese día Claudine cuando necesitaba hablar con él, cuando se sentía sola, cuando tenía miedo, cuando su hermana comprendió que ya no podía seguir llevando el peso de lo que le estaba ocurriendo? «Claudine... Pobre tesoro, tan bonita, tan delicada, tan niña... Nunca creció. Sufrió aquella atroz violencia de nuestro padre hasta el último día. Y aquella noche quería hablar de ello conmigo. Había encontrado el valor para hacerlo, el deseo de liberarse, de confiar en el hermano que sentía más cercano, al que más quería, eso me dijo una vez. —Tal vez, precisamente por eso, Tancredi no puede perdonarse. Prefirió acudir a una estúpida fiesta, pasar a recoger a Olimpia, ir a divertirse con sus amigos antes que escuchar la historia de Claudine, su dolor, su vergüenza injustificada. Poco después de que él se fuera con el coche, Claudine subió al tejado de la casa y, antes de tener que volver a someterse una vez más a las enfermizas atenciones de su padre, se arrojó al vacío—. No, todo ese dinero no sirve de nada.»

Tancredi baja la pantalla de su portátil con un golpe seco. Deja el ordenador, no hay nada que pueda borrar su error, nada de lo que haga puede hacerlo sentir menos culpable.

Ya han pasado muchos años y, sin embargo, cada vez que piensa en ello, todavía oye sus palabras, su voz delicada, la risa de su hermana, tan rara, tan especial, sus cabellos largos, esa mirada llena de dulzura. «¿Por qué no me quedé? ¿Por qué no me di cuenta? ¿Por qué no supe escucharla?»

El tiempo pasa, los recuerdos desgarran su alma. De nada ha servido la fundación que creó en nombre de Claudine, en la que Tancredi ha invertido todo el inmenso patrimonio que recibió tras su muerte. Nunca ha tocado ese dinero. Está todavía ahí, creciendo, rindiendo, pero tocarlo haría que se sintiera todavía más culpable. «Claudine, perdóname. No hay día que no piense en ti, en el hecho de que habías depositado en mí la posibilidad de salvarte. Nunca me lo perdonaré. Te lo ruego, ayúdame, dime qué puedo hacer para sentirme mejor.» Entonces, como si fuera una señal, Tancredi mira por la ventana. Sofia está saliendo del hotel con su intérprete. Hay un coche estacionado en la plaza, el chófer baja, saluda, coge el vestido, abre el maletero y lo deja con delicadeza; a continuación, lo cierra, cierra también las puertas de las dos mujeres, regresa a su sitio y arranca con suavidad abandonando la plaza. Tancredi se queda de pie en la ventana, mirando el coche mientras se aleja. «¿Tal vez ella podría darme algo de paz? ¿Ayudarme a superar este dolor? ¿Llenar de nuevo mi vida? Todo me parece tan dramáticamente vacío...» Más tarde, baja, da una vuelta por el hotel, recorre las salas, se fija en la gran librería con unas sillas de colores, las largas mesas, las paredes llenas de cuadros. Son todos de arte pop, es un hotel joven, lleno de color, de vida. Se encuentra donde antes se ubicaba la vieja estación de la ciudad y que después se convirtió en un pequeño museo de arte moderno, cuidado en los más mínimos detalles. Tancredi se sienta a una mesa. Un camarero acude de inmediato y él pide un café. Mientras espera, mira a su alrededor: hay poca gente, un hombre consultando un iPad, dos mujeres de cierta edad tomando un té con galletas en un platito compartido; cogen una de vez en cuando, la parten con cuidado, procurando no hacer demasiadas migas, y dejan la parte que sobra en el mismo plato para el próximo bocado. En un sofá esquinero, al lado de una ventana, hay un chico y una chica. Tendrán unos veinte años y se miran, se sonríen; el chico le toca la mano, que tiene apoyada en el cojín,

351

se le acerca y le da un beso, delicado, ligero, pero lleno de pasión. Ella se aparta, lo mira, le sonríe, pero baja la vista, la avergüenza un poco besarse allí, en esa sala. Entonces él le coge el rostro con las dos manos y se lo acerca al suyo. Ahora están de perfil; el sol a lo lejos, por detrás de la ventana, aparece y desaparece entre ellos, que siguen sonriéndose a contraluz, tocándose con la nariz, abriendo apenas los labios, se besan y él vuelve a acariciarle la cara, ella se inclina hacia un lado, acomoda la mejilla en su mano abierta y cierra los ojos. Los abre de nuevo, entreabre la boca en su mano, abandonándose, fuera del tiempo. No, no tienen prisa, no van a la habitación, están allí para que el mundo pueda admirar su amor, y Tancredi, a pesar de todas sus inmensas posesiones, se descubre mirándolos envidioso en su infinita simplicidad de enamorados.

—Eh, te he buscado por todas partes, empezaba a preocuparme...

Savini está frente a él con un traje oscuro y corbata, va muy elegante. Le sonríe.

—¿Ya no quieres ir al concierto? ¿Has cambiado de idea?

—No, en absoluto.

—Pues ve a cambiarte, así estás impresentable.

Él sonríe, se levanta, le deja su asiento y se dirige hacia los ascensores. Savini se sienta en el mismo sitio en que estaba él. Acude enseguida otro camarero. Gregorio pide algo distinto.

—Quisiera un Martini, con un solo cubito y limón, gracias.

El camarero se aleja. Savini se recuesta en el respaldo, mira a su alrededor. Una joven pareja se levanta del sofá y se marchan cogidos de la mano, también ellos, hacia los ascensores que conducen a las habitaciones. «Quién sabe lo que estaba mirando Tancredi, en qué pensaba, qué absurdo plan estaría intentando poner en marcha.» Entonces le llevan el Martini y se olvida de esa curiosidad, que quizá nunca llegue a satisfacer.

63

El teatro de la Ópera de Oslo es único en su género. El gran edificio, en pleno centro de la capital noruega, con sus inmensas cristaleras, tiene un tejado que invita a la gente a pasear por él.

—Por aquí, por favor, pasen.

Tancredi y Savini están sorprendidos, caminan por encima del mármol empleado a modo de decorado. Los artistas Kristian Blystad, Kalle Grude y Jorunn Sannes lo concibieron a propósito para que se pueda transitar por él. Mientras se dirigen hacia la entrada, no pueden evitar admirar el archipiélago del fiordo, con las pequeñas casas de veraneo de colores hechas de madera. A la izquierda, el centro de la ciudad, y más allá, las montañas rodeando todo el entorno.

Tancredi y Savini recorren el largo pasillo.

—¿Cómo se llama el arquitecto que diseñó todo esto?

—Es del estudio noruego Snøhetta.

—Interesante.

—Agrupa a diversos arquitectos. El edificio es espléndido, es un auditorio y, al mismo tiempo, una verdadera obra de arte. Los de Snøhetta ganaron el concurso frente a trescientos cincuenta contrincantes.

—Se lo merecían.

Tancredi advierte la belleza de cada detalle, Savini se da cuenta.

—Escogieron nuestros mármoles de Carrara y, además, usaron roble, aluminio y también granito blanco para las superficies exteriores, querían dar la sensación de que surgía del agua...

—Lo han conseguido.

Tras recorrer la pared ondulada, un largo tabique revestido de roble blanco, los hacen pasar a la sala más grande. El numeroso público está charlando, Tancredi se queda impresionado por la increíble belleza de la sala, el techo de madera, la lámpara central, compuesta por barras de vidrio fundido e iluminada por luces led, diseñada de tal manera que, tanto si está encendida como apagada, parezca una gran luna. La forma de herradura de la sala recuerda a los teatros clásicos. Tiene una capacidad para mil cuatrocientos espectadores. Savini mira a Tancredi, está verdaderamente maravillado.

—Esta sala, en cambio, es obra de Pae White, al igual que el diseño del telón principal.

—Es excepcional. Para la próxima casa que tenga me gustaría tenerla a ella como arquitecto.

Siguen a una azafata, que los acompaña a sus localidades. Savini le sonríe.

—La verdad es que todos los interiores de tu estudio de Manhattan los ha hecho ella.

—¿El de ladrillos de cristal transparente?

—Sí. Entonces ya te gustaba. Viste una instalación suya en Venecia. Te gustó la idea de los ladrillos de veintiséis colores y la quisiste en Nueva York.

Se sientan. Savini mira a su alrededor.

—Aquí lo ha hecho todavía mejor, pero si tienes pensado comprar otra casa... podemos contratarla de nuevo.

Tancredi le sonríe.

—De momento no...

Se apagan algunas luces, el público de repente guarda silencio. Por la puerta central del escenario entran los músicos uno tras otro, violines, flautas, trombones, luego el arpa, la violonchelista y, al final, ella, Sofia, con un largo vestido de color añil, a diferencia de todos los demás, que van vestidos de negro y con camisa blanca. Acto seguido entra el director. El público sigue aplaudiendo, él llega al centro del escenario y se inclina. Permanece inclinado durante unos segundos, en dirección a la familia real; a continuación, se incorpora, sonríe, da las gracias y poco a poco el aplauso se va apagando. Savini mira a Tancredi. Está como embelesado, no tiene ojos más que para ella, en esos instantes no se fija en nada ni en nadie más. Las últimas luces de la sala se apagan dejando iluminado sólo el gran escenario; el director de orquesta mira a todos sus músicos, levanta la mano izquierda, luego la derecha con la batuta, permanece un instante a la espera buscando la máxima concentración, y entonces arranca con una increíble sinfonía. Todos tocan con una armonía perfecta y él los guía despacio, acelerando a veces, llamando la atención de algún músico a los lados de la orquesta, y todos ejecutan perfectamente sus deseos. Tancredi y Savini están sentados en el centro, en la fila de paso, para poder ser los primeros en irse, y no demasiado cerca, para no ser reconocidos. Pero para Tancredi es como si estuviera allí, a su lado, sentado en un sofá a pocos pasos de ese piano. Mira sus manos, mira sus dedos, repara en el mechón de pelo que se le ha deslizado a la cara, que se agita impertinente, tal vez molestándola, pero su caprichosa tentativa no lo consigue. Sofia está inclinada sobre las teclas, ejecuta a la perfección la sinfonía, sin parar, ondeando sobre el piano. Tancredi se fija en todos los detalles: los pendientes de perlas, su reloj, los zapatos del mismo color que el vestido con el tacón apoyado en el suelo mientras que la punta, decidida, sigue el compás en los pedales, interrumpe el sonido demasiado largo de una nota, la deja de nuevo libre. Los hombros de Sofia suben, bajan; la belleza de esa mujer es única, perfecta, en total sintonía con la música. Tancredi vuelve a verla en su isla, cuando, a pesar de su promesa, Sofia tocó el piano de la villa, y siente que se le encoge el corazón, se avergüenza de haber tenido a esa mujer tan hermosa, que fuera suya, sólo suya, y haberla dejado escapar. ¿Cómo es posible? ¿Cómo ha sido posible? Y recuerda los besos y las palabras, las miradas y las sonrisas, sus piernas entrelazadas, sus cuerpos aferrados en las largas noches pasadas allí, junto al mar, escuchando su respiración, confundiéndola con la de ellos, el perfume de ella, ese delicado té indio suyo, sólo suyo. Y de repente sonríe. «Esa joven pareja del hotel no es nada comparado con nosotros, esos jóvenes y temerosos besos palidecen ante nuestros labios ardientes, esa pasión, la belleza de cada instante transcurrido con ella.» Se da cuenta, sin embargo, de que sólo se trata de un recuerdo, un borroso recuerdo, algo que existió y que tal vez no vuelva a existir. La magia de esas notas, de aquella pasión que desapareció así, disuelta en la nada, olvidada, borrada. La belleza de aquella música se funde perfectamente con la melancolía que ahora siente Tancredi, con la inmensa soledad que de repente lo devasta. Así, en silencio, de sus ojos empiezan a brotar las lágrimas, una tras otra, deslizándose por las mejillas, y él, distraído, sin querer, sin darse cuenta, se seca con el índice, se acaricia la mejilla izquierda llevándolas a un lado, como si pudiera esconderlas, borrarlas, pero no es así. Savini se percata. Lo mira y se queda atónito, en silencio, incapaz de decir nada, incluso de disimular.

El concierto llega a su fin; todo el público se pone en pie a la vez, aplaude exultante, consciente de haber asistido a algo único, extraordinario, de haber presenciado el concierto perfecto. El director, los músicos, todos lo saben, y los aplausos más ensordecedores y fragorosos son para ella; cuando Sofia da unos pasos hacia delante el público parece cambiar de marcha, el aplauso se convierte en unánime, creciente, casi atronador. Ella sonríe conmovida durante dos, tres, cuatro minutos. Luego, cuando alguien empieza a moverse, Tancredi es el primero en abandonar la fila. Savini enseguida está a su lado.

—Increíble..., ¿verdad?

Tancredi levanta la mano derecha, como queriendo decir «no digas nada, por favor, no puedo, ahora no, déjame con mi silencio».

Y, así, caminan uno al lado del otro sin hablar por el gran pasillo oscuro, junto a las cristaleras por las que se ven a lo lejos las aguas del fiordo. Luego, de repente, se oye el ruido del público a su espalda, sigue todavía en la sala, vuelve a aplaudir.

Cuando llegan al hotel, Tancredi sorprende a Savini.

—¿Cuánto tardaríamos en irnos?

—¿Ahora?

—Sí, en cuanto sea posible.

—Tengo que preguntar si nos autorizan el vuelo.

—Ya me lo dirás, espero tu llamada en mi habitación.

Sofia ha recibido las felicitaciones de muchísimas personas, entre ellas la familia real, el rey Harald V y su esposa Sonia, sus invitados, los reyes de Holanda y de Bélgica y también del director de orquesta Daniel Barenboim.

—Sabía que era usted buena, había oído hablar de ello, pero creía que se trataba de exageraciones. En cambio, debo decir que se quedaban cortos comparado con la realidad. Es una pianista perfecta. Nunca he tenido el placer de dirigir a una persona como usted, y espero sinceramente tener en mi vida otra oportunidad tan emocionante. —Le besa la mano y se aleja.

Sofia se sonroja al oír sus palabras y se retira a su camerino. Abre divertida y curiosa las notas que acompañan plantas y flores de todas clases, luego se para delante de esas ciento una rosas rojas de talle largo, preciosas. Pero no llevan ninguna tarjeta, nada. Se queda inmóvil, contempla el ramo preguntándose quién puede haberlo enviado y, sobre todo, por qué no se ha dado a conocer. Y eso la preocupa, aunque le gustaría poder soñar.

Tancredi ya ha hecho la maleta, ha cogido todo lo que tenía en el cuarto de baño, ha cerrado el portátil. Llaman a la puerta, va a abrir. Es Savini.

—Ya nos han dado permiso, podemos irnos. He alquilado un *jet*. El nuestro habría tardado tres horas y media en estar listo y se nos habría pasado la autorización de vuelo.

—Has hecho bien. Vamos.

Un rato más tarde, vuelan hacia Roma. Tancredi se ha hecho servir un ron, lo paladea lentamente mirando por la ventanilla. Savini está sentado en otra fila, duda de si hablar o no; al final decide intentarlo.

—Ha sido un concierto magnífico.

—Sí.

—No creía que tocara tan bien.

Tancredi se vuelve y le sonríe.

—Gracias.

—Es verdad. ¿Has hecho algo por ella?

—¿A qué te refieres?

—¿Le has hecho llegar algo al camerino?

Él decide no esconderle nada.

—Sí. Unas rosas. Pero sin tarjeta.

Savini sonríe.

—No te preocupes. Ya sabes que estoy de tu parte.

64

Durante los días siguientes, Sofia tiene que hacer un verdadero esfuerzo, ya que actúa en los teatros más importantes del mundo. La Ópera de París, el Royal de Bruselas, el Covent Garden de Londres, la Semperoper de Dresde. No tiene tiempo más que de llegar a una ciudad, ir al hotel, cambiarse e ir a tocar de nuevo. En cada ocasión, dirigida por un director distinto, pero todos de enorme talla. También se encuentra con algunos músicos que había perdido de vista hacía tiempo.

—¡Tenemos que quedar más a menudo! Qué alegría volver a verte. No has cambiado en absoluto, es más, tocas todavía mejor.

Sus colegas le dicen muchas cosas, y se da cuenta de que con cada uno tiene una vivencia, un recuerdo, una frase especial que pertenecía sólo a ellos dos. Todo eso hace feliz a Sofia; nada resulta confuso, cada persona con su instrumento, con sus peculiaridades, con su excepcionalidad, está presente en su vida de una manera clara.

Más adelante también toca en el teatro Bolshói de Moscú y, por primera vez después de mucho tiempo, se descubre emocionada. Cuando oye el aplauso ensordecedor, cruza el escenario para tomar asiento al piano y siente todos los ojos encima, desde la platea, desde los diferentes palcos, todo ese telón rojo y ese oro casi parecen exigirle la perfección absoluta. Entonces, en cuanto pone los dedos sobre el teclado, el temor se desvanece. Toca sin ningún titubeo, transportada por la música que siente en su interior y que, nunca como ahora, le parece que forma una sola cosa con el universo. Cuando llega al final del último acorde, recibe la ovación del público. Desde arriba, de los distintos palcos, llueven rosas rojas y blancas. La gente se acerca al escenario, se quedan allí abajo, a sus pies, la fotografían, la filman, como si todos quisieran llevarse a casa un pedazo de la espléndida, única, excepcional pianista italiana.

—Cómo me he emocionado, no podía levantarme de mi butaca. He llorado.

Olja se reúne con ella en el camerino, está realmente entusiasmada, eufórica, no logra ocultar su increíble excitación.

Sofia le sonríe.

—No te lo vas a creer, pero cuando he entrado, he pensado: «Ahora me sentaré al piano y me quedaré en blanco, se me olvidará dónde están las notas y no podré tocar».

Olja se ríe.

—No me lo creo, ¿en serio estabas tan emocionada?

Sofia tiene los ojos brillantes.

—De verdad, te lo aseguro, mucho más.

Olja se sienta en una silla que está a su lado.

—¿Te imaginas que ocurriera eso? He hecho venir a toda la escuela, a todas mis exalumnas de Moscú; ¿cómo habría quedado?... Pero, en cambio, has estado perfecta, has superado todas mis expectativas, cuando has empezado a tocar me has recordado a Mariya Yúdina.

—¿Quién era?

Sofia la mira con curiosidad en el espejo mientras se desmaquilla. Olja se acomoda el bolso encima de las piernas y empieza contenta a contarle la historia.

—Mariya Yúdina era la pianista predilecta de Stalin, pero también fue la primera en convertirse al cristianismo en 1919. Era judía y tocaba de un modo increíble. Una noche, Stalin oyó por la radio un concierto para piano en la mayor de Wolfgang Amadeus Mozart interpretado precisamente por Yúdina. Le gustó tanto que enseguida pidió una copia. Pero la actuación en la radio era en directo, de modo que las personas que debían llevar a Stalin la grabación despertaron a Mariya Yúdina en plena noche y la llevaron a un estudio en el que ya habían dispuesto una pequeña orquesta.

Sofia escucha cada vez más interesada mientras mira a Olja reflejada en el espejo.

—Continúa.

—Tuvieron que cambiar tres veces de director. A los dos primeros les dio miedo que a Stalin no le gustara su dirección. Sólo el tercero tuvo el valor de grabar la pieza y, cuando se la hicieron llegar a Stalin, tras escuchar las primeras notas, éste se echó a llorar. Ella puso de rodillas a un dictador contrario a la Iglesia. Y cuando él le hizo llegar dinero para recompensarla, ella le escribió una carta: «Se lo agradezco, pero este dinero irá destinado a la Iglesia, y rezaré por usted para que el buen Dios lo perdone por todas las atrocidades que ha cometido». Mariya Yúdina, una gran pianista, una gran mujer. Como tú, diría que tienes alma de rusa.

Sofia le sonríe.

—Me gusta Mariya Yúdina. Gracias por el cumplido, sin duda era más buena y mejor que yo y me gusta mucho su carácter, pero yo soy siciliana. Venga, vamos a comer algo.

Sofia pasa la velada con Olja, le da las gracias por la maravillosa gira que le ha organizado y al mismo tiempo espera que no le pregunte nada de Andrea. Tampoco quiere hablarle de Viviana, lo único que desea es disfrutar de su compañía, de su afecto sincero e incondicional.

—Lo has hecho estupendamente. Encaja todo a la perfección: nada más llegar a un sitio ya tengo que tocar, luego tomo algo con mis amigos músicos y vuelvo a marcharme... Es perfecto.

Olja asiente. Ha entendido que Sofia necesita distraerse, dejar que pase el tiempo sin pensar y, sobre todo, sin que le hagan preguntas, sin verse obligada a interrogarse. De hecho, no le pregunta nada.

Olja ha elegido un restaurante muy especial, el C.D.L., de Anatoly Komm. El edificio fue proyectado por el talento arquitectónico de Petra Boitzova. Es como estar dentro de un castillo, en esa sala con los interiores de roble se celebró la coronación de Nicolás II. Una gran chimenea del siglo xx se encuentra en el centro del restaurante. Es famoso por su cocina de excelente calidad. Olja aconseja a Sofia qué platos rusos tomar.

—Este lugar es de un amigo mío, en otro caso, no me lo podría haber permitido ni en sueños.

Sofia se ríe.

—¡Pero si invito yo! Me estás haciendo rica con esta gira.

Olja despliega la servilleta y se la coloca en el regazo.

—Ni hablar, estamos en Rusia, ésta es mi casa y tú eres mi invitada. Te mereces infinitas riquezas. No hay nadie en el mundo como tú. Tal vez sólo Mariya Yúdina, que fue mi maestra, ¿sabes?

—No lo sabía.

—Sí, pero falleció en 1970. Puede que yo no aprendiera todo lo que ella intentó enseñarme, pero te lo he transmitido a ti...

Cenan alegres y despreocupadas, probando los más diversos platos en los que Anatoly Komm expresa toda su fantasía. Tomates dulces y jugosos, hojas de lechuga crujientes, unos rebozuelos a la sartén y luego, uno tras otro, les sirven otros platos especiales, como manteca de coco, sopa de remolacha con cerezas, *pelmeni*, arenque «bajo abrigo de piel» y degustaciones de *kaša* de cáñamo y *kaša* de pepino con huevo, todavía más coloridas, acompañadas de excelentes vinos, infusiones y de *varenets*, una bebida a base de leche; todo ello aconsejado por Anatoly, que, en cierto momento, se presenta en la mesa.

—Es maravilloso tenerte aquí a ti y a tu preciosa amiga. Lo que estáis comiendo ahora es un rape que he elaborado personalmente acompañado de un puré de raíz de apio. ¿Os gusta?

Olja y Sofia lo prueban, en efecto, es muy delicado y muy tierno.

—Mucho.

—Sí, está muy rico.

Sofia siente curiosidad.

—Lo que hemos comido antes, ¿qué era? Tenía un sabor increíble.

Anatoly le sonríe, orgulloso de su plato.

—Menudillos de pollo con tomate y cebolla crujiente, una invención mía de mi primer restaurante.

Después se va, prometiendo para el final unos excelentes postres. Y, cuando es el momento, cumple con su palabra llevándoles una magnífica *pastila*, unos caramelos de gelatina de remolacha y, al final, un helado de pan negro con un ligero sabor a limón y un poco de *grappa*.

Cuando salen, Sofia y Olja ni siquiera acusan el frío.

—He comido tanto que no siento nada.

—Tápate, que todavía te quedan unos cuantos compromisos.

—Tienes razón.

Se abrazan y se despiden con cariño, sabiendo que habrá mejores ocasiones y tiempo suficiente para seguir charlando.

65

Savini llama suavemente a la gran puerta de madera. Se oye la voz de Tancredi al otro lado.

—¿Quién es?

—Soy yo.

—Pasa.

Entra y cierra la puerta del gran despacho de Tancredi. Reina el silencio. La secretaria y los demás empleados están en la planta de abajo, él ocupa el ático del rascacielos, en la maravillosa última planta de la torre Solaria, en el centro de Milán, el rascacielos más alto de Italia, con sus ciento cuarenta y tres metros.

—¿Puedo sentarme? —Savini señala la butaca que está frente a él.

—Por supuesto, disculpa, estaba revisando unos papeles.

—He visto que esta mañana temprano has hecho unas excelentes transacciones gracias a las que se han obtenido beneficios por varias decenas de millones de euros.

Tancredi le sonríe, se levanta de la mesa.

—Eso lo sabes desde las siete de la mañana, no creo que te interese tanto. ¿Quieres un café?

—Sí, gracias.

Tancredi va a la Nespresso, mete la cápsula, espera a que se caliente y la pone en marcha. Poco después le deja el café delante y se sienta a su lado. Savini se lo toma lentamente.

—Está caliente...

—Sí.

Permanecen un rato en silencio. Savini deja la taza encima de la mesa.

—¿Cómo estás?

—Como alguien que acaba de hacer un gran negocio.

—Si contestas así, es que no estás bien. En otros tiempos no te habrías dado ni cuenta de que habías ganado ese dinero. Hoy le estás prestando demasiada atención, como si quisieras distraerte...

—He decidido suspender cualquier tipo de control sobre Sofia.

—Eso también lo sé. ¿Puedo decirte una cosa?

—Claro. Nosotros dos no tenemos secretos.

Savini se acuerda de aquella noche, cuando Andrea y Sofia estuvieron juntos, pero ha preferido no contarle nada a Tancredi. Es una mentira piadosa, como las que se les cuentan a los niños para no hacerlos sufrir. Aunque él no es ningún niño. Entonces abandona ese pensamiento.

—No, no tenemos secretos. Y déjame decirte que has hecho bien, que es justo que ella viva su vida y que tú no tengas control sobre ella o, lo que es peor, que sufras por hacerlo.

—Sí, es lo que he pensado. De modo que, por favor, Gregorio, informa a tu gente, a todos los que tengan algo que ver con esta historia, de que ya pueden dejarlo.

—Lo haré.

Savini comprende que se ha acabado su tiempo, que a Tancredi le apetece estar solo y que lo mejor es que respete ese momento. De modo que se dirige a la puerta, pero se detiene un instante.

—He visto que ayer no estuviste aquí.

—No.

—No estuviste en Italia.

—No, quería distraerme. Necesitaba dar una vuelta.

Savini no hace ningún comentario, sabe que Tancredi ha dado indicaciones para que él no sea informado de nada, para que no sepa nada en absoluto, ni siquiera dónde estaba, tampoco después de su regreso.

—¿Tienes algún problema conmigo?

Él le sonríe.

—No, no tengo ningún problema contigo. Es sólo culpa mía.

Savini se siente más aliviado.

—Yo no creo que en estos casos existan verdaderas culpas. Tal vez Sofia y tú no os conocisteis de la manera adecuada. Ahora está sola, está más tranquila, recuperará su equilibrio y a lo mejor recapacita. Démosle un poco de tiempo. El hecho de que fuera tan dura cuando estuviste en Rusia es una señal positiva.

—Te has acabado convirtiendo en un verdadero psicólogo, mejor que Paul Weston, ese que trajiste a la isla.

Savini se ríe.

—Ése era carísimo y no sirvió de nada.

—Hay cosas que no se curan. Hay que vivir el dolor hasta el fondo. Deberías haberme dicho que estuvo con Andrea.

Se miran durante un instante.

—Tienes razón. Mejor así, esa mentira me estaba consumiendo.

—Y, sobre todo, deberías haber corregido el informe que hicieron tus hombres.

Savini asiente.

—Tienes razón. ¿Cenamos juntos esta noche?

—No. Me voy. Nos vemos la semana que viene.

Savini sale del despacho y cierra la puerta. Va hacia el ascensor. Ahora está más tranquilo. Tancredi se está recuperando, va en la dirección adecuada. Entra en el ascensor y pulsa el botón de la planta baja. Se siente satisfecho. No destruyó a propósito el informe para que él lo leyera. Lo conoce muy bien, estaba seguro de que leería cada línea y no se le pasaría nada por alto.

66

Cuando Sofía llega a Viena hace un sol radiante.

Aterrizan en medio de verdes praderas. Tras recoger el equipaje, se encuentra con varios amigos músicos y, juntos, cogen un taxi que los lleva al hotel Bristol, el mejor de la ciudad.

—Yo vengo cada año para este concierto y conozco la ciudad perfectamente; ¿os apetece que vayamos a dar una vuelta?

Franz Dossenford toca la flauta: es joven, guapo, tiene los ojos azules y una simpática sonrisa. Y la capacidad de entusiasmar a los demás. No tarda nada en poner de acuerdo a algunos de los músicos y en organizar un recorrido por la ciudad con una pequeña furgoneta del hotel, perfecto para los ocho que han decidido apuntarse. Entre ellos, también Sofía.

—Has hecho bien en venir, ya verás cómo te gusta, y así también nos distraemos un poco.

Quien se lo dice es una clarinetista serbia de su misma edad, más menuda de complexión, con el pelo negro, largo, una cara pálida, la boca carnosa y los ojos azules. Es muy femenina y tiene una sonrisa preciosa. No para de reír. Se llama Andrea Bosch, pero no tiene nada que ver con las bombillas, como ella misma no para de repetir. Franz Dossenford está sentado al lado del conductor y les va señalando las bellezas de Viena.

—Y esta noche ya veréis adónde os voy a llevar: haremos la ruta de los restaurantes y los locales del momento, los más bonitos; os encantará Viena, pero sólo si os la merecéis, sólo si habéis tocado bien.

Todos se ríen, también Sofia se divierte, le gusta estar con ese bonito grupo. Además de Andrea y de Franz están George Maccagnon, que toca el trombón, Ulrich Bodermann, la trompeta, David Hoffer, el corno inglés, Giovanna Ginestri y Monique Vailant, el fagot.

—Aquí, gire a la derecha.

Franz conoce las calles a la perfección y hace que la furgoneta se detenga un poco más adelante. Baja para ir a hablar con el guardia de un gran edificio mientras los demás esperan sentados. Después regresa contento.

—Lo he sobornado. Le he prometido dos entradas para esta noche, nos ha dado permiso para entrar por detrás, así nos saltamos la cola.

Un instante después están en el interior del museo del Belvedere.

—En verano, es a donde viene a descansar el príncipe Eugenio de Saboya... —Todos lo escuchan con curiosidad. Franz prosigue—: La verdad es que no entiendo por qué dicen que la realeza viene a descansar a estos sitios. ¿De qué tienen que descansar? ¡Nunca hacen nada y luego se van a descansar a todas esas residencias que tienen!

Después, por fin, llegan a la sala más esperada. Y allí, de repente, aparece la maravillosa obra *El beso* de Klimt. Franz sonríe a sus colegas.

—¡Se trata del triunfo de Eros! ¿Sabíais que en su época fue acogido con mucho clamor porque lo consideraban pornografía? Hoy es pura poesía. A veces es la época lo que determina el valor de los artistas.

Sofia lo mira curiosa, él le sonríe.

—Por otra parte, Klimt era igual que tú al piano. Un rebelde... Aunque él rechazaba el arte académico de la Secesión vienesa, proponía un nuevo modo de reflejar el mundo. En esta sala, de hecho, tenemos lo que se ha considerado como su obra maestra y que en cierto modo tiene que ver con todos nosotros: el *Friso de Beethoven*.

Sofia y el resto de los músicos miran la obra mientras Franz continúa con la explicación.

—Fue inaugurado con el *Himno de la alegría* dirigido por Mahler, y este cuadro es una interpretación de la Novena sinfonía de Beethoven. El caballero armado del cuadro tiene el rostro de nuestro querido colega y se dispone a reunirse con la Poesía, que lo aguarda. El tema sigue siendo el amor. Ahora vámonos, nos esperan otras cosas que ver.

Al salir, Sofia se le acerca.

—Yo no soy rebelde, ojalá fuera tan buena como Klimt en lo mío...

—Es cierto, no eres tan buena como él, lo eres más. Que sepas que este año he aceptado volver a tomar parte en este concierto porque sabía que estarías tú...

Dicho esto, se aleja, se vuelve una última vez y le sonríe; a continuación, invita a sus colegas a subir a la furgoneta.

—Vamos, vamos, que tenemos más paradas. Imaginaos que llegamos tarde al concierto... Los demás allí preparados, con los instrumentos afinados... ¡y como no estamos nosotros, no pueden empezar!

Todos se ríen y vuelven a tomar asiento en el vehículo. Rápidamente llegan al museo del Crimen para visitarlo.

—Aquí están las fotografías de los delitos más atroces que se han cometido nunca. —Pasan por delante de la torre de los Locos—. ¿Veis ese edificio circular? Allí tenían encerrados a los locos. Algunas de sus salas podían verse desde fuera. Ahora, en cambio, hay un museo de anatomía patológica en su interior. Antes miraban a los locos, ahora puedes ir a ver a los monstruos. —Se detienen un poco más de tiempo en la Hundertwasserhaus—. Ésta es la Viena que yo adoro. Colores, felicidad, alegría. El arquitecto y artista Friedensreich Hundertwasser quiso remodelar estos apartamentos pertenecientes a gente sin dinero, los reformó y los convirtió en obras de arte; ¡mirad qué bonito!

Todos los músicos contemplan el edificio y a continuación acceden al interior. A Sofia la impresionan los colores chillones. Luego toman un café en una pequeña cafetería.

—Fijaos, aquí hay un riachuelo que baja por las paredes y cruza toda la barra. —Franz sacude la cabeza divertido—. El hombre puede deleitarse convirtiendo en vida todo lo que lo rodea. ¡Gracias, Friedensreich!

Sofia sonríe y poco después reemprenden la ruta.

—Última parada, porque, si no, llegaremos tarde.

Están en el Prater.

—Éste es el parque de atracciones de Viena. Ahora veréis qué vista hay desde allí arriba... —Franz está al lado de la noria y deja que sus colegas suban en parejas—. Tomad, aquí tenéis las entradas, venga, adelante.

Sofia sube con Andrea Bosch y un poco más tarde están en la cima de la noria.

—¡Madre mía, qué alto está!

Andrea Bosch se aferra al asiento.

—Franz ha dicho que medía sesenta y ocho metros.

Sofia mira a su alrededor.

—Se ve toda Viena.

Andrea Bosch padece de vértigo, pero aun así saca su teléfono móvil.

—Sujétame mientras hago la foto, Sofia, que tengo miedo.

Ella se le acerca más y le coge las piernas mientras Andrea lo fotografía todo a su alrededor.

—Qué bonita es Viena. Mi hermana no la verá nunca.

Saca alguna foto más y se vuelve hacia Sofia.

—Está enferma, no le queda mucho tiempo de vida, se le están atrofiando los músculos de las piernas y de los brazos. Al principio sólo se sentía cansada, después descubrimos que tenía Duchenne, una distrofia muscular que por lo general padecen sólo los varones, pero a ella también le ha afectado y ahora ya no se detiene. Éste es el último concierto que hago, no puedo dejarla sola en sus últimos días... Tenía que ir contigo a Estados Unidos, estaba contentísima, ¿sabes? Cuando toco contigo, soy mejor...

—Venga, no digas eso.

—Es verdad, no lo digo sólo yo, Franz también se ha dado cuenta. Somos amigos desde siempre, fue él el primero en comentarlo, y después yo también me he fijado. Tú haces que todos toquemos mejor. Me habría gustado que conocieras a Natalya, así se llama mi hermana.

—A lo mejor cuando regrese de la gira.

—No habrá tiempo. —Andrea le sonríe con tristeza—. Ya no estará.

Entonces Sofia, sin saber cómo, ve que está pensando en su hermana, en Viviana, a la que acaba de conocer, a la que sólo ha visto una vez y únicamente durante un rato. No sabe nada de ella, no sabe si está bien o no, ni siquiera sabe si podrá volver a verla ni cómo puede hablar con ella. De repente la embarga una profunda soledad. Andrea se le acerca, ahora parece que ya no la asuste la altura.

—Venga, Sofia, vamos a hacernos una foto, un selfi tú y yo aquí, como dos hermanas abrazadas. O, mejor aún, un vídeo.

Pero cuando Andrea le da la vuelta al teléfono, la enfoca y empieza a grabar, se da cuenta, mirando la pantalla con más atención, de que Sofia está llorando.

—Sofia... ¿Qué ocurre?

Ahora Sofia solloza, se abraza a ella con fuerza.

—Perdóname, perdóname... —Sigue llorando y sollozando, Andrea no sabe qué hacer.

Sofia se siente culpable por no haber estado más tiempo con su hermana Viviana y también piensa en ella, en Andrea, en su hermana Natalya, que está a punto de morir, en lo frágil que es todo. Poco después, la cabina llega al suelo y ellas bajan. Franz es quien las recibe.

—¿Y bien? ¿Qué os ha parecido la vista que hay desde allí arriba? Como para perder la razón, ¿verdad?

Entonces ve que Sofia todavía está llorando.

—Sofia, lo siento. ¿Tan alto era, que te ha dado miedo?

Ella mira a Andrea y se echa a reír, luego llora de nuevo, y las dos mujeres se abrazan. Sofia sorbe por la nariz, ríe, llora. A continuación, con la voz un poco sofocada por el abrazo de Andrea, apenas logra decir:

—No, no, es precioso, gracias, se ve toda Viena, en serio, precioso... —dejando a Franz cada vez más convencido de que es realmente difícil comprender a las mujeres.

67

Esa noche, en el teatro de la Ópera de Viena, la Wiener Staatsoper o, como se llamó en un inicio, la Erste Haus am Ring, o, lo que es lo mismo, la primera casa de Ringstrasse, los instrumentistas hacen un milagro. Todos tocan de una manera extraordinaria. La única que, aunque parezca increíble, no está a la altura de su reconocida fama mundial es precisamente Sofia. Se equivoca en una obertura y eso, para una pianista de su nivel, es del todo inconcebible.

Alguien, en tono de broma, ha comentado: «Por fin... Siempre había pensado que no era humana». Otro ha visto la caída de su ídolo. Ella, en cambio, no ha hecho ni caso. Ha concluido el concierto recibiendo aplausos como siempre, junto a los demás, sin ningún pesar. Pero en su interior le hierve la sangre: la idea de perder de un momento a otro a su hermana sin que ni siquiera la haya conocido de verdad, la sensación de no tener una familia y en general de no tener un proyecto de vida, hace que se sienta inútil, sin alma, como un cuerpo a la deriva.

—¿Qué haces?, ¿vienes con nosotros?

—¿Qué estáis tramando?

—Franz nos va a llevar a cenar a un buen sitio.

—¡De acuerdo!

Y se deja llevar siguiendo la corriente. Más tarde, Sofia ríe y charla con sus colegas, forman una bonita mesa, el restaurante es ideal, el Gerstner, con sus salas clásicas, sus techos, sus grandes lámparas. Escucha divertida alguna historia y bebe y come tranquila.

—¡Qué bueno este tinto!

—¿A ti te parece que iba a pedir uno malo?

Franz Dossenford siempre está a su lado, con sus ojos azules y su amable sonrisa. La atiende en todo, no para de servirle vino, comenta las excelencias de cada plato que les llevan. Después llega el momento de tomar el postre, van a elegirlo a una sala que está en la planta de abajo, pintada por completo de un color verde salvia claro y con unas lámparas rojas, donde encuentran tarrinas, chocolates y una oferta muy amplia en cuestión de dulces.

—No te quejarás, tienen de todo...

—¿Quién se queja? —Sofia sonríe—. Franz, menos mal que te tengo a ti en mi vida.

—Mira, este postre es de chocolate, éste de plátano y ésta es la tarta Sisí; al menos tienes que probar uno...

—Es que estoy indecisa...

—¡Pues coge los tres!

—Eso haré.

Sofia se ríe. A Franz se le ocurre otra idea.

—¿Sabes qué? Vamos a hacer otra cosa. —Habla con los chefs del Gerstner—. ¡Nos gustaría tomar una degustación de postres, incluido el famoso Kaiserschmarren, la tortilla del emperador!

Después abandonan esa planta repleta de dulces y vuelven al restaurante de arriba, donde, un poco más tarde, les llevan una delicia de pequeños platos, cada uno con un postre distinto. Sofia los prueba todos.

—Es que cada uno es más bueno que el anterior, no sé a cuál asignar el premio del mejor.

—¡Pues no lo hagas! Tampoco tienes que decidirlo siempre todo... Está bien que seas indecisa.

Franz la mira con ternura. «Tiene razón —piensa Sofia—. Siempre quiero tenerlo todo claro, quiero que cada cosa esté en su sitio, pero la vida también es desorden, ¿no? O, mejor dicho, ligereza... Sí, me gustaría que mi corazón estuviera más ligero, tomar decisiones continuamente lo vuelve pesado.» Luego llega la cuenta, se dividen el total; Franz se le adelanta.

—Venga, no te preocupes, ya me lo darás mañana. Es más fácil si pago yo por los dos, ya haremos las paces...

—Pero te lo devolveré, no quiero que pagues mi parte.

—Está bien.

—No, de verdad.

—He dicho que está bien —Franz sonríe—. De verdad.

Más tarde salen todos del restaurante.

—Bueno, chicos, la noche es joven; vayamos aquí al lado, hay un sitio muy bonito, tomamos algo y luego volvemos al hotel.

Pero hay quien dice que está cansado y, así, uno tras otro, algunos músicos se alejan, con la esperanza de compartir un taxi. En cambio, Sofia no, todavía tiene ganas de divertirse, lo necesita, quiere distraerse como sea.

—¡Yo voy!

—¡Yo también!

—Y yo, vamos.

Han quedado cinco: Franz, Sofia, otros dos músicos,

Miller y Sayer, que tocan instrumentos de viento, y una mujer, Nadine, la arpista. Entran en un pub.

—Éste es el famoso Flanagans, tienen una cerveza excepcional.

—¡Pues vamos a probarla!

Y, dicho esto, piden una ronda de cerveza.

—Está realmente buena.

Y luego una de *grappa*.

—Fuera hace frío, nos conviene beber al menos dos. Nos harán sentir mejor.

Un instante después están en el Laurel Leaf Irish Pub de Theobaldgasse.

—Es como estar en el salón de una casa, ¿verdad?

Franz siempre es atento. Sofia mira a su alrededor, hace calor, incluso se permite fumar a la gente y la Guinness está riquísima. Llegan a su mesa otros tipos de cerveza y *grappas* y, por si no fuera suficiente, los de la mesa de al lado les ofrecen hierba.

—¿Quién quiere probar? No diréis que estáis en contra...

Todos ríen y fuman, Sofia da una sola calada y comienza a toser.

—¡No lo había hecho nunca! Ya me da vueltas la cabeza.

—Venga ya, por una calada..., ligereza, Sofia, ligereza...

Un rato después se encuentran haciendo cola para entrar en otro local.

—Esta noche actúa Kay One e, inmediatamente después, Juicy. ¡Qué suerte tenemos! Va a ser una velada única aquí, en el Praterdome; es la discoteca más en boga de Europa.

Sofia asiente transportada por el entusiasmo de Franz. «Pero ¡¿cómo es posible que esté tan lúcido?! Yo ya no me entero de nada.»

Cuando están en el interior, la música es ensordecedora. Todos bailan desenfrenados, el ritmo es apasionante. Franz la arrastra al centro de la pista junto a Nadine, en cambio Miller y Sayer van a una mesa un poco más apartada. Sofia se pone a bailar, cierra los ojos, le da vueltas la cabeza; esa noche no se reconoce, el error de la obertura, beber de ese modo, fumar un porro. «¡Estoy desatada!» Levanta las manos y grita siguiendo a la perfección el ritmo de la música, como si siempre hubiera sido una asidua de las discotecas y nunca hubiera dejado de ir, mientras que, en realidad, las odiaba incluso cuando tenía veinte años. «Y ahora, ¿cuánto tiempo llevaba sin ir a una? Pues esta noche estoy aquí y voy a bailar, eso es, voy a bailar.» Salta y se agita, mueve los brazos y cierra los ojos. Entonces se apagan las luces y se forma una especie de conga. Franz le pone las manos en las caderas, la empuja, ella se engancha al de delante y sigue bailando con la música a todo volumen. Entonces nota unas manos que la acarician por detrás, van subiendo, le tocan las caderas, se las aprietan, y ella pone las manos encima de ésas y sigue bailando en la oscuridad de la sala. «Franz, pórtate bien.» Pero le gusta... Ligereza, ligereza. «Sí, esta noche tengo ganas de perderme, quiero equivocarme en la obertura, quiero beber y bailar...» Acaba en una esquina, en la oscuridad más profunda, y en medio de toda esa confusión, se deja besar.

68

La ventana está ligeramente entreabierta y la persiana sólo un poco subida. Sofia acaba de despertarse. Mira a su alrededor. Podría pensar que está soñando si no fuera por ese dolor de cabeza increíble que le dice que al menos una cosa es segura: ha bebido. Pide el desayuno en la habitación y, cuando se lo llevan, lo primero que hace en cuanto el camarero la deja sola es tomar dos aspirinas con un poco de agua. Por suerte, eso nunca falla. Después se bebe el café, el zumo de naranja, y se da una ducha. Son apenas las ocho. Ya se ha acostumbrado a levantarse temprano, y es mejor así. Cuando baja al vestíbulo, todavía no hay nadie. Las salidas están previstas hacia mediodía, de modo que se acerca a recepción.

—Disculpe, ¿puedo dejar esto? Es para Franz Dossenford.

No sabe su número de habitación. La chica coge el sobre, lo comprueba en el listado y lo pone en su casillero, el 416. Están en la misma planta. Sofia se pone colorada, de golpe lo único que recuerda bien es que la noche anterior, en medio de la música ensordecedora, las luces, la gente y la confusión, llegó ese beso inesperado. «No me lo puedo creer. Lo besé. ¡Yo! Pero ¿cómo es posible? Es absurdo.» Entonces, al notar que las mejillas le vuelven a arder, decide que es mejor desaparecer.

—¿Puede llamarme un taxi, por favor?

La chica hace una comprobación en una hoja que tiene al lado del teléfono, encima de la mesa.

—Pero tiene usted un coche reservado dentro de dos horas.

—Lo sé, es que me ha surgido un contratiempo.

—Pues le adelantaré el coche, los organizadores estarán más tranquilos si se desplaza con él.

—¿Cuánto tardará?

—Poco.

Sofia respira más tranquila.

—Pues entonces sí, gracias, está bien.

Vuelve a subir a su habitación, coge el equipaje, regresa abajo, cancela la cuenta y espera sentada en un sillón al lado de la puerta de cristal del Bristol. Rememora la noche anterior. «¿Cómo es posible que me haya quedado en blanco de esta manera? No puede ser. Por lo menos me acuerdo de la cuenta de la cena, setenta y cinco euros por cabeza; por eso Franz dijo que pagaba por los dos, que ya haríamos las paces. —Y, en efecto, es como si lo estuviera viendo—. Sacó la cartera del bolsillo, cogió tres billetes de cincuenta euros y dijo: "Ésta es mi parte y la de Sofia...".» Ahora, en el sobre que espera en el casillero 416, hay exactamente setenta y cinco euros, por suerte los llevaba en metálico, y ha añadido también una nota amable, formal: «Gracias por todo». «Pero ¿por todo el qué? ¿Que nos besáramos? No me lo puedo creer. ¡Se puede hacer de todo, con ligereza o sin ella, pero no puedes no darte cuenta de tus actos! ¡Eso sí que no! —E intenta ir hacia atrás con desesperación, entorna los ojos, quiere enfocar las últimas imágenes grabadas en su mente. Nada. No hay manera—.

Me drogaron. No, me drogué yo sola. Bueno, sí, en efecto, me fumé un porro. De eso me acuerdo, ¡pero si hubiera sabido que me iba a provocar este efecto, no habría dado ni media calada!»

—¿Señora? Ha llegado el coche. —La mujer de la recepción está a su lado y señala hacia la calle—. La está esperando fuera.

Sofia sonríe.

—Gracias, muy amable. Adiós.

Al cabo de un instante, el chófer abre la puerta de atrás.

—Buenos días, señora.

—Buenos días.

Después de cargar el equipaje en el maletero, el conductor vuelve a sentarse delante.

—¿Adónde la llevo?

—Al aeropuerto, gracias.

El chófer no demuestra ninguna curiosidad, conduce en silencio. Sofia saca el teléfono móvil y lo examina. Nada. Ninguna llamada, ningún mensaje, todo está en silencio. Quizá sea mejor así... Cuando llegan al aeropuerto, el chófer baja, le abre la puerta, descarga la maleta y se la tiende.

—Adiós, y buen viaje.

—Gracias. Que pase un buen día.

El coche se marcha y ella entra en el aeropuerto. Saca el billete del bolso y se dirige al control, después de cruzarlo mira los grandes monitores. Su vuelo a Madrid ni siquiera aparece en pantalla. De modo que busca un sitio tranquilo, se sienta, deja la maleta delante de ella, coge el teléfono y marca el número.

—Hola... ¿Cómo estás?

Olja lleva ya tiempo levantada, oye su voz, es diáfana,

384

clara, como la de alguien que ya lleva hablando un buen rato con varias personas.

—Bien, ¿y tú, en cambio?

Sofia la tranquiliza.

—Estoy bien.

—¿Quieres suspender la gira? —Olja sabe de su error, deben de haberla informado. ¿Tan pronto? ¿Cómo puede ser? ¿Y quién ha sido? Es como si Olja oyera sus preguntas—. Me ha llamado Franz Dossenford, el flautista.

—Sí, sé quién es.

—Estaba preocupado por ti. Ha dicho que ya habías dejado el hotel.

Sofia siente curiosidad, no sabe si debe preguntárselo. Pero no puede evitarlo, no lo resiste, necesita saber.

—¿Qué más te ha dicho?

—Me ha contado que lloraste en el parque de atracciones y también lo de tu error. ¿Te sientes muy cansada?

—No.

—Tú no cometes errores.

Sofia se ríe.

—Deberás utilizar otro verbo. Yo no cometía errores. Ahora ha ocurrido y ya no se puede hacer nada...

En ese preciso instante, en cuanto termina de pronunciar esa frase, Sofia se siente morir. «¿Así es mi vida? ¿Es ésta? ¿Ya no puedo hacer nada? ¿No puede cambiar?» Y por un instante tiene un ataque de pánico, el corazón se le acelera; entonces controla la respiración, se obliga a tranquilizarse.

Olja entra en sus pensamientos.

—¿Quieres que vaya?

—No, gracias. Va todo bien.

—¿Seguro? No es problema, cojo un avión y nos vemos en Madrid.

—No, no te preocupes, ya te lo he dicho, va todo bien. Andrea Bosch me habló de su hermana, está a punto de morir, y entonces pensé... —Se queda callada.

—¿En qué? ¿En qué pensaste?

—En nada, te lo cuento cuando nos veamos.

«Es cierto, no le he dicho nada. No sabe que he descubierto que tengo una hermana.»

—Pues tenemos que vernos pronto y hablar de muchas cosas. Yo soy tu profesora y tú no puedes equivocarte, va mi reputación en ello.

Sofia se ríe.

—Por eso te he llamado, pero ya veo que estás preocupada por ti, no por mí. ¡Ahora ya sé quién es Olja Vassilieva!

Siguen bromeando y riendo, pero Sofia vuelve a preguntarle con curiosidad:

—¿Y de verdad Franz no te ha contado nada más?

—No, ya te lo he dicho, me contó lo que te acabo de decir, que lloraste y que te equivocaste en la obertura de Shostakóvich, el vals de la Suite de jazz n.º 2. —Entonces Olja se queda un instante en silencio—. Oye, Sofia, ¿y qué más tenía que decirme?

—No, nada.

—Nada no puede ser. Has hecho dos veces la misma pregunta, no es propio de ti; tal vez olvides con quién estás hablando.

Es cierto, Olja es así, no lo dejará pasar con tanta facilidad.

—Está bien, fumamos hierba. Quería saber si te lo había contado.

—¡Ah, por eso te equivocaste! ¡Lo sabía, no podía ser! Si hubieras estado lúcida, eso no podría haber ocurrido.

Olja se siente casi aliviada con esa explicación. De modo que Sofia decide no decirle que en realidad fumaron después del concierto.

—¿Sabes qué pienso, Sofia?

—¿Qué?

—Que alguna vez tendríamos que fumar juntas... Si ha conseguido que alguien como tú se equivoque, entonces es que debe de ser algo muy especial. Yo no he fumado nunca, pero antes de morir me gustaría probarlo. ¿Qué se siente exactamente?

—Ligereza...

69

La gira de Sofia prosigue de una manera más tranquila. Después de las citas previstas en Europa, por fin llega a Estados Unidos. La primera fecha es muy importante, en el David Geffen Hall, en el corazón de Nueva York, en el Upper West Side de Manhattan.

El auditorio está rebosante, 2.738 localidades sentadas, todas ocupadas. Sofia no comete ningún error, es una ejecución perfecta, quizá la mejor que haya realizado nunca antes del Concierto para piano n.º 1 de Serguéi Prokófiev. Con su último acorde, los espectadores de las primeras filas, que han pagado 429 dólares por una entrada, se ponen en pie de un salto, emocionados, sorprendidos, ya plenamente conscientes de la fama que precede a esa gran pianista desde el otro lado del océano. El director de orquesta Asher Fisch se inclina recogiendo los aplausos, pero luego se pone a un lado y señala con ambas manos, incluida la batuta, a Sofia, como diciendo «es ella, es sólo ella la razón de vuestro entusiasmo». Sofia, con su espléndido vestido azul noche, un precioso collar de diamantes y unos pequeños pendientes que forman parte del hermoso juego, da dos pasos hacia el centro y se inclina. Se queda así durante unos segundos, feliz, consciente de esos merecidos aplausos. Esta vez no ha habido ninguna imprecisión, ninguna tacha, y ella, desde siempre la primera crítica de sí misma, vuelve a incorporarse y sonríe contenta por el increíble reconocimiento.

Un poco más tarde están todos en The Polo Bar. Sofia mantiene una animada charla con Margarita Duval.

—Pero ¿cuánto hacía que no nos veíamos?

—Tocamos aquí, en Nueva York, hará unos diez años.

—¡Sí, luego te casaste y ya no te dejaste ver más! Tenías que volver para montar un sarao como el de esta noche. —Margarita la abraza—. Venga, que es broma, estoy muy contenta de verte.

—Yo también.

—En cualquier caso, una organización perfecta. —Echa un vistazo al restaurante—. ¿Sabes?, llevo ya unos días en Nueva York y he intentado venir a cenar aquí alguna noche. Pues no había ni una mesa hasta dentro de seis semanas. Y luego llegas tú y, ¡tachán!, tienen mesa para todos.

Sofia se ríe.

—¡Debieron de reservarla hace seis semanas!

—¡Seguro! No lo había pensado.

Margarita también ríe.

—Mira, mira quién hay en aquella mesa de allí: Bradley Cooper, Rihanna, también está Adrien Brody y Katie Holmes, y ése es Michael Kors. Ostras, estamos entre lo más selecto. ¿Sabías que la decoración de este local es de Ralph Lauren?

—No, no lo sabía.

—Bueno, pues ya lo sabes y, además, aquí es donde Lady Gaga hizo la fiesta después de la Gala del Met; ¡cómo me gustó en *Ha nacido una estrella*! Para mí el Oscar tendría que haberlo ganado ella.

—¡Sí, es verdad!

Sofia sonríe; Margarita es muy simpática, le recuerda a una versión actualizada, más elegante y más culta, de Lavinia. Un sentimiento de tristeza la invade, no ha sabido nada más de Andrea, nada, ha desaparecido de su vida, no ha movido un dedo para intentar recuperarla. Tal vez porque sabe que habría sido imposible. En el fondo, es mejor así...

—Oye, yo voy a hacerme un selfi.

—¿Con quién?

—¡Con uno de ellos! ¡Total, me gustan todos! ¿Tú no vienes?

—No, gracias, te espero aquí.

—¿Te da vergüenza?

—No, no, es que no me gustaría molestarlos, me tomaré este buen vino y comeré algo, pero tú ve si te apetece.

Margarita se encoge de hombros y desaparece en medio de la gente. Sofia la mira cuando se aleja durante un momento. «Más elegante, más culta, más divertida. De hecho, no tiene nada que ver con Lavinia y, si tengo que ser sincera, no me la recuerda en absoluto. —Ahora sonríe un poco más tranquila, se toma el excelente Masseto Tenuta dell'Ornellaia y mira a su alrededor—. Qué sitio tan bonito. Y además estos emparedados de *corned beef* están riquísimos. —Entonces ve pasar a Gwyneth Paltrow, que le sonríe. Sofia le devuelve la sonrisa—. No me lo puedo creer. Me gusta tanto, es tan buena..., y las películas que ha hecho me han gustado todas, quizá la que más *Dos vidas en un instante*. Es una pasada la manera en que se dilucida el destino, basta un instante para que todo cambie. Gwyneth

Paltrow interpreta a Helen. Una mañana la despiden del trabajo y decide regresar a casa, sale de la oficina, baja la escalera que la lleva al metro, pero un niño le impide pasar y lo pierde por pocos segundos. Luego se ve a otra Helen, el niño se aparta y ella logra coger el metro. Están desdobladas, hay dos Helen, una que pierde el metro y otra que lo coge. Esta última llega a casa y descubre que su novio, Gerry, la engaña, mientras que la otra llega más tarde y se encuentra a Gerry solo y no descubre nada, su vida sigue transcurriendo tranquila. *Dos vidas en un instante*, bastan unos pocos segundos para que tu vida cambie. ¿Y si yo no hubiera encontrado el móvil? ¿Estaría todavía con Andrea? ¿Y si no hubiera leído ese correo, estaría todavía con Tancredi?» Le viene Kierkegaard a la cabeza, lo estudió en el instituto. Es increíble cómo a veces afloran cosas que creíamos olvidadas. El hombre tiene que tomar infinitas decisiones y todas son posibles, se trata de una responsabilidad humana.

—Ha sido el concierto más bonito que he visto nunca, me ha gustado mucho, de verdad. —Frente a ella, un hombre le sonríe y a continuación se presenta—: Disculpe, no quería molestarla, soy Mark Hamilton, quería felicitarla.

—Gracias. Sofia Valentini.

Se estrechan la mano, charlan un rato más, entonces llega un camarero para servirle un postre.

—Pruébelos, son *brownies sundae*. Dicen que son los dulces más ricos. Ahora la dejo, nos vemos más tarde, quizá.

Sofia sonríe y asiente. El hombre se aleja.

—Oye, ¿sabes con quién estabas hablando?

Margarita regresa y se sienta a su lado.

—No.

—Es el dueño. Me lo han presentado hace un rato, por lo menos; si vuelvo a Nueva York, conseguiré mesa para cenar aquí. Me ha dicho que debía probar los *brownies sundae*.

Sofia se ríe.

—Sí, los acaban de traer.

Margarita prueba un trocito de su plato.

—Están superricos. Pero antes de que viniera el dueño te estaba mirando desde lejos, se te veía completamente absorta; ¿en qué pensabas?

—¿En serio quieres saberlo?

—Sí, siento curiosidad.

—Estaba pensando en *Dos vidas en un instante*, es que he visto pasar a Gwyneth Paltrow.

—¡Oh! Me encanta esa mujer. Me gusta muchísimo.

—Y de ahí he pasado a otras cosas. Como la película habla de las decisiones, de cómo puede cambiar tu vida..., me he puesto a pensar en Kierkegaard.

Sofia cae en la cuenta de lo que acaba de decir. «Ya ves, ¿y ahora qué me dirá? Pensará que estoy fatal.» Sin embargo, Margarita la sorprende.

—¿Kierkegaard? ¡No me lo puedo creer! Es el único filósofo que me cae bien. Su filosofía me parece perfecta, es la única que nos hace dueños de nuestra vida. El inicio del existencialismo.

Sofia no puede creer lo que oye. Margarita prosigue.

—Lo estudié cuando toqué *Don Giovanni* de Mozart por primera vez, descubrí que para Kierkegaard representa la figura perfecta del esteta, de quien vive buscando la belleza, pero en cuanto la encuentra la pierde por culpa de lo aburrida que resulta la repetición. Y eso lo lleva a la desesperación. *O lo uno o lo otro, Temor y temblor, Diario de un seductor.* Kierkegaard debió de ser un tipo fascinante. Lástima que muriese tan joven, recuerdo que me impresionó el hecho de que hablara del fracaso existencial. —Entonces echa una ojeada a su alrededor—. Bueno, puede que aquí se hubiese sentido un poco inadecuado... No lo sé, debería releerlo.

Sofia se echa a reír.

—Pues sí que estamos bien.

—Sí, en efecto...

—Pero eres supersimpática.

—¡Tú también!

Y se reafirma en que no hay absolutamente ninguna posible comparación con Lavinia.

Un rato más tarde, Mark Hamilton se despide de algunos músicos que abandonan el restaurante.

—Venid a verme en otra ocasión... —Luego, como si pudiera leer el pensamiento de Margarita—: Para vosotros siempre habrá sitio —y sonríe besándole la mano a Sofia.

—Has causado sensación —le susurra Margarita en el ascensor.

—Qué va, sólo es amable y profesional. Si hubiera estado interesado de verdad, me habría dado una tarjeta con su número.

—Eso es porque estaría su mujer.

—¡Qué va!

—Hazme caso. Espera a ver la próxima vez que vengas.

Sofia sacude la cabeza.

—Te montas demasiadas películas.

Salen a la calle, hace una noche estrellada.

Sofia comprueba con el Google Maps de su móvil dónde se encuentra su hotel.

—¿Coges un taxi con nosotros?

—No, gracias, me alojo aquí delante, en el St. Regis, es un minuto andando.

—¡Qué privilegiada! Nosotros estamos en el Lowell, en Madison Avenue. ¿Nos llamamos mañana para desayunar?

—Sí, mi avión sale tarde.

—El mío, a las diez de la noche, tendré tiempo de ir de compras.

—Pues entonces la verdadera privilegiada eres tú.

Se despide con un beso y también se abraza con los otros dos músicos que suben a un taxi.

—¿Estás segura de que no quieres que te acompañemos?

—No, en serio, gracias. Mira, ya lo veo, está ahí mismo.

—De acuerdo, buenas noches.

El taxi se va. Sofia se levanta el cuello del abrigo de entretiempo y empieza a caminar. Se oye alguna sirena a lo lejos, el ruido del metro subterráneo, un camión de recogida de residuos que se para en alguna parte de la ciudad, no demasiado lejos. El frenazo con ese silbido de las pastillas de freno, el resoplido característico, los amortiguadores que chirrían, los contenedores al engancharlos, el motor al ponerse en marcha, el esfuerzo que hace a la hora de levantarlos, todos esos sonidos tan inconfundibles. Sofia está a punto de cruzar por delante de un callejón oscuro, la única zona sombría de la calle, cuando de pronto, sin darse cuenta, quizá al tropezar, acaba contra la pared. Choca, cae al suelo, casi no tiene tiempo de girar sobre sí misma, siente un dolor en el hombro por culpa del golpe; entonces intenta levantarse, pero alguien la inmoviliza enseguida.

—Quieta, no te muevas, dame el bolso.

Son dos chicos, están de pie frente a ella. No ha tropezado, la han empujado contra la pared y ahora se le ponen encima. Sofia les tiende el bolso. Uno de ellos lo coge y el otro, levantando la barbilla, le dice:

—Ábrete el abrigo, enséñanos lo que hay debajo; ¿llevas joyas?

Sofia está aterrorizada.

—Sólo tengo el dinero que hay en el monedero, y este reloj...

Justo en ese momento llega alguien más por detrás, se abalanza sobre los chicos, los golpea con violencia, empiezan a pelear, se tiran de las chaquetas, se zarandean, se pegan... Entonces los chicos logran liberarse y se van corriendo, mientras que la otra persona, después de acabar encima de unos bidones, se levanta, sale de la sombra y se le acerca.

—¿Cómo estás?

Sofia no se lo puede creer.

—¿Tancredi? ¿Qué haces aquí?

—¿Te han hecho daño? ¿Te han pegado?

—No, sólo me he dado un golpe en el hombro, no puedo moverlo, pero no es importante... —Entonces Sofia lo entiende todo—. Pues claro, qué estúpida, lo has organizado todo tú, es uno de tus acostumbrados y patéticos truquitos... Me tiran al suelo, intentan atracarme, entonces llegas tú en el momento oportuno, los haces salir huyendo y así eres mi salvador...

—Ya, sólo que mi plan no era perfecto, seguramente les habré pagado demasiado poco.

Tancredi se lleva la mano al costado, hace una mueca de dolor y, cuando la retira, está toda manchada de sangre.

—Oh, Dios mío, estás herido.

Tancredi se tambalea un poco, entonces se desploma, las piernas ya no lo sostienen, cae al suelo. Sofia acude de inmediato a su lado.

—¡Tancredi, Tancredi, sigue despierto!

Entonces Sofia busca su bolso, lo encuentra, coge enseguida el móvil y llama a Emergencias para pedir ayuda.

70

Sofia habla con la policía, la ponen en contacto con el hospital. Explica dónde se encuentra, le pasan a varias personas, intenta permanecer lúcida, ser clara, precisa. Cuenta lo que ha ocurrido mientras se queda al lado de Tancredi, comprimiendo la herida, cogiéndolo de la mano. Un instante después, como si fuera un milagro, ve entrar la ambulancia en el callejón, unos paramédicos bajan rápidamente, sacan la camilla, ponen a Tancredi encima teniendo cuidado de no moverlo demasiado mientras una persona le hace unas preguntas.

—¿Cuánto hace que ha pasado? ¿Está herido en algún otro sitio? ¿Ha durado mucho el altercado?

Sofia intenta responder; levantan la camilla, oye saltar las patas de hierro, lo cargan en la ambulancia, lo meten en el interior, las patas de la camilla se pliegan para poder deslizarse, ayudan a Sofia a subir, la hacen tomar asiento, cierran las puertas, alguien pone una máscara de oxígeno en la cara de Tancredi, le conectan unos cables que proceden de varios aparatos, luego la ambulancia arranca a toda velocidad.

Sofia se sujeta, encuentra el modo de permanecer sentada sin caerse. Se inclina, busca el móvil de Tancredi en sus bolsillos, por suerte lo encuentra. Menos mal, no lleva un pin de bloqueo; busca en la agenda, encuentra su nombre, pulsa la tecla y empieza a sonar. Después de sólo una llamada responde él, Gregorio Savini.

—¿Qué ocurre?

—Soy Sofia. Estoy aquí con Tancredi. Lo han herido.

—¿Dónde estáis? Me refiero a en qué parte del mundo.

—Nueva York. En una ambulancia.

—¿Adónde os dirigís?

Sofia se lo pregunta al sanitario.

—Al hospital Presbiteriano de Nueva York. No tardaremos en llegar.

—¿Es grave?

—No lo sé. No me dicen nada. Ha perdido el conocimiento.

—Llegaré lo antes posible.

Cuelga. Savini se queda durante un momento con el móvil en la mano, mirándolo. «Hizo que suspendiera la supervisión de Sofia porque quería hacerla en persona. Y éste es el resultado. ¡Qué testarudo! Ya me parecía que era imposible que hubiera abandonado de verdad toda esta historia. Renunciar no es propio de él.» Hace unas cuantas llamadas, organiza el vuelo, comprueba quién puede haber en el hospital Presbiteriano de Nueva York. Sube al coche, sigue haciendo llamadas. «Me he equivocado. No debería haberme distraído, debería haber imaginado que estaba actuando así.» Savini no se lo perdona, no es propio de él cometer un error tan grave. Después baja del coche y entra en el aeropuerto de Turín-Caselle.

Sofia está en la sala de espera del hospital. De repente toma una decisión, no tiene dudas; marca el número, se lleva el móvil a la oreja, lo oye sonar. No se da cuenta de nada, ni de qué hora es ni de qué huso horario debe de haber allí.

—¿Diga?

—Olja, ¿te he despertado?

—Me acabo de tomar un café. Aquí son ahora las ocho. ¿Tú qué haces todavía levantada?

—Estoy en el hospital.

—Oh, Dios mío, ¿qué te ha pasado?

Sofia se lo cuenta todo rápidamente y entonces va al grano.

—Hay un problema. No puedo tocar, no me veo capaz, no podría; me derrumbaría en medio de la interpretación, te haría quedar mucho peor que en Viena, puedes creerme... No te dejarían volver a enseñar. —Intenta quitarle hierro.

Olja se queda pensando, mira el programa.

—Tienes un concierto previsto en Buenos Aires pasado mañana a las nueve. Tenemos dos días para encontrar una solución.

—Sí. Invéntate algo, di que volveré gratis, pero suspende todo lo que hay en el programa. —Ella misma cae en la cuenta en ese momento—. Soy demasiado frágil, no debería haberte pedido que me enviaras de gira por el mundo. —Siente cómo las lágrimas se deslizan por las mejillas, no logra detenerlas, llora en silencio mientras oye hablar al otro lado a Olja, que intenta buscar una solución, poner un parche de alguna manera en la situación que se ha creado.

—Tendría que suceder algo que justificara una decisión tan grave, no puedo decir que no quieres tocar... —Pero se da cuenta de lo que acaba de decir—. Perdóname, tienes razón, es que estoy pensando en voz alta. —En realidad, Olja está muy tensa, siente el peso de los compromisos que ha contraído, todavía quedan ocho conciertos y todos muy importantes—. Tenemos que inventarnos algo...

Sofia también está pensando una solución. Entonces se acuerda de su hombro, el dolor que todavía siente pero que ha dejado aparcado, afectada por todo lo que ha ocurrido.

—¿Y si me hubiera roto el brazo derecho? O, mejor aún, la muñeca. No podría tocar, no es que renunciase, sería una verdadera imposibilidad.

—Sí, pero ¿y si luego alguien ve que estás bien y que comes con el tenedor? Si se dan cuenta de que se trata de un montaje, tendremos problemas.

—Pero es que me he hecho daño en serio, me han atracado, me he caído, tengo un hombro medio dislocado, mañana puede que tenga verdaderos problemas para tocar.

—Pero te irás recuperando, no podrás faltar a las últimas fechas.

—Invéntate algo, Olja, te lo ruego. No puedo irme de aquí, no me veo capaz, no podría... —Y sigue llorando, esta vez con sollozos.

Olja comprende que la situación es mucho más complicada de lo que creía.

—Está bien, tesoro, perdóname; hablamos dentro de un rato, ahora pensaré en algo, ya verás cómo encuentro una solución, también tengo que mirar quién podría sustituirte...

Y, dicho esto, cuelgan. Sofia está desesperada en la fría sala de espera del hospital, le parece la misma situación que vivió muchísimos años atrás. Aquella noche se trataba de Andrea, había tenido un accidente por culpa suya, por sus caprichos, porque se empeñó... Y ahora, en cierto modo, Sofia se da cuenta de que con Tancredi es como si fuera lo mismo. «Me negué a verlo, fui testaruda y orgullosa, no quise admitir mis sentimientos. ¿Tengo que perder a una persona para comprender que la amo? ¿Precisamente yo, que tanto había criticado esa circunstancia? Siempre he sabido que lo amaba, intenté oponerme a mis sentimientos porque estaba casada, porque creía ser uno más de sus muchos caprichos. Pero me equivocaba, me he dado cuenta cuando se ha desplomado en medio de la calle, mientras se estaba jugando la vida por mí. ¿Tal vez ahora puedo admitir cómo son las cosas en realidad porque ya no podré tenerlo? Dime que no es así, Dios, te lo ruego, perdona mi engreimiento, mi estúpida presunción. Escúchame, por favor, déjalo vivir, no me des una segunda vida sin vida, no me lo quites ahora que lo sé y que he vuelto a encontrarlo.» Y sigue llorando en el silencio de su soledad, de esta vida que cada vez le resulta más sarcástica. Pasan los segundos y le parecen una eternidad. Entonces, de repente, oye sonar el teléfono en el bolsillo de la chaqueta. «Debe de ser Olja, ¿habrá encontrado la solución? ¿Me propondrá algo? De todos modos, seguro que tendré que tocar en alguno de los últimos conciertos...»

Coge su teléfono, pero se da cuenta de que no vibra, ni siquiera suena. Sin embargo, el tono de llamada no se detiene. Sigue buscando y al final lo encuentra, está en el otro bolsillo, es el de Tancredi. Quien llama es Gregorio Savini. Contesta.

—¿Sí?

—Estoy volando hacia Nueva York. Estaré ahí dentro de unas cuatro o cinco horas. El doctor George Ellis Delakey está a punto de llegar, será él quien lo opere. Ya los he informado de su grupo sanguíneo, Rh A positivo. Por favor, comprueba si han llegado las bolsas que he pedido que lleven. ¿Puedes quedarte ahí un poco más?

—Sí. No me moveré.

Savini sonríe. Ésa era la respuesta que esperaba.

—Bien. Nos vemos más tarde. ¿Cómo vas a organizarte para el resto de los compromisos de tus conciertos?

—No iré, he suspendido la gira.

—Sí, lo imaginaba. Me he permitido adelantarme. Esperaba no haberme equivocado. Gracias, Sofia.

No le da tiempo a preguntarle nada más porque Savini ya ha colgado. De modo que Sofia se queda en silencio, guarda de nuevo el teléfono en el bolsillo y se recuesta en el respaldo de la silla. Ahora sí nota el dolor en el hombro. Entonces sonríe y se corrige; no, exacto, es el brazo o la muñeca rota. ¿Y a qué se refería Savini? ¿Adelantarse? ¿En qué sentido? Ve pasar algunos médicos, un enfermero con un carrito, unas bolsas azules. Quizá es Savini, que está moviendo los hilos mientras vuela. Es un organizador increíble. Suena de nuevo el teléfono. Esta vez es el suyo.

—Bueno, ya está todo arreglado...

—Ya sabía que lograrías salvarme. Gracias.

Olja se ríe al otro lado.

—Ojalá pudiera adjudicarme todo el mérito, pero no es mío. Han propuesto como tu sustituto a Hans Zimmer.

—¿El compositor? ¿El ganador de varios premios Oscar?

—Sí, el mismo. Un digno sustituto, ¿no?

—Sí.

—Me han llamado hace un rato, ya han hecho el contrato; tenían todas las fechas, los horarios, los traslados... No sé cómo lo han hecho para enterarse, pero lo han arreglado todo. Los organizadores están contentos, aunque esperan tenerte pronto de nuevo.

—Sí, por supuesto, no habría imaginado que Hans Zimmer aceptaría.

—Me parece que le han pagado diez veces más que a ti... No podía decir que no. ¿Quién está detrás, Sofia?

—Ya te lo contaré todo con calma.

—Sí, lo importante es que tú estés bien. ¿Puedo hacer algo más por ti?

—Sí. Reza.

71

Sofia ve salir el sol por las cristaleras de la sala de espera. Se levanta, da unos cuantos pasos y mira hacia fuera. En el gran silencio que la rodea, una barcaza Pathfinder atraviesa el Hudson seguida de alguna gaviota. El sol hace que todo se vea naranja. Entonces oye un ruido a su espalda y se vuelve; ve que se abre una puerta, salen dos médicos, se quitan la mascarilla de la cara, la miran, van hacia ella y al final sonríen. Por un instante, Sofia cree que va a desmayarse, luego respira hondo y consigue escucharlos.

—Bueno..., afortunadamente ha ido bien; estábamos preocupados porque por desgracia el corte era profundo, la hoja le ha perforado el abdomen y ha rozado el estómago.

El otro doctor entra en más detalles.

—Hemos tenido que hacerle una reducción del intestino de unos doce centímetros, pero ahora está todo arreglado, incluso ha disminuido el riesgo de infección. Estoy muy satisfecho.

—Bien. Gracias.

—Debería despertarse dentro de un rato. Si usted está todavía aquí, haremos que la avisen.

—Sí. Me quedaré aquí.

Los médicos regresan a su sección. Sofia se acerca a la

máquina expendedora, abre el bolso y saca unas monedas para tomar un café.

—¿Cómo va? —Savini está a su espalda, acaba de llegar—. No he podido venir antes.

Sofia lo abraza. Se queda un segundo en silencio reteniendo las lágrimas. Luego se separa de él.

—Perdona.

Savini le sonríe.

—No hay por qué.

—Va todo bien, gracias. Estoy muy contenta.

—Lo sé. La operación ha ido bien, lo he ido controlando todo mientras venía. Si quieres ir a descansar un par de horas...

—Quizá más tarde. —Extrae el café de la máquina—. ¿Quieres éste? Cógelo, vamos, sacaré otro.

—No, tómatelo tú...

—Venga, cógelo.

Savini al final lo acepta.

—Gracias, me hacía falta.

Sofia mete más dinero en la máquina.

—Le había puesto azúcar.

—Está perfecto.

Permanecen así, en la sala que, en poquísimo tiempo, pasa del color anaranjado a la claridad de pleno día. En silencio, tomándose el café lentamente, mirándose de vez en cuando, sonriendo, los dos unidos pero de distinto modo por esa extraña relación con el hombre que está en la otra habitación. Entonces Sofia se decide a hablar.

—¿Me habéis seguido siempre?

—Bastante... —Savini decide decirle la verdad—. Es decir, no siempre; hubo un momento en el que me hizo suspenderlo todo, yo creía que pensaba dejarlo de verdad. En cambio, no, decidió seguirte él en persona. Me engañó, pero sólo lo supe cuando oí tu voz al teléfono. Así es que tal vez no hayas estado controlada durante un día o dos, pero no estoy seguro, no me gustaría decirte ninguna mentira.

Sofia juguetea con la cucharilla de plástico de su café. «Quién sabe si los días que no me siguieron fueron los de Viena, en que estuve por ahí con Franz. Pero ahora todo eso no tiene importancia, Tancredi tiene que recuperarse y ponerse bien, sólo eso importa.» Se quedan otro rato sin hablar, esta vez es Savini quien rompe el silencio.

—Desde que lo conozco, es la primera vez que se apasiona con algo de esta manera...

—Gracias. El problema es ese «algo». Soy un juguete que el niño mimado ha visto y quiere que sea suyo. Ha sido así desde el principio.

—Tienes razón, pero me he equivocado yo al expresarme así. Aunque me gustaría que supieras una cosa: desde que murió su hermana Claudine, Tancredi no ha tenido interés en nada, y lo digo en general... No le importaban ni los negocios, ni las amistades, ni el amor. Hasta que llegaste tú. No te vio como un juego, o puede que sólo al principio, pero porque le era más cómodo pensar que era así... Porque no sabía cómo comportarse, qué hacer, descubrió algo completamente nuevo, el amor. Contigo se enamoró, contigo encontró la belleza de las cosas y le volvieron las ganas de vivir, contigo ha sufrido, se ha reído, ha llorado, incluso ha sentido celos. Y cada instante, cada vez que yo lo veía así, por un lado fingía que estaba enfadado, pero por el otro me alegraba, porque lo curaste. Si anoche hubiera muerto, habría muerto feliz. Ha hecho la única cosa que de verdad le interesaba, protegerte. A él nunca le ha interesado el dinero; sí, le gustan las cosas bonitas, todo lo que sea elegante, precioso, especial, la hermosura en general, los coches, los cuadros, las joyas, incluso a las mujeres las ha considerado como algo que mirar, quizá que usar, pero en absoluto que vivir. En cambio, esos cinco días que pasasteis juntos en la isla fueron para él como un curso acelerado de felicidad... Como cuando te promocionan en la escuela y haces dos años en uno. Pues para él fue como si hubiera vivido veinte años en cinco días. Estaba claro que saldría desestabilizado de eso. Todavía no se ha recuperado. Tú tocarás muy bien, pero, en su caso, más que un concierto ha sido una bomba atómica. Ahora ya lo sabes todo, si es que no lo sabías ya...

Sofia permanece en silencio. Savini la mira.

—Es complicado, quizá sientes una gran responsabilidad, estoy de acuerdo. Podría no haber ocurrido nunca, pero ocurrió, y no se puede volver atrás. ¿Quieres un consejo?

Sofia asiente.

—Vívelo con sencillez, no le des tanta importancia; quizá seáis como la mayoría de las parejas: al principio se enamoran, están muy bien durante un tiempo y luego las cosas se acaban... O formad parte de los afortunados, de los elegidos que por fin se encuentran, surge la magia y dura para siempre. Pero, ante la duda, ¿no es mejor descubrirlo?

Sofia no tiene tiempo de contestar; se abre la puerta de la unidad y sale un médico, que se baja la mascarilla.

—Si quieren, pueden entrar.

Sofia mira a Savini, que le sonríe.

—Ve tú, al fin y al cabo, has sido tú quien lo ha salvado. Y, además, me apetece otro café.

72

Sofia entra titubeando, las persianas están levantadas hasta la mitad, la habitación se encuentra en penumbra. Tancredi está en la cama, tendido boca arriba; respira con normalidad, sin ninguna ayuda, sólo lleva una vía conectada en el brazo izquierdo y otra en el derecho. Tiene la almohada ligeramente inclinada. Entonces la ve, le sonríe y, con la poca fuerza que tiene, intenta hablar.

—Así es como siempre me he imaginado el paraíso.

Sofia coge una silla de la esquina, la acerca al lado de la cama y se sienta a su lado.

—Tonto, todavía estamos en el mundo de los vivos. —Le coge la mano, se la lleva al rostro, apoya la mejilla, la besa y la pone de nuevo en su rostro; llora en silencio.

Tancredi se da cuenta.

—Eh, no hagas eso, me gustó muchísimo el concierto.

Sofia se ríe.

—Tonto por segunda vez.

Él también sonríe.

—Tienes razón, tenemos que ser más serios, debemos crecer.

—Sí, ya sería hora.

Sofia, tras permanecer un rato en silencio, vuelve a hablar.

—Perdóname, me equivoqué, no sé en qué estaría pensando. No ha habido ni un segundo desde que nos separamos en que no haya querido estar así.

—Conmigo herido, a punto de morir...

—No, a tu lado. Cogiéndote de la mano mientras hacías algo aburrido o divertido, útil o inútil, estar contigo como fuera, vivir cada uno de tus días, sola contigo, fundida en ti, sin darte la posibilidad de distraerte con cualquier otra cosa.

Tancredi exhala un suspiro.

—Pues así me he salvado todos estos meses.

Sofia sonríe.

—Sí, pero no podías librarte para siempre. Ahora estás acabado, estarás siempre conmigo...

Tancredi levanta la ceja izquierda.

—¿Estás segura? ¿No será que me harás dar otra vez la vuelta al mundo? Es que no te creas que resultas fácil de seguir. Y, además, de vez en cuando tengo algún compromiso.

Sofia sonríe.

—Me lo imagino. —Luego, en silencio, vuelve a besar su mano, varias veces, durante un buen rato, y no puede retener las lágrimas—. ¿Me perdonas?

—¿Por qué?

—Por todo.

—Sí.

—¿Me amas?

—Muchísimo.

—Yo más.

—¿Estás segura?

—Sí.

—¿Cómo puedes superarme? Te aseguro que mi amor es enorme.

Sofia se ríe.

—Porque lo sé y basta. Te amo yo más y punto. Y no discutas.

Tancredi sonríe.

—Está bien, pues ya no discuto.

Con la otra mano, aunque con un poco de dificultad, Tancredi le acaricia la cara. Sofia le coge también la otra mano, las sostiene juntas y se hunde en ellas; respira en su interior, escondiéndose, acariciándose, perdiéndose. Tancredi la deja hacer durante un rato, luego se acuerda de algo.

—¿Me haces un favor?

—Sí, dime.

—¿Coges mi chaqueta? Está allí, colgada en la silla.

Sofia se levanta, la ve y se la está a punto de tender cuando él la detiene.

—Mete la mano en el bolsillo...

Sofia rebusca con un poco de esfuerzo, lo encuentra. Es un paquete envuelto con papel antiguo y un cordel, parece uno de esos envoltorios de los años setenta que se enviaban con el sello de lacre. Encima sólo se lee: «Para ti, Sofia».

—¿Es para mí?

—Sí, pensaba que antes o después nos encontraríamos y tenía la esperanza de dártelo.

Se queda mirando a Sofia mientras ella disfruta abriendo el paquete, se deleita con su belleza sencilla, única, especial, que con el maquillaje corrido, en la penumbra de la habitación, en la luz de ese nuevo día, lo hace sentir feliz como no lo era desde hacía tiempo. Ella no puede creer lo que ven sus ojos.

—No me lo puedo creer... ¡Pero si es la partitura de la *Pasión según san Mateo* de Bach, la que hizo Mendelssohn!

—Sabía que la reconocerías.

—Así pues, me has seguido desde el principio...

—No siempre... —Sofia mantiene la esperanza de que los momentos en los que estuvo ausente sean los que más la incomodan, pero no quiere pensar en ello. Tancredi le sonríe—: Cada uno de tus instantes ha sido para mí un momento de felicidad, cada uno de tus conciertos me ha emocionado siempre, tú me has hecho amar la música, y espero que algún día, cuando quieras, toques para mí esa partitura...

—Tocaré siempre sólo para ti.

Se le acerca, le da un beso delicado, apasionado, lleno de amor, bonito como todas las sonatas de Chopin, de Mozart, de Bach, como las melodías del amor, el amor verdadero que Sofia ha conocido sólo con él. Después le sonríe.

—¿Cómo estás?

—Te lo repito, para mí esto es el paraíso.

Sofia se ríe.

—Ahora tienes que descansar, no sea que llegues a las últimas y no podamos seguir hablando del tema...

Llaman a la puerta.

—¿Se puede? ¿Molesto?

Aparece Savini. Tancredi le hace un gesto para que entre.

—Pasa...

Gregorio entra y se queda en el centro de la habitación.

—Bien, diría que es hora de descansar, de estar tranquilos, de no desbaratar este difícil equilibrio que por fin me parece que se ha alcanzado... ¿Es así?

Tancredi y Sofia se miran y sonríen.

—Sí.

—Así es.

—Bien. Entonces, si estáis de acuerdo, nos vemos más tarde, cuando todos hayamos recuperado fuerzas, y de manera más tranquila decidiremos los próximos pasos...

Sofia aprieta la mano de Tancredi. Él no se la suelta, la atrae hacia sí para robarle un último beso y, a continuación, le sonríe.

—Perdona, pero es que no me parece real.

Ella le dedica una preciosa sonrisa, se dirige a la puerta y se vuelve hacia él antes de salir. Tancredi, durante un instante, se pone serio.

—Oye, nada de bromas, no desaparezcas, ahora no podría seguirte los pasos.

—Lo sé, pero no te preocupes. Acabarás harto de mí.

—Espera...

Sofia se vuelve otra vez.

—¿Qué hay?

—Quería mirarte una vez más.

Ella sonríe.

—Nadie me ha mirado nunca así.

Y piensa que es por esos momentos que inventaron el amor, es un instante, pero tan bello, tan único y especial que sólo por eso vale la pena afrontar cualquier dificultad. Sale de la habitación con Savini. Tancredi exhala un suspiro y sonríe, después cierra los ojos. Ahora ya puede descansar, por fin es feliz. Sacude la cabeza recordando la frase de Sofia: «Acabarás harto de mí». No ve el momento de sentirse arrollado por ella, sin límites, a diario, para siempre, tanto como para enloquecer. Y mucho más.

73

Durante los días siguientes, Sofia va todas las mañanas al hospital para pasar con él todo el tiempo posible. Al final de la semana, los médicos le dan el alta y se trasladan a un precioso ático en el 432 de Park Avenue.

—¿Os gusta? No ha sido fácil, pero al final lo he conseguido, aquí están las llaves. —Savini deja dos tarjetas encima de la mesa del salón—. El portero está abajo, cualquier cosa que necesitéis siempre está en contacto conmigo. He llenado la nevera, he hecho traer un poco de todo. —Entonces mira a Tancredi—. En el salón están las dos cosas que me has pedido. Ahora me voy, los próximos días estaré de viaje, tal vez tenga ocasión de asistir a un concierto de Yuja Wang. ¿Sabéis una cosa? No sé por qué, pero me apetece relajarme, necesito unos días de vacaciones, y creo que las tengo bien merecidas. —A continuación, con esa habitual ironía suya, sale dejándolos solos.

Sofia empuja por el pasillo la silla de ruedas en la que Tancredi está sentado. Entonces él pone el freno, la deja bloqueada y se levanta muy despacio.

—Tengo ganas de caminar un poco contigo por esta casa.

Sofia lo abraza, en realidad, en parte para sostenerlo, y caminan poco a poco por los pasillos de ese precioso ático.

Cada habitación está provista de una gran ventana desde la que se ven varios edificios, el Chrysler, el Empire State y el One World Trade, todos ellos más bajos que el ático en el que se encuentran, aunque sean pocos metros. Sofia no puede evitar apreciar la belleza del apartamento: las butacas, los sofás, las mesas de cristal, la cocina con la isla central y todo tipo de comodidades y electrodomésticos perfectamente integrados. Luego, cuando llegan al salón, Tancredi le muestra las dos cosas que le pidió a Savini.

—Esto es para ti. Sin duda, no podía faltar.

Hay un espléndido piano en el centro del salón, no muy lejos de una lámpara de cristal y una gran vidriera que se asoma a los rascacielos y al Hudson. Sofia deja a Tancredi, se acerca al instrumento, lo acaricia, toca su superficie y reconoce de inmediato el nombre del fabricante.

—Pero si es un Bösendorfer o, mejor dicho, un Kuhn Bösendorfer; ha sido montado con cien mil piezas cortadas a mano y pulido con gemas de cristal. Me dará miedo tocarlo.

Se sienta y toca unos acordes. Es perfecto.

—¿Sabes que era el piano preferido de Liszt? Decía que era el único que podía soportar la potencia de su técnica.

Prueba a tocar de memoria una pieza de la Sonata en si menor. Llega al último acorde.

—Es magnífico, tocaré para ti cada vez que quieras, pero sólo si me lo pides. No quiero molestarte.

—Tú no me molestas nunca.

Sofia se le acerca y se besan de una manera preciosa. Tancredi cierra los ojos, la abraza.

—Por fin. He soñado con este momento desde que te fuiste.

—Yo también, aunque no quisiera admitirlo. Pero ahora estamos aquí...

—Sí, ven, tengo otro detalle para ti.

Conduce a Sofia al otro lado del salón, el más amplio. Allí hay otra sorpresa. Cuando ella lo descubre, no puede creer lo que ven sus ojos. Entre las dos cristaleras centrales, en el centro de la pared, hay un cuadro de Vincent Van Gogh, *La noche estrellada*.

—Me enteré de que la película te gustó muchísimo, de que te encantó, así que... lo compré.

—Leí en el periódico que lo habían subastado, no podía imaginar que hubieras sido tú.

—Sabía que hacía una buena elección...

Sofia se acerca al cuadro emocionada, está conmovida por tanta belleza; inclina la cabeza a un lado para apreciarlo todavía mejor y, a continuación, se vuelve hacia Tancredi con lágrimas en los ojos.

—Van Gogh dijo en una ocasión: «Me gustaría expresar a través de un cuadro algo conmovedor, como hace la música». Me parece que con esta pintura lo consiguió. Es la vista que tenía desde la ventana del manicomio de Saint-Rémy-de-Provence...

—No lo sabía.

—Podría contarte muchas otras cosas, pero hablo así porque me siento un poco abrumada.

Sofia ríe y se sonroja.

—¿Lo ves?... Yo soy así.

—No deberías. Sigue hablando si quieres o quédate callada. Haz lo que quieras..., a mí me basta con que estés aquí. Y no me llames *tonto* por tercera vez, porque es cierto.

Ella se ríe.

—En cualquier caso, es precioso. De sus cuadros, es el que más me gusta, te lo digo en serio, aunque me encantan todos. No llegaron a entender su obra con todo ese colorido. Gauguin se burlaba de él, decía que empleaba el óleo como si se tratara de una escultura.

—A veces los genios no son comprendidos por sus contemporáneos, están demasiado adelantados.

—Es superemocionante tener este cuadro aquí.

—Es tuyo.

Sofia se acerca a Tancredi y lo abraza, lo estrecha con fuerza; entonces se acuerda de la herida.

—Perdona, cariño, ¿te he hecho daño?

—No, es decir, no lo sé, da igual, sólo sé que me has *hecho* feliz.

74

Durante las siguientes semanas, Sofia y Tancredi viven la
vida que siempre han querido tener y nunca han tenido.
Tranquila, apacible, divertida, ligera. Un día, cuando Tancredi ya está completamente restablecido, Sofia se reúne
con él en el estudio.

—¿Puedo hablar contigo un momento?

—Dime, amor.

A Sofia se le humedecen los ojos, se vuelven acuosos;
Tancredi se da cuenta.

—Ven aquí al sofá, vamos, quiero abrazarte.

Ella le sonríe, se sienta a su lado, se quita los zapatos y
mete los pies debajo de sus piernas. A continuación se
apoya en el cojín, se mueve otra vez, lo estrecha entre sus
brazos, no para de buscar la mejor posición. Tancredi se
ríe.

—¡Nada, no hay manera, te veo inquieta, y mira que
hemos hecho el amor muchas veces; deberías estar saciada,
más relajada!

Sofia se ríe.

—Eso significa que no será para tanto como tú dices y
que todavía necesito más.

Él empieza a acariciarle las piernas, despacio, mientras

la mira con ojos maliciosos, va subiendo un poco más arriba. Sofia pone la mano encima de la suya.

—Espera, que no voy a poder hablar y el portero volverá a oírme.

—Pues sí, esta mañana, cuando he salido, me ha saludado sonriendo como diciendo: «¡Felicidades, señor Tancredi, he oído que se ha divertido!».

—¡Sí, hombre! Pues ya no salgo más, qué vergüenza. ¿Sabes que lo pienso de verdad? Todas las mañanas, cuando paso por delante de él, no puedo evitar pensarlo... Puede que me sonría sólo porque es amable, y yo, en cambio, me ruborizo. Y me vienen a la cabeza las cosas que hemos hecho, porque yo contigo pierdo el control, soy como nunca he sido...

Tancredi le sonríe.

—Me gusta. Y me gustas. ¿Y qué querías decirme?

—Tengo que contarte una cosa, en otro caso no me sentiría en paz conmigo misma...

Él la mira y le coge la mano.

—Aquí me tienes.

—Quiero que nuestra relación empiece sin ninguna sombra; cuando estaba en Viena sucedió algo...

Tancredi la mira.

—Ni siquiera me explico cómo ocurrió. Después de un concierto, fuimos a un restaurante, bebimos mucho y... me fumé un porro.

Él le sonríe.

—¡Ah! ¿Eso era lo que querías decirme? Bueno, es algo que puede pasar... Fue un episodio aislado, ¿no?

—Sí, pero no es de eso de lo que quiero hablarte. Es que luego fuimos a una discoteca, todo el mundo bailaba, había mucha confusión..., y yo, bueno, en parte porque había fumado, en parte porque quizá estaba borracha... —Sofia mira a Tancredi preocupada, él, en cambio, parece escucharla muy tranquilo.

—Sigue...

—Bueno, empezamos a hacer la conga, ya sabes, uno detrás del otro, y en un momento determinado pasó una cosa con alguien, una cosa..., besé a un colega mío de la orquesta. Nunca me había ocurrido.

Tancredi se queda en silencio. Sofia no sabe cómo se lo está tomando. Entonces sucede algo increíble, Tancredi le sonríe.

—Ya entiendo.

—¿No estás enfadado?

—No. Fue sólo un beso..., ¿no?

—Sí, sólo un beso.

—Bien. Pues entonces yo también debo contarte algo; tienes razón, no quiero que haya secretos entre nosotros, pero tú tampoco tienes que enfadarte...

Sofia asiente.

—Sí, me parece justo.

Finge que está tranquila, no quiere admitir que en su interior, en cambio, va creciendo la rabia, se siente devorada por los celos al imaginar lo que le tocará oír.

—Yo también besé a una mujer...

Sofia nota que se le encoge el estómago.

—Prosigue... Habla, por favor.

—Bueno... Fue un beso, pero no sucedió nada más, te lo juro. Y precisamente sucedió en Viena.

—¿En Viena?

Sofia se siente confusa.

—Sí, porque yo también estaba en ese local. Tenía celos de ese tal Franz Dossenford, así que me metí en la conga, le quité el sitio... ¡y te besé!

—¿Cómo?

—Sí... Incluso me diste un bofetón justo después, ¿no te acuerdas?

—¡Pues te estuvo bien merecido!

Sofia no se lo puede creer. Tancredi sonríe.

—Más tarde, tus colegas te acompañaron al hotel mientras que Franz se quedó bailando, incluso ligó con una austríaca.

—Me alegro por él.

Sofia se siente como si se hubiera quitado un peso de encima y más unida a él que nunca.

—Eres realmente increíble.

—Es cierto, pero es culpa tuya...

—Ah, y ahora es culpa mía.

—Es verdad, me hacías sufrir...

—Está bien, te perdono. ¿Sabes lo que me gustaría ahora? Que no volvieras al trabajo enseguida. Desde que estás recuperado, has ido de vez en cuando a trabajar a tus oficinas de Nueva York.

—Sí, alguna vez...

—¿Por qué no hacemos un viaje tú y yo? Si lo piensas bien, hemos estado mucho tiempo sin vernos. Primero nos conocimos, luego me llevaste a tu isla, preciosa, de verdad, me gustó un montón...

—Bueno, fueron cinco días de fuego..., ¡y además allí no había portero!

—¡Venga ya!

Tancredi ríe.

—Perdona, cariño, continúa, no quería interrumpirte...

—Pues eso, me falta la vida contigo antes de esos cinco días, y también la de después... Me gustaría que estuviéramos juntos, que recuperáramos todas las fases de la vida que no hemos podido compartir. ¡Me gustaría pasar un poco de tiempo como si fuésemos veinteañeros, como si estuviésemos juntos a esa edad, como dos universitarios! Después, como si fuera un viaje en el tiempo, volvemos a ser treintañeros, empezamos a hacer otras cosas, también a trabajar, hasta llegar a hoy, y luego..., quién sabe, quizá tener un hijo. Pero para eso ya habrá tiempo, ahora no, ahora es el momento de la ligereza, sí, lo podría llamar así, el tiempo de la ligereza.

—Me gusta el tiempo de la ligereza. ¿Cuándo empezamos?

—Ahora. —Sofia no tiene dudas—. Vamos a la calle...

Se visten de manera deportiva y van de compras. Entran en las tiendas más diversas.

—Compremos cosas sencillas, que no sean formales, ni caras; mi idea es muy concreta: somos dos universitarios que estudian lejos de su casa.

Tancredi la sigue, van cogidos de la mano y caminan riendo y bromeando por la calle Sesenta y Seis. Cerca del Lincoln Center está el Century 21.

—Mira, aquí tienen una ropa de marca excepcional, es de grandes firmas pero a precios rebajados.

Sofia lo mira divertida.

—Ya sé que tú nunca has tenido este problema, la sensación normal que tienes de joven cuando se te acaba el dinero antes de fin de mes; sin embargo, debes empezar por ahí, como si no fueras ese Tancredi, sino mi Tancredi, un Tancredi nuevo, pero mucho mejor que el otro, te lo aseguro.

—Si tú lo dices...

—Confía en mí.

Siguen recorriendo la ciudad, entran en Macy's.

—Si decimos que somos turistas, nos hacen un descuento del once por ciento. —De modo que lo aprovechan y Tancredi se lo pasa en grande haciendo algo que no había hecho en toda su vida.

A continuación, entran en Bloomingdale's, en el 1.000 de la Tercera Avenida, y comen en la barra.

—Pero allí hay un sitio en el que sólo tienen caviar. Vamos a probar un poco...

—¡Tancredi, no podemos permitírnoslo! —Y lo saca de allí.

Siguen de compras, pasan por delante de Tiffany.

—¡Oh, qué bonito, cómo me gustó la película de Audrey Hepburn!

Sofia se para delante del escaparate y mira los varios modelos expuestos, esta vez es Tancredi quien la coge de la mano y se la lleva de allí riendo.

—¡Vamos, Sofia, no podemos permitírnoslo!

Van recorriendo las tiendas más extrañas y divertidas de Nueva York, de Gap a Barneys, de Saks Fifth Avenue al Apple Store en la esquina de la Quinta con Central Park. Al final, agotados, regresan a casa y se encuentran en la gran bañera mirando la puesta de sol que fuera incendia la ciudad con tonos violeta. Se relajan con las piernas entrelazadas, beben champán con pomelo rosa y arándano.

—¿Te gusta? Siempre se lo preparaba a Savini.

—¡Qué rico!

Sofia saborea el cóctel con placer. Entonces le guiña un ojo a Tancredi.

—Bueno, esta noche te está resultando mejor.

—Sí, sin duda, contigo es otra cosa. ¡Savini hablaba demasiado!

Ella se ríe.

—Así pues, nos vamos mañana.

—Sí; ¿adónde vamos?

—A donde quieras, pero no con tu *jet*; me gustaría hacer unas vacaciones sencillas, ¿te apetece? Lo organizo yo. Diez días recorriendo el mundo.

—Incluso más, si quieres.

—Está bien, pues entonces tres semanas.

—Me gusta. Pero al menos déjame correr con los gastos.

—Claro, eso sí, gracias.

Más tarde, Sofia se sienta delante del ordenador y prepara su viaje. Se pasa toda la noche eligiendo, estudiando, comprando. Al final, tiene un programa muy concreto. Reserva uno tras otro los vuelos, los desplazamientos por tierra, los hoteles donde se alojarán, las rutas que harán en los distintos sitios, e incluso algunos de los restaurantes más exclusivos, pero que por su particularidad merecen ser probados, a pesar de tener que hacer una excepción en el presupuesto que puede permitirse un universitario. Después se mete en la cama, le da un beso fugaz a Tancredi, que ya duerme, y se acurruca a su lado, contenta del trabajo que ha hecho y del precioso viaje que los espera. Al menos, en su opinión.

75

Tancredi se despierta y no la encuentra en la cama, mira en la habitación y seguidamente se dirige a la cocina. Sofia está allí, desayunando.

—Buenos días; a quien madruga, Dios le ayuda, pero como estabas durmiendo te lo has perdido todo.

Le sonríe divertida, está sentada con una pierna medio doblada en la silla y tan sólo lleva puesta una sudadera Gap que compraron el día anterior.

—Ya he preparado nuestras mochilas.

—¿Mochilas? Pero si yo nunca he viajado con mochila.

—¡Por eso mismo! Te perdiste algo muy especial. Menos mal que has dado conmigo.

—Eso es verdad.

A continuación le da un beso en los labios y se sienta frente a ella. Ve que todo lo que hay son cosas que le gustan a él. Pan recién tostado, huevos revueltos, café, zumo de naranja, un poco de jamón serrano español. Sonríe divertido.

—¿En qué piensas? ¿De qué te ríes?

—De que todo lo que hay para comer son cosas riquísimas, pero lo más bonito es que estoy desayunando contigo.

Y se queda así, con una sonrisa casi alelada, preciosa, que no deja espacio a ningún otro pensamiento que no sea:

«Eres guapísima», «Todavía más cuando sonríes», «Qué bonitos ojos tienes», «Qué gracia me hace todo, aunque sea lo más estúpido», «Qué haremos hoy, no lo sé, pero qué importa, lo importante es que estemos juntos», «Qué bonito es hacer el amor contigo»..., y no precisamente en ese orden.

Un poco más tarde, Sofia lo imprime todo.

—Bueno, el viaje ya está preparado.

—Perfecto.

—¿Y no quieres ver el plan que he hecho, el programa de los sitios que veremos? ¿Lo que he elegido?

—No, tengo plena confianza...

—Espero que esa confianza tuya, tan ilimitada, no cambie nunca.

Tancredi se ríe.

—¡Veamos qué tal va el viaje y ya te lo diré después!

—Lo sabía, ahora harás que me sienta insegura respecto a las decisiones que he tomado.

—En absoluto, estaba bromeando, será estupendo. Y, dime, ¿a qué hora saldremos?

—Dentro de cuatro horas.

—Pero tenemos que prepararlo todo.

—Te acabo de decir que tu mochila ya está lista, sólo falta el neceser o una bolsita con tu cepillo de dientes y la maquinilla de afeitar, si es que quieres afeitarte; ¿o prefieres volverte salvaje?

—Me gusta la idea de ser salvaje, pero me la llevaré, es que la barba me molesta; seré salvaje pero bien afeitado.

—Excelente.

—¿Y para ir al aeropuerto? ¿Llamo a un coche?

—Ya está hecho, Uber nos recoge dentro de una hora.

—Oye, te lo has tomado en serio.

—Muy en serio.

—Pues entonces no tenemos más que arreglarnos.

De modo que se dan una ducha, se visten, meten las últimas cosas dentro de las mochilas y bajan a la calle. El portero los saluda sorprendido.

—Que lo pasen bien.

Siempre los ve salir impecables y profesionales, ahora parecen dos chiquillos superdeportivos, listos para su viaje.

—¡Oye, me ha parecido que hoy estaba más impresionado que todas las demás veces que te ha oído comentar lo que estabas haciendo!

Sofia le da un golpe en el hombro.

—¡Venga ya! Por una vez que no lo había pensado y lo miraba tan tranquila...

—Tienes razón. Seguro que se ha olvidado de tu aspecto pecador y lo ha sustituido por el de viajera.

Y siguen bromeando durante un rato.

—Ahora basta, pongámonos serios, que está el chófer.

Suben al coche y van directos al aeropuerto. Tancredi mira por la ventanilla, Sofia le coge la mano. Él se vuelve, le sonríe, no le parece real. Permanecen así, en un silencio que habla por ellos, que dice sólo cosas bonitas, que llena esos días que no han estado juntos, que expresa a su manera la felicidad que sienten. Luego se aprietan más fuerte la mano, como si fuera un pacto; nadie romperá nunca la belleza de un momento como ése. De este modo, ambos vuelven a mirar por la ventanilla, pero sin soltarse la mano, y un poco más tarde están en el avión.

—Eh, estaba preocupado por si tenía que hacer un vuelo largo con las piernas encogidas, en cambio, has elegido primera clase.

—Sí, pero sólo he reservado los vuelos menos caros; hemos gastado, pero también hemos ahorrado. —Entonces se corrige—: Has gastado, pero también te he hecho ahorrar.

—También me gustaba que lo dijeras del otro modo, sí, bueno, me gusta de todas las maneras. «Mi casa es tu casa» —dice en español—, o como también dicen los chinos, cuando una persona salva a otra, esa persona le pertenece. Tú me salvaste después del navajazo, por tanto, soy tuyo.

—No es cierto, me estaban atracando y no sabemos cómo habría terminado, así que me salvaste tú y yo soy tuya.

—Visto así, también me va bien.

—Y, además, nosotros no somos chinos.

—Eso no lo sabemos, puede que en otra vida...

—Exacto.

Siguen bromeando, diciendo cosas así, incluso tonterías que sólo te hacen reír porque estás enamorado, con esas ganas de pertenecer al otro, de ser el uno del otro, de fundirse, de perderse en los días que están por venir, en la belleza de ese viaje.

Como primera etapa, llegan a Jordania, visitan la preciosa Amán, llamada *la ciudad blanca* por la piedra clara que se usó para construirla. Se pierden por las callejuelas de Petra, la ciudad excavada en la roca; observan sus canales, las cisternas, y luego llegan a Gerasa, a unos treinta kilómetros de distancia, una ciudad que los asombra por su magnificencia, debida principalmente a la dominación romana, con el templo de Artemisa, el Arco de Adriano, el Foro ovalado por la parte del *cardus maximus*, la calle principal, que conducía a las demás ciudades y que servía de centro para la economía local.

Sofia está preocupada.

—¿Te gusta?

—Muchísimo.

—Te burlas de mí.

—En absoluto, en serio; ¿qué tengo que hacer para que me creas?

—Dímelo en un tono serio y te creeré.

Tancredi intenta ponerse lo más serio posible.

—Me gusta. Mucho.

Pero entonces le entra la risa.

—¡¿Lo ves?, no te creo!

—Pero si has sido tú, que me has hecho reír. ¡Estaba serio, te lo juro!

—Tampoco me creo tus juramentos.

Van prosiguiendo su viaje. Llegan a Noruega, al Púlpito de Preikestolen, donde admiran un panorama increíble desde el precipicio.

—Me acaba de asaltar una duda: tú no tendrás vértigo, ¿verdad?

Tancredi le sujeta la mano.

—No, por suerte no, pero de todos modos se te corta la respiración.

Y después a Islandia, para ver un espectáculo único, de una belleza increíble: la aurora boreal. A continuación, van a Búðardalur, en la parte occidental de Islandia, por el fiordo de Hvalf.

—Qué extraño es este lugar.

—Desde aquí zarpaban las naves vikingas. Esto lo he comprado para ti.

Sofia le da un grueso jersey azul marino.

—Lo hacen a mano las mujeres del pueblo.

Tancredi se lo pone.

—Me queda perfecto, gracias, es precioso.

Sofia le sonríe.

—Sólo hay uno igual y lo tienes tú.

—Sí. Lo llamaré el jersey de Sofia Islandia.

—Muy bien, me gusta.

Continúan viajando, llegan al glaciar de Vatnajökull, el más grande de Europa, con una gruta de hielo famosa por sus increíbles colores. A continuación, cruzan el puente colgante sobre el Bósforo que une Europa con Asia y, uno tras otro, más vuelos, escalas, nuevos hoteles, hasta que se encuentran caminando por los valles del Himalaya, de Himachal Pradesh a Ladakh, para luego cenar en China, al norte de la provincia de Hubei, en la ciudad de Yichang, cerca de la cueva Sanyou, más conocida como la cueva de los Tres Viajeros.

—Este restaurante es precioso.

Sofia está contenta.

—¿Te gusta? Se llama Fangweng, y el río sobre el que estamos suspendidos es el Yangtsé. El nombre del restaurante procede de un poeta chino, Lu You, del que se dice que cultivaba té en el interior de una cueva.

Tancredi se acerca y la besa, a continuación, inspira su aroma y le sonríe.

—Gracias, me gusta muchísimo este viaje.

Después se sienta y prueba los platos que les acaban de llevar.

—Qué sabor tan fuerte.

—Sí, es verdad, añaden muchas especias picantes y chi-le. Lo que estás comiendo es caldo de pato.

—Está realmente exquisito.

Esa noche duermen en las montañas, en una tienda de esas gruesas, caldeadas, y hacen el amor.

—¿Lo ves?, las especias van muy bien.

Se ríen y se aman.

—Menos mal que aquí no está el portero.

—Sí, pero quién sabe lo que estarán diciendo abajo, en el valle...

Siguen riendo y al cabo de un rato se quedan dormidos. Al día siguiente parten con destino a Tokio, donde presencian en el Suntory Hall el concierto de Hans Zimmer, el pianista que ha sustituido a Sofia durante su ausencia. Tancredi y ella están sentados en la tercera fila central. Escuchan la Novena de Beethoven dirigida por el director de orquesta Giuseppe Sabbatini. Cuando ya ha terminado, después de los aplausos, mientras se dirigen hacia los camerinos, Sofia comenta:

—¿Sabes que era un gran tenor y después decidió convertirse en director de orquesta?

—¡Qué raro!

—Sí, era su sueño. Esta noche Hans Zimmer ha tocado muy bien el piano, lo ha hecho genial.

—Yo te prefiero a ti.

—No, de verdad, ha tocado mejor que yo, tengo que admitirlo.

—Pero yo no me refería desde ese punto de vista.

—Tonto por tercera y cuarta vez.

Más tarde, Sofia, fingiendo que todavía se resiente de la

muñeca, le agradece al pianista que la haya sustituido y, después de saludar, se van riendo al mercado del pescado de Tsukiji, donde se sientan en un pequeño restaurante y piden un tierno atún recién pescado. El cocinero les prepara un excelente sushi con las manos y un *oroshi hōchō*, que más parece una catana que un cuchillo de cocina.

Al cabo de unos días se encuentran en la intersección de tres países, Brasil, Argentina y Paraguay, en las cataratas de Iguazú. Se abrazan en una de las pequeñas pasarelas que conducen a pocos pasos de la increíble fuerza fragorosa que lleva la unión de los ríos Paraná e Iguazú. Caen unas ligeras gotitas que, unidas al verdor de la selva, las montañas de alrededor y la naturaleza salvaje, lo convierten en un espectáculo único. Y llega el momento de la última etapa, las Seychelles, en una pequeña isla, La Digue, a escasos cuarenta y tres kilómetros de la capital, Victoria. Allí, a bordo de un *ox-taxi*, un carro tirado por bueyes, los únicos medios de locomoción públicos disponibles, llegan a un bellísimo complejo hotelero, Le Domaine de l'Orangeraie Resort & Spa.

Tancredi está sorprendido.

—¿Sabías que esta pequeña isla es, entre todas, mi preferida? No me imaginaba que la hubieras elegido... Siempre he querido venir, pero nunca he tenido la oportunidad.

—¿Lo dices en serio?

—Sí.

—Seleccioné por internet los lugares más bonitos del mundo e intenté enlazarlos en un viaje que tuviera sentido.

—Ha sido precioso, gracias, cariño, es mucho más bonito viajar así. Me gusta muchísimo ser universitario contigo...

Sofia se ríe.

—Digamos que no sé cuántos universitarios podrían permitirse un viaje de este estilo. No habrían viajado en primera clase, no habrían dormido en según qué hoteles, pero se podría hacer lo mismo gastando mucho menos... La verdad es que lo que puedes ver no tiene precio, es demasiado hermoso.

—Sí, tienes razón. Cuando comimos en ese pequeño restaurante suspendido sobre el río en China...

—Sí, el Fangweng, sobre el río Yangtsé.

—Sí, pero también todo lo demás; soy muy feliz de haberlo visto contigo. Me gustaría que no nos perdiéramos nada más...

—Así será.

Pasan unos días inolvidables en la isla, baños infinitos en un agua caliente, paseos cogidos de la mano, charlando de esto y de aquello. Después llegan a la pequeña playa de Anse Source d'Argent, con sus peñascos de granito redondeados, limados por el viento, y las verdes palmeras de cocos alrededor. Allí, mientras disfrutan de un baño en el mar, Sofia ve que un poco más arriba, oculta por la vegetación, hay una cancela.

—Mira, ahí arriba debe de haber una casa. Menuda vista tendrá, seguro que es espectacular... Aquí el agua está baja por la barrera de coral, esta playa debe de ser privada.

—Sí. —Tancredi sonríe—. Vamos a verlo, a lo mejor alguien nos invita a un té.

—¡Sí, hombre, estás de broma! No se puede molestar así a la gente.

—¿Por qué? Quizá sean superhospitalarios, a lo mejor les gusta; voy de avanzadilla.

Dicho esto, sale del agua y, sonriendo, empieza a subir;

camina con los pies descalzos, en medio de la vegetación, secándose bajo el sol, hasta que llega a la cancela y llama. Sofia está en la playa y lo mira en parte divertida y también un poco preocupada por lo que pueda suceder. Y entonces se abre la cancela y aparece un hombre de color. Tancredi habla con él mientras Sofia presencia la escena con curiosidad. Al poco rato, el hombre desaparece y vuelve con un teléfono, marca un número y habla con alguien, se lo pasa a Tancredi, que habla también con alguien al otro lado de la línea y, acto seguido, le devuelve el teléfono al hombre de color, que cuelga. El hombre asiente, sonríe y lo deja entrar. Tancredi le dice que espere, porque hay otro invitado. Llama a Sofia, que poco después se reúne con ellos.

—¿Se puede saber qué le has dicho?

—Nada.

—¿Cómo que nada?, si hasta has hablado por teléfono; ¿cómo lo has convencido para que nos deje entrar?

—Sencillamente le he preguntado si podía invitarnos a un té.

—Venga ya, dime la verdad: ¿con quién hablabas?

—Con un responsable, alguien que podía darnos permiso.

El camarero que los precede los hace sentar al borde de la piscina y, poco después, les sirve un té.

—Diría que no me lo estás contando todo.

Tancredi le sonríe.

—Pero ¿por qué nunca me crees? Cuando te digo que los lugares a los que me has llevado me gustan dices que hago teatro, cuando te digo que sólo van a invitarnos a un té y que he hablado con un responsable, no me crees...

Sofia sacude la cabeza.

—Está bien, te creo.

Se toman el té. Sofia mira a su alrededor.

—Es de verdad una casa fantástica, y tan aislada...

—¿Te gusta?

—Sí, muchísimo. Mira aquella ventana... —Le señala la parte más elevada de la casa—. Desde allí debe de haber una vista impresionante.

—Sí, a mí también me lo parece. Venga, vamos a dar una vuelta por el interior.

—Ni hablar, no se puede.

—Me ha dicho que no hay nadie y que podemos visitarla. En serio, me lo ha dicho antes de que tú llegaras.

Sofia se muestra indecisa. Tancredi se levanta.

—Bueno, yo voy a ir.

—¡Espera! —De modo que se reúne con él y, cogidos de la mano, recorren la casa. Atraviesan un precioso salón con sofás claros de piel, mesitas de ébano, rincones con cuadros de colores vivos, esculturas, objetos de plata, todo escogido con mucho gusto y una refinada sencillez.

—Venga, vamos por aquí.

—¿Estás seguro?

—Sí, probemos.

Entonces abre una puerta. Es la cocina, donde están el camarero de antes, una mujer y otro camarero. Al verlos, sonríen y bajan la cabeza en señal de saludo.

—Disculpad...

Tancredi vuelve a cerrar la puerta.

—¿Lo has visto? No se han enfadado...

Sofia se encoge de hombros, ya ha renunciado a entender nada. A continuación, Tancredi le señala hacia una dirección.

—Mira, allí está la escalera que conduce arriba.

—¿Y tú qué sabes?

—Tengo el presentimiento.

Suben juntos por la gran escalera de mármol. En las paredes hay alguna oquedad con objetos refinados, arriba unas claraboyas hechas con bloques de cristal de los colores más diversos y luego las luces, los apliques, todo ello cuidado hasta los más mínimos detalles. Sofia no se pierde nada y da su opinión.

—Y además no es una casa demasiado grande..., debe de tener unos doscientos cincuenta metros cuadrados.

—Cuatrocientos...

—Con dos habitaciones para invitados...

—Tres..., y aquí está el despacho.

Tancredi abre la puerta de una habitación. Es muy moderna, en el centro hay una mesa oscura de espejo con sillas negras de piel y acero alrededor, un gran televisor en la pared, espejos largos con el marco de acero, unos monitores, un mueble negro que alberga un frigorífico de cristal con distintas bebidas en su interior. Arriba, detrás del escritorio de piel, se ve el logo en piedra de la empresa Nautilus.

—Pero si ése es el símbolo de tu empresa... ¿Esta casa es tuya?

—Sí, pero no sabía cómo decírtelo...

—No me lo puedo creer.

—Me has sorprendido al elegir La Digue. Compré esta casa hace muchísimos años, pero nunca había venido. Solía ver los documentales de las Seychelles y pensaba que debía de ser el lugar más bonito del mundo, pero no había estado nunca. Siempre tuve la esperanza de que mi vida cambiaría, de que me enamoraría y un día vendría con mi mujer...

—Me has embaucado.

—Pero ¿en qué te he embaucado? Tú misma has visto que no me conocían, no me habían visto nunca; he tenido que hablar con el responsable para conseguir que me dieran un té, te lo digo de verdad. He hablado con Savini... ¡y te manda muchos saludos!

—¡Eres terrible!

Sofia empieza a golpearlo, pero Tancredi se defiende y al final hacen las paces en la última habitación de arriba, el dormitorio, la que tiene una vista espectacular.

Un poco más tarde, con las luces del atardecer, Sofia vuelve a besarlo con pasión.

—¿De verdad nunca habías estado en esta casa?

—De verdad.

—Pues podríamos traer aquí las mochilas.

—Sí, me parece bien.

—Y así pasamos los últimos días en esta villa.

Tancredi le sonríe.

—Los últimos días de este viaje.

Cenan al borde de la piscina, beben vino blanco muy frío, sin tener que compartir el espacio con ningún huésped como, en cambio, sucedía en el resort. Comen un mero recién pescado, marisco y un bogavante al vapor con una excelente salsa criolla que le gusta mucho a Sofia.

—Nunca la había probado. ¡Está realmente rica, y además tienes un cocinero buenísimo!

—El mérito es de Savini. Él es quien piensa en todo, yo sólo había visto las fotos de la casa y de esta playa... Luego me enseñó unos proyectos y cómo podía hacerse la reforma... ¡Yo di el visto bueno y hoy por fin la inauguramos!

Luego, mientras siguen paladeando un excelente Jermann, Sofia se queda un rato pensando.

—Oye, Tancredi, quería decirte una cosa... He dejado a Andrea, mi marido.

Él se queda un momento en silencio. Sofia sacude la cabeza.

—Claro, qué idiota soy, tú ya lo sabes todo... Bueno, pues, a propósito de eso, no me gusta, no debería seguir siendo así.

—Tienes razón. No volverá a suceder.

—No estoy bromeando, no quiero que me sigas, que leas mis mensajes, que conozcas mis secretos. Quiero ser yo quien te cuente mis cosas.

—Tienes razón.

—Mira que no lo digo en broma.

—Lo sé, conozco tu manera de ser, y si te digo que no volverá a suceder significa que así será. Aunque me fueras infiel, lo descubriría sólo si tú me lo dijeras.

—No haría falta.

—¿Por qué?

—Porque, si se diera el caso de que me gustara otra persona, te darías cuenta con facilidad, ya me habría ido.

Sofia bebe un poco más de vino. Tancredi, en cuanto ella deja la copa, se la vuelve a llenar.

—Bueno, entonces espero que no te vayas nunca, ¿Quieres un helado, un dulce, algo de fruta?

—Un poco de fruta, gracias.

Y así, poco después, el camarero les lleva a la mesa un gran plato con coco, mango, papaya, piña, pomelo y fruta de la pasión, todo ya cortado. Sofia, de vez en cuando, coge un trocito directamente de la fuente.

—Así pues, ¿también sabes lo de mi hermana o, mejor dicho, lo de la hija de mi madre?

—Sí, lo sé.

Entonces Sofia siente curiosidad, no quiere preguntárselo, le da miedo, pero sabe que sería un peso demasiado grande que soportar, estaría pensando en ello noche y día, no lo resistiría. De modo que decide hacerle también esa última pregunta.

—¿Hay algo más que yo no sepa?

Tancredi le sonríe enseguida, tranquilizándola.

—No, lo sabes todo. Y está todo en calma y en su sitio.

—Bien. —Sofia exhala un suspiro de alivio—. Pues entonces, cuando volvamos, me gustaría pedirte dos favores. ¿Podrás ayudarme?

—Por supuesto.

—¿No quieres saber de qué se trata?

—No, te ayudaré sin más. Ahora, ven aquí, que tengo ganas de besarte.

76

El Mercedes-Benz negro, último modelo GCC coupé, recorre el camino de tierra lentamente para no levantar polvo. Cuando llega delante de la granja, el chófer se detiene y Tancredi y Sofia bajan. Enseguida salen de la casa Concettina Manari, más conocida como Tina, y su marido, Antonio Pani. Sofia los saluda.

—Hola, ¿se acuerda de mí?, nos conocimos con mi madre...

—Sí, cómo no. Por supuesto que me acuerdo.

—Él es Tancredi.

Siguen con las presentaciones y, a continuación, Antonio hace de anfitrión.

—Por favor, adelante, entren.

Se sientan en el salón en unas butacas antiguas de terciopelo oscuro, lisas por el paso del tiempo. Una gran mesita baja con un cristal agrietado, un aparador con algunos platos desparejados y una vieja alfombra turca agujereada intentan en cierto modo decorar la habitación. Antonio y Concettina son amables, no se preocupan en lo más mínimo por las limitaciones de su casa, es lo que tienen y es lo que muestran; es más, se sienten orgullosos, es fruto de todos los días que pasan trabajando en los campos.

Concettina les propone con amabilidad:

—¿Puedo ofrecerles un café?

Tancredi y Sofia se miran y ella, en cierto modo, responde por los dos.

—Sí, por supuesto, gracias.

Concettina regresa llevando una bandeja con una vieja cafetera de cuatro tazas muy arañada, a juego con la granja, y las tazas que, curiosamente, no están desportilladas.

—Nosotros solemos echar el azúcar directo a la cafetera, pero entonces me he dicho que quizá alguno de ustedes lo toma sin...

Tancredi le sonríe.

—En efecto, yo lo tomo así... Ha sido muy amable.

—¡Por suerte, lo he pensado a tiempo! —Concettina sirve el café, a continuación, cada uno coge su taza y añade azúcar según su costumbre.

Entonces Sofia decide romper el hielo.

—Como le he dicho por teléfono, quería hablar con usted, pero para explicárselo todo bien era necesario hacerlo en persona.

Concettina asiente, deja su taza. Está preocupada, sabe que será una conversación delicada.

—Desde que mi madre me lo contó todo sobre Viviana, he pensado mucho en ello y he comprendido que no puedo hacer como si no tuviera una hermana, no puedo ignorar la realidad. Mi madre tomó su decisión, ya fuera acertada o equivocada, y ustedes han criado y amado a esa niña..., pero hoy es una mujer, y a mí me gustaría que supiera que tiene hermanos. Hará falta tiempo, por supuesto, no pretendo en absoluto perturbar su vida... ni la de ustedes.

Concettina junta ambas manos y las aprieta con fuerza. Antonio se da cuenta y, con afecto, le pone la mano sobre las suyas intentando calmarla. Concettina sabía que iba a pasar algo parecido, mira a su marido, él le sonríe, pero ella no logra devolverle la sonrisa. Está preocupada. Sofia se da cuenta de la situación.

—Concettina, no cambiará nada, Viviana siempre podrá estar aquí con ustedes, como es justo que sea. Estoy segura de que han sido unos excelentes padres...

Concettina interviene, encuentra el valor de hablar.

—No le ha faltado de nada.

Sofia asiente. «Es cierto —piensa—, para esta mujer lo que ellos le han dado lo es todo. Tengo que ponerme en su piel, ella no conoce todo lo que hay fuera, y debo ayudarla a comprender.»

—De eso estoy segura, pero Viviana no puede seguir sin saber que también existimos nosotros, no es justo que no pueda tener las mismas oportunidades que hemos tenido Maurizio y yo. Ha de poder seguir estudiando, es justo que poco a poco vaya conociendo la vida. Ustedes han sido muy buenos, se han sacrificado por el amor que le profesan, pero los años pasan y todos nosotros debemos ayudarnos, debemos ser como una gran familia para Viviana.

Y piensa en cómo su hermana hasta hoy no ha estado en teatros ni en museos, no ha visitado las ciudades italianas ni las extranjeras, nunca ha escuchado música... «Mi hermana no conoce todo eso, no puede ser.» Le dan ganas de llorar, pero comprende que no debe mostrarse frágil en ese momento, estaría de más, tiene que permanecer tranquila, ser generosa y, en cualquier caso, sentirse feliz por ese descubrimiento.

—Si la quieren, no pueden dejar de imaginar para ella una vida espléndida, hecha de viajes y conocimiento...

Le dan ganas de decir que no se puede pasar toda la vida sólo con las vacas, ordeñándolas mañana y tarde, partiéndose la espalda sin hacer otra cosa que eso..., pero consigue controlarse.

—A mi madre la ayudaron muchísimo. Ahora es justo que ayuden a Viviana, su hija y mi hermana.

Concettina mira a Antonio, que le sonríe y asiente. Entonces se vuelve hacia Sofia; ahora se muestra más serena y tranquila, parece haber comprendido, ve una vida mejor para su hija.

—¿Qué quieren que hagamos?

En ese momento interviene Tancredi.

—Es muy fácil. Todos los días vendrán unos profesores que la harán estudiar, la formarán, la ayudarán a llenar el tiempo transcurrido; asimismo, también habrá educadores que se ocuparán de Viviana y le permitirán obtener un diploma.

—Siempre que ella quiera...

Sofia asiente.

—Por supuesto, sí, siempre que ella quiera.

Tancredi coge una carpeta, de la que extrae algunos documentos.

—Esto es un cheque bancario para usted, señor Antonio. He pensado que Viviana estará ocupada con los estudios y no podrá serle de ayuda, de modo que es justo que disponga de algún dinero más, tal vez para coger a alguien que trabaje en su lugar o a algunos jornaleros, lo que a usted le parezca más oportuno.

El señor Antonio coge el talón.

—Gracias, es muy amable. Me alegro por Viviana, y aunque no nos guste lo que nos dicen, tienen razón. —Mira el importe del cheque y por un instante palidece, incluso tiene miedo de sentirse mal. Cree que se ha equivocado al leer, que hay algún cero de más de lo que tal vez le ha podido parecer.

Tancredi ya se había imaginado que ocurriría eso.

—Mi hermana ya no está con nosotros desde hace mucho tiempo, y todo lo que me dejó lo metí en una fundación que lleva su nombre, Claudine. A mi hermana Claudine la haría feliz echar una mano a Viviana, estoy seguro.

Antonio y Concettina se miran; al final sonríen, están contentos, comprenden que no perderán a su hija, sólo la verán crecer de una manera distinta y con muchísimas más posibilidades. Entonces Concettina se levanta.

—¿Puedo ofrecerles un trocito de bizcocho? Lo he hecho esta misma mañana, todavía está caliente.

Poco después regresa de la cocina con un plato cubierto con un paño un poco húmedo; cuando lo retira les llega todo el aroma del chocolate, la vainilla, la crema, muy apetitoso.

—Está hecho con los huevos de nuestro corral y con nuestra harina. Son todo cosas sanas, nosotros les damos bien de comer a nuestros animales.

Corta una rebanada de bizcocho y se la pasa a Sofia, que, sin embargo, dice:

—Gracias, probaré sólo un trocito. Estoy engordando últimamente y me he puesto a dieta.

A continuación, le tiende otra a Tancredi.

—Yo no... —Ríe, y lo prueba con gusto—. Felicidades, es exquisito.

Sofia también está de acuerdo.

—Sí, está supertierno.

—Viviana me ha echado una mano, ha recogido los huevos y ha hecho ella la masa.

Sofia está sorprendida.

—¿En serio? Felicidades... ¿Y dónde está ahora?

Poco después, Sofia se reúne con ella en las hileras de los albaricoqueros. Viviana está allí, con un vestido veraniego, encaramada a una escalera de madera apoyada en un árbol.

—Hola, ¿te acuerdas de mí? Soy Sofia.

—Sí, me acuerdo.

Y se queda allí, charlando con su hermana, recogiendo albaricoques con ella, sujetándole el cesto al pasar de un árbol a otro. Viviana se pregunta cómo es posible que esa hermosa mujer tan elegante, esa mujer de ciudad, tenga ganas de perder el tiempo con ella. Se acuerda de un cuento que le leía mamá Concettina cuando era pequeña: *El ratón de campo y el ratón de ciudad*. «Así pues, es cierto que la gente se aburre en la ciudad... ¿Ha venido aquí porque quiere hacer un cambio, quiere cambiar su vida con la mía?» Pero Viviana no se atreve a preguntarle nada. Al fin y al cabo, es una mujer muy amable...

Sofia está contenta, le parece que poco a poco las cosas se van poniendo en su lugar. Su madre ha hablado con Vincenzo, su padre, y le ha contado lo de Viviana. Discutieron mucho, él dijo que se lo esperaba, ella, que no se había sentido lo bastante amada. Cada uno tiene su punto de vista. Y Viviana un día lo sabrá, lo entenderá, pero con el tiempo, no hay prisa.

Sofia le pasa el cesto para que ponga los albaricoques que lleva en las manos.

—Mira, toma, ponlos aquí, si no, se van a caer.

—Sí, gracias, tienes razón. A ver si se van a estropear.

Tancredi, junto a Concettina y Antonio, las mira desde lejos. Entonces se dirige a la pareja.

—Son muy guapas... ¿Puedo tomar otro pedazo de bizcocho?

—¿De verdad le ha gustado?

—No se lo pediría.

—Pensaba que lo decía por educación.

—No, no, me ha gustado de verdad. Aquí saben hacer bien las cosas.

Entra en casa divertido, a ver si Savini le saldrá con alguna idea nueva sobre cómo sacar provecho de esa bonita granja siciliana. «A mí me parece que este bizcocho se podría hacer a gran escala...»

Un poco más tarde, Sofia está sentada en el coche junto a Tancredi y, mientras él conduce, le pone una mano sobre la suya.

—Gracias.

Tancredi le sonríe.

—No hay de qué. Estoy contento.

Sofia no añade nada más, coge el móvil y llama a Olja.

—Hola. ¿Va todo bien?

—Sí, estaba a punto de llamarte.

—¿Te ha llegado el dinero?

—Sí, tranquila, está todo arreglado. Ayer hablé con la madre de Elizaveta y la tranquilicé. Vino a verme diciendo que no podía seguir así, que quería interrumpir los estudios de su hija y que eso de que los profesores hubiéramos renunciado a recibir una remuneración no le gustaba. Pero cuando le dije que la niña había ganado una beca se puso contentísima. Elizaveta estudiará en el conservatorio de Moscú y yo me ocuparé de ella. La madre y el padre también estarán en Moscú apoyando a su hija y trabajarán en la casa de acogida para chicas con problemas. Elizaveta está muy feliz, y también sus padres. Cuando vieron en qué consistía la beca, no se lo podían creer. Es mucho dinero. Podrán vivir en Moscú y muy bien durante al menos diez años.

—Sí, ayudaremos a muchas chicas, Elizaveta es sólo la primera. Tenemos que estar en contacto. Quiero que tú te ocupes de todo, y yo iré pronto a veros; además, le prometí a Elizaveta que un día tocaríamos juntas.

—Sí, me lo ha dicho.

—Los niños no olvidan nada.

—Ni los mayores. Sólo que ya nos hemos acostumbrado, nos afecta menos y hacemos como si nada.

Sofia cuelga, esta vez es Tancredi quien pone una mano sobre la suya.

—Gracias.

—Gracias a ti. Claudine sería feliz al ver su dinero empleado de este modo.

77

Tras regresar a Roma, durante los días y las semanas siguientes, poco a poco Tancredi y Sofia reanudan su vida normal.

—Tengo una sorpresa para ti.

Tancredi pasa a recogerla por el hotel De Russie, donde se alojan temporalmente.

—¿De qué se trata?

—Ya te he dicho que es una sorpresa... Si te lo cuento, ya no será una sorpresa.

En el coche, mientras cruzan la ciudad, Sofia, sin embargo, quiere dejárselo claro.

—Es que no tienes que darme sorpresas siempre, yo estoy muy bien contigo, aunque sólo nos comamos una pizza.

Tancredi le coge la mano.

—Siempre logras asombrarme incluso sólo estando callada.

Sofia lo mira con recelo.

—¿Qué quieres decir? ¿Que hablo demasiado?

—No, no. —Tancredi ríe—. Era una respuesta a tu comentario. De todos modos, ya hemos llegado. —Bajan del coche—. He pensado que éste sería el sitio ideal. Estamos cerca de la iglesia donde nos vimos por primera vez. Yo iba en pantalón corto, había ido a correr, llovía, me refugié en el interior de la iglesia, había unos niños tocando y tú los escuchabas, y te vi sólo un instante, luego salí y te esperé debajo del pórtico. Cuando saliste empezamos a charlar, tú sujetabas con fuerza el bolso pensando que te lo quería robar. Pensabas que era un ladrón.

—Es que eres un ladrón.

—¿Yo?

—Sí. —Sofia se ríe—. Me robaste el corazón.

—Pues si es por eso, tú fuiste más rápida en hacerlo... En cualquier caso, toma. —Le tiende un mando a distancia.

—¿Qué tengo que hacer con esto?

—Abre la verja.

De modo que Sofia pulsa el botón del mando a distancia, poco a poco la verja se abre de par en par, mostrando una espléndida casa en via Porta San Sebastiano.

—Si te apetece, podemos venir a vivir aquí.

—¡Pero si es preciosa!

Vuelven a subir al coche.

—¿Te gusta? Me alegro.

El Mercedes avanza despacio por el gran jardín. Árboles de altos troncos destacan en el verde césped perfectamente recortado, después pasan al lado de una gran piscina de obra y llegan al gran patio cubierto. Sofia baja del coche.

—Es perfecta. Te lo juro, es mi sueño, no es demasiado grande, no es majestuosa, es sencilla, aunque es muy hermosa y elegante.

—Bien. Hace poco que la han restaurado, pero en el interior puedes decidir tú todo lo que quieras. Ven, entremos.

Sobre una gran mesa de estudio, en un salón del todo vacío, hay varias carpetas.

—He encargado proyectos a tres arquitectos interioristas distintos, puedes elegir el que más te guste.

Sofia abre las carpetas: hay bocetos, dibujos, recreaciones de cada habitación con opciones de mobiliario blanco, negro, marrón, los baños con distintos acabados, el tipo de ducha, de bañera, el lavabo.

Tancredi le sonríe.

—Así es más fácil; escoges a la carta en vez de cansarte dando vueltas, y si no te gusta, ellos te acompañan a las tiendas...

—Gracias, me has dado una sorpresa maravillosa.

Tancredi la coge de la mano y la lleva a otra parte del salón.

—Bueno, si estás de acuerdo, esto lo colgaría aquí, me gustaría que nos hiciera compañía. Pero si prefieres ponerlo en alguna otra parte...

En la gran pared blanca del salón está colgada *La noche estrellada* de Van Gogh. Sofia lo abraza.

—Queda muy bien, estoy de acuerdo contigo.

Y se besan.

—Ahora inauguraría la casa, siempre que tú también estés de acuerdo con eso.

Sofia lo besa de nuevo.

—Sí, sigo estando muy de acuerdo contigo.

Y, de este modo, tras la inauguración de esa tarde con la puesta de sol sobre el césped, bajo el gran olivo cercano a la piscina, Sofia y Tancredi empiezan a vivir día tras día en su nueva casa.

Salen por la mañana. Sofia ha vuelto a dar clase en el conservatorio, Tancredi va a sus varias oficinas. De vez en cuando quedan en algún sitio a la hora de comer, mientras que por la noche casi siempre cenan en casa.

Poco a poco, la casa queda perfectamente decorada; Sofia, acompañada por Tancredi, va a ver a sus padres, asiste a la boda de su hermano Maurizio con la bellísima Nunzia, y van a visitar a menudo a Viviana, que los sorprende con sus increíbles progresos.

—Qué bien, tienes que venir pronto a Roma, y te quedas en casa durante el fin de semana, y tus padres también; te daré una vuelta por la ciudad y te enseñaré dónde sucedieron en realidad todas las cosas que estás estudiando en los libros.

Sin embargo, de repente Sofia empieza a no sentirse bien. Al principio se lo toma como si fuera una gripe pasajera, pero cuando ve que tiene náuseas y vomita demasiado a menudo comprende que debe de tratarse de algo distinto. De modo que se hace unos análisis y recibe la sorpresa. Está embarazada. En todo ese tiempo no se había preocupado de los retrasos, ya que los atribuía al nerviosismo por todo lo que había ocurrido; además, ya le había sucedido en el pasado.

Esa misma noche, después de tomar una cena ligera, sólo una ensalada, un poco de pan y algo del helado que ha comprado Tancredi, se reúne con él en el salón y se sienta en la butaca frente a él.

—Tengo que hablar contigo.

Él deja el periódico que estaba ojeando encima del sofá y le sonríe.

—Claro, cariño, dime. —Entonces, al fijarse en su rostro, cambia por completo de tono—. ¿Qué ocurre?

—Nada, Tancredi...

Él está serio.

—Si empiezas con... «nada, Tancredi», y me llamas por mi nombre, no cabe duda, tengo que preocuparme.

—No, no tienes que preocuparte, sólo tienes que tomártelo bien.

Tancredi entonces sonríe.

—Dime, cariño.

Y esa sonrisa es el mejor incentivo del mundo. De modo que Sofia exhala un gran suspiro.

—Estoy embarazada.

—¿Estás embarazada?

—Sí, me he hecho la prueba, todos los análisis, es exactamente así. Fue cuando estuvimos de vacaciones... Pudo suceder en Noruega, en el Púlpito de Preikestolen o en la parte occidental de Islandia, o cuando dormimos en el fiordo de Hvalf o en el glaciar de Vatnajökull, o en los valles del Himalaya o en China, o en Iguazú, o en las Seychelles; lo que es seguro es que es hijo del mundo.

Tancredi todavía no se lo puede creer, está contentísimo.

—¡Cariño, qué bonito! ¡Aún no me lo creo! Sí, es hijo del mundo y es nuestro.

Se levanta, va al mueble bar y saca una botella de champán. Coge dos copas aflautadas y regresa con Sofia.

—¡Tenemos que celebrarlo! ¡Por nosotros dos..., mejor dicho, por nosotros tres!

Durante los meses siguientes, el embarazo se desarrolla de maravilla. Tancredi y Sofia le piden al ginecólogo que no les desvele el sexo del bebé durante las visitas de control y seguimiento.

El doctor mueve la sonda por la tripa de Sofia, añade un poco más de gel, la desplaza despacio a la derecha, después de nuevo hacia el centro.

—¿En serio no queréis saber nada...?

—Tiene que ser una sorpresa. Sólo queremos estar seguros de que está bien.

El médico sonríe.

—Como queráis, pero todo va perfectamente, nos vemos dentro de unos meses.

Se marchan proponiendo una serie de nombres de varón y de mujer, indecisos sobre cuál podría ser mejor y si les hace más ilusión tener un niño o una niña. Pero lo que sucede al cabo de unos meses es todavía más sorprendente.

En medio de la vegetación de la reserva natural del monte Mario, en el interior de la clínica Villa Stuart, Tancredi asiste al parto y, cuando éste empieza, tiene cogida la mano de Sofia mientras el ginecólogo va dando indicaciones muy concretas.

—Así, muy bien, Sofia, un empujón más, ya estamos...

Ella resopla, aprieta los dientes, suda, se esfuerza, y entonces aparece un precioso niño.

—Oh, muy bien, lo has conseguido...

El médico se lo muestra a los nuevos padres, a continuación mira a Tancredi y le pasa unas tijeras.

—¿Quieres cortar tú el cordón?

La voz de Tancredi es temblorosa.

—Sí, gracias.

El doctor deja al niño sobre el pecho de Sofia y los dos lo miran conmovidos. Entonces la comadrona lo coge, lo limpia un poco más y se lo da al pediatra para que lo examine, mientras el médico vuelve a sentarse donde estaba antes.

Sofia está cansada, agotada, pero le susurra bajito a Tancredi:

—Ahora tendrán que sacar la placenta...

Él se encoge de hombros, no sabe nada de todo eso, no tiene ni idea. El ginecólogo, en cambio, sonríe.

—¿Y bien, Sofia?, ¿estás lista?

A Tancredi le gustaría ahorrarse ese momento.

—Pero yo esta fase preferiría no...

Sin embargo, no le da tiempo a terminar la frase porque Sofia vuelve a tener contracciones, empieza a empujar, resopla, grita, cierra los ojos y, un instante después, vuelve a abrirlos y muestra una preciosa sonrisa. El ginecólogo, cogiéndola por los pies, saca a una maravillosa niña.

—No quisisteis saber nada... Bien, pues aquí tenéis la sorpresa: ¡son mellizos, un chico y una chica!

Tancredi y Sofia no se lo pueden creer. Sofia llora, ríe, les da la bienvenida llena de alegría, disfruta de sus primeros llantos, porque ésa, no le cabe duda, es la música más bella que ha oído nunca. Es Liszt y Beethoven, es Mozart y Debussy, es Brahms y Bach, es Schumann y Wagner, es todavía más. Aprieta la mano de Tancredi, se abraza a él, conmovida y asustada de sentir tanta felicidad. El llanto de sus bebés es más que todo eso: es la música de Dios.

AGRADECIMIENTOS

Recorriendo el mundo han sido muchas las personas que me han pedido que le diera una continuación a la historia de Sofia, de modo que al final lo he hecho, pero sólo porque había llegado el momento, era una historia pendiente y ella misma, Sofia, me pedía un final, quería saber qué iba a ser de su vida.

Creo que toda historia necesita crecer de manera natural, fermentar, estar en su punto justo para poder sacarla del horno y comerla, porque al final es como si para el autor, o al menos así lo es para mí, los personajes se convirtieran en personas de verdad. Y tú, como es natural, querrías que fueran felices, tienes su vida en tus manos, lo decides todo tú. La responsabilidad de poder hacer feliz en todo y para todo a una persona, decidir cada cosa de su vida es una gran responsabilidad. Asimismo, creo que cuando terminas de escribir un libro y miras a tus personajes acabas mirando también tu vida, comprendes que muchas de las cosas que has escrito han servido para liberarte de algo tuyo, para ponerlo en su sitio, tal vez para hacerte perdonar...

Porque a mi parecer un escritor, a través de sus libros, acaba haciendo autoanálisis, revisando algunos momentos de su vida que había olvidado o dejado a un lado al no saber cómo enfrentarse a ellos, de modo que espero de verdad que Tancredi y Sofia sean felices porque a ellos les debo, sin duda, mucho.

Y ahora quisiera dar las gracias.

Un agradecimiento especial a todos los amigos de Planeta. A Elena Ramírez, excelente consejera del mundo femenino, atenta al más alto concepto de mujer y a cada matiz que tenga que ver con ella. A Maria Guitart (mi amiga «vale, vale») y Pema Maymó que han seguido este libro con más atención de la habitual en vista de que su sensibilidad, sin duda, ha crecido. A Sergi Álvarez, que en cuanto tiene el libro enseguida encuentra las palabras, las líneas, la atmósfera para que llegue mediáticamente a todos y de la mejor manera. Y a Giuditta Russo que, con paciencia y atención, ha llevado a cabo un amplio y preciso trabajo de corrección. Y también gracias a todo el equipo de marketing por su creatividad y su pasión, por la idea de las portadas y del lanzamiento y por cómo comunican con amor la llegada de un libro, igual que si fuera la de un hijo.

Quiero dar las gracias a toda la agencia Pontas, a Anna Soler-Pont y a Maria Cardona, que me ha seguido mientras el libro se iba construyendo, leyendo página tras página, ¡sin contarle nunca nada a nadie!

Un saludo a mi amiga Ked, Kylie Irina Doust, que me sigue desde lejos.

Una sonrisa a mi primera lectora Valentina con su gran entusiasmo, a Fabiana, más reflexiva pero increíblemente precisa, y a mi amada Luce. Todas ellas, en realidad, con sus charlas y las historias que me cuentan participan en el tramado femenino del libro.

Un agradecimiento especial a todos mis amigos que incluso durante la redacción son fundamentales para reír con serenidad, un agradecimiento muy especial a Giulia que con Ale y Luna llenan mi vida de felicidad y sorpresa.

Y, por último, aunque en primer lugar, un gracias y un abrazo a mi amigo Giuseppe. Mira, de un modo o de otro, tú siempre estás conmigo. No hay ni un momento de mi vida, tanto si me río como si estoy disgustado, que al final ese pensamiento o mi sonrisa no sean para ti. Y si entre mis palabras hay algo de bueno sé perfectamente que es a ti a quien debo agradecérselo.

Otros títulos del autor